Nala Layoc

KAT

Fluch deiner Seele

Drachenmond Verlag

Drachenmond Verlag GmbH
Auf der Weide 6
50354 Hürth
http: www.drachenmond.de
E-Mail: info@drachenmond.de

Lektorat: Stephan R. Bellem
Korrektorat: Michaela Retetzki
Satz & Layout: Astrid Behrendt

Umschlagdesign: Marie Graßhoff
Bildmaterial: Shutterstock

Druck: Booksfactory

ISBN 978-3-95991-259-4

Für alle, die niemals aufgeben

KAPITEL 1

Kat

Blut ist schon eine merkwürdige Sache. Es ist unser Lebenselixier, nur ein paar Liter warme, klebrige Flüssigkeit, die uns zu dem macht, was wir sind. Es fließt, es pulsiert, es brodelt. Und doch ist es solch eine Sauerei, wenn es die sterbenden Körper verlässt.

Ich blicke blinzelnd an mir herab, spüre, wie das warme Blut mein Shirt durchtränkt und an meiner Haut klebt. Das ist alles so surreal. Bin das wirklich ich, die das Messer geführt hat? Ja, definitiv. Ich habe ihn getötet, ihm die Kehle durchgeschnitten, seinem Betteln und Röcheln gelauscht und ihm beim Sterben zugesehen.

Dabei kenne ich noch nicht einmal seinen Namen. Ist das überhaupt wichtig? Nun ist er tot und die weit aufgerissenen, leblosen Augen starren mich anklagend an.

Etwas in mir sackt zusammen, wie ein Stuhl, dem man plötzlich ein Bein wegtritt. Das Messer rutscht mir aus den glitschigen Fingern, ich greife eilig danach, aber es ist zu spät. Mit einem *Plopp* landet es in der Blutlache.

Na toll. Noch mehr Sauerei.

Ich bücke mich danach und fische es heraus, ohne den Toten aus den Augen zu lassen. Als könnte er aufspringen und mich angreifen.

Der springt nie wieder. Du hast ihn umgebracht, Kat.

Sein Anblick beunruhigt mich trotzdem. Ich wirble auf dem Absatz herum und schaue zum Himmel. »Okay!«, rufe ich. »Ich wäre dann so weit. Beam mich rauf, Scotty!« Diesen Witz findet er garantiert nicht lustig.

Abwartend neige ich den Kopf. Aber nichts rührt sich. »Ich meine es ernst!«, rufe ich in die Stille hinein und lecke mir nervös über die Lippen. Wir befinden uns in einer schäbigen Gasse, aber es ist nur eine Frage der Zeit, bis ihn jemand findet. Am besten sollte ich dann nicht mehr hier stehen.

»Ach, komm schon! Du willst doch nicht …« Der Rest des Satzes wird vom reißenden Wind verschluckt, der mir wild einige Strähnen ins Gesicht wirbelt. Zeitgleich protestiert mein Magen, denn an diese Reise durch Wind und Nebel werde ich mich niemals gewöhnen.

In exakt drei Sekunden werde ich mich übergeben.

3

2 …

Ein tiefer Atemzug, frische Luft in meiner Lunge. Ich keuche laut auf, erleichtert darüber, dass das flaue Gefühl langsam abebbt. Lauwarmes Wasser prasselt auf meinen Kopf.

Ich stehe in meiner eigenen Dusche, nackt. Rote Flüssigkeit fließt den Abfluss hinunter und verschwindet für immer. Nicht mein Blut. Das des Toten, dessen Namen ich nicht kenne.

Mein *Auftraggeber* hat mich nicht nur vom Mordschauplatz gebeamt, er hat mich nackt unter die Dusche gestellt. »Verdammter Stalker!«, rufe ich in die Stille meiner Wohnung. Ich weiß noch nicht einmal, ob er mir zuhört. Doch, sicher tut er das. Sonst führe ich andauernd Selbstgespräche und das wäre wirklich verrückt. Aber was ist schon verrückt?

Die Tatsache, dass ich mir – schon wieder – fremdes Blut von der Haut schrubbe oder aber, dass es Routine für mich geworden ist? In meinem Leben ist nichts mehr merkwürdig.

Nachdem ich mich einigermaßen sauber fühle, schaffe ich es, die Dusche wieder zu verlassen. Mit frischen Klamotten am Leib tapse ich in die Küche/Wohnzimmer/Esszimmer. Mein Apartment ist winzig.

Kraftlos lasse ich mich auf mein Sofa fallen und schließe die brennenden Lider. Manchmal vergesse ich, dass ich trotz allem noch ein Mensch bin.

Das Community College ist ein Sammelsurium merkwürdiger Leute. Wenn ausgerechnet ich das sage, heißt das schon was. Aber es ist auch meine einzige Chance, etwas aus meinem Leben zu machen. Zumindest so zu tun, als wäre ich halbwegs normal.

Denn zwischen all den Menschen wirke ich wie ein gewöhnliches Mädchen, das es nie weiter als bis hierher gebracht hat. Vielleicht, weil es nie für Tests gebüffelt und lieber Party gemacht hat, anstatt zur Schule zu gehen. Ironischerweise habe ich auch für meine nächste anstehende Klausur nicht gelernt.

Kurz blicke ich auf mein Handy und erstarre, als ich mehrere verpasste Anrufe von meinem Dad entdecke. Mein Vater ruft mich sonst nie an, außer zu Weihnachten, damit Mom mir ein Lied vorträllern kann. Kurz schwebt mein Daumen über dem Rückruf-Button, aber dann entdecke ich Alex, der um die Ecke biegt.

»Hey, Alex!« Ich lege einen Sprint hin, um meinen Mitstudenten auf dem Gang abzupassen. Er fährt herum und zieht missmutig die Brauen zusammen.

»Kat«, stellt er fest. Alex hat seinen Rucksack bis hoch zu den Schultern gezogen, wie immer sind seine Haare akkurat frisiert, sein Hemd frisch gebügelt. Er nimmt das Community College wirklich ernst.

»Hey.« Ich lächle breit zu ihm hoch. Er ist wahrlich ein Riese, aber ansonsten wirkt er eher schlaksig und unbeholfen. »Wollen wir uns gleich in Psychologie zusammensetzen?«

»Damit du von mir abschreiben kannst?«, fragt er schnaubend. Ich streiche mir die Haare zurück, um mit den Fingern die krausen Strähnen zu bändigen. Blut lässt sich wirklich schwer aus meiner Mähne herauswaschen.

»Nur ein bisschen«, versuche ich es. »Ich bin nicht zum Lernen gekommen, ich war beschäftigt.«

Alex weicht zurück. »Beschäftigt, das ganze Wochenende lang? Was verdammt tust du andauernd, bist du heimlich ein Callgirl?«

Gespielt anzüglich lecke ich mir über die Lippen und trete so dicht an ihn heran, dass meine Brüste fast seinen Bauch berühren. »Vielleicht könnte ich dir meine Dienste anbieten.«

Mein Witz geht ins Leere, Alex verzieht lediglich angewidert das Gesicht. Hallo? *Angewidert?* Nun gut, ungeschminkt und mit dicken Augenringen bin ich nicht direkt die Frau, für die man zweihundert

Dollar pro Nacht ausgibt, aber kein Grund, so eine Grimasse zu ziehen. Ob er vielleicht auf der anderen Seite fischt?

Alex legt mir beide Hände auf die Schultern und drückt mich zurück. Überraschend kräftig, dafür, dass er so dürr ist. »Ich habe eine Freundin, also hör auf, mich anzumachen.«

Ich verdrehe die Augen. »Oh mein Gott, das war doch nur ein Witz, ich …«

Alex rückt in den Hintergrund, als eine dunkle Stimme meinen Namen flüstert. Lauter, immer lauter, bis sie alles andere verschluckt.

Kat. Kat! Kat.

Mal bestimmend, mal verführerisch wie eine Katze. Nein, nein, nein! Nicht jetzt, nicht schon wieder. Mit aller Macht kämpfe ich gegen das Gefühl und klammere mich an das Hier und Jetzt.

»Hey, was ist mit dir?«, dringt Alex' misstrauische Stimme zu mir durch.

Panisch schnappe ich nach Luft, aber sie füllt meine Lunge nicht. Warm blickende braune Augen schieben sich in mein Blickfeld, die von Alex, die mich jetzt besorgt mustern, aber sie wandeln sich in ein glühendes Rot, sein Gesicht verschwimmt.

Es ist zu spät, ich kann es nicht mehr aufhalten. Mit aller Kraft reiße ich mich von Alex los und hechte wie blind durch die Gänge. Dass mein Handy zu Boden fällt, bemerke ich zwar noch, aber es kümmert mich nicht. Meine Glieder zittern unkontrolliert, ich stoße gegen einen Spind, ignoriere den Schmerz und renne weiter.

Schwer atmend stolpere ich in die Toilette und schließe mich in eine Kabine ein. Gerade noch rechtzeitig, bevor der tosende Wind mich umfängt und ich nach unten gebeamt werde.

Es dauert einige Herzschläge lang, bis ich wieder zu mir finde. Und einige mehr, bis mein Magen aufhört, sich zu drehen. Schade, ich hätte ihm nur zu gerne vor die Füße gekotzt.

Alistair steht einige Meter vor mir, die Arme lässig vor der Brust verschränkt. Seine rot leuchtenden Augen blicken auf mich herab.

Keuchend streiche ich meine Haare zurück. »Ich war mitten im College!«, rufe ich vorwurfsvoll aus. Mein Gegenüber zuckt ungerührt mit den Schultern. »Ist das mein Problem?«

Verärgert balle ich die Hände links und rechts neben meinem Körper, sage aber nichts mehr dazu. Er ist immer noch gefährlich, er kann mit einer Handbewegung mein Genick brechen, wenn er will. Auch wenn er nicht so aussieht.

Ehrlich, einen Dämon würde ich mir anders vorstellen. Groß, böse, vielleicht sogar ein bisschen heiß. Aber nicht wie einen versoffenen Highschool-Lehrer, der seinen Schülerinnen nachstellt. Aber Alistair kann auch anders. Wenn er wütend wird, ziehen sich die Schatten um ihn herum zusammen und das Rot verdüstert sich. Gerade ist nichts davon zu sehen, er wirkt fast schon unbekümmert.

»Was willst du?«, frage ich dann direkt und schabe mit den Füßen auf dem dreckigen Linoleum. Die Hölle ist ein ätzender Ort, aber vielleicht zeigt Alistair mir nur jedes Mal die schlimmsten Ecken.

Heute stehen wir in einem alten Café. Die quietschgelben Stühle sind kaputt, das Leder zerfetzt. An der Theke prangen vertrocknete Blutflecken, durch die zerbrochenen Fenster pfeift der Wind. Draußen herrscht stockfinstere Nacht, hier drin flackern die Lampen immer wieder. Der Geruch von Tod und Verwesung brennt in meiner Nase.

»Du musst etwas für mich erledigen«, antwortet der Dämon endlich. *Schon wieder?* Der letzte Auftrag war erst gestern. Aber ich spreche die Worte nicht aus, denn ich habe ohnehin keine andere Wahl. Wenn Alistair ruft, habe ich zu folgen.

»Wer ist es diesmal?«, will ich lediglich wissen und setze wieder meine unbewegliche Maske auf. Die Maske, die ich in den letzten Jahren perfektioniert habe. Taff, unverwundbar, steif. Bloß nichts anmerken lassen, bloß keine Schwäche zeigen.

»Ein junger Mann aus Arizona.« Ein Bild schießt durch mein Hirn. Stechend blaue Augen, harte Gesichtszüge, eine etwas krumme Nase, die wohl schon einmal gebrochen war. Braune, verwuschelte Haare, die ihm halb in die Augen hängen. Wahrscheinlich ist er um die zwanzig Jahre, in meinem Alter. Ich musste schon deutlich Jüngere killen.

Denk an deine Maske, Kat.

Ich nicke und verziehe schmerzhaft das Gesicht, als das Bild des Mannes verschwindet, das Alistair mir geschickt hat.

»Irgendwelche bestimmten Vorgaben?«, hake ich professionell nach.

»Ich brauche ihn nicht tot, du sollst ihn lediglich zu mir bringen.«

Das ist neu. Überraschung huscht über meine Züge. »Warum?«, rutscht es mir heraus, doch ich korrigiere mich sofort. »Wie soll ich das anstellen?«

»Du musst ihn zuerst finden, seit Arizona habe ich seine Spur verloren. Er trägt ein Tattoo auf der linken Brust, das zur Abwehr dient. Durchbrich dessen Zauber, indem du ein X mithilfe eines Silberdolches durch die Tinte ritzt. Halte ihn dann gut fest. Die Wirkung seines Bannes lässt nur kurzzeitig nach, aber es sollte reichen, damit ich euch gemeinsam herunterholen kann. Das war's.«

Unbewegt starre ich ihn an und spiele die Szene vor meinem inneren Auge ab. Das dürfte machbar sein. »Na schön«, sage ich schließlich und mache einen Schritt auf ihn zu. Er schnippt mit den Fingern und hält als Nächstes eine Halbliterflasche in der Hand. Sie ist randvoll gefüllt mit einer dunkelroten Flüssigkeit.

Ich hebe eine Braue. »Das ist mehr als üblich.«

Alistair wirft sie mir zu, ich fange. »Dein Gegner ist stark und clever. Du wirst es brauchen.«

Das Blut schwappt hin und her, als ich die Flasche etwas anhebe. Der erste Schluck ist immer der schlimmste, danach geht es runter wie Wasser. Aber es kostet mich jedes Mal Überwindung, den Deckel aufzuschrauben und die Flasche an die Lippen zu setzen. Dämonenblut riecht anders als menschliches. Metallisch, aber auch leicht süßlich.

Ich kneife die Augen fest zusammen und kippe es hinunter. Zweimal muss ich unterbrechen und Luft schnappen, aber dann ist es vorbei. Keuchend werfe ich die leere Flasche beiseite und spüre, wie das Dämonenblut meinen Organismus erobert. Stärke und Macht durchströmt mich, beflügelt mich. Es fühlt sich gut an und gleichzeitig unglaublich falsch.

»Die Ration reicht für zwei Tage. Bis dahin muss der Auftrag abgeschlossen sein.«

Nickend wische ich mir mit dem Handrücken über den Mund. Es ist so einfach, wenn man sein Schicksal einmal akzeptiert hat und sich nicht mehr wehrt. Wenn nicht jede Faser meines Körpers rebelliert, sondern es hinnimmt.

»Also direkt nach Arizona?« Ein seltenes Lächeln huscht über Alistairs Lippen, aber selbst das erreicht seine Augen nicht. Erneut schnippt er mit den Fingern und hüllt mich in ein neues Outfit. Statt der Jeans und dem Band-Shirt stecke ich nun in einem luftigen Sommerkleid. Weiß wie die Unschuld mit einem dünnen Gürtel um die Taille. Um meinen rechten Oberschenkel liegt ein Lederband, an dem der Silberdolch befestigt ist.

»Dein Modegeschmack ist furchtbar«, kommentiere ich trocken, aber wie üblich geht Alistair nicht darauf ein.

»Sein Name ist Hunter Davenport. Versaue es nicht, Kat.«

Wind umtost mich, schäumt auf wie Wellen gegen ein Riff. Als Nächstes finde mich auf einer öffentlichen Toilette in Arizona wieder.

KAPITEL 2

Kat

Zuerst verschaffe ich mir einen Überblick über die Stadt, in der ich mich befinde. Eine Kleinstadt, in der man mir als Fremde misstrauische Blicke zuwirft. Die Sonne knallt auf meinen Kopf und treibt mir den Schweiß auf den Rücken. Kein Luftzug erleichtert die Hitze, überall, wo man hingeht, wird man vom Rauschen des Meeres begleitet.

Viel lieber würde ich jetzt daheim sein und den Psychologie-Test verhauen.

Ich reibe mir den Schweiß von der Stirn und betrete den ersten Laden, über den ich stolpere. Die klimatisierte Luft umfängt mich und weckt den Wunsch, nie wieder nach draußen zu gehen. Ich lasse meine Haare über die Schultern fallen und streife suchend durch die Gänge des kleinen Supermarktes.

Der Blick der Kassiererin liegt lauernd auf mir, als hätte sie Angst, ich würde etwas klauen. Ich laufe direkt auf sie zu und lächle verhalten. »Hey. Ich bin auf der Suche nach einem alten Freund, der hier wohnen soll.«

»Wir sind hier keine Auskunft, Schätzchen«, erwidert sie grob, ohne den unnachgiebigen Blick von mir zu lassen.

»Sein Name ist Hunter Davenport«, rede ich eilig weiter.

»Nie gehört«, sagt die Kassiererin, ohne auch nur darüber nachzudenken. Für einen Moment länger sehe ich sie an, wäge ab. Ein Teil von mir möchte sie packen und ihren Schädel gegen die Theke hämmern, bis sie nicht mehr so vorlaut ist. Solche Fantasien habe ich nur, wenn ich mit Dämonenblut vollgepumpt bin und glücklicherweise sind sie nicht mehr als das: ferne Gedanken im hintersten Eck meines Kopfes.

»Danke«, schnaube ich lediglich und wende mich ab, um zurück in die brühende Hitze zu treten.

Den ganzen Tag suche ich den Ort ab. Ich bin gefühlt in jedem Laden und frage mich durch, aber niemand hier scheint Hunter Davenport zu kennen. Auch wenn einige von ihnen sogar freundlich sind und den Anschein geben, als wollten sie mir wirklich helfen. Die Suche ist frustrierend und vor allem läuft mir so langsam die Zeit weg.

Zwei Tage. Ich weiß, dass ich danach von Alistair keine neue Portion Dämonenblut bekomme. Ich schlucke bei dem Gedanken, was er mit mir anstellen wird, wenn ich diesen Auftrag unerledigt lasse. In meiner Laufbahn ist mir das bisher nur ein einziges Mal passiert und das war die schlimmste Erfahrung in meinem ganzen Leben.

Und als die Sonne sich dem Horizont neigt, bin ich immer mehr am Verzweifeln. Ich suche einen gut besuchten Pub und lasse mich dort an der Bar nieder. Mein Herz fühlt sich schwer an und mein Magen zieht sich schmerzhaft zusammen. Ich habe den ganzen Tag nichts gegessen, aber das wird auch noch eine Weile so bleiben müssen. Durch Nahrung lässt die Wirkung des Dämonenblutes nur schneller nach.

»Harter Tag?«, fragt der Barkeeper mit unverkennbarem Südstaatenakzent und lächelt mich charmant an. Einen freundlichen Gesichtsausdruck bringe ich ebenso wenig zustande wie eine Antwort darauf. Neben der Verzweiflung ist gerade Wut ein sehr starkes Gefühl in meinem Inneren, das ich nur allzu gerne an irgendjemanden auslassen will.

Der Typ lacht nur über meine missmutige Miene. Es klingt seidig und melodisch und passt hervorragend zu seinen grünen Augen und dem schelmischen Glitzern darin. Die Frauen fliegen sicher auf ihn, aber mein Interesse ist momentan ganz auf meinen Auftrag gerichtet.

Er gießt einen Kurzen ein und schiebt mir das Glas herüber. »Geht aufs Haus«, zwinkert er. Nun zupft doch ein kleines Lächeln an meinem Mundwinkel, als ich die bittere Flüssigkeit herunterkippe.

»Danke«, sage ich, als ich mich an meine Erziehung erinnere. Der Barkeeper lehnt sich zu mir herüber.

»Welcher Kerl hat dir den Tag vermiest?«

»Hunter Davenport«, erwidere ich aus einem Impuls heraus und in gewisser Weise stimmt es ja auch. Dieser Mistkerl ist unauffindbar und meine Zeit rennt davon.

Etwas in der Mimik meines Gegenübers verändert sich. Es ist nur eine Winzigkeit, sein Lächeln versteift sich ein klein wenig und die Muskeln an seinem Hals spannen sich an. Ich merke es sofort, denn meine geschärften Sinne schlagen Alarm.

»Klingt schon wie ein Arschloch«, lacht er und will sich bereits abwenden, aber nun hat er mein Interesse geweckt.

»Du kennst ihn nicht zufällig? Er soll hier sein. Ich bin schon wie verrückt auf der Suche nach ihm.«

»Warum das?«, will er wissen, ohne auf meine Frage einzugehen.

»Er hat mir das Herz gebrochen«, schnaube ich und stütze die Ellenbogen auf der Theke ab, um mich zu ihm zu beugen. Die Lüge ist mir spontan eingefallen, aber sie gefällt mir auf Anhieb. Die verrückte Ex kann ich jedenfalls überzeugend rüberbringen. »Erst schöne Augen machen und dann abhauen. Ich will ihm mal ordentlich die Meinung geigen.«

Die Züge des Barkeepers entspannen sich etwas. »Das sieht Hunter ähnlich. Ja, ich kenne ihn. Er wohnt hier ganz in der Nähe. Ich gebe dir seine Adresse, aber nur wenn du versprichst, ordentlich zuzuschlagen.«

Schlagartig erhellt sich mein Gesicht. Es hat geklappt! Euphorie schießt durch meinen Körper, als der Barkeeper mir eine Adresse notiert. »Ich schulde dir was«, verspreche ich ihm.

»Verrate mir nur deinen Namen, schöne Fremde«, witzelt er, aber der Ausdruck in seinen Augen ist ehrlich. Ich zögere kurz, erwäge, einen falschen Namen zu verwenden, verwerfe den Gedanken aber wieder. Er war mir sehr hilfreich und warum auch nicht? »Kat, mein Name ist Kat.«

»Luke. Freut mich, dich kennengelernt zu haben.«

Mit einem letzten Lächeln verabschiede ich mich von ihm und verlasse den Pub. Schnellen Schrittes suche ich nach der Straße, in der Hunter wohnt. Hoffentlich ist er daheim, dann können wir es schnell und schmerzlos erledigen. Ansonsten werde ich in seiner Wohnung auf ihn warten. So oder so – er kann mir nicht mehr entkommen.

Ich komme vor einem Mehrfamilienhaus zum Stehen. Auf den Klingelschildern finde ich seinen Namen nicht, aber ich klingle bei der erstbesten Wohnung und warte, bis ich hineingelassen werde. Eine ältere Frau steht ihm Türrahmen und mustert mich fragend.

»Guten Abend. Entschuldigen Sie bitte die Störung, ich bin auf der Suche nach einem Freund, der hier wohnen soll.« Ich rufe das Bild aus meinen Erinnerungen hoch und beschreibe Hunter Davenport kurz.

Das Gesicht der Dame erhellt sich. »Aber natürlich. Der junge Mann ist erst vor Kurzem oben einzogen. Dritter Stock, linke Tür.«

Ein Siegesgefühl durchflutet mich. Überschwänglich bedanke ich mich bei ihr und mache mich auf den Weg nach oben. Es ist wie ein Rausch, und die Aussicht, diesen Typ nicht sofort töten zu müssen, versetzt mir tatsächlich ein Hoch. Wobei es für ihn der leichtere Tod wäre. Ich weiß zwar nicht, was Alistair mit ihm vorhat, aber ich bin mir sicher, dass es nichts Schönes ist.

Oben angekommen, lege ich das Ohr ans Holz, lausche, höre aber nichts. Mit aller Kraft stemme ich mich gegen die Tür, bis sie nachgibt und ich sie aufdrücken kann. Erneut wallt Adrenalin durch meinen Blutkreislauf. Es ist alles so einfach, wenn man stark und unbesiegbar ist.

Vorsichtig spähe ich in die Wohnung. Ein langer Flur erstreckt sich vor mir, von dem mehrere Türen abführen. Leise wie ein Raubtier auf der Jagd husche ich hinein und schleiche durch den Flur. Ich spähe in alle Räume, aber sie sind leer und unauffällig eingerichtet. Ein Wohnzimmer, eine Abstellkammer, ein Badezimmer, eine Küche. Schließlich schiebe ich die Tür zum letzten Zimmer auf und erstarre. Es ist komplett fensterlos und eigentlich stockfinster, aber durch das hereinfallende Licht vom Flur und mein verbessertes Sehvermögen kann ich trotzdem alles erkennen. Symbole und Zeichen prangen in schwarzer Farbe an den Wänden und sogar auf dem Parkettboden. Mit keinem kann ich etwas anfangen.

Ich trete in den Raum hinein, sehe mich skeptisch um. Was ist das Ganze hier? Ein lautes Poltern reißt mich aus meinen Gedanken. Blitzschnell fahre ich herum und erkenne Hunter Davenport im Türrahmen stehen. Mist, wo hat er sich denn versteckt?

In seinen Händen liegt eine Schrotflinte, auf seinem Gesicht ein triumphierendes Lächeln. »Irgendwelche letzten Worte, Dämon?«, fragt er hämisch, doch noch bevor ich den Mund öffnen kann, hat er eine Kugel auf mich abgefeuert.

Sie reißt ein schmerzhaftes Loch in meinen Bauch und ich verziehe das Gesicht. Autsch, das war nicht sehr nett. Aber dank des Dämonenblutes keine tödliche Verletzung.

Hunters Grinsen verblasst, als ich von der blutenden Wunde zu ihm aufblicke. Er feuert noch einen Schuss ab, der mich an der Schulter trifft. Das wird mir langsam zu bunt. Ich mache einen Schritt auf ihn zu, woraufhin er aus dem Raum weicht und im Flur stehen bleibt. Als würde er erwarten, ich wäre in dem Zimmer gefangen. Sind diese mysteriösen Symbole vielleicht eine Art Dämonenfalle?

Aber ich bin kein Dämon, ich bin ein Mensch. Vor der Türschwelle bleibe ich stehen und starre ihn an. Ein gehetzter Ausdruck liegt auf seinem Gesicht, der sich nur verstärkt, als ich ungerührt den Raum verlasse.

»Was zur Hölle bist du?«, fragt er zwischen zusammengebissenen Zähnen, macht im selben Moment auf dem Absatz kehrt und rennt. Aber ich bin schneller.

Noch bevor er die Eingangstür erreicht, packe ich ihn und schleudere ihn gegen die Wand. Er taumelt, fängt sich aber erstaunlich schnell wieder und huscht in das angrenzende Wohnzimmer. Ich folge ihm flink, weiche dem nächsten Schuss gerade noch rechtzeitig aus und stürze mich auf ihn. Gemeinsam landen wir auf dem Couchtisch aus Glas, der unter dem Gewicht nachgibt. Glasscherben bohren sich in meine Wange, aber ich bin zu sehr darauf konzentriert, Hunter unter mir festzuhalten. Ruckartig ziehe ich meinen Dolch heraus und ritze ihm einen ersten Strich in die Haut, über das Tattoo, das wie vorhergesagt auf der linken Brust prangt.

Er tritt mir in den Bauch und stößt mich dann mit Schwung von sich herunter, wobei der Dolch meinem Griff entgleitet. Der Aufprall ist so hart, dass mir kurzzeitig die Luft wegbleibt. Langsam weiß ich, was Alistair gemeint hat. Er ist stark! Stärker als ein normaler Mensch.

Innerhalb eines Bruchteils einer Sekunde bin ich wieder auf den Beinen und greife sofort nach meiner Waffe. Hunter hat sich währenddessen eine Glasvase gekrallt und schlägt sie mir mit voller

Wucht entgegen. Ich hebe schützend den Arm und erneut rieselt Glas auf mich herab.

Wütend blecke ich die Zähne und bin versucht, ihm meinen Dolch direkt ins Herz zu schleudern. Aber das ist nicht mein Auftrag hier.

Ich ducke mich, mache einen Satz und ramme ihm meine Schulter in den Magen. Aber er stemmt sich mit voller Wucht gegen meinen Griff und für einen schrecklichen Moment lang scheint er dieses Kräftemessen zu gewinnen. Meine Füße rutschen auf dem Parkett immer weiter nach hinten, sein Körper ist wie eine stahlharte, undurchdringbare Mauer.

Aber dann erfasst mich ein Schub und ich schaffe es, ihn zu Fall zu bringen. Ohne Rücksicht umfasse ich sein Handgelenk, breche es ruckartig und setze dann meinen Dolch erneut an seiner Brust an. Obwohl er unfassbare Schmerzen haben muss, lässt er sich das nicht anmerken.

»Nein!«, presst er hervor, als ich dabei bin, das X zu vervollständigen. Kurz halte ich inne und sehe in seine Augen, in denen ein gehetzter Ausdruck liegt. »Bitte«, keucht er. »Tu das nicht.«

Ich ziehe das X bis zum Ende durch, werfe den Dolch beiseite und kralle beide Hände in seinen Klamotten fest. Nur einen Herzschlag später taucht der Wind auf und umfängt uns. Ich schließe die Augen, lasse zu, dass dieses Nichts mich verschlingt und mit sich in den Abgrund zieht. Hunters wütendes Knurren klingelt mir in den Ohren und die Reise kommt mir viel zu lange vor. Aber letztendlich landen wir zurück in der Hölle. Ich auf den Knien, Hunter direkt neben mir auf dem Rücken. Wir sind wieder in dem Café, wo Alistair schon auf uns wartet.

Hunter zieht sich mit aller Kraft ein Stück beiseite und kotzt sich die Seele aus dem Leib, während ich mich wortlos erhebe und in Hunters Richtung nicke. »Da ist er.«

»Ausgesprochen gute Arbeit«, lobt Alistair. »Aber du hast mein Spielzeug verletzt.«

»Das Handgelenk wächst wieder zusammen«, erwidere ich und schiele kurz zu dem Mann hinüber, der sich ebenfalls langsam aufrichtet. In seinen Augen liegt ein tiefer Groll, aber auch Verzweiflung. Weiß er, wo wir uns befinden und dass ein Dämon vor ihm steht? Es scheint fast so, denn er ist nicht verwirrt.

»Was soll das? Warum bin ich hier, du Arschloch?«, donnert er sofort los, aber Alistair hebt nur lästig eine Hand und wendet sich wieder mir zu.

»Du kannst gehen, Kat.«

»Was hast du mit ihm vor?«, hake ich nach, woraufhin Alistair das Gesicht verzieht. Sofort schüttle ich den Kopf. »Geht mich nichts an, schon klar. Ich wäre dann so weit, um zu gehen.«

Augenblicklich kommt der Wind auf und beamt mich zurück in meine Welt, in meine Wohnung. Durch das viele Hin- und Herteleportieren protestiert mein Magen und ich renne zur Toilette, um zu kotzen. Mann, ist das ätzend. Warum muss Alistair mich in letzter Zeit auch so oft holen? Vor einem Vierteljahr noch beschränkten sich die Aufträge auf ein bis zwei Mal im Monat, diesen waren es schon ganze sechs.

Ich spüle mir den Mund aus und schleppe mich dann zu meinem Kühlschrank. Jetzt brauche ich dringend eine ordentliche Mahlzeit, damit das Dämonenblut so schnell wie möglich aus meinem Organismus verschwindet.

KAPITEL 3

HUNTER

Schmerz peitscht durch meinen Körper und ich beiße mir auf die Lippe, um einen Schrei zu unterdrücken. Das gönne ich dem Dämon nicht.

Nachdem die Tussi verschwunden ist, hat dieser Alistair mich in seine Folterhöhle gebracht. Es sieht aus wie eine alte Fleischerei, aber ich bin mir sicher, dass die Blutflecke nicht nur von toten Tieren kommen. Ich liege auf einem Tisch festgeschnallt und der Dämon steht neben mir. Er ist seit geraumer Zeit damit beschäftigt, all seine schönen Messer und Klingen an mir auszuprobieren. Erstaunlich, wie der Schmerz jedes Mal schlimmer zu werden scheint.

Angriffslustig funkle ich zu dem Dämon hoch. Das ist mein erstes Mal in der Hölle und auf diese Tour hätte ich gerne verzichtet, aber Alistair ist bei Gott nicht mein erster Folterer. Irgendwann wird er das Interesse an mir verlieren und bis dahin werde ich meinen Willen nicht brechen lassen.

»Du bist tough«, stellt er trocken fest und fährt mit der Spitze des Messers federleicht über meine Haut. Ich verfluche die Gänsehaut, die sich daraufhin ausbreitet.

»Wer ist die Schlampe?«, frage ich im Gegenzug, um überhaupt etwas zu tun. Wenn ich ihn einfach nur gewähren lasse, werde ich verrückt.

Das Messer drückt sich fester in meine Haut. »Nenn sie nicht so. Ihr Name ist Kat und was sie ist, geht dich überhaupt nichts an.«

Sie ist zumindest kein Dämon, sonst wäre sie in meinem speziellen Zimmer gefangen worden. Luke hat mich vorgewarnt, aber ich war zu unvorsichtig und selbstsicher gewesen. Diese Kat ist aber kein normaler Mensch, denn sie ist stärker, als ich angenommen habe.

»Reden wir doch lieber über dich.« Alistair lächelt kühl. »Endlich habe ich dich hier, bei mir. Du bist ein verflucht kluger Mistkerl, ständig unter meinem Radar.« Er tippt mit dem Messer gegen die Haut an meinem Bauch und meine Muskeln ziehen sich unwillkürlich zusammen. »Aber selbst du konntest mir nicht entkommen, Hunter.«

»Was willst du von mir, Dämon?«, frage ich unhöflich. »Wenn du mich töten wolltest, hättest du es schon längst getan, also rück raus mit der Sprache.«

Er lacht humorlos auf. »Oh, vielleicht genieße ich einfach nur die Show. Nach so einem wie dir habe ich schon lange gesucht, Hunter. Ich mag es, zuzusehen, wie du langsam brichst.«

»Darauf kannst du lange warten!«, rufe ich ihm entgegen und stemme mich einmal kräftig gegen die Fesseln. Ich kann sie nicht loswerden, aber das soll nur meinen Willen demonstrieren. Er wird mich sicher nicht brechen. Eher sterbe ich.

Meine Sorge gilt allerdings nicht der Folter an sich, sondern der Tatsache, dass Alistair mein Blut sammelt. Ich höre es von dem Tisch in ein blechernes Gefäß tropfen. Was hat er nur damit vor?

Alistair legt das Messer weg und wendet sich ab, um sich ein neues Folterinstrument auszusuchen. Der Moment für mich, um die Zähne fest zusammenzubeißen und meine undurchdringliche Maske kurz abzulegen. Fühlen sich die Schmerzen in der Hölle noch intensiver an oder bilde ich mir das bloß ein? Ich hoffe, Luke schwingt schon seinen Hintern hier runter, um mich zu holen.

Ein bitteres Lächeln schleicht sich auf meine Züge, als ich daran denke. Auf Lukes Hilfe zu setzen, ist wie darauf zu hoffen, dass zwei Dämonen hier hereinstürmen und mich netterweise befreien. Er ist mein bester Freund, aber bis Luke merkt, dass ich verschwunden bin, dauert es noch eine Weile. Und meine Auftraggeber erwarten demnächst keinen Statusbericht von mir, was bedeutet, dass sie wohl noch später als Luke merken, dass etwas nicht stimmt.

»Also, Hunter«, beginnt Alistair. »Erzähl mir doch mal etwas von deinen Engelfreunden.«

»Ach, *die*«, spotte ich. »Die sind super. Wir schmeißen jede Woche eine fette Teeparty. Zur nächsten bist du eingeladen. Ich werde dir das Blut deiner Schlampe aus ihrem ausgehöhlten Schädel servieren, wie findest du das?«

Abrupt fährt Alistair herum und jagt mir ein Messer in die Haut. Vor Überraschung stöhne ich schmerzerfüllt auf, damit habe ich nicht gerechnet. »Ich habe dir gesagt: Nenn sie nicht so.«

Warmes Blut sickert aus der tiefen Wunde, als er sein Messer zurückzieht. Ich kann mir gerade noch so ein Wimmern verkneifen. Das wäre ja so was von ein Abtörner.

Alistair legt die Waffe beiseite und stützt sich mit beiden Händen auf dem Foltertisch ab, auf dem ich liege. »So, mein Hübscher. Ich denke, du bist nun genug geschwächt. Kommen wir zum lustigen Teil des Abends.«

Mein Mund öffnet sich, ohne dass ein Laut herauskommt. Verdammt, was hat er vor? »Also, ich fand es bisher schon ziemlich lustig«, ringe ich mir dann ironisch ab. »Für meinen Geschmack können wir jetzt gerne aufhören.«

»Ach, dieser Humor«, lächelt Alistair. »Deswegen habe ich dich ausgewählt. Ihr werdet ein gutes Team abgeben.«

Nun kann ich die Verwirrung nicht verbergen. »Was hast du vor?«, frage ich und spüre, wie Kälte durch meine Glieder schießt. Alistair antwortet nicht darauf, aber er beugt sich herunter, greift nach etwas und trinkt es. O mein Gott. Ist das etwa mein Blut?!

Der Dämon verzieht das Gesicht, als er fertig ist, sagt aber nichts, sondern packt nur meinen Unterarm und beginnt, etwas darauf zu ritzen. Ich kann das Symbol nicht erahnen, weiß aber, dass es nichts Gutes zu bedeuten hat.

»Nova avakuum de vinios vulca«, murmelt er, sobald er fertig ist, und mein Blut beginnt zu pulsieren. Das Zeichen brennt immer stärker, je öfter Alistair die Worte ausspricht.

»Oh fuck!«, rufe ich aus und kneife fest die Augen zusammen, winde mich unter den Fesseln vor Schmerzen. *Fuck, fuck, fuck!*

Hitze wallt durch meinen Körper, gefolgt von einer weiteren Schmerzwelle. Mein Kopf macht nicht mehr mit. Er erlöst mich und schickt mich in eine willkommene Ohnmacht, die mich in völlige Schwärze hüllt.

Blinzelnd werde ich wach und merke, dass ich nicht mehr gefesselt bin. Ich richte mich auf und hieve mich von dem Foltertisch. In meinem Schädel wummert es so heftig, dass ich taumle. Einige Sekunden lang dreht sich alles, dann wird es besser und ich kann mich aufrichten.

Einige Meter entfernt von mir erkenne ich Alistair, der mich unbeeindruckt mustert. Neben ihm lehnt sein kleines Flittchen gelangweilt gegen die dreckige Wand, die Hände in den Taschen ihres Hoodies vergraben. Ehrlich, ich habe Alistair einen besseren Geschmack zugetraut. Ihre rötlichen Haare fallen ihr lieblos bis auf die Schultern, ihr Gesicht wirkt blass und die Augen stumpf. Sicherlich könnte sie hübsch aussehen, wenn man sie in ein ordentliches Outfit steckt und mit Rouge oder sonst was nachhilft, aber gerade wirkt sie wie ein Junkie, dessen Schuss fällig ist.

»Ich bin enttäuscht. Erst machst du große Versprechungen und dann kippst du mir einfach weg. Dabei hatten wir doch so einen Spaß«, höhnt Alistair. Ich beiße die Zähne zusammen, schiele zu dem Tisch, der neben mir steht, auf dem immer noch die ganzen Messer liegen. Etwas stimmt nicht. Warum lässt er mich einfach gehen und bietet mir Waffen an, nach denen ich greifen kann?

»Du wirst mich nicht angreifen«, meint der Dämon gelassen und er hat recht. Ich kann nicht. Etwas hindert mich daran, etwas, das ich nicht greifen und gegen das ich mich nicht wehren kann. Es ist einfach eine Regel, die Alistair aufgestellt hat, und ich halte mich daran.

Die Erkenntnis trifft mich wie ein Schlag. Oh nein, hat er mich etwa …

»Ich habe dich an mich gebunden«, spricht Alistair meine Gedanken aus. »Toll, nicht? Es funktioniert sogar bei solchen wie dir. Ein bisschen Blut, und schon bist du an mich gekettet wie ein Hund.«

Wütend balle ich die Hände zu Fäusten. Davon habe ich schon gehört, aber es noch nie selbst erlebt. Mit einem Zauberspruch gelingt es einem Dämon, einen Menschen an sich zu binden, sodass dieser alles tun muss, was er vorschreibt. Dafür benötigt es aber einen sehr, sehr starken Höllenfresser.

Oh verdammt. Das ist mein Untergang. Die Engel werden mich töten, sobald sie merken, dass ich an Alistair gebunden bin. Sie werden niemals zulassen, dass ich für einen Dämon arbeite.

Der Gedanke ängstigt mich ein klein wenig, aber gleichzeitig fühle ich mich überlegen. Das war zwar ein netter Trick von Alistair, damit wird er aber nicht durchkommen. Sobald wir zurück auf der Erde sind, werde ich die Engel anfunken.

»Wie schön für dich«, sage ich deshalb nur und verschränke die Arme vor der Brust.

»Und was tue ich hier?«, fragt Kat und stößt sich von der Wand ab, um einige Schritte auf Alistair zuzugehen. »Soll ich seinen Babysitter spielen?«

Empört sehe ich sie an, werde aber von ihr ignoriert.

»So was in der Art«, erwidert Alistair. »Ihr werdet zusammen einen Auftrag abschließen. Es gibt da drei Menschen, die dringend von der Bildfläche verschwinden müssen.«

Durch meinen Kopf schießen drei Bilder. Ein Mädchen, sechzehn vielleicht, mit feuerroten Haaren, ein etwas älterer Junge mit Nerdbrille und braunem Schopf, zuletzt dann ein weiterer Kerl mit Militärhaarschnitt und starrer Miene.

Mein Schädel dröhnt, als die Bilder wieder verschwinden. »Diese Leute sind sehr gefährlich. Ihr müsst sie zuerst ausspionieren und ihre Schwächen herausfinden.«

»Ich kann das allein erledigen«, meint Kat trocken. »Wie immer.«

»Nein, du wirst sie nicht umbringen, das wird Hunter erledigen. Du wirst meinen neuen Freund begleiten und nicht von seiner Seite weichen. Und Hunter? Natürlich gebe ich dir den Befehl, die drei auszukundschaften und zu töten, sobald sich die Gelegenheit ergibt.«

Ich knirsche mit den Zähnen bei diesen Worten. Auch Kat scheint das ganz und gar nicht zu gefallen, aber sie erhebt keine Einwände, verzieht nur unzufrieden das Gesicht. Ich habe nichts dagegen. Sie wird für die Engel kein Hindernis darstellen, wenn sie kommen und uns beide vernichten.

»Ach, und Hunter«, wendet Alistair noch ein. »Kat ist dein Schutzschild vor deinen Engelsfreunden. Ihr seid aneinandergekettet. Dadurch verhindern wir, dass sie uns in die Quere kommen. Sie können dich nicht orten, nicht sehen, nicht retten.«

Meine Gesichtszüge entgleisen mir augenblicklich, während Alistair selbstzufrieden in die Hände klatscht. Verdammter Bastard!

»Wenn dann alles geklärt ist, wünsche ich euch eine gute Reise. Enttäuscht mich nicht.«

Kats Blick brennt sich in meinen. Ihre Augen haben die Farbe von gut gereiftem Cognac, aber der Ausdruck darin ist stechend. Staub wirbelt auf, Wind umfängt mich. Oh nein, es geht wieder los. Hoffentlich muss ich nicht wieder kotzen.

Kapitel 4

Kat

Dieser Kerl geht mir jetzt schon auf die Nerven und ich bin mir ziemlich sicher, ihm geht es genauso. Hunter zieht ein missmutiges Gesicht, aber vielleicht liegt es auch daran, dass er gerade gekotzt hat.

Ich habe gerade mal wenige Stunden geschlafen, bis Alistair mich wieder zu sich geholt und mir einen längeren Auftrag angekündigt hat. Meine Erschöpfung ist nicht nur körperlicher Natur, vor allem geistig fühle ich mich müde und ausgelaugt.

Wartend lehne ich gegen die Mauer in meinem Rücken. Wir befinden uns in einer schäbigen Gasse, aber die Stadt ist mir unbekannt. Wenigstens ist es hier nicht so heiß wie in Arizona. Die Sonne knallt nicht so, stattdessen haben sich dicke Wolken davorgeschoben.

Hunter wischt sich den Mund ab und stützt sich an der Wand neben mir ab. »Was genau bist du, Jessica Jones?«

»Mein Name ist Kat«, stelle ich klar, ohne ihn anzusehen.

»Kat«, wiederholt er, aber aus seinem Mund klingt es wie eine Krankheit. »Du bist also Alistairs kleine Schlampe.«

Ich stoße mich ab und verlasse die Gasse, ohne darauf einzugehen. Er ist gezwungen, mir zu folgen aufgrund des imaginären Gummibandes in meinem Inneren, durch das Alistair uns aneinandergekettet hat.

»Wir sollten zumindest reden, wenn wir schon zusammenarbeiten müssen!«, ruft Hunter mir hinterher und holt auf.

Wir stehen vor dem Ortsschild von Harvey, North Dakota. Das war eine ganz schöne Reise.

»Hey, Püppchen.« Hunter besitzt tatsächlich die Dreistigkeit, mich anzustupsen. Am liebsten würde ich ihm eine runterhauen, aber Alistair hat mir kein Dämonenblut gegeben und damit habe ich keine Chance gegen ihn.

»Wen knöpfen wir uns zuerst vor? Das Mädchen oder einen der Typen?«, frage ich und Hunter mustert mich von der Seite, aber ich halte meinen Blick weiterhin auf die Stadt vor uns gerichtet.

»Fangen wir bei dem Mädchen an«, bestimmt er. »Wir gehen zur Highschool, da finden wir sie bestimmt.«

Er setzt sich in Bewegung und ich folge ihm. Jetzt, wo er mich nicht mehr ansieht, habe ich Gelegenheit, ihn zu mustern. Seine Gesichtszüge sind ernst und konzentriert. Ich zweifle daran, dass er das Ganze einfach so akzeptiert und für Alistair arbeitet, aber das ist nicht mein Problem. Darum soll der Dämon sich kümmern.

»Gefällt dir, was du siehst?«, fragt der Mistkerl unverschämt. Ich kneife die Augen zusammen, erkenne, was er macht. Sarkasmus, Zynismus und dieses Arschloch-Verhalten sind ein Schutzmechanismus, den ich nur allzu gut kenne.

»Ich sehe einen Jungen, der gerade von einem Dämon versklavt worden ist. Das scheint dich nicht zu überraschen.«

Schon als ich seine Wohnung gesehen habe, war mir klar, dass Hunter über all diese Dinge Bescheid weiß. Ich habe nur keinen blassen Schimmer, *was* er ist. Ein Mensch? Dafür ist er zu stark. Aber ein Dämon ist er sicher nicht.

Kurz wendet er mir den Kopf zu und funkelt mich an, bevor seine Züge sich wieder verhärten. »Ach Kat, mich überrascht gar nichts mehr.«

Es dauert nicht lange, die Highschool zu finden. »Und nun?«, hake ich nach, als wir vor dem Gebäude stehen. Die Straßen vor uns sind fast menschenleer, die Schüler sitzen wahrscheinlich alle im Unterricht. Diese Stadt wirkt wie ausgestorben.

»Wir warten, bis Mittagspause ist«, schlägt Hunter vor. »Dann mischen wir uns unter die Schüler und suchen nach dem Rotschopf.«

Demonstrativ ziehe ich eine Augenbraue hoch. »Ich bin einundzwanzig, ich gehe bestimmt nicht mehr als Schülerin durch.«

Er grinst mich unverschämt an. »Du sieht höchstens aus wie achtzehn, also nicht so übermütig. Komm mit.« Er geht vorneweg und schlendert auf das Gebäude zu. Ich aber bleibe an Ort und Stelle stehen und kämpfe gegen das Band an, das uns zusammenzieht. Kurz bevor Hunter das Schultor erreicht, ist er gezwungen, innezuhalten. Seine Muskeln versteifen sich und er wirft mir einen Blick über die Schulter zu. Ich könnte schwören, er beißt die Zähne zusammen.

Ein zufriedenes Lächeln schleicht sich auf meine Züge. Ich habe also ihn im Griff, ich gebe an, wohin wir gehen. Innerlich gebe ich Alistair dafür ein High Five.

Schließlich laufe ich langsam auf ihn zu, wobei Hunter trotzdem vor mir bleibt. Als ich das Gebäude betrete, werde ich sofort an meine Highschool-Zeit erinnert. Die gleichen tristen Gänge, die auch durch die Bilder und Ausstellungsstücke nicht verschönert werden können. Dieselben Spinde, manche verziert und manche einfach leer und lieblos. Die Highschool ist ein ätzender Ort, zumindest für Leute wie mich. Für Freaks, die nicht der Norm entsprechen.

Auch Hunter, der sich inzwischen wieder neben mich gesellt hat, ist ganz ruhig und ernst geworden, als hätte auch er hierfür keine positiven Gefühle.

Die Schulklingel ertönt und fast augenblicklich werden die Gänge mit Schülern gefüllt. Wir gehen unter in der Menge, werden aber gleichzeitig von neugierigen Blicken belagert. Hoffentlich treffen wir auf keinen misstrauischen Lehrer. Ein eisiger Klumpen setzt sich in meinem Magen fest, ich drohe in der Menschenmenge zu ersticken. Jemand greift nach meinem Handgelenk und zieht mich mit sich. Hunter.

Ich will mich ihm entreißen, aber dadurch wird sein Griff nur fester. Er zerrt mich in die Kantine, bevor er mich endlich loslässt, und ignoriert meinen bösen Blick. Stattdessen läuft er weiter nach hinten zu den Mülltonnen, wo wir einen guten Überblick haben. Ich schaue mich im Raum nach der Rothaarigen um, entdecke sie aber nicht.

Schüler lachen und unterhalten sich, einige Vollpfosten werfen Mädchen anzügliche Bemerkungen zu und grölen dann wie Tiere. Solche Orte waren mir schon damals zuwider.

»Lass uns nach draußen gehen«, schlage ich vor, als mir ein Gedanke kommt. Ich selbst habe früher lieber an der frischen Luft gegessen, anstatt in der Kantine.

Hunter nickt mir zu und ich laufe vorneweg durch die Tür, die uns zum Hinterhof bringt. Dort fällt sie mir sofort auf. Sie sitzt auf einer der Bänke, vertieft in ein Buch und mit Kopfhörern auf den Ohren. Die roten Haare fallen ihr über die Schultern, aber das ist das einzig Auffällige an ihr. Ansonsten wirkt sie wie ein Mauerblümchen.

Wir setzen uns etwas abseits hin, von wo aus wir sie trotzdem beobachten können. Hunter neben mir lehnt sich entspannt zurück. Er sagt kein Wort und auch ich habe nicht das Bedürfnis, mit ihm zu reden.

Die ganze Pause lang wende ich meinen Blick nicht von ihr ab, aber es passiert nichts. Sie sitzt einfach nur da und liest. Nachdem es geklingelt hat, packt sie ihre Sachen zusammen und verschwindet im Inneren, ohne Notiz von uns zu nehmen.

»Das war ja mal die langweiligste Observation aller Zeiten«, seufzt Hunter und erhebt sich. Ich kann ihm nur zustimmen.

Wie Stalker warten wir auf sie und nehmen den gleichen Bus, der sie bis zur Haustür bringt. Hunter wendet sich ab und tippt betont geschäftsmäßig etwas in sein Handy, während ich unser Opfer beobachte. Sie verschwindet in einem unauffälligen Einfamilienhaus, sieht nicht zurück oder bemerkt, dass ich sie anstarre. Ein normales, unbekümmertes Mädchen. Und das soll gefährlich sein? Sonst habe ich alles von mir ausgeschlossen und meine Arbeit erledigt, ohne lange darüber nachzudenken, wen ich umbringen musste. Aber das ist kein normaler Auftrag, das ist mehr.

»Setzen wir uns in das Café da hinten, da haben wir einen guten Blick auf das Haus«, sagt Hunter, ohne von seinem Handy aufzusehen.

Ich erhebe keine Einwände.

KAPITEL 5

Hunter

Wir sitzen den ganzen Nachmittag in dem Café. Ich trinke einen Kaffee nach dem anderen, während Kat stundenlang ein Wasser vor sich stehen hat und es nicht anrührt. Schließlich lasse ich es richtig krachen und bestelle mir Pancakes mit extra viel Sahne.

Kat blickt mit hochgezogener Augenbraue auf meinen Nachtisch und zurück in mein Gesicht. »Was?«, frage ich nach. »Wenn man tagelang von einem Dämon gefoltert wird, darf man sich auch mal was gönnen!«

Die Leute am Nebentisch werfen uns einen verwirrten Blick zu, aber ich ignoriere sie. Schon früh habe ich gemerkt, dass Menschen solche Aussagen in der Öffentlichkeit nicht so ernst nehmen. Sie halten einen höchstens für verrückt.

Kat verengt die Augen. Das ist wohl eine Angewohnheit von ihr, denn es ist mir schon öfter aufgefallen.

»Alistair hat dich gefoltert?«, hakt sie mit gesenkter Stimme nach. Ich zucke mit den Schultern und wende mich dann meinen Pancakes zu. Dann schiele ich doch zu ihr hoch. In ihren Worten lag weder Überraschung noch Tadel und auch in ihrem Blick kann ich nicht ablesen, ob diese Tatsache sie schockiert oder nicht. Sie sieht einfach gleichgültig aus. Als würde es sie nicht kümmern, als hätte sie nur gefragt, um ein Gespräch anzukurbeln. Was stimmt bloß nicht mir ihr?

Ich schiebe mir eine Gabel von den Pancakes in den Mund, ohne sie aus den Augen zu lassen. Ihr Blick schweift aus dem großen Fenster, an dem wir sitzen, zu dem Haus des rothaarigen Mädchens, während sie eine Strähne ihres rötlichen Haares um den Finger wickelt. Es ist nicht so feuerrot wie das unseres Opfers, weniger auffällig.

»Wurdest du auch an Alistair gebunden, so wie ich?«, hake ich nach. Kat zuckt nur mit den Schultern.

»Ist doch eine einfache Frage. Ja oder nein?«, bohre ich weiter.

»Hier passiert nichts mehr«, wechselt sie unvermittelt das Thema. »Und es wird dunkel. Wir sollten uns einen Schlafplatz suchen.«

Murrend stimme ich ihr zu. Noch während ich esse, suche ich mit dem Handy nach einem freien Zimmer in der näheren Umgebung. »Anderthalb Kilometer von hier gibt es ein Motel«, informiere ich sie knapp.

Sie nickt und trinkt einen Schluck von ihrem Wasser. »Dann sollten wir gehen.«

Ich begleiche die Rechnung und erhebe mich. Meine Glieder fühlen sich von dem vielen Herumgehocke taub an, weshalb ich die Arme über den Kopf strecke und sie dann gähnend ausschüttele. Das Nichtstun macht einen echt müde. Vielleicht sind es aber auch die vielen Stunden auf der Folterbank.

Wir treten schweigend an die frische Abendluft und ich blicke zum Horizont, an dem die Sonne schon verschwunden ist. Kat hat recht, bald wird die Dunkelheit hereinbrechen.

Über den Navigator in meinem Handy suche ich nach dem Motel und lasse mich von ihm führen. Kat folgt mir mit schnellen, strammen Schritten. Die Entfernung scheint ihr nichts auszumachen, sie ist fit. Und stark. Stärker als ich, wie ich schmerzhaft feststellen musste. Es ist mir schleierhaft, warum sie sich heute in der Schule nicht gegen meinen Griff gewehrt hat, auch wenn sie es kurz versucht hat. Die Frau ist mir ein einziges großes Rätsel.

Innerhalb einer Viertelstunde haben wir die Distanz hinter uns gebracht und stehen vor einem schäbigen Motel. Die Schrift ist abgeblättert, der Vorgarten hat seine besten Zeiten längst hinter sich gelassen.

»Na, das sieht ja einladend aus«, merke ich ironisch an, als ich die Tür aufschiebe und Kat den Vortritt lasse. Sie rümpft die Nase, erwidert aber nichts und geht ins Innere. Dort sieht es nicht viel besser aus. Alte Möbel stehen im Empfangsbereich herum. Nicht alt im Sinne von charmant alt, sondern sperrmüllreif.

Ein älterer Herr sitzt hinter dem Tresen und starrt uns entgegen, ohne uns zu begrüßen.

»Guten Abend«, sage ich und hole mein Portemonnaie hervor. »Wir brauchen zwei nebeneinanderliegende Einzelzimmer bitte.«

»Haben wir nicht mehr«, erwidert er schroff. »Nur eins im vierten und eins im zweiten.«

Ich knirsche mit den Zähnen. Solange ich nicht weiß, wie weit die Zimmer voneinander entfernt sind, kann ich sie nicht nehmen. Immerhin sind wir dank dieses dämlichen Dämons aneinandergekettet wie zwei Hunde. Ich sehe hinab zu Kat, die mir einen tödlichen Blick zuwirft. Mir bleibt leider keine andere Wahl.

»Dann ein Doppelzimmer, für eine Woche erst mal. Nehmen Sie MasterCard?«

Kat tritt mir auf den Fuß und ich beiße mir auf die Zunge, eher vor Überraschung als vor Schmerz. Hey! Was soll das denn?

»Ja. Ich gebe Ihnen Zimmer Nr. 323. Frühstück ist um acht.«

Ich zahle mit Kreditkarte und nehme den Schlüssel entgegen. Gemeinsam mit Kat steige ich in den Aufzug. »Sieh mich nicht so an!«, verteidige ich mich, sobald die Türen sich geschlossen haben. »Wenn die Zimmer zu weit auseinandergelegen wären, dann müssten wir ohnehin in einem Zimmer schlafen.«

»Du hättest ja fragen können«, faucht sie und dreht sich weg von mir. Auch wenn sie wütend ist, kann ich ein Grinsen nicht unterdrücken. Zumindest zeigt sie irgendeine Gefühlsregung.

»Grins nicht so bescheuert«, schiebt sie hinterher.

»Woher weißt du, dass ich grinse, wenn du mich nicht ansiehst?«, hake ich nach und versuche mit aller Kraft, das Lächeln aus meiner Stimme zu verbannen.

»Ich weiß, dass du es tust«, beharrt Kat, aber ich erwische sie dabei, wie sie kurz zu mir schielt, um sich zu vergewissern.

Die Türen öffnen sich, ehe ich etwas dazu sagen kann, und meine Mitstreiterin stapft aus dem Aufzug den Flur entlang. Da ich den Schlüssel habe, muss sie auf mich warten, bis auch ich Zimmer 323 erreicht habe und ihr aufschließe. Wie erwartet, steht ein Doppelbett im Raum. Kat geht zielsicher darauf zu und setzt sich.

»Du schläfst auf dem Boden«, stellt sie klar. Abwehrend hebe ich die Hände. »Schon gut, ich kann mir auch Besseres vorstellen, als mit dir ins Bett zu hüpfen. Gib mir wenigstens Decke und Kissen.«

Beides wird mir nacheinander entgegengeschleudert. »Ich geh mich kurz frisch machen«, murmelt sie und wirft mir noch einen warnenden Blick zu. »Das Bett gehört mir.«

Dann verschwindet sie im angrenzenden Badezimmer. Augenrollend sehe ich ihr nach, dann mache ich mich daran, mir mein Nachtlager zurechtzumachen. Ich habe schon an ungemütlicheren Orten geschlafen als auf dem Boden eines schäbigen Motelzimmers. Es ist zumindest warm, sodass ich die Decke als Matratzenersatz benutzen kann. Mit hinter dem Kopf verschränkten Händen lege ich mich auf den Rücken und blinzle hoch zur Decke.

Kat kommt zurück aus dem Bad, löscht das Licht und zieht die Sneaker aus, bevor sie zu dem großen Bett tapst. Durch die dünnen Vorhänge dringt das Licht einer Straßenlaterne, die direkt vor dem Zimmer stehen muss.

Seufzend lässt Kat sich auf die Matratze fallen und wickelt sich in die Decke. Sie windet sich, es raschelt kurz, dann ein leises Ächzen ihrerseits. Kurz darauf fliegt das erste Kleidungsstück aus dem Bett.

»Sag mal, ziehst du dich aus?«, frage ich halb schockiert, halb amüsiert und richte mich leicht auf. Bis auf den Kopf ist sie vollkommen unter der Decke und eine Haarsträhne klebt an ihren leicht geöffneten Lippen.

»Guck nicht!«, keift sie mich an. »Ich kann eben nicht mit Klamotten schlafen.«

»Heißt das, du bist jetzt nackt unter der Decke?«

Sie hebt eine Braue. »Noch nicht.«

Einen Moment länger starre ich sie an, dann falle ich zurück in mein Kopfkissen und sehe zur Decke. Egal, wie wenig ich Kat mag, ich kann nicht verhindern, dass ich mir vorstelle, wie sie unter den Klamotten aussieht. Sie entspricht nicht gerade meinem Beuteschema und normalerweise würde ich einer Frau wie ihr keinen zweiten Blick schenken, andererseits bin ich doch nur ein Mann, der schon seit Wochen abstinent ist. Es ist nicht so, dass ich keine Frauen haben könnte, aber die Arbeit hat mich zugeschüttet. Wir waren an einer großen Sache dran, bis Alistair mich unfreiwillig abgezogen hat.

Ich lausche ihr dabei, wie sie sich weiterhin umständlich auszieht, bis sie schließlich Ruhe gibt und sich zur Seite dreht. Es dauert nicht lange, bis ihre Atemzüge ruhiger und gleichmäßig werden und sie eingeschlafen ist.

Noch einen Moment länger verharre ich, bis ich mich aufrichte, mir mein Handy schnappe und im Badezimmer verschwinde. Dort habe ich endlich die nötige Ruhe und Privatsphäre, um Luke anzurufen.

»Geh ran, du Idiot«, murmle ich und starre in mein eigenes Spiegelbild, während ich dem Tuten lausche.

»Hunter?!« Zum Glück ist er rangegangen.

»Ja, ich bin's«, sage ich und atme erleichtert aus. »Mann, tut gut, deine dämliche Stimme zu hören.«

»Hey, Kumpel, wo bist du? Ich suche dich schon überall!«, fängt er aufgeregt an. Oh, immerhin hat er mein Verschwinden bemerkt. Knapp erzähle ich ihm, was vorgefallen ist, angefangen von Kat bis hin zu dem Auftrag, den Alistair uns gegeben hat.

»Scheiße Mann, hätte ich das gewusst, hätte ich die Kleine niemals zu dir geschickt. Ich dachte, sie wäre ein Dämon und du machst sie locker fertig.«

»Ist nicht deine Schuld«, versichere ich ihm. »Ich war auch ziemlich überrascht. Aber wir haben jetzt ein anderes Problem. Kat dient auch als mein Schutzschild vor den Engeln und ich kann mich nicht weit genug von ihr trennen.« Für die nächsten Worte senke ich meine Stimme noch mehr, auch wenn Kat nebenan tief und fest schläft. »Ich muss sie umbringen.«

Schweigen kehrt am anderen Ende ein. »Aber wenn die Engel dich finden, legen sie dich um«, flüstert Luke, der ebenfalls, aus welchem Grund auch immer, die Stimme gesenkt hat. Ich beiße mir auf die Wange und sehe mich im Spiegel nachdenklich an.

»Vielleicht haben sie ja auch eine Möglichkeit, mich von diesem Fluch zu befreien«, meine ich. Luke schnaubt. »Das glaubst du doch selbst nicht. Die fackeln nicht lange.«

Ich weiß, dass es mein Todesurteil bedeutet, sobald ich Kat aus dem Weg geräumt habe. Aber es muss sein. Alistair hat mir den Befehl gegeben, die drei Leute zu töten, und auch wenn ich es hinauszögern kann, muss ich es tun, sobald sich eine Gelegenheit ergibt, dagegen kann ich mich nicht wehren. »Und wenn ich es nicht tue, bin ich für den Rest meines Lebens die Hure dieses Dämons. Darauf verzichte ich gerne. Aber ich brauche deine Hilfe, Luke.«

»Ich werde die Engel nicht zu dir schicken«, sagt Luke sofort, wie ich es nicht anders erwartet habe.

»Nein, das wird ohnehin nichts bringen. Soweit ich Alistair verstanden habe, bin ich ein blinder Fleck für die Engel, egal, wie nahe sie mir kommen.« Ganz abgesehen davon, dass ich ihm nicht antun möchte, dass er meinen eigenen Henker zu mir schickt. »Es gibt aber eine andere Sache, die du für mich tun kannst.«

»Schieß los«, fordert Luke mich nach kurzem Zögern auf.

»Ich muss wissen, wie ich sie töten kann. Sie ist stark, sehr stark sogar. Aber bisher habe ich sonst nichts Unmenschliches an ihr erlebt. Na ja, bis auf die Tatsache, dass sie unsichtbar für die Engel ist und anscheinend auch mich damit abschirmt. Und sie steht in irgendeiner Verbindung zu diesem Dämon, ich weiß nur nicht, warum.«

»Ich recherchiere für dich. Auch, wie man diesen Fluch brechen kann. Ich finde was, verspochen.«

Sein Optimismus ist deprimierend, da ich weiß, wie viel Hoffnungen er sich macht. Aber es gibt nur eine Chance, aus dieser Situation zu entkommen.

»Okay. Schick mir eine Mail, wenn du es weißt. Kein WhatsApp oder SMS. Ich will nicht, dass sie es zufällig mitbekommt, wenn sie mein Handy filzt.«

»Verstanden. Soll ich zu dir kommen?«

»Ich bin in North Dakota«, schnaube ich, woraufhin Luke einen leisen Pfiff ausstößt. »Wäre eine lange Reise für dich. Ich komme klar. Und hey, wegen des Falls, an dem wir gerade dran sind: Brich es ab. Du kannst das nicht allein.«

»Ich bin dran, Hunter.« Am liebsten würde ich ihm jetzt eine Kopfnuss verpassen, um ihn zu Verstand zu bringen.

»Ich sagte Nein. Das ist zu gefährlich.«

Er schweigt.

»Tu, was ich dir sage. Ich muss jetzt auflegen. Pass auf dich auf, Luke.«

Damit lege ich auf und fahre mir seufzend durch die Haare. In diesem Leben habe ich schon viel gejagt und mich in einigen heiklen Situationen wiedergefunden, aber dass ich ausgerechnet in solch eine Lage komme, hätte ich niemals gedacht. Und der krönende Abschluss würde sein, wenn meine eigenen Leute mich umbringen.

KAPITEL 6

Kat

Als ich am nächsten Morgen wach werde, ist Hunter schon auf den Beinen. Seine Haare sind noch feucht, er trägt frische Klamotten und hockt auf dem Boden gegen die Wand gelehnt mit einem Laptop da.

Gähnend strecke ich die Arme über den Kopf und sehe dann zu ihm. »Woher hast du die ganzen Sachen?«

Ohne aufzusehen, deutet er hinter sich. »Dein Freund hat uns ein Upgrade verschafft.«

Mein Blick fällt auf den schwarzen Rucksack, der auf dem Schreibtisch des Zimmers liegt, und sofort springe ich aus dem Bett. Aufgeregt laufe ich zum Tisch. Ein kleiner Zettel liegt anbei.

Das Nötigste für euren Auftrag. Überstürzt es nicht. Alistair.

Ich blicke neugierig in den Rucksack. Darin befinden sich einige frische Klamotten, außerdem ein Bündel Bargeld und ein Autoschlüssel. Mir entweicht ein mädchenhaftes Quieken, als ich den Schlüsselanhänger bemerke. Es ist mein Mustang, den er mir schon vor einigen Monaten bei einem längeren Auftrag mal gestellt hat. Mein Baby!

Erfreut hüpfe ich von einem Bein aufs andere und stelle fest, dass auch meine Lieblings-Biker-Jacke beiliegt. Im selben Moment wird mir schlagartig etwas klar: Ich bin erst aufgestanden, meine Klamotten liegen in einem Haufen auf dem Boden neben dem Bett, ich trage nichts außer Unterwäsche …

Plötzlich bin ich wie erstarrt, drehe mechanisch den Kopf zur Seite, zu Hunter, dessen Blick auf mir ruht. Ein breites Grinsen liegt auf seinen Lippen. Meine Wangen werden heiß, als würde plötzlich

Lava statt Blut durch meinen Kreislauf schießen. Oh verdammt, warum habe ich nicht eine Sekunde nachgedacht?

Ich tue so, als würde es mir nichts ausmachen, ziehe mir die frischen Klamotten aus dem Rucksack über, aber in Wahrheit könnte ich vor Scham im Boden versinken. Ausgerechnet dieser Idiot sollte mich nicht halb nackt sehen!

»Willst du, dass ich mich auch ausziehe? Dann sind wir quitt.«

Na super, das war nicht einmal eine halbe Minute, seit ich wieder Klamotten trage, und schon beginnt er, Scherze darüber zu machen. Ich hoffe, wir können einfach diesen blöden Auftrag abschließen und dann wieder getrennte Wege gehen.

»Wann töten wir die Rothaarige?«, frage ich ihn, ohne auf seine Bemerkung einzugehen. Hunter lacht auf.

»Töten? Wir wissen nichts über sie. Alistair hat uns doch geschrieben, wir sollen es nicht überstürzen.«

Ich fahre herum und verschränke die Arme vor der Brust. »Ja, aber wir haben sie beobachtet, sie ist harmlos. Wir passen sie ab und töten sie, dann können wir uns dem Nächsten zuwenden.«

Hunter hebt protestierend eine Hand, die ich ihm am liebsten brechen würde. »Immer sachte. Ihr Name ist übrigens Larissa, sie wird aber wohl nur Ris genannt. Sie ist im Debattier-Club eine ziemlich große Nummer, liebt reiten und lesen und hat so gut wie keine Freunde.«

»Woher weißt du das alles?«, frage ich stirnrunzelnd. Hunter hebt den Laptop leicht an. Da fällt mir ein, dass mein Mobiltelefon wohl noch im Community College liegt, wo ich es habe fallen lassen. Egal, es gibt ohnehin niemanden, mit dem ich in Kontakt bleiben will. »Ich habe sie bei Facebook gefunden. Irgendetwas stimmt nicht mit ihr und wir müssen herausfinden, was sie so gefährlich macht, bevor wir uns auf eine Tötungsmission begeben.«

»Du willst doch nur Zeit schinden«, werfe ich ihm vor, woraufhin Hunter trocken lacht.

»Ich stehe unter einem Bann, Kat. Ich muss es tun, ob ich will oder nicht. Wenn du der Meinung bist, sie ist harmlos, dann schnapp dir ein Messer und kill sie allein!«

Unzufrieden presse ich die Lippen zusammen und blicke zu Boden. Ohne das Dämonenblut bin ich vermutlich nicht einmal stark genug, ihr das Messer so tief ins Herz zu stoßen, dass sie sofort stirbt. Und leiden lassen will ich sie durch einen qualvollen Tod auch nicht.

»Also«, meint Hunter versöhnlich. »Vielleicht müssen wir mehr auf die Details achten. Ich zerbreche mir schon die ganze Zeit den Kopf darüber, aber ich kann nichts Auffälliges an dem Mädchen finden. Du vielleicht?«

Ich denke einen Moment darüber nach, dann erhellt sich mein Gesicht. »Erinnerst du dich, welches Buch sie gelesen hat?«

Er sieht mich verwirrt an. »Was?«

»Na, in der Pause. Sie war so vertieft in ein Buch. Vielleicht sollten wir herausfinden, welches das war.«

Hunter macht ein nachdenkliches Gesicht. »Es hatte einen blauen Einband, glaube ich.«

»Das bringt uns nicht weiter. Es gibt hundert Bücher, auf die das zutrifft. Wir sollten etwas genauer forschen.«

Hunter legt den Laptop beiseite und kommt auf die Beine. »Na schön, fahren wir zur Highschool.« Er streckt mir auffordernd die Hand entgegen.

»Was willst du?«, frage ich und sehe demonstrativ zu seiner Hand.

»Na, die Schlüssel. Oder willst du laufen?«

Auf meinen Zügen erscheint ein süffisantes Grinsen, das ich nicht unterdrücken kann. »Du denkst doch nicht ernsthaft, ich lasse dich meinen Wagen fahren?«

Hunter zieht eine missmutige Grimasse, nachdem ich ihn auf den Beifahrersitz befördert habe. Meine gute Laune steigt, als ich das Röhren des alten Motors vernehme. Oh ja, das ist so was von gut!

»Fahren wir zur Highschool«, brummt Hunter.

»Ich bestimme, wo es langgeht«, entgegne ich und biege in eine andere Richtung ein: zu Larissas Haus.

»Kat«, meckert Hunter. »Komm schon, spiel jetzt nicht die Zicke. Es war doch dein Plan, nachzusehen, was Larissa liest.«

»Ja, sie war in der Pause schon mit der Hälfte durch. Wie sie in die Geschichte vertieft war, hat sie es am Abend und in der Nacht schon ausgelesen«, erwidere ich und fahre geschmeidig um eine scharfe Kurve. Der Wagen fühlt sich an wie Wachs in meinen Händen, als würde er mir nur durch Gedankenkraft gehorchen. Natürlich ist das nicht wahr, aber sich in ein Auto zu verlieben ist so viel leichter, als sich einzugestehen, dass mein Leben den Bach runtergeht.

»Du scheinst dich damit auszukennen«, mutmaßt Hunter. Ich gehe nicht darauf ein, was geht es ihn auch an? Früher einmal, in meiner Kindheit, habe ich das Lesen geliebt. Sich in Geschichten einzunisten, Abenteuer von seiner Couch aus zu erleben, darin zu versinken. Aber seitdem Alistair mich das erste Mal zu sich gerufen hat, hat das alles an Wert verloren.

Ich biege in die Straße ein und parke am Rand, wo wir einen guten Blick auf das Haus haben. Hunter späht prüfend an mir vorbei. »Ein Auto steht vor der Tür, also ist wahrscheinlich jemand da. Geh unter einem Vorwand rein und durchsuch ihr Zimmer, ob du etwas findest.«

»Wieso ich? Geh du doch!«

Hunter zieht eine Augenbraue in die Höhe. »Weil sie wohl eher ein unschuldiges Mädchen reinlässt, statt mich. Erfinde eine Ausrede und verschaff dir Zutritt.«

»Du hast selbst gesagt, sie könnte gefährlich sein. Was, wenn dort Fallen aufgestellt sind oder ihre Mom mir an die Kehle geht?«

Herausfordernd reckt er das Kinn vor. »Mich hast du doch auch erledigt. Du kommst schon klar.«

Ja, aber da war ich mit Dämonenblut vollgepumpt! Jetzt bin ich nur ein Mensch, nicht mal besonders stark. Ich trainiere zwar, um mich notfalls auch selbst verteidigen zu können, aber gegen unmenschliche Kraft kann ich nichts ausrichten. Aber das kann ich Hunter nicht auf die Nase binden und ihm so meine Schwäche offenbaren.

»Also gut«, beschließe ich. Er nickt.

»Ich bleibe hier, du musst nur über die Straße und in ihr Zimmer, da sollte die Entfernung nicht allzu groß sein, als dass ich mit dir gehen müsste.«

Stimmt, unser blödes Band hätte ich fast vergessen. Nun, das ist nicht mein Problem, denn wenn es hart auf hart kommt, ist er gezwungen, mir zu folgen. Ich steige aus dem Wagen und laufe zielsicher auf Larissas Haus zu. Ein vager Plan formt sich in meinem Kopf, aber letztendlich muss ich improvisieren. Mein Magen verkrampft sich bei dem Gedanken, aber ich setze mein bestes Pokerface auf. In der Interaktion mit anderen Menschen bin ich noch nie gut gewesen, dafür bin ich eine geübte Lügnerin. Das wird schon schiefgehen.

Ich klingle einmal und trete dann wartend zurück. Zuerst ist alles still, aber dann erklingen Schritte und die Tür wird geöffnet. Eine Frau Ende dreißig steht vor mir, wahrscheinlich Larissas Mom. »Hallo?«, sagt sie höflich, aber distanziert.

»Hallo.« Ich zwinge mir ein Lächeln aufs Gesicht. »Tut mir leid, ich weiß nicht, ob ich hier richtig bin. Wohnt Larissa hier?«

Die Frau runzelt misstrauisch die Stirn. »Ja, das tut sie. Bist du eine Freundin von ihr?«

»Oh, sehr gut. Sie hat mir nur eine kurze Wegbeschreibung gegeben. Ich kenne sie aus dem Debattier-Club und habe ihr mal ein Buch geliehen. Sie hat es heute vergessen und meinte, ich könne es hier abholen. Es würde in ihrem Zimmer liegen.«

Larissas Mutter stemmt eine Hand in die Hüfte und sieht mich noch misstrauischer an. »Müsstest du nicht auch in der Schule sein?«

»Ich habe eine Freistunde«, erkläre ich und zucke lächelnd mit den Schultern. »Da dachte ich, nutze ich die Gelegenheit doch, um mein Buch zurückzuholen. Ris meinte, das wäre kein Problem.«

Bei dem Spitznamen erhellt sich das Gesicht ihrer Mutter augenblicklich und sie beginnt zu lächeln.

»Na klar, komm doch rein. Bist du eine Freundin von Larissa? Sie erzählt mir so wenig.«

Sie geht vorneweg und ich folge ihr den Flur entlang zu den Treppen. »Na ja, Ris ist ein bisschen verschlossen, aber ich mag sie.«

»Das ist typisch Larissa. In letzter Zeit hängt sie ständig nur mit diesen zwei Kerlen ab«, seufzt ihre Mom. Meine Alarmglocken beginnen zu schrillen. Zwei Typen? Etwa diejenigen, die ebenfalls auf unserer Abschussliste stehen? Ich lasse mir nichts anmerken, als wir nach oben steigen. »Aber wenn sie dir ihren Spitznamen schon verraten hat, ist es ein gutes Zeichen.« Sie wirft mir über die Schulter ein ehrliches Lächeln zu. »Ich wünschte mir, sie würde normale Freunde nach Hause bringen.«

Ein leises schlechtes Gewissen macht sich in mir breit, sie so anzulügen. Solche Aufträge hat Alistair mir noch nie gegeben, aber obwohl ich Larissa gestern schnell von der Bildfläche verschwinden lassen wollte, fühlt es sich jetzt falsch an. Ich habe schon zu viel über sie erfahren. So viele Gründe, sie *nicht* zu töten. Ein einfaches Mädchen mit einem normalen Leben, dem wir bald ein Ende setzen müssen.

»Da sind wir.« Vor einem Zimmer bleibt ihre Mom stehen und deutet hinein. Ich betrete den Raum und versuche, alles in mich aufzusaugen. Es sieht aus wie ein typisches Mädchenzimmer. Hellblaue Wände, ein Poster von den *Avengers* an der Wand, ein ordentlich gemachtes Bett, ein weißer Schreibtisch und ein Regal voller Bücher. Ich drehe mich suchend herum. »Na, wo hat sie es denn versteckt?«, murmle ich und blicke in ihr Bücherregal. Die Anwesenheit ihrer Mutter macht mich nervös, aber ich weiß, dass ich dieses Spielchen nicht sehr lange aufrechterhalten kann.

»Weißt du, was?«, schlägt sie plötzlich vor. »Wenn du eine Freistunde hast, dann bleib doch noch ein paar Minuten auf Kaffee und Kuchen. Wie klingt das?«

»Das klingt sehr gut!«, meine ich etwas zu überschwänglich. Sie lächelt mich breit an.

»Dann such du mal dein Buch, ich setze Kaffee auf.«

Sie verschwindet nach unten und ich atme erleichtert aus. Endlich kann ich mich ungestört umsehen. Ich ziehe alle Schränke auf, durchwühle ihre Unterlagen und ihr Bücherregal, werde aber nicht fündig.

»Hm«, mache ich und kaue nachdenklich auf meiner Unterlippe herum. Wenn ich ein sechzehnjähriges Mädchen wäre, wo würde ich dann …

Ein Geistesblitz trifft mich und ich knie mich hin, um unter dem Bett nachzusehen. Als ich dort nicht fündig werde, hebe ich die Matratze ein Stückchen an und entdecke ein blaues Buch. Bingo! Das muss das Buch sein, das sie gestern gelesen hat.

Es ist ein Hardcover, der Titel und Klappentext sind unauffällig, es scheint ein normaler Roman zu sein. Doch als ich das Buch aufschlage, erkenne ich den Irrtum. Sie hat nur einen anderen Schutzumschlag um das Buch gemacht. Doch es ist in einer Sprache geschrieben, die ich nicht entziffern kann.

Ich packe es in meine Umhängetasche und schließe sie. Prüfend sehe ich mich in dem Zimmer um, beschließe aber, dass ich besser nach unten gehen sollte.

»Hab es gefunden!«, rufe ich lächelnd, als ich Richtung Küche laufe. Dort wartet schon ein gedeckter Tisch auf mich.

»Super«, freut sich Larissas Mutter. »Magst du Apfelkuchen?«

»Sehr gerne.« Ich setze mich an den Tisch und fühle mich wie der schlechteste Mensch aller Zeiten, so eine unschuldige Person hinters Licht zu führen. Ihre Mutter wünscht sich für Larissa nur eine gute Freundin, wahrscheinlich macht sie sich Sorgen um sie. Der liebevolle Blick, wenn sie über ihre Tochter spricht, erinnert mich an meine eigene Mutter. Viel zu lange schon habe ich sie nicht gesehen.

Der Kaffee schmeckt bitterer, als ich es gewohnt bin. Er schmeckt wie die Schuld, die auf mir lasten wird, sobald ich Larissa umgebracht habe.

KAPITEL 7

HUNTER

Ich trommle wartend gegen mein Knie, sehe mich immer wieder um, ob Kat zurückkommt. Unwillkürlich schiebt sich das Bild von heute Morgen vor mein geistiges Auge und ich muss grinsen. Ihr Körper ist ganz ansehnlich, wenn auch etwas zu dünn für meinen Geschmack. Aber neben der milchig weißen Haut ist mir vor allem der Ausdruck in ihrem Gesicht hängen geblieben, als sie die Schlüssel gesehen hat. Pure Freude, ehrliche Begeisterung. Das gefällt mir fast noch besser als die wütende Kat und ist mir tausendmal lieber als die emotionslose.

Stopp, auf der Stelle.

So sollte ich nicht über sie denken. Immerhin will ich sie umbringen. Schnaubend schüttle ich den Kopf und logge mich in meinen E-Mail-Account ein. Ich checke, ob Luke mir schon geschrieben hat, werde aber nicht fündig. Kurz blicke ich mich noch mal um. Kat ist nirgends zu sehen. Das Band zieht unangenehm, aber noch nicht so stark, dass ich gezwungen bin, ihr zu folgen. Schließlich wähle ich Lukes Nummer.

»Ja?«, geht er sogleich ran.

»Hast du etwas für mich?«

Er gähnt in den Hörer. »Ich war die ganze Nacht wach und habe für dich recherchiert.«

Ich vergewissere mich erneut, dass Kat noch in dem Haus ist, und frage dann: »Was rausgefunden?«

»Nein. Es gibt wenig Infos über den Zauberspruch, den Alistair benutzt hat.«

»Und die andere Sache?«, hake ich nach und spüre sichtlich, wie er zögert.

»Ja, aber ich bin mir nicht ganz sicher. Zu neunzig Prozent.«

»Schieß los«, fordere ich ihn auf.

»Also, ich denke, dass sie Alistairs Tochter ist.«

»Was?«, entfährt es mir. »Wie soll das möglich sein?«

»Na, er dringt in ihre Mutter ein – Entschuldige das Wortspiel –, sie ist besessen und hat Sex mit einem Menschen. Sie gebärt das Kind, halb Dämon, halb Mensch, und zieht es auf. Das würde erklären, warum sie so stark ist und Dämonenfallen bei ihr nicht wirken.«

»Und ihre Loyalität gegenüber dem Dämon. Daddys kleines, braves Mädchen.« Ich reibe mir über die Schläfe. »Okay, und wie töte ich sie?«

»Du brauchst fremdes Blut, dein eigenes geht auch, soweit ich das recherchiert habe. Jedenfalls musst du ihr mit dem Blut eine Dämonenfalle auf die Haut zeichnen. Dann stichst du ihr mit einem Silberdolch ins Herz.«

»Klingt spaßig«, murmle ich sarkastisch und lehne mich zurück. Einen Silberdolch habe ich bei den Sachen gefunden, die Alistair Kat geschickt hat, und ihn sofort für mich beansprucht. Er steckt nun an meinem Fußknöchel unter der Jeans. Ich frage mich unwillkürlich, warum Alistair ausgerechnet einen Silberdolch schickt, wenn es doch eine Waffe ist, die seine Tochter tötet. Andererseits ist er gleichzeitig eine effektive Waffe gegen meine Art. Der Dolch lag in ihrem Beutel, den ich natürlich geöffnet habe, als sie geschlafen hat, was sich nun als äußerst gute Idee herausstellt.

Luke am anderen Ende schweigt, aber ich höre das Rauschen von vorbeiziehenden Autos.

»Wo bist du gerade?«, frage ich ihn mit einem unguten Gefühl im Bauch.

»Unterwegs.«

»Wohin?«

»Zum Flughafen.«

»Fuck, nein! Dreh um! Du kannst nicht herkommen, verdammt«, knurre ich.

»Du brauchst mich, Hunter! Ich lasse dich ganz sicher nicht mit der Dämonen-Lady allein und mach mir ein schönes Leben. Wir werden einen Weg finden, Alistairs Bann zu brechen und die Engel zu überreden, dir eine Schonfrist einzuräumen. Ich habe dein Handy geortet, ich weiß, wo du bist.«

»Lass das. Dreh um. Du kannst mir hier nicht helfen, wirklich nicht. Dein Auftauchen macht die Sache nur komplizierter.«

Im Außenspiegel erkenne ich, dass Kat gerade aus dem Haus zurückkommt. »Ich muss dann auflegen, sie kommt zurück. Denk an meine Worte. Wehe, du tauchst hier auf.«

»Ist gut«, lenkt er zögerlich ein.

Ich muss auflegen, habe aber kein gutes Gefühl bei der Sache. Luke ist nur ein Mensch, anders als ich. Seine Anwesenheit würde mir nur noch mehr Probleme machen.

Kat setzt sich hinters Steuer und startet sofort den Motor. »Hast du was rausgefunden?«, frage ich mechanisch und sie beginnt, aufgeregt von einem Buch und Larissas Mutter zu erzählen. Ich höre nur mit halbem Ohr zu, denn das Ganze verliert bald ohnehin seine Bedeutung. Ich tue das Richtige. Ich habe keine andere Wahl, ich muss sie töten und das hier beenden.

Warum verflucht fühlt es sich dann so falsch an?

Wir suchen uns ein Diner, in dem ich mir Burger und Fritten bestelle. Kat entscheidet sich für dasselbe. Nachdem die Bedienung gegangen ist, kramt sie das Buch aus ihrer Tasche und zeigt mir den Inhalt. Nur flüchtig blicke ich drauf und zucke dann mit den Schultern.

»Habe ich noch nie gesehen«, teile ich ihr mit, woraufhin Kat nachdenklich die Lippen schürzt. »Hast du den Laptop dabei?« Ich nicke. »Dann gib ihn mir mal. Ich recherchiere ein wenig.«

Ich reiche ihr den Laptop weiter, den sie sofort aufklappt und eifrig zu tippen beginnt. Die Tatsache, dass sie etwas gefunden hat, scheint sie ganz aus dem Häuschen zu bringen.

Ein kleines bisschen hasse ich sie für ihren Enthusiasmus. Einerseits, weil es darum geht, Menschen für einen Dämon umzubringen, und andererseits, weil ihre Begeisterungsfähigkeit mir gefällt. Sie lenkt sie bloß auf die falschen Dinge.

Aber egal, was sie jetzt noch tut oder sagt, sie muss sterben. Ich beiße mir auf die Unterlippe und zwinge mich, sie nicht anzustarren, während sie auf der Tastatur herumtippt.

»Ich finde nichts«, reißt mich Kats Stimme aus meinen Gedanken. »Ich bin jetzt alle Sprachen durchgegangen, aber keine passt.« Stirnrunzelnd sieht sie mich an, allerdings komme ich nicht dazu, ihr zu antworten, da unser Essen kommt und Kat den Laptop wegpacken muss, um Platz für die voll beladenen Teller zu machen.

»Lass uns essen, dann reden«, schlage ich vor und Kat nickt nur. Ich widme mich meinem Burger, ohne sie weiter zu beachten. Aber auch Kat scheint kein Interesse an einer Konversation mit mir zu haben. Sie isst langsam und bedacht, während ich es hungrig herunterschlinge. Als ich fertig bin, lehne ich mich mit vollem Magen zurück. Nun komme ich nicht umhin, sie zu betrachten.

Wenn sie sich von meinem offensichtlichen Starren gestört fühlt, lässt sie sich nichts anmerken. Schließlich seufze ich. »Gib mir das Buch mal.« Ohne mich anzusehen, greift sie danach und reicht es mir herüber.

Ich schlage willkürlich eine Seite auf und kneife die Augen zusammen. Das erste Mal habe ich gar nicht richtig hingesehen, aber nun, wenn ich die Schrift eingehender betrachte, wird mir klar, warum Kat nichts gefunden hat bei den Sprachen. Fassungslos lasse ich das Buch sinken.

»Kat«, sage ich und augenblicklich schießt ihr Kopf in meine Richtung. »Das ist die Sprache der Engel.«

Ihre Augen werden groß. »Warum zur Hölle hat Ris ein solches Buch?«, fragt sie flüsternd. Ist Larissa etwa wie ich? Nein, das hätte ich gemerkt und außerdem ist sie viel zu jung für diesen Job.

»Viel wichtiger ist die Frage, wer so ein Buch überhaupt schreibt«, erwidere ich.

So unschuldig kann die kleine Larissa nicht sein. Sie hat dieses Buch verschlungen, was bedeutet, dass sie die Sprache sehr gut lesen kann.

»Kannst du …«, setzt Kat sofort an, aber ich schüttle den Kopf.

»Nein, ich kann sie nur sehr lückenhaft. Ich meine, dafür gibt es keinen Online-Sprachkurs oder so etwas.«

Sie verzieht missmutig die Mundwinkel. »Na toll. Und wer kann es uns übersetzen?«

»Larissa vermutlich«, schnaube ich. Kat legt die Stirn in Falten, ihr Mund öffnet sich, aber kein Ton kommt heraus. Ihr Gesichtsausdruck verändert sich, ihre Augen weiten sich schockiert. Ich sehe über die Schulter, um herauszufinden, was oder wer sie so aus dem Konzept bringt. Augenblicklich erstarre ich, als ich den Mann erkenne, der das Diner betritt.

Er trägt eine unauffällige grüne Jacke, Jeans und einen Pullover. Alles so normal, dass keiner ihm einen zweiten Blick schenkt. Seine Haare sind ordentlich nach hinten gekämmt, einzig der eiskalte Blick könnte Aufmerksamkeit erregen, der nun suchend umherschweift. Ich kenne ihn nicht, habe ihn nie gesehen und doch weiß ich genau, was er ist.

Ein Engel. Für mich scheint er von Inneren heraus zu leuchten, auch wenn ich weiß, dass andere ihn nicht so sehen.

Sie haben mich gefunden. Wie auch immer sie das geschafft haben, aber Kat scheint kein so effektives Schutzschild zu sein, wie Alistair denkt. Er wird erst Kat und im Anschluss mich umbringen, denn das ist sein Job hier.

Wie paralysiert hängt Kats Blick an ihm und ich frage mich, ob auch sie ihn als das erkennt, was er ist.

Der Engel sieht sich immer noch um. Er müsste uns schon längst bemerkt haben. Da, sein Blick fällt auf unseren Tisch und er läuft zielstrebig darauf zu. Jetzt ist es so weit. Obwohl mein Schicksal besiegelt war, als Kat mein Siegel gebrochen und mich zu Alistair geholt hat, zieht mein Herz sich nun angstvoll zusammen.

Die Wahrheit ist, ich will nicht sterben. Aber wer will das schon? Immerhin habe ich mein zweites Leben gut genutzt.

Der Engel bleibt direkt vor uns stehen, aber sein Blick gleitet über unsere Köpfe hinweg. Was ist sein Problem?

»Äh, Hallo?«, mache ich auf uns aufmerksam, woraufhin Kat mir unter dem Tisch mit Wucht gegen das Schienbein tritt. Überrascht keuche ich auf, sehe sie aber nicht an. Der Engel wendet sich ab und verschwindet wieder. Ihm werden kurz komische Blicke zugeworfen, aber sobald er den Laden verlassen hat, ist er schon vergessen.

Ein Keuchen entfährt mir. »Was war das denn?«

Alistair hat zwar gesagt, dass die Engel mich dank Kat nicht sehen können, aber in diesem Moment dachte ich wirklich, es wäre so weit. Anscheinend hat der Dämon nicht gelogen.

Kat entspannt sich merklich. Auch sie scheint nicht zu hundert Prozent auf Alistairs Worte vertraut zu haben.

Sie schiebt ihr Tablett beiseite, wahrscheinlich ist ihr der Appetit vergangen. Ich bin verwirrt. Warum war der Engel sonst hier, wenn nicht meinetwegen? Vielleicht konnte er mich in irgendeiner Weise orten oder hat meinen Aufenthaltsort von Luke erfahren, aber durch Kat wurde ich von seinem Radar gewischt? Das ist zumindest das einzig Logische.

Erleichterung durchströmt mich, obwohl sie völlig unpassend ist. Es wäre viel besser, wenn es jetzt schon vorbei gewesen wäre. Aber nun steht es mir immer noch bevor, Kat umzulegen.

KAPITEL 8

Kat

Der Schock sitzt mir immer noch in den Knochen, aber vor Hunter lasse ich mir nichts anmerken. Wir bleiben eine Weile in dem Diner sitzen, Hunter studiert das Buch vor sich, während ich online recherchiere bezüglich der Engelssprache. Davon habe ich noch nie zuvor gehört.

Als ich nicht fündig werde, tue ich es Hunter gleich und stalke Larissa auf Facebook. Sie gibt dort kaum etwas Persönliches von sich preis, nur oberflächlichen Kram. Aber in ihrer Freundesliste lächelt mir ein bekanntes Gesicht entgegen. »Ruel«, murmle ich nachdenklich und betrachte sein Profilbild. Es zeigt ihn mit einem Alpaka im Hintergrund, er zieht eine dämliche Grimasse und die Brille hängt ihm schief auf der Nase. »Meinst du, das ist sein richtiger Name?«

Hunter sieht auf und blinzelt, als hätte ich ihn aus seiner Konzentration gerissen. Er greift nach dem Laptop und schiebt ihn so, dass auch er auf das Bild gucken kann. »Wer weiß. Die Leute geben ihren Kindern doch andauernd bescheuerte Namen.«

»Wie Hunter?«, frage ich provozierend, aber er zuckt nur mit den Schultern.

»Mein richtiger Name ist Jayden«, vertraut er mir an.

Verwirrt neige ich den Kopf zur Seite. »Warum nennst du dich dann Hunter?«

»Die Engel haben mir diesen Namen gegeben.«

Die Engel? Was meint er denn damit? Ein ungutes Gefühl keimt in mir auf. Er ist doch nicht derjenige, der den Engel hergerufen hat? Aber die Überraschung und leichte Panik auf seinem Gesicht waren echt, auch er hat mit dem Erscheinen des Engels nicht gerechnet.

Fragend neige ich den Kopf. »In welcher Verbindung stehst du zu den Engeln?«

»Es ist kompliziert.« Hunter schiebt mir den Laptop wieder zurück. »In welcher Beziehung stehst du zu Alistair?«

»Ist auch kompliziert«, weiche ich aus und sehe mir Ruels weitere Bilder an. Auch auf seinem Profil finde ich nichts Auffälliges. Ich scrolle mich durch, bis mir die Augen schmerzen. Er scheint ein normaler, nerdiger Typ zu sein. Andererseits habe ich das auch von Larissa gedacht und sie hat ein Buch der Engel unter ihrem Bett versteckt.

»Irgendwas entdeckt?«, frage ich an Hunter gewandt und klappe den Laptop zu. Er hat die Stirn in Falten gelegt und studiert das Buch vor sich. Kopfschüttelnd blättert er eine Seite um.

»Wie gesagt, ich kann nicht viel lesen. Aber ein Wort springt mir immer wieder entgegen.«

»Welches Wort?«, hake ich nach.

Ganz langsam hebt Hunter den Kopf und sieht mir fest in die Augen. »Zerstörung. Es ist so gut wie auf jeder Seite zu finden.«

Nachdenklich lege ich den Kopf schief, mustere den Mann vor mir, während es in meinem Hirn rattert. Da kommt mir ein Gedanke. »Moment, vielleicht war der Engel deshalb hier. Weil er nach dem Buch gesucht hat.«

»Dann meinst du, die Engel spüren dieses Buch, es ist durch dich aber irgendwie geschützt? Aber das ergibt keinen Sinn, warum hat der Engel es nicht einfach von Larissa genommen?«

Ich zucke mit den Schultern. »War ja nur so ein Gedanke.« Unwillkürlich schaudere ich, wenn ich an die Präsenz des Engels denke. Es tut fast weh, sich daran zu erinnern, als würde mein Kopf explodieren.

Hunter klappt das Buch zu und legt beide Hände auf den Einband. »Egal, ob es so ist oder nicht, wir sollten dieses Buch schützen.«

»Vielleicht sollten wir einfach mit Larissa reden?«, schlage ich vor. »Ich meine, sie ist ein sechzehnjähriges, schüchternes Mädchen. Was soll sie uns schon anhaben?«

»Ja. Aber morgen. Lass uns zurück ins Motel gehen, es wird langsam spät.«

»Wir können sie vor der Schule abpassen. Oder lieber danach.«

»Das können wir morgen ja spontan entscheiden.« Hunter ruft die Bedienung und zahlt unser Essen. Dann erhebt er sich und nimmt mir den Laptop ab. Das Buch verschwindet wieder in meiner Umhängetasche.

Gemeinsam laufen wir nach draußen und ich krame die Schlüssel aus meiner Jackentasche. Als ich den Mustang sehe, grinse ich automatisch. Wie ich diesen Wagen liebe!

»Hey«, raunt Hunter mir zu, der so dicht hinter mich tritt, dass ich seinen Atem auf meinem Nacken spüren kann. »Flipp jetzt nicht aus, aber wir werden beobachtet.«

Augenblicklich bleibe ich stehen und versteife mich. Es ist einzig Hunters Hand in meinem Rücken zu verdanken, dass ich mich weiter fortbewege. Unsanft schiebt er mich vor und ich könnte mich nicht einmal wehren, wenn ich es gewollt hätte.

Wieder einmal wird mir bewusst, wie kräftig Hunter ist. Mein einziger Trumpf ist, dass er denkt, ich wäre so stark wie bei unserer ersten Begegnung. Oder hat er schon gemerkt, dass ich nicht mehr bin als ein Mensch?

Ich lasse mich auf den Fahrersitz schieben und blicke dann vorsichtig auf die Straße vor uns. Hunter lässt sich neben mich sinken.

»Da, auf der anderen Straßenseite. Sieh unauffällig hin.«

Vorsichtig schiele ich nach links und erkenne ihn auf Anhieb. Der dritte Typ im Bunde, der mit dem Militärhaarschnitt. Er sieht gut aus, groß und muskulös und ein starrer Blick. Ebendieser ist nun auf uns gerichtet.

»Meinst du, er ist wegen diesem Buch da?«, frage ich flüsternd, obwohl er uns sowieso nicht hören kann. Hunter schüttelt den Kopf. »Keine Ahnung. Fahr los.«

Ich folge seiner Anweisung, starte den Motor und brause los. »Er ist doch gut zehn Jahre älter als Larissa«, mutmaße ich. »Was haben sie miteinander zu tun?«

»Ich weiß es nicht, irgendetwas hat sie zusammengeführt. Vielleicht dieses Buch.« Er sieht sich nach hinten um, entspannt sich dann aber. »Er folgt uns nicht. Allerdings frage ich mich, wie zur Hölle er uns gefunden hat.«

Ich beschleunige den Wagen und bringe uns zurück zu dem Motel, in dem wir ein Zimmer gemietet haben. Es dämmert leicht, aber ich fühle mich jetzt schon müde.

»Ich muss duschen«, sage ich und verschwinde im Badezimmer nebenan. Doch anstatt unter den Wasserstrahl zu steigen, lasse ich mir Badewasser ein und lege mich hinein. Die Wärme beruhigt meine Glieder.

Eine Weile bleibe ich liegen, genieße die Ruhe, bevor ich Duschgel und Shampoo vom Motel benutze, um mich zu säubern. Beides riecht herb, fast schon ein wenig männlich, aber besser als nichts.

Dann betrete ich wieder das Zimmer. Hunter liegt auf der Decke am Boden. Er sieht mich an, sagt allerdings nichts, auch wenn ich fast schon mit einem blöden Kommentar gerechnet habe. Ich lege mich wortlos ins Bett und unter die warme Decke.

»Das Bad ist jetzt frei«, murmle ich, auch wenn er das natürlich schon mitbekommen hat. Hunter gibt ein zustimmendes Brummen von sich, dreht sich jedoch weg und redet nicht mehr mit mir.

Was für ein Tag, ich kann eine Portion Schlaf dringend gebrauchen.

☆

Warme Hände auf nackter Haut. Ein fester Körper, der sich an mich schmiegt. Geschickte Finger, die über meine Haut tanzen …

Langsam gleite ich aus meinen Träumen, spüre ein Kribbeln auf meiner Haut, kann allerdings nicht bestimmen, ob es real ist oder noch zum Traum gehört. Schläfrig lecke ich mir über die Lippen, schiebe eine Hand unter das Kissen und rutsche zurück. Ich stoße gegen einen anderen Körper und stocke. Mein benebeltes Hirn realisiert noch nicht, was passiert, da spüre ich sogleich warmen Atem in meinem Nacken.

»Ruhig, Kat«, säuselt Hunter mir ins Ohr und unmerklich entspanne ich mich wieder. Es ist nur Hunter, keine Gefahr.

»Was tust du in meinem Bett?«, frage ich nuschelnd.

Er lacht leise. »Der Boden ist ganz schön ungemütlich. Lass mich für ein paar Stunden auf der Matratze schlafen.«

Warum schmiegt er sich dabei so an mich? Das Bett ist groß genug, damit er sich ganz an den Rand legen kann. Vielleicht bin ich unbewusst näher an ihn herangerutscht? Ich weiß es nicht. Ich weiß nur, dass seine warmen Finger in meinem Nacken sich gut anfühlen.

Meine Lider klappen wie von allein zu. Wie auch gestern Nacht trage ich nur Unterwäsche im Bett, aber es macht mir erstaunlich wenig aus. Im Gegenteil, ein Teil von mir wünscht sich, dass Hunter sich ebenfalls auszieht und meine feuchten Träume wahr werden lässt.

»Hmhmm«, mache ich unzufrieden. Er zeichnet irgendetwas in meinen Nacken, seine Finger üben so viel Druck aus, dass es schon unangenehm ist. Und warum fühlen sie sich so glitschig an?

»Hunter?« Mit einem Schlag werde ich wacher und will mich aufrichten, aber er schlingt einen Arm um mich und hält mich im Bett fest.

»Es tut mir leid, Kat«, keucht Hunter, seine Finger verschwinden von meiner Haut und bevor ich nachhaken kann, was er meint, spüre ich, wie sich etwas in meinen Rücken bohrt. Die Luft stockt in meiner Lunge, ich kann nicht mehr atmen und unmenschlicher Schmerz schießt durch meine Glieder. Ich will schreien, doch meine Kehle fühlt sich zu eng an und gleichzeitig zieht sich mein Herz krampfend zusammen.

Einen Moment lang fühle ich mich tot, spüre meinen Körper nicht mehr und habe doch das Gefühl, anwesend zu sein. Dann zerreißt ein heftiger Schmerz meine Seele, Schwärze umfängt mich, Wind tost um mich herum.

Alles fühlt sich leicht und schwerelos an. Wie …

Ich bringe den Gedanken nicht zu Ende, da sacke ich in mir zusammen. Wortwörtlich falle ich durch eine andere Dimension und lande auf hartem Betonboden. Panisch schnappe ich nach Luft, sauge den Sauerstoff gierig in mich hinein und atme hektisch ein und aus.

Wo bin ich? Blinzelnd sehe ich mich um. Eine alte, verlassene Bibliothek. Umgekippte Bücherregale, zerfleddertes Papier auf dem Boden und der Geruch von alten Büchern sind das Erste, was ich wahrnehme. Dann spüre ich dicken Teppichboden unter meinen nackten Knien. Es regnet, donnert, blitzt draußen, der Wind peitscht gegen die Fenster, kommt aber nicht hindurch. *Hölle.* Ich bin in der Hölle.

Atemlos richte ich mich auf, fasse sofort an meinen Rücken, an meine Brust, taste mich nach der Verletzung ab, werde aber nicht fündig. Nur getrocknetes Blut an meiner weißen Haut.

Hunter hat mich erstochen! Oh mein Gott, er hat mich umgebracht.

»Er hatte es zumindest vor.«

Erschrocken springe ich auf und erkenne Alistair, der nur wenige Meter von mir entfernt steht. »Alistair«, keuche ich. »Was ist passiert?«

»Dieser Bastard hat wohl versucht, dich mit einem Silberdolch zu erstechen, nehme ich an.« Alistair lacht trocken auf, sein Blick gleitet kurz an meinem halb nackten Leib entlang.

Gerade ist es mir egal, dass ich nur Unterwäsche trage, denn die Erleichterung, dass ich lebe, ist größer.

»Bin ich etwa …«, setze ich an und als Alistair den Kopf schüttelt, durchflutet mich pure Erleichterung.

»Natürlich bist du nicht tot. Du solltest aber wissen, dass der Silberdolch eine sehr effektive Foltermethode für Hunters Art ist. Also solltest du ihm die Waffe abnehmen und es ihm heimzahlen.«

Ich fasse mir an die Brust, an die Stelle, wo mein Herz schlägt. »Warum wollte er mich umbringen? Ich dachte, wir erledigen diesen Auftrag zusammen.«

»Das musst du ihn schon selbst fragen. Ich dachte, ihm den Befehl zu geben, dich nicht zu töten, wäre unnötig. Ehrlich gesagt bin ich überrascht, dass er es so weit geschafft hat.« Alistairs Augen funkeln mich warnend an. »Das solltest du nicht tun. Lasse niemanden so nah an dich heran, Kat.«

»Ich habe nicht, ich meine, ich habe geschlafen!«, verteidige ich mich, auch wenn ich weiß, dass es eine Lüge ist. Es hat sich in diesem Moment einfach so gut angefühlt, nicht allein zu sein. Einen Verbündeten zu haben. Alistair durchschaut mich sofort.

»Du hattest sicher Gelegenheit, ihn von dir zu stoßen. Ich habe dich gelehrt, niemandem zu vertrauen.«

Tief durchatmend schließe ich die Augen. Der Schmerz, der mich nun durchfährt, ist ein anderer, aber er ist nicht minder schneidend. »Diesen Fehler habe ich das letzte Mal gemacht.«

»Gut. Du wirst jetzt zurückgehen und …«

»Ich kann nicht zurück!«, unterbreche ich den Dämon und reiße die Augen auf. Innerhalb eines Wimpernschlages ist Alistair bei mir und drückt mir die Luft ab. Die Wut lodert um ihn wie ein schwarzes Feuer.

»Unterbrich. Mich. Niemals«, sagt er beunruhigend leise. »Hast du verstanden?«

Erschrocken nicke ich. Sein Griff wird fester. »Du wirst mir niemals widersprechen. Du wirst tun, was ich dir sage.«

Erneut nicke ich, woraufhin Alistair mich loslässt und zurückschubst. »Du wirst zurückgehen«, wiederholt er nachdrücklich. »Ich werde dir Dämonenblut einflößen, damit du dem Vollidioten eine Lektion erteilen kannst. Dann werdet ihr gemeinsam diesen Auftrag durchführen. Zuerst will ich eine Statusmeldung, was die letzten Tage passiert ist.«

Stockend fange ich mit den Erzählungen an. Alistair wollte nie eine Zwischenmeldung von mir, er hat nie gefragt und ich bin davon ausgegangen, dass er alles sieht, was ich mache. Doch das scheint nicht der Fall zu sein, denn er wirkt überrascht, als ich ihm von Larissa und dem Engelsbuch erzähle. Als ich den Engel im Diner erwähne, wird er regelrecht unruhig.

Ich traue mich nicht, ihn danach zu fragen, denn die schwarze Wut um ihn herum hat sich noch nicht verflüchtigt. Nach meinen Erzählungen schneidet Alistair sich selbst in den Unterarm und hält ihn mir hin. »Trink«, verlangt er. Ich zögere kurz, denn direkt aus der Quelle zu trinken, hat etwas Intimes. Bisher hat er es mir nur einmal gestattet und das war ganz zu Anfang. Und das Blut so zu trinken verleiht mir wahnsinnige Kräfte.

Zweifelnd sehe ich von der blutenden Wunde in seine Augen. Die Wut ist zwar aus ihnen gewichen, aber was ich stattdessen darin sehe, gefällt mir ganz und gar nicht. »Trink, Kat.«

Wie so oft ergebe ich mich meinem Schicksal, trete vor und folge seiner Anweisung.

KAPITEL 9

Hunter

Kat ist verschwunden. Noch nie habe ich eine ihrer Art getötet und frage mich, ob das normal ist. Müsste nicht wenigstens ihre menschliche Leiche hierbleiben und verbluten? Das Band zu ihr ist zumindest erschlafft, als hätte man es in der Mitte durchtrennt. Das heißt, kein Engelsschutz mehr für mich.

Ich springe aus dem Bett und fahre mir mit beiden Händen durchs Haar. Obwohl ich weiß, dass ich das Richtige getan habe, fühlt es sich furchtbar an. So ist das leider manchmal mit den richtigen Entscheidungen. Dennoch kann ich nicht aufhören, daran zu denken, wie anschmiegsam sie war, wie sehr sie mir in diesem Moment vertraut hat.

Mehrere Minuten stehe ich nur da und starre auf das leere Bett, auf dessen Laken sich ein Blutfleck gebildet hat. Ihr Blut befindet sich auf meinem T-Shirt, aber es ist mir egal. In wenigen Minuten werde ich ohnehin tot sein. Ich schnappe mir meine Tasche, stopfe Klamotten und das Engelsbuch hinein, schultere sie und will aus dem Zimmer verschwinden, bevor das Motelpersonal, aufgeschreckt durch den schrillen Schrei, nachsehen kommt.

Noch bevor ich die Tür erreiche, wird sie aufgerissen. Doch zu meiner Überraschung steht kein Engel vor mir, sondern ein normaler Mensch. Militärhaarschnitt, Killerblick, einen Dolch in der Hand.

Perplex über sein plötzliches Auftauchen mache ich einen Schritt zurück. Er hingegen macht einen Satz nach vorne und schließt die Tür hinter sich. »O Gott.«

»Hallo, Hunter. Du kannst mich ruhig Blake nennen. Schön, dich persönlich kennenzulernen. Und jetzt gibt mir das Buch.«

»Vergiss es!« Statt des Buches ziehe ich meinen Silberdolch hervor und mache mich kampfbereit.

Ein kühles Lächeln legt sich auf die Züge meines Gegenübers. »Gut, endlich mal wieder ein richtiger Kampf.«

Wir stürzen uns aufeinander. Ich weiche seinem ersten Hieb aus und erwische ihn am Unterarm. Er zischt leise, als Blut fließt. Ich greife nach seinem Arm, drehe ihn hinter den Rücken und ziehe ihn so an mich, dass ich ihm mit der freien Hand die Kehle abschnüren kann.

»Was wollt ihr mit diesem Buch?«, frage ich knurrend.

Er lacht dreckig auf. »So unwissend, kleiner Krieger.« Ich verstärke meinen Griff und er schreit auf. »Verdammter Bastard!«

»Ja, genau. Noch so eine freche Bemerkung auf Lager, *Blake?*«

Plötzlich spannt sich das Band in meinem Inneren so fest, dass mir für einen Moment die Luft wegbleibt. Es ist das Gummi, das mich mit Kat verbunden hat. Überrascht sehe ich über die Schulter zu dem Bett, auf dem ich sie umgebracht habe. Die Luft flirrt, als wäre sie elektrisch aufgeladen, und einen Herzschlag später steht Kat da. Immer noch trägt sie nichts außer Unterwäsche, getrocknetes Blut klebt an ihrer nackten Haut, aber keine Wunde ist mehr zu sehen. Was zur Hölle … sie sollte doch tot sein. Ich habe alles exakt so gemacht, wie Luke es mir beschrieben hat.

»Kat«, hauche ich. Die Erleichterung in meiner Stimme ist völlig unpassend, aber ich kann sie nicht unterdrücken. Sie verengt die Augen und mit einem Ruck werde ich von Blake weggeschleudert, direkt zu ihren Füßen. Blake hält inne, blickt auf den Rucksack, der auf dem Boden liegt. Das Buch … Er macht einen Satz vor und will danach greifen, aber Kat lässt Wind aufkommen und schleudert ihn gegen die nächste Wand. Blake stöhnt auf.

»Dich zu töten wird leichter als gedacht«, höhnt Kat und ballt die Hand zur Faust. Blake beißt die Zähne zusammen, ich sehe, wie seine Kiefermuskulatur arbeitet.

»Verdammtes Miststück«, grollt er.

Ich rapple mich auf und greife wieder nach meinem Dolch. Eigentlich will ich ihr helfen, doch Kat zuckt zusammen und fährt zu mir herum.

»Bleib weg von mir!«, befiehlt sie. Blake hingegen nutzt die Gunst der Stunde, reißt die Tür auf und rennt. Ich will ihm folgen, mache reflexartig einen Schritt vor, aber Kat schleudert mich mit voller Wucht zurück.

»Du gehst nirgendwohin.« Sie sieht aus wie eine Rachegöttin in Unterwäsche. »Du hast mich umgebracht!«, faucht sie mich an.

»Das hat ganz offensichtlich nicht geklappt.« Deswegen ist auch kein Engel hier aufgetaucht. Das Band zwischen Kat und mir war nie durchtrennt, sie war anscheinend nur in der Hölle bei Alistair. Ich hebe in einer kapitulierenden Geste die Hände. »Lass es mich erklären.«

»Sehr gerne!« Mit einem Ruck zieht sie den Schreibtischstuhl heran und mit einer Fingerbewegung zwingt sie mich, darauf Platz zu nehmen. Mit unbändiger Kraft fixiert sie mich auf dem Stuhl, ich kann mich nicht mehr bewegen. Woher hat sie diese unglaubliche Stärke? Nur mächtige Dämonen schaffen es, jemanden nur per Gedankenkraft festzuhalten, und wie ich schon ganz zu Anfang feststellen musste, ist sie kein Dämon.

Lukes Vermutung, sie könnte Alistairs leibliche Tochter sein, war offensichtlich auch falsch, sonst würde sie nicht quicklebendig vor mir stehen. Was zur Hölle ist sie also, warum ist sie so …

Meine Augen weiten sich schlagartig, als der Groschen fällt. Wie konnte es mir nur so lange entgangen sein?

Sie ist so stark, weil sie Dämonenblut getrunken hat. Normalerweise ist es wie Gift für Menschen, es gibt nur eine Ausnahme …

Kat greift sich den Silberdolch vom Boden, den ich unabsichtlich habe fallen lassen, wirbelt ihn in der Hand herum und steht innerhalb eines Wimpernschlages plötzlich direkt vor mir. In ihren Augen lodert die blanke Wut, als sie mir den Dolch zwischen die Rippen stößt. Das Silber frisst sich in meine Haut und ich schreie vor Schmerzen auf.

»Kat«, keuche ich, beiße die Zähne zusammen und versuche mit aller Macht, gegen die Ohnmacht anzukämpfen. Anstatt sie anzubetteln, aufzuhören, entscheide ich mich für einen anderen Weg. »Wenn du mir richtig wehtun willst, musst du mir den Dolch etwas höher ins Fleisch rammen.«

Kat verengt die Augen, greift nach der Waffe und zieht sie heraus. Erleichterung durchfährt mich, als der Schmerz verklingt, und ich entspanne mich wieder. Oh wow, das hat tatsächlich geklappt …

Überrascht schreie ich auf, als Kat mir die Klinge nun in die von mir erwähnte Stelle schiebt. So nah an meinem Herzen. Der Schmerz ist fast übermächtig und viel intensiver als gerade noch. Verdammt! Ich hätte niemals gedacht, dass sie es wirklich tut.

»Argh, Scheiße!«, rufe ich aus. Ich kann dem Schmerz nicht entkommen, kann mich nicht winden oder wehren, weil sie mich immer noch bewegungsunfähig an dem Stuhl festnagelt.

»Warum hast du versucht, mich umzubringen? Alistair hat dich so oder so in seinen Fängen!«

»Weil du den Engelsradar störst«, presse ich hervor. Es bringt ohnehin nichts mehr, es zu verheimlichen. Alistair weiß ganz genau, was ich bin, und wenn er will, kann er es Kat verraten. So wie er sie gerettet und ihre Wunden versorgt hat. »Sobald du tot wärst, könnten die Engel mich wieder finden.«

»Und dann?« Kat dreht die Klinge nach links und rechts, was mir einen erneuten Schmerzensschrei entlockt. Schweiß rinnt inzwischen meinen ganzen Körper entlang. »Hätten die Engel den Bann gelöst?«

»Nein, aber sie hätten mich ebenfalls umgebracht«, antworte ich ehrlich. Nun zögert Kat.

»Was?«, fragt sie dann verärgert. »Dann hast du mich gekillt, um dich selbst zu töten? Das ist Wahnsinn! Warum sollte ich diesen Mist glauben?«

»Lieber sterbe ich, als dass ich für ewig einem Dämon dienen muss!« Ich schließe fest die Augen und versuche an etwas anderes zu denken als an den unbändigen Schmerz. Das Bild von Luke und seinem Chevy kommt mir in den Sinn. Der heißeste Tag des Jahres, wir haben freigemacht und uns an den Strand gelegt. Hitze, Lagerfeuer, Wasser und ein kühles Bier. Das war der schönste Tag seit Langem. Wir saßen einfach nur da und haben der Sonne zugeguckt, wie sie am Horizont verschwindet.

»Das ist mein Job«, sage ich mit beruhigter Stimme. »Ich bin der Jäger der Engel. Ich war schon tot, Kat, und die Engel haben mich rekrutiert und zu einem ihrer Jäger ernannt. Sie haben mir besondere Kräfte verliehen und mich zu dem gemacht, was ich heute bin. Deshalb habe ich dich umgebracht. Deshalb war ich bereit, mich selbst von ihnen umbringen zu lassen.«

Kat keucht leise, was mich dazu veranlasst, die Augen zu öffnen. Ihr Blick ist verschleiert, als sie den Dolch packt und ihn ruckartig aus mir herauszieht. In kleinen Wellen schießt der Schmerz noch durch meinen Körper, aber er verebbt immer mehr.

Die unsichtbaren Ketten, die mich an dem Stuhl festbinden, verschwinden. Kat blinzelt mich noch einmal an, dann gehen ihre Lider flatternd zu und sie sinkt in sich zusammen.

Ich schieße vor und fange sie rechtzeitig auf, ehe sie zu Boden fällt. Vorsichtig lege ich sie ins Bett, auf die Seite, wo das Laken noch sauber und nicht blutbesudelt ist. Als sie sich zusammenrollt, entdecke ich, dass die Dämonenfalle immer noch mit meinem Blut in ihrem Nacken klebt.

Ich laufe ins Badezimmer und feuchte ein Handtuch an, womit ich zurück zu Kat gehe und ihre Haut an den Schultern vorsichtig säubere. Sie hat sich ziemlich verausgabt bei dieser Aktion, aber in wenigen Stunden wird sie wieder bei Kräften sein. Ich hoffe nur, bis dahin ist ihre Wut so weit verebbt, dass sie mich kein zweites Mal foltert. Die Wunde in meiner Brust ist fast verheilt, aber ein weiteres Mal kann ich auf diese Erfahrung gerne verzichten.

Vorsichtig lege ich die Decke um ihren halb nackten Körper und setzte mich dann auf den Boden vor das Bett, um auf sie aufzupassen.

Sie ist ein Mensch, aber deshalb noch lange nicht normal. Der einzige Grund, warum Dämonenblut sie nicht umbringt, sondern stärker macht, liegt darin, dass sie ihre Seele an Alistair verkauft hat. Plötzlich ergibt alles Sinn, ihr Verhalten, ihre Treue gegenüber dem Dämon, ihre Stärke.

Nur eine Frage bleibt: Was hat sie nur zu diesem Schritt veranlasst?

KAPITEL 10

Kat

Meine Kehle fühlt sich trocken an – mein ganzer Körper scheint ausgetrocknet –, als ich wach werde. Die Schwärze hat mich noch nicht vollends losgelassen, ein schriller Piepton fiept in meinen Ohren, aber die Ereignisse prasseln auf mich herab wie messerscharfe Pfeilspitzen.

Oh mein Gott, was habe ich nur getan? Das Dämonenblut in meinem Kreislauf hat meine Wut nicht bloß verstärkt, es hat ein Inferno in mir ausgelöst. Immer noch spüre ich den Nachhall der Macht durch meine Adern peitschen. Solch eine Kraft verändert einen, das glaube ich mehr als jemals zuvor.

Es ist einfach über mich gekommen, was noch lange keine Entschuldigung für meine Taten ist. Aber zur Hölle, woher nimmt Hunter sich das Recht heraus, mich umzubringen? Es ist ihm nicht gelungen, aber er hat es versucht.

Blinzelnd öffne ich die Augen, die Welt dreht sich für einen schrecklich langen Moment zu schnell, dann fällt krachend alles auf seinen Platz. Ich blicke direkt in Hunters stahlblaue Augen. Sofort richte ich mich auf und krabble in dem Bett zurück. Er sitzt auf dem Boden, an die gegenüberliegende Wand gelehnt, die Hände ineinander verschränkt, als würde er beten.

Seine Iriden funkeln mich an, während ich versuche, gegen mein donnerndes Herz anzukämpfen und ihm weiter auszuweichen. Scheiße. Ich bin mitten in meiner Folter-deinen-Mörder-Szene dramamäßig ins Nimmerland gesegelt und er hat … ja, was? Mich ins Bett gelegt und mir bei der Bewusstlosigkeit zugesehen?

»Ich habe nicht vor, dir etwas zu tun, wenn du mich auch verschonst«, setzt Hunter an, ohne sich zu rühren. Ich traue ihm nicht, ganz und gar nicht. Aber ich höre auf, von ihm wegzukriechen. Auch, weil ich gleich aus dem Bett plumpsen würde und mich nicht bereit fühle, aufzustehen.

»Wer sagt mir, dass du mich nicht wieder tötest?«, frage ich atemlos. Hunter neigt den Kopf.

»Und wer sagt mir, dass du mir nicht gleich wieder den Silberdolch in die Brust jagst? Ich denke, wir sollten uns einfach vertrauen.«

Er löst die Finger voneinander und legt sie stattdessen neben sich flach auf den Boden, als wolle er sich abstützen und aufstehen, aber er bleibt sitzen.

»Na schön, abgemacht«, stimme ich zögerlich ein. Mir bleibt ohnehin keine Wahl, da ich so eine Show wie vorhin so schnell nicht mehr abziehen kann.

»Du musst mich verstehen, Kat«, fängt Hunter ungewohnt sanft an. »Alles, was ich dir erzählt habe, ist wahr. Ich kann nicht für einen Dämon arbeiten. Das ist falsch. Dafür habe ich dieses zweite Leben nicht geschenkt bekommen.«

»Du gewöhnst dich daran«, nuschle ich und senke den Kopf, damit meine Haare mir über die Schultern fallen. Alles in mir fühlt sich schwach und irgendwie wund an, außerdem brennt der Schmerz in meiner Kehle. Aber ich traue meinen Beinen nicht, um mir etwas zu trinken zu holen.

»Daran gewöhnen?«, hakt Hunter nach.

»Für einen Dämon zu arbeiten, meine ich. Natürlich ist es falsch, natürlich will ich keinen dieser Menschen umbringen. Ich wollte noch nicht einmal dich entführen und auf Alistairs Folterbank schieben. Aber wenn man es einfach zulässt, es akzeptiert und die Moralvorstellungen abschaltet, wird es erträglicher.«

»Und das soll es sein?« Aus dem Augenwinkel sehe ich, wie Hunter barsch den Kopf schüttelt. »Soll ich mich jetzt mein ganzes Leben lang mit etwas arrangieren, das gegen mein Wesen ist? Das ist nicht richtig. Aber es war auch nicht richtig, dich zu töten. Du bist nicht das eigentliche Problem, es ist Alistair. Ihn muss ich töten oder aber eine Möglichkeit finden, gegen diesen Fluch, den er mir aufgelegt hat, anzukommen.«

Schockiert reiße ich die Augen auf und sehe ihn warnend an. »Er kann alles hören, was wir hier besprechen«, flüstere ich, als könnte ich es damit vor dem Dämon verheimlichen.

»Er kann dich abhören?«, fragt Hunter, wirkt aber nicht so schockiert wie ich.

»Ja! Er hat bisher immer mitbekommen, was ich hier auf der Erde für ihn getan habe.« Für mich war immer klar, dass er hören und vielleicht sogar sehen kann, was ich tue.

Hunter runzelt die Stirn. »Dass Dämonen Menschen abhören können, ist mir neu. Es sei denn, ihr habt eine besondere Verbindung.«

Ich weiche seinem Blick aus. »So könnte man es nennen.«

»Das sollte in diesem Fall aber kein Problem sein.« Er greift nach seinem Shirt und zieht es ein Stück herunter.

Auf seiner Brust ist ein Zeichen tätowiert, das ich schon einmal gesehen habe. Es ist dasselbe, das ich bei meiner Mission, Hunter in die Hölle zu bringen, mit einem Dolch durchtrennen musste. »Das Tattoo schützt mich unter anderem davor, dass Dämonen mich auf Anhieb als Engelsjäger erkennen oder aufspüren können. Das hilft auch gegen Lauscher wie Alistair.«

Es ergibt Sinn, deshalb hat Alistair von mir einen genauen Bericht gefordert. Mir bleibt jedoch ein Rätsel, wie Alistair dann meinen Fast-Tod mitbekommen hat. Hat er es etwa … gespürt? Mir wird schlecht bei der Vorstellung, dass er meine Gefühle mitbekommt.

»Tu doch, was immer du möchtest, auf meine Hilfe brauchst du aber nicht zu hoffen.« Mein Durst wird größer als meine Schwäche, weshalb ich vorsichtig die Beine aus dem Bett schwinge und aufstehe. Mir ist leicht schwindelig, aber sonst geht es mir besser als gedacht. Ich taumle ins Badezimmer und halte mir den Kopf unter das fließende Wasser, um zu trinken. Gott, das kühle Nass tut so gut. Ich merke förmlich, wie ich mit jedem Schluck mehr zu Kräften komme.

Als mein Magen kurz vorm Platzen ist, höre ich auf, wische mir die verbliebenen Tropfen von den Lippen und trete wieder zurück ins Zimmer. Ich bleibe direkt vor dem blutbesudelten Stuhl stehen, der wie ein Warnzeichen bedrohlich im Zimmer steht. Mein schlechtes Gewissen nimmt zu, auch wenn ich es zu unterdrücken versuche. Hunter sitzt nach wie vor regungslos auf dem Boden und starrt vor sich hin.

»Für einen Moment dachte ich wirklich, du fühlst wie ich«, murmelt er, mehr zu sich selbst als zu mir. »Das ist allerdings schnell wieder vergangen.«

Leichte Wut wallt in meinem Bauch auf, aber sie ist noch nicht einmal stark genug, um darauf etwas zu erwidern. Es stört mich, dass er so abfällig über mich spricht. Er kennt mich nicht, er weiß nicht, womit ich zu kämpfen habe.

Und du weißt absolut nichts über ihn, flüstert eine fiese Stimme mir zu. Sie hat ja recht. Auch ich habe keine Ahnung, womit er zu kämpfen hat, womit er sich sonst rumschlagen muss.

»Wir müssen wohl oder übel zusammenbleiben«, schneide ich ein anderes Thema an. »Du solltest dich zurückhalten und mich diesen Job erledigen lassen. Außerdem sollten wir das Motel wechseln, nachdem die anderen nun wissen, wo wir sind.« Ich lecke mir über die Lippe und verenge nachdenklich die Augen. Das Engelsbuch ist noch in unserer Gewalt und sowohl die Engel als auch unsere Opfer haben großes Interesse daran, es zurückzuerhalten. Aber warum?

Hunter sieht mich an, als wäre ich durchgeknallt. Aber er erhebt keine Einwände, steht auf und schiebt die Hände in die Hosentaschen. Gerade öffne ich den Mund, um etwas zu sagen, da reißt ein Handyklingeln mich aus meinen Gedanken. Überrascht blicke ich auf das Mobiltelefon, das neben mir auf dem Schreibtisch liegt. Es ist Hunters, aber da ich näher bin, greife ich instinktiv danach und nehme das Gespräch an. *Luke,* steht auf dem Display.

»Ja?«, frage ich langsam und mustere Hunter, dessen ganzer Körper sich plötzlich angespannt hat.

»Hallo, Süße«, dröhnt eine dunkle, vage bekannte Stimme durch den Hörer. Hunter reißt die Augen auf und flüstert ein leises *Blake* vor sich hin.

»Wer ist da?«, frage ich barsch.

Er lacht trocken auf. »Wie, du erinnerst dich nicht an mich? Dabei war es doch so schön mit uns.«

Schlagartig wird mir klar, wer am Telefon ist. Der Typ mit dem Militärhaarschnitt, der uns entkommen ist.

»Blake«, stelle ich fest. »Woher hast du diese Nummer?«

»Ach, ein Freund hat sie mir verraten. Nett, oder? Wobei, es ist eher ein Freund von deinem Buddy, also, richte ihm doch schöne Grüße aus.«

Fragend schiele ich zu Hunter, der das Gespräch anscheinend mithören kann. »Wen meinst du?«, hake ich nach, obwohl ich an Hunters weichender Gesichtsfarbe sehen kann, dass er genau weiß, von wem Blake spricht.

»Wir haben Luke auf ein Kaffeekränzchen eingeladen«, fährt Blake ungerührt fort. »Wenn ihr ihn lebend sehen wollt, trefft mich in einer Stunde. Ich schicke euch gleich den Standort. Bringt das Buch mit und wir verhandeln über sein Leben.«

Klick. Blake hat aufgelegt und ich lasse perplex das Handy sinken.

»Wer zur Hölle ist Luke?«

Ohne zu antworten, windet Hunter mir das Telefon aus der Hand, er ist leichenblass geworden.

»Wer ist Luke?«, frage ich erneut. Mein Gegenüber reißt wie apathisch den Kopf hoch und mustert mich. Er wirkt völlig neben der Spur.

»Er ist mein bester Freund. Wir fahren jetzt da hin und machen die fertig! Ich kann es nicht fassen, dass Luke hier ist und sich dann direkt entführen lässt! Scheiße, wie haben sie ihn gefunden?«

Hunter fährt herum und beginnt, Sachen in eine Tasche zu stopfen.

»Wir können da nicht hin«, widerspreche ich ihm. Daraufhin hält er abrupt in seiner Bewegung inne. »Was meinst du?«

»Wir können ihnen das Buch nicht geben! Und da reinstürmen können wir auch nicht. Das ist sicher eine Falle.«

»Aber er ist mein Freund!«, protestiert Hunter, was für mich nicht wirklich ein Argument ist.

»Wir können ihm nicht helfen. Vermutlich ist er schon längst tot«

Hunter hört mir gar nicht mehr zu, er packt sich den Silberdolch – der inzwischen gereinigt ist, anscheinend hat Hunter ihn von seinem eigenen Blut befreit, als ich ohnmächtig war – mit in die Tasche. »Auf geht's!« Er stampft entschlossen auf die Tür zu, während ich völlig überfordert an Ort und Stelle stehen bleibe.

Innerlich ziehe ich an dem Band, das uns verbindet, so fest ich kann. Hunters Rücken versteift sich, kurz vor der Tür bleibt er stehen.

»Das geht nicht«, wiederhole ich nachdrücklich. »Wir können nicht riskieren, gefangen genommen oder gar getötet zu werden. Nicht für einen Menschen.«

Hunter schließt die Augen und atmet tief durch. Er muss sich sichtlich zusammenreißen; als er die Lider wieder öffnet, wirkt er wieder völlig gefasst.

Langsam schreitet er auf mich zu und in mir schrillen alle Alarmglocken. Ich weiche zurück, bis ich die Fensterbank an meinem Hintern spüre.

»Wie stark bist du ohne Dämonenblut?«

Der plötzliche Themenwechsel verblüfft mich.

»Keine Ahnung, wovon du redest.«

Er schnaubt, sieht mir weiterhin fest in die Augen. »Kat, bitte.«

Meine Glieder zittern unkontrolliert, seine kühle Stimme jagt mir einen Schauer über den Rücken. Er weiß von dem Dämonenblut, er hat sicher auch den Rest herausgefunden.

»Nicht stärker als ein Mensch«, hauche ich und damit ist meine größte Schwäche vor ihm offengelegt. »Aber wenn du mich wieder abstichst, wird Alistair mich erneut heilen. Denk also nicht mal dran.«

Hunter hebt die Hand und ich rechne mit dem Schlimmsten. Als er meine Wange berührt, zucke ich zurück, aber er streicht mir nur eine lose Haarsträhne hinters Ohr.

»Ich werde dich nicht umbringen. Lassen wir die Mordpläne gegeneinander hinter uns. Wir müssen uns jetzt darauf konzentrieren, Luke da rauszuholen. Das ist nicht verhandelbar. Du hast wenigstens einen Vorteil, weil Blake denkt, du hättest Kamikaze-Fähigkeiten.«

Ich schlucke den Kloß hinunter, der sich seit seiner Berührung in meinem Hals festgesetzt hat. »Was schlägst du vor? Wir können ihnen das Buch nicht einfach so geben.«

»Ich weiß. Zwar bin ich nicht unbedingt auf Alistairs Seite, aber ich kann diesen Leuten kein Engelsbuch aushändigen, wenn ich nicht weiß, was sie damit vorhaben.«

Obwohl ich mich enger gegen die Fensterbank presse, will der Abstand zwischen uns sich nicht verkleinern. Hunter scheint das nichts auszumachen, ich aber kriege kaum noch Luft. Er ist mir einfach zu nah. Und er riecht zu gut, als dass ich diese Tatsache ignorieren könnte.

»Wir müssen uns einen Plan überlegen«, gibt Hunter zu bedenken, während ich versuche, meine Gedanken unter Kontrolle zu bringen. »Wir haben keine Ahnung, wie viele von ihnen dort sein werden, wie gut sie ausgerüstet sind, aber zumindest können wir uns einen Überblick über die Umgebung verschaffen. Blake hat mir den Standort schon geschickt. Fangen wir damit an.«

»Okay. Aber wir packen am besten alle Sachen zusammen und nehmen sie mit. Hier können wir nicht länger bleiben.«

Ich habe kein gutes Gefühl dabei. Andererseits habe ich Hunter auch noch nie so aufgewühlt gesehen. Dieser Luke scheint ihm einiges zu bedeuten und er wird mich auf ewig hassen, wenn ich mich querstellen würde. Außerdem haben wir auch immer noch diesen Auftrag, Blake, Ruel und Larissa zu töten. Vielleicht können wir Luke befreien und das gleichzeitig erledigen.

Jedenfalls rede ich es mir effektiv ein, dass ich das nur tue, um Hunter so schnell wie möglich wieder loszuwerden.

Kapitel 11

Kat

Die Koordinaten führen uns zu einer Lagerhalle, die weit abseits der Stadt liegt. Wir fahren mit dem Mustang bis zu einem alten Schrottplatz, von dem man unser Ziel schon sehen kann. Dort stelle ich den Motor ab und werfe Hunter einen sorgenvollen Blick zu.

»Das wird schon«, versichert er mir und schnallt sich ab, um auszusteigen. Ich umklammere den Riemen meiner Umhängetasche fester, in der sich das Engelsbuch befindet. Wir haben nicht vor, es unseren Erpressern auszuhändigen. Aber allein lassen kann ich es auch nicht, denn dann besteht die Gefahr, dass es von den Engeln gefunden wird. Eine Sache, die ich genauso wenig zulassen kann wie die, das Buch wieder herzugeben.

»Kommst du?«, ruft Hunter mir von draußen zu, der schon einige Schritte weiter steht. Ich gebe mir einen Ruck und folge ihm. Suchend lasse ich den Blick schweifen, bis ich an einer alten Schrottkiste hängen bleibe.

»Hey.« Ich tippe Hunter an. »Komm, hilf mir mal.«

Er folgt mir, als ich auf den schrottreifen Mercedes zulaufe. Nachdem Hunter erkennt, was ich vorhabe, erhellt sich sein Gesicht.

»Gute Idee, aber pass auf, dass sie dich nicht bemerken«, meint er und geht in die Hocke, um mir eine Räuberleiter mit den Händen zu ermöglichen. Ich stütze mich auf dem Dach des Autos ab, trete in seine Handflächen und hieve mich hoch. Wackelig komme ich auf dem Blech zum Stehen, das unter meinem Gewicht leicht ächzt. Ein kühler Wind streift mir durch die Haare und wirbelt sie auf. Wie schon die letzten Tage ist es hier trüb und relativ kühl. Aber die Gänsehaut an meinen Armen hat nichts mit der Kälte zu tun.

Von dieser Höhe aus kann ich ungehindert auf die Lagerhalle schauen. Vor dem Eingang haben sich zwei Männer positioniert, an der längeren Seite sehe ich einen weiteren Mann und eine Frau patrouillieren. Sie stehen mit dem Rücken zu mir, trotzdem gehe ich in die Hocke und stütze mich mit den Fingern an dem kühlen Metall ab, damit sie mich nicht entdecken.

»Das sind Dämonen«, stelle ich stirnrunzelnd fest. Noch nie bin ich einem in meiner Welt begegnet und doch weiß ich genau, dass es welche sind. Es ist wie bei dem Engel, der vor Kurzem erst in das Café spaziert ist. Ich weiß es einfach, die Erkenntnis brodelt in meinem Blut und brennt auf der Haut.

»Wie viele?«, will Hunter wissen.

»Zwei vor dem Hintereingang, zwei an der Seite. Womöglich mehr.«

»Okay, die machen wir platt«, sagt Hunter entschlossen. Den Kopf fragend zur Seite gelegt, sehe ich zu ihm hinunter. »Wie tötet man Dämonen?«

Er verzieht das Gesicht. »Ernsthaft?«

»Alistair wird mir das kaum verraten haben«, zische ich genervter als beabsichtigt. Hunter reicht mir die Hand und ich greife danach, um halbwegs elegant wieder von dem Auto herunterzusteigen.

»Zuallererst musst du den Dämon an der Schläfe berühren. Dann sagst du die Worte: Alaris Memotna Calabri Dolerium. So fängst du ihren Geist ein und der Dämon verlässt den Menschenkörper. Mit einem speziellen Messer kannst du ihn dann endgültig töten, aber das habe ich nicht parat. Alistair würde dir kaum eines aushändigen. Also muss die Austreibung reichen.«

»Alaris Memotna Calabri Dolerium«, wiederhole ich mit fester Stimme und präge mir die Worte gut ein. »Okay. Und was passiert mit dem Menschenkörper?«

»Das kommt darauf an, was der Dämon alles mit ihm angestellt hat. Normalerweise ist der Mensch dann für ein paar Stunden ausgeknockt und wacht ohne Erinnerung wieder auf.«

»Moment mal, willst du mir damit sagen, dass in Alistairs Hülle noch ein Mensch schlummert?« Ich habe den Dämon bisher nur in einer Erscheinungsform gesehen.

»Nein, in der Hölle haben Dämonen eine andere Erscheinungsform. Nur sehr starke Dämonen können diese auch auf der Erde beibehalten, schwächere müssen sich menschliche Wirte suchen. Das da unten sind nur schwache, das heißt, dass eine einfache Austreibung fürs Erste reicht. Ich schlage vor, wir schleichen uns von hinten an, erledigen die Dämonen an der Seite und kämpfen uns dann einen Weg zum Eingang frei.« Hunter greift nach dem Silberdolch und reicht ihn mir. »Du brauchst ihn dringender als ich.«

Dankbar packe ich ihn und umschließe den Griff fest mit einer Hand »Los geht's.«

Wir müssen einen weiteren Umweg um die Halle herum machen, damit wir nicht auffallen und uns von hinten heranschleichen können. Wir verstecken uns hinter einer breiten Hecke und spähen die beiden Dämonen aus, die hier Wache stehen. Vom Schrottplatz aus habe ich aber definitiv mehr ausgemacht.

»Die haben sich um die ganze Halle herum positioniert«, flüstert Hunter beunruhigt und spricht damit meine Gedanken aus. Mein Herz poltert so laut in meiner Brust, dass ich meine, dieses Geräusch müsste uns verraten.

Wind schlägt mir einzelne Haarsträhnen ins Gesicht und das ist der Moment, in dem die Dämonen unseren Geruch wittern und uns entdecken.

»Los, los!«, ruft Hunter und stürmt voran. Ich erlaube mir nicht zu zögern oder auch nur einen vernünftigen Gedanken zu fassen. Versuche zu vergessen, dass ich ohne das Dämonenblut nur ein schwaches, einfaches Mädchen bin.

Ich umschließe den Griff des Dolches fester und hebe ihn drohend über meinen Kopf. Einer der Dämonen stürmt auf mich zu und ich weiche seinem ersten Fausthieb geschickt aus. Mit vollem Gewicht ramme ich ihm meine Schulter gegen die Brust, was effektiv keine Wirkung hat. Dann aber werde ich mir der Waffe in meiner Rechten bewusst und stoße sie ihm in die Schulter. Er stöhnt schmerzvoll auf, ich weiche einen Schritt zurück und lege ihm zwei Finger an die Schläfe, während ich mit aller Kraft den Dolch mit der anderen Hand fester in seine Haut schiebe.

»Alaris Memotna«, keuche ich und der Mann versteift sich unter meiner Berührung. Sein Mund öffnet sich zu einem Schrei, aber er bleibt ihm im Hals stecken. »Calabri Dolerium!«

Schwarzer Rauch schießt aus jeder Pore des Menschenkörpers, bleibt kurz regungslos in der Luft stehen und verpufft dann gemeinsam mit dem Wind. Der Körper klappt zusammen und zieht mich mit hinunter, da ich den Dolch immer noch fest umklammere. Eilig ziehe ich ihn heraus und blicke mich gehetzt um. Hunter hat seinen schon erledigt und sieht mich abwartend an.

»Gut, weiter«, drängt er und ich folge ihm sofort. Zwei weitere Dämonen kommen um die Ecke geschlittert und stürzen auf uns zu. Ich beobachte gebannt, wie Hunter den einen von sich wegstößt, den anderen mit festem Griff umklammert hält und den Dämon aus dem Menschenkörper austreibt. Kaum fällt er zu Boden, folgt auch schon der andere. Er hat definitiv Übung darin!

Ein Geräusch ertönt hinter mir und ich fahre herum. Zwei Dämonen stürzen sich auf mich.

Mein Blick fällt auf das Blut, das von meiner Klinge tropft. Menschenblut. Oder doch Dämonenblut? Ich habe keine Ahnung, ob das Blut eines Menschen, von dem ein Dämon Besitz ergriffen hat, ebenfalls dem Dämonenblut von Alistair gleichkommt.

Wie apathisch schaue ich auf die roten Tropfen, die auf den trockenen Boden fallen. Egal, es ist einen Versuch wert. Ich hebe das Messer an und lecke über die Klinge. Das Blut schmeckt anders als Alistairs, viel bitterer und verdorben. Wie eine falsch gewürzte Mahlzeit.

Aber es zeigt seine Wirkung. Es ist nicht viel, was nun in meinem Organismus kreist, aber schon diese Tropfen machen mich stärker.

Gerade noch rechtzeitig, bevor die erste Dämonin mich erreicht. Geschickt greife ich nach ihrem Handgelenk, wirble sie herum und presse sie mit meiner ganzen Kraft gegen die Mauer. Ihr Körper ist so jung und ich will das Mädchen darin nicht verletzen. Fest presse ich meine Finger gegen ihre Schläfe.

»Alaris Memotna Calabri Dolerium«, rattere ich herunter, der schwarze Rauch entweicht und verschwindet wie schon zuvor. Danach habe ich das Gefühl, alles in mir sackt zusammen. Das Hochgefühl von vor zwei Sekunden ist verschwunden, ich habe die kurze Kraft genutzt und zurück bleibt das schwache Mädchen.

Der nächste Dämon kommt auf mich zu und stürzt sich mit einem wütenden Gebrüll auf mich. Abwehrend hebe ich die Hände, aber es bringt nichts, als er mich mit voller Wucht gegen den Beton drückt, so wie ich es eben bei der Dämonin getan habe. Mein Kopf brummt von dem heftigen Aufprall.

»Kleine, miese Menschenschlampe«, faucht er mich an. »Denkst du, du kannst etwas gegen uns unternehmen?«

Er presst eine Hand an meine Kehle und schnürt mir die Luft ab.

»Kat, wehr dich!«, höre ich Hunter rufen, dann ein Knurren seinerseits. Er kämpft vermutlich selbst gerade gegen Gegner, aber ich schaffe es nicht, den Kopf zu drehen und mich nach ihm umzusehen.

Mit neuem Mut hebe ich das Knie und ramme es dem Dämon in die Weichteile. Er weicht etwas zurück und keucht überrascht auf, ohne die Hände von meinem Hals zu nehmen. Den leichten Abstand zwischen uns nutze ich, um ihm die Sohlen meiner Stiefel gegen die Hüfte zu drücken und mich mit voller Kraft gegen ihn zu stemmen. Es funktioniert, er lässt von mir ab und ich habe endlich wieder Luft zum Atmen.

Doch das hält nur kurz an, bis er sich wieder mit seinem vollen Körpergewicht gegen mich drückt.

Ich versuche erneut, mich gegen den Riesen zu wehren, dessen Iriden rot zu leuchten beginnen. Er knurrt bestialisch und drückt noch fester zu.

Das Band zwischen Hunter und mir ist locker, entspannt, wir befinden uns zu nah beieinander.

Vor meinen Augen tanzen Sterne. Ich weiß, dass ich gleich das Bewusstsein verlieren werde, wenn ich weiterhin keine Luft bekomme.

Ergeben schließe ich die Augen und konzentriere mich auf Hunter. Ich versuche mir unsere Verbindung als Kurbel vorzustellen. Das Seil ist momentan nicht angespannt, aber was, wenn ich einfach an der Kurbel drehe? Das Bild formt sich vor meinem inneren Auge und ich konzentriere mich darauf.

Es klappt. Ich spüre, wie sich das Band ruckartig in meinem Inneren anzieht und Hunter in meine Richtung geschleudert wird. Er fällt gegen den Riesen und ich schnappe panisch nach Luft.

Der Dämon rappelt sich wieder auf und verpasst Hunter, der einen Moment lang zu verwirrt ist, einen heftigen Kinnhaken.

Aus Reflex hole ich aus und ramme ihm meinen Silberdolch in den Rücken. Er hält inne, schnappt nach Luft, als ich ein weiteres Mal zusteche. Hunter schießt sofort vor und legt ihm die Finger an die Schläfen, ruft die erlösenden Worte und schwarzer Rauch verlässt den Körper.

Mein Komplize macht einen großen Satz um den Mann herum und kümmert sich um die anderen beiden Dämonen in meinem Rücken.

Ich kann mich nicht rühren, starre nur auf den leblosen Menschen, unter dem sich eine immer größer werdende Blutlache bildet.

Hunter hat den Dämon ausgetrieben, aber ich habe den Menschen darunter erstochen.

KAPITEL 12

HUNTER

Mit wenigen Handgriffen befördere ich die beiden Dämonen zurück in die Hölle, die menschlichen Hüllen erschlaffen augenblicklich und sacken in sich zusammen. Sie sind nicht mehr als Laufsoldaten, zu schwach, um eine ernsthafte Bedrohung für mich darzustellen. Das Gefühl, dass Dämonen in der Nähe sind, verschwindet und ich bin froh, dass wir sie anscheinend alle eliminiert haben.

Sofort drehe ich mich nach Kat um, die sich blinzelnd von dem Riesen abwendet und mich ansieht.

Blut klebt an ihrer Wange und in ihren Haaren, aber es ist nicht ihr eigenes. Vielmehr fauliges Dämonenblut.

Naserümpfend lasse ich kurz den Blick über sie schweifen, aber sie scheint unverletzt.

»Weiter«, treibe ich sie deshalb an und sie protestiert nicht, sondern umschließt den ebenfalls blutigen Dolch nur fester. Bei ihrem Anblick spüre ich eine plötzliche Wärme in meiner Brust. Die anfängliche Angst ist komplett aus ihren Zügen gewichen. Sie ist eine Kämpferin, das muss man ihr lassen.

Wir laufen zum Eingang der Halle und ich stemme meine Schulter gegen die großen Flügeltüren, aber der Druck ist gar nicht nötig, denn sie lassen sich problemlos öffnen. Fast schon stolpere ich in den Raum, fange mich aber noch rechtzeitig. Kat pirscht sich hinter mir an, als ich vorsichtig einen Schritt hinein mache. Die Lagerhalle ist riesig und überall stehen alte Geräte und Möbel herum. Durch die hohen, schmalen Fenster scheint nur spärliches Tageslicht hinein, die Neonröhren an der Decke sind allesamt gesprungen. Der Boden ist dreckig und Staub wirbelt auf, als ich hineintrete.

Dann sehe ich ihn. Luke ist in der Mitte der Halle an einen Stuhl gefesselt, ein Knebel liegt zwischen seinen Lippen. Sowohl seine Hände als auch Füße sind an den Stuhl fixiert. Die Haare sind nicht wie üblich in einem geschickten Durcheinander frisiert, sie hängen ihm strähnig und verklebt über die Augen.

Diese weiten sich, als er mich erkennt und in mir versteift sich alles. Wie gerne würde ich auf ihn zurennen und ihn befreien, aber ich weiß, dass es eine Falle ist. Auch Kat bleibt regungslos neben mir stehen und wartet auf weitere Anweisungen.

»Luke«, sage ich heiser.

»Hunter, Hunter, Hunter.« Blakes ätzende Stimme hallt durch den Raum und er taucht aus dem Versteck hinter Luke auf, in seinen Gesichtszügen steht der Triumph. So ein verdammter Bastard. »Habt ihr das Buch, kriegst du deinen hübschen Freund zurück.«

»Sie haben das Buch«, sagt ein Mädchen – Larissa – und tritt ebenfalls zu Blake. Neben seiner großen, düsteren Gestalt wirkt sie mit ihren feuerroten Haaren wie eine Elfe, ein Gebilde der Fantasie. Aber ihr Blick ist fest und lodernd. Ich habe das dumme Gefühl, dass wir die Kleine nicht unterschätzen dürfen.

»Was wollen ein Teenager, ein verrückter Hipster und ein Ex-Soldat mit einem Buch der Engel?«, fragt Kat spöttisch und ich gebe ihr innerlich ein High Five für den Bad-Ass-Ton in ihrer Stimme.

»Hey, ich bin kein Hipster. Nenn mich nicht Hipster, Kitty-Kat.« Ruel tritt ebenfalls hervor und stellt sich neben Blake, das Trio ist jetzt komplett. Ruel hat einen englischen Akzent, der so gar nicht zu seinem Erscheinungsbild passen will. Er fährt sich lässig durch die dichten Haare und schiebt sie so aus der Stirn.

»Ihr könnt es nicht lesen, ihr könnt nichts damit anfangen. Also, gebt es zurück«, verlangt Larissa mit monotoner Stimme.

»Wer sagt, dass wir es nicht lesen können? Ich bin ein Jäger der Engel.«

»Nur eine weitere unwissende Schachfigur«, schnaubt Blake. »Also, gebt es her oder wir tun euch mal so richtig weh.«

Ich spüre, wie Kat neben mir die Schultern streckt und angriffslustig das Kinn hebt.

»Bindet ihn los, dann reden wir weiter.«

Blake und Ruel tauschen einen Blick, dann tritt Blake vor und löst mit einem Dolch die Fesseln an Lukes Füßen und Händen. Aber er packt ihn sogleich an der Jacke und zieht ihn an seine Brust, um ihm die Klinge an den Hals zu legen. Dank des Knebels kann Luke immer noch nicht reden, aber sein angepisster Gesichtsausdruck spricht Bände.

Kat greift in ihre Tasche und zieht das Buch heraus. Als sie es mir reicht, spüre ich sofort, dass sie mir das richtige gegeben hat. Es fühlt sich schwer an in meiner Hand, viel schwerer als das Duplikat, das wir ebenfalls mitgenommen haben. Aber Larissa scheint dieses Buch auf irgendeine Weise zu spüren, sodass unsere Täuschung niemals Erfolg haben würde.

»Ich checke draußen die Lage«, sagt Kat mit fester Stimme und ihr Blick mahnt mich, es ja nicht zu vergeigen.

Kurz nicke ich und wende mich dann wieder Blake und Luke zu. »Ein fairer Deal, wie besprochen«, meine ich und umschließe das Buch fester. Als ich in das Gesicht meines besten Freundes sehe, weiß ich, dass ich diesen Bastarden alles geben würde, wenn ich ihn dafür nur heil zurückbekomme.

Kat

Ich trete nach draußen an die kühle Morgenluft und atme tief durch. Meine menschlichen Ohren hören nun nicht mehr, was drinnen passiert. Aber ich warte auf das Zupfen in meinem Geist, das mir ankündigt, dass ich so schnell wie möglich zum Wagen rennen sollte. Durch das Band zwischen uns würde ich Hunter hinter mir herziehen, gemeinsam mit Luke, das ist zumindest der Plan.

Aber ich bin nervös. Was, wenn es nicht klappt?

Der Silberdolch liegt immer noch in meiner Hand und ich verfluche mich selbst dafür, ihn nicht Hunter gegeben zu haben. Aber er fühlt sich so an, als wäre ich mit ihm verwachsen, so fest umklammere ich den inzwischen warmen Griff.

Nervös mache ich einige Schritte vor, um gleich bereit zu sein. Aber dann wird meine Aufmerksamkeit von etwas anderem angezogen. Denn der Boden beginnt unter mir zu vibrieren.

»Was zur Hölle …«, murmle ich stirnrunzelnd und mache im nächsten Moment einen großen Satz zurück. Eine Gestalt materialisiert sich direkt vor meiner Nase wie aus dem Nichts. Schwarzer Rauch umwabert sie, bis ich eine große Silhouette ausmachen kann, im nächsten Moment steht ein Mann vor mir.

»Das war wohl mein Stichwort«, sagt er samtweich. *Dämon,* schießt es mir sofort durch den Kopf. Aber dieser hier fühlt sich anders an als die Typen, die wir erledigt haben. Er fühlt sich groß an. Seine Macht erschüttert etwas sehr tief in mir.

Seine weichen Gesichtszüge passen hervorragend zu dem smarten Anzug, sodass er locker als Anwalt oder Banker durchgehen könnte. Vor Schreck stehe ich bewegungsunfähig da und starre ihn einfach nur an. Er neigt den Kopf etwas.

»Sieh an, sieh an. Du gehörst zu Alistair.«

Die Erwähnung des Namens rüttelt etwas in mir wach. Ich mache noch einen Satz zurück und hebe drohend den Dolch. Doch der Dämon lacht nur.

»Wie süß. Sieh mal an, was Alistair seinem kleinen Flittchen beigebracht hat. Trägst du nun seine Kämpfe aus? Das scheint er verlernt zu haben.«

»Wer bist du?«, frage ich zischend. Woher zum Teufel kennt er Alistair?

»Sagen wir: ein alter Freund. Nenn mich Lajk. Und jetzt leg das Messerchen weg, das ist unhöflich.«

»Ich zeige dir gleich mal, wie unhöflich ich sein kann!«, fauche ich.

»Na, das wird wohl kein Kaffeekränzchen. Zumindest nicht für dich.« Er hebt leicht die Hand und schnipst einmal mit den Fingern. Schwarzer Rauch ist plötzlich über uns und ich reiße den Kopf nach oben. Mist. Das kann nichts Gutes bedeuten.

Ich behalte recht. Der schwarze Rauch teilt sich auf und schwebt auf die bewusstlosen Menschenkörper zu. Es sieht aus, als würde er sich wie eine Decke um sie legen, bis der Körper zu zucken beginnt und der Rauch in ihnen verschwindet. Der Mann, der mir am nächsten liegt, hebt den Kopf und richtet sich blitzschnell auf. Seine Augen schimmern rot. Schon wieder hat ein Dämon von ihm Besitz ergriffen. Verdammte. Scheiße.

Ganz langsam drehe ich mich herum, wohl wissend, dass dieser verdammt mächtige Dämon immer noch in meinem Rücken steht und jeden Schritt beobachtet. Die Leute von hinten rennen nun ebenfalls auf uns zu, bis auf den Mann, den ich getötet habe.

Trotzdem sind es sieben Dämonen insgesamt, die nun auf mich zustürmen, ganz abgesehen von diesem Lajk, der auflacht.

»Tob dich ruhig aus, Kätzchen. Ich will sehen, was du draufhast.«

Ich schlucke hart und werfe ihm einen kurzen, hasserfüllten Blick zu. »Du willst sehen, was ich draufhabe? Fein. Aber nicht heulen, wenn ich dein Spielzeug kaputt mache.«

Dann blicke ich wieder nach vorne und schirme mich selbst von meinen Gefühlen ab. Mit Dämonenblut klappt das deutlich besser, aber auch so habe ich genügend Übung darin. Wenn ich hier sterbe, dann wenigstens kämpfend.

Der Erste stürzt sich mit Gebrüll auf mich, ich hebe den Dolch und stoße ihn ihm mit einer fließenden Bewegung in die Rippen. Schmatzend ziehe ich ihn heraus, achte nicht mehr auf den Mann und mache einen Satz vor, um mir die zierliche Frau, der ich vorhin noch nicht wehtun wollte, vorzuknöpfen.

Da sie kleiner ist als ich, ist es für mich ein Leichtes, ihr die Kehle durchzuschneiden. Mit rascher Bewegung lecke ich das bittere Blut von der Klinge und schneide mir dabei versehentlich selbst in die Zunge, aber es ist mir egal. Ich schlucke, verteile das Blut in meinem Mund und warte auf die Wirkung. Die zwei hinter mir stürmen wieder auf mich zu, aber mit neuer Stärke fahre ich herum und lege beiden gleichzeitig die Finger gegen die Schläfe, wofür ich den Dolch fallen lassen muss.

»Alaris …« Jeder Dämon in meiner Nähe scheint die Luft anzuhalten, selbst die, die ich nicht berühre. Über den Kopf der Frau hinweg sehe ich zu Lajk, der mich interessiert beobachtet. »Memotna Calabri Dolerium«, vollende ich, lasse von dem Dämon ab und bücke mich nach dem Dolch. Der schwarze Rauch wirbelt noch um mich herum, da stürzt sich jemand mit vollem Gewicht auf mich und ich klappe zusammen. Schreiend versuche ich, mich zu wehren. Sein Gewicht drückt mein Gesicht so fest auf den Boden, dass ich das Gefühl habe, meine Lunge presst sich zusammen. Bei meinem nächsten Schrei schmecke ich Erde.

Dann verharrt er plötzlich über mir und ich höre eine dunkle Stimme die magischen vier Worte sagen. Hunter, es ist Hunter! Noch bevor der Menschenkörper erschlafft, hat er ihn schon von mir heruntergerollt und zieht mich an den Armen zurück auf die Beine. Ich wage einen Blick nach hinten und sehe, wie Luke den letzten Dämon erledigt. Er humpelt leicht, aber seine seidige Stimme klingt fest.

»Los, weg hier!«, ruft Hunter und zerrt mich mit sich. Der Dämon … Als ich auf die Stelle blicke, ist Lajk weg. Verdammt. Oder eher zum Glück.

Ich spucke Erde aus und entreiße mich Hunters Griff, stolpere aber sogleich. Zischend fängt Hunter mich auf und greift nach meiner Hand. Gemeinsam laufen wir los, Luke neben uns. Wir rennen zu dem alten Schrottplatz, als wäre der Teufel höchstpersönlich hinter uns her, obwohl ich niemanden hören oder spüren kann. Dann endlich sehe ich den Mustang und meine Knie werden weich vor Erleichterung. Ich protestiere noch nicht einmal, als Hunter sich hinters Steuer setzt. Meine Finger zittern so stark, dass ich vermutlich nicht den Schlüssel umfassen könnte. Stattdessen setze ich mich gemeinsam mit Luke auf die Rückbank, während Hunter losbraust. Wir sind in Sicherheit, vorerst zumindest. Die Last fällt von meinen Schultern und all die Gefühle prasseln wieder auf mich ein.

KAPITEL 13

Kat

Was ist passiert?«, frage ich atemlos, kann meinen Blick aber nicht von der Heckscheibe nehmen, um mich zu vergewissern, dass wir nicht verfolgt werden.

»Ich habe den Dämon gespürt. Es muss ein verdammt mächtiger sein«, erklärt Hunter nüchtern. »Dann habe ich mir Luke geschnappt, ihnen das Buch gegeben und sie sind verpufft.«

Nun schießt mein Kopf doch zu ihm herum. »Du hast ihnen das Buch gegeben?«

»Was hätte ich tun sollen?« Hunter wirft mir einen wütenden Blick durch den Rückspiegel zu, den ich nur mit einem Schnauben kommentiere. »Ich kann mir auch was Besseres vorstellen, als das Buch der Engel einem Haufen Idioten zu überlassen!«

Luke neben mir räuspert sich und lenkt damit meine Aufmerksamkeit auf sich. Ich kneife die Augen zusammen. »Luke, der Barkeeper«, erinnere ich mich. Er schenkt mir ein schiefes Grinsen. Es ist ein Blender-Lächeln, das sicher bei vielen gut ankommt. Vor allem bei Frauen. Er fährt sich durch die Haare.

»Kat, die verrückte Ex«, gluckst er. »Schön, dich zu sehen. Danke, dass du mich gerettet hast.«

»Hey, wenn es nach mir ginge, hätten wir den ganzen Scheiß nicht durchgezogen und du wärst jetzt tot, bedanke dich lieber bei deinem Freund.«

»Sie ist ein echter Sonnenschein«, gibt Hunter von vorne zynisch zum Besten. Luke lacht daraufhin nur leise.

»Ich merke schon.«

Er streckt die Hand nach mir aus und ich zucke leicht zurück. Das hält ihn aber nicht davon ab, meine Wange zu umfassen und zu versuchen, mir mit dem Daumen das Blut wegzuwischen. Keine Chance, es ist schon getrocknet.

Bewegungslos harre ich aus und sehe ihm in die funkelnd grünen Augen, bis er endlich die Hand sinken lässt.

»Was machst du hier in North Dakota und wie kommt es, dass sie dich entführt haben?«, frage ich ihn misstrauisch.

»Ich bin gekommen, um Hunter zu helfen. Vor eurem Motel, in dem ich Hunters Handy geortet habe, lauerten zwei Dämonen. Ich schätze, sie gehörten zu den dreien in der Lagerhalle. Sie haben mich gleich abgepasst und mitgenommen.«

Wenn sie Luke auf Anhieb erkannt haben, heißt das, dass Lajk oder seine Lakaien auch Recherche über uns angestellt haben. Der Gedanke gefällt mir nicht, obwohl es in meinem Leben keine Person gibt, die als Druckmittel gegen mich eingesetzt werden kann.

»Die Engel können ihn orten«, kommt mir ein anderer Gedanke. Hunter schüttelt glücklicherweise den Kopf.

»Nein, sie können nicht beliebig Menschen orten, es sei denn, diese rufen sie gezielt herbei, durch ein Gebet beispielsweise. Ich hingegen als ihr Jäger habe einen speziellen Peilsender, der durch dich gestört wird.« Er fängt meinen Blick im Rückspiegel auf.

»Und was ist draußen bei dir passiert?«

»Lajk. Das ist der Name des Dämons. Er hat mit den Fingern geschnipst und schon waren die nächsten rotäugigen Wichser da und haben die Körper der Menschen befallen.« Bei dem Gedanken daran, wie ich mir den Weg frei gemordet habe, wird alles in mir kalt und ich muss die Arme vor der Brust verschränken, um nicht zu zerbrechen. Innerlich tue ich es trotzdem.

Luke stößt einen fast schon anerkennenden Pfiff aus. »Lajk, verdammt. Er ist wieder da.«

»Ihr kennt ihn?«, frage ich verblüfft.

»Ja«, antwortet Hunter. »Wir hatten vor einiger Zeit schon einmal mit ihm zu tun. Er ist sehr mächtig und unfassbar stark. Wir haben es damals nicht geschafft, ihn zu bezwingen.«

»Er hat sich dieses Mal ein ganzes Team zusammengestellt«, merkt Luke beunruhigt an. »Die kleine Rothaarige ist eine Himmelsbotin.«

»Himmelsbotin?«, echot Hunter ungläubig. »Die sind doch schon lange ausgestorben.«

»Ja, das haben sie uns glauben lassen. Wenn es die noch gibt, dann sicher auch Drachen! Ich sag es dir, Alter, wir kämpfen bald gegen echte Drachen.«

»Klärt mich mal jemand auf?«, frage ich leicht gereizt. Man merkt, dass sie sehr gut befreundet sind, denn bei ihrem Gespräch blenden sie alles und jeden aus.

»Himmelsboten sind eine sehr, sehr alte Spezies. Sie können die Worte der Engel lesen und mit Engeln kommunizieren. Sie sind Menschen mit besonderer Veranlagung, wenn man es so nennen darf. Wie gesagt, laut unseren Aufzeichnungen soll es solche schon seit dem Mittelalter nicht mehr geben. Aber was hat die kleine Botin dann mit einem Dämon zu schaffen?«

»Ich habe absolut keine Ahnung, aber wir sollten es lieber ganz schnell herausfinden.«

Ich schlucke den Kloß in meinem Hals herunter und lehne mich zurück. In was hat Alistair uns nur hineingezogen? Die ganze Sache scheint mir jetzt schon verworren. Sonst waren meine Aufträge nie so kompliziert. Hinbeamen, töten, zurückbeamen und ein paar Wochen, manchmal sogar Monate, die Ruhe genießen. Aber das …?

»Kat«, reißt Hunter mich aus meinen Gedanken. »Du arbeitest schon länger für Alistair, habe ich recht?«

»Ein paar Jahre«, erwidere ich bitter. Es kommt mir vor wie eine halbe Ewigkeit. Die Zeit *davor* ist irgendwie unwirklich und nicht greifbar. Was waren damals noch meine größten Probleme? Ich weiß es nicht mehr. Vermutlich aber waren es Kleinigkeiten, im Gegensatz zu meiner jetzigen Situation.

Hunter lenkt den Mustang auf einen Hof und ich erkenne, dass wir uns vor einem Motel befinden. Gott sei Dank, ich fühle mich müde und sehne mich nach einem weichen Bett.

»Warum hast du deine Seele an Alistair verkauft?«, fragt er mich direkt.

»Das hast du getan?«, rutscht es Luke überrascht heraus.

Ich kann es ihm nicht verübeln. »Das geht euch gar nichts an. Es hatte seine Gründe«, antworte ich und senke den Kopf. Er hat keine

Ahnung, von nichts. Und ich bin nicht in der Stimmung, es ihm zu erklären.

Die Luft um mich herum beginnt plötzlich zu flirren, meine Haare wirbeln auf. »Oh Gott«, entfährt es mir.

»Was ist?«, fragt Hunter fast schon panisch. Ich presse die flache Hand gegen meinen Bauch.

»Alistair holt mich zu sich herunter.« Der Wind wird stärker. »In etwa drei Sekunden.«

Es dauert nur zwei, bis ich mich im Wind auflöse und verschwinde. Für einen winzigen Moment bin ich gefangen zwischen den Welten und fühle mich frei und losgelöst. Dann sackt mein Magen in die Kniekehlen und ich habe festen Boden unter den Füßen. Ich stehe wieder in dem Café. Das scheint sein neuer Lieblingsort zu sein. Vor einiger Zeit hat er mich immer wieder in einen verlassenen Stripclub beordert, da ist mir dieses Fleckchen deutlich lieber.

Kurz hebt er eine Braue, als er mich erblickt, lässt das getrocknete Blut aber unkommentiert. »Erstatte mir Bericht. Ich habe gespürt, dass du in Gefahr warst.«

»Warum spürst du, wenn ich in Gefahr bin?«, kann ich mir die Frage nicht verkneifen. Ein Muskel in seinem Gesicht zuckt genervt.

»Deine Angst schreit bis zu mir herunter. Jetzt beantworte mir meine Frage.«

Mir liegen Einwände auf der Zunge, doch ich verkneife sie mir und fange dort an zu erzählen, wo ich das letzte Mal aufgehört habe. Dabei rufe ich mir die Bilder von den vergangenen Ereignissen ins Gedächtnis, damit er es sehen kann.

Bei der Erwähnung von Lajks Namen meine ich Alistair zusammenzucken zu sehen, aber wahrscheinlich täusche ich mich. Alistair zuckt nie zusammen, denn das wäre ja ein Zeichen von Schwäche oder Angst. Oder beidem.

»Was passiert gerade?«, traue ich mich leise zu fragen. Alistair spitzt kurz die Lippen, als müsse er darüber nachdenken, was er mir sagen kann.

»Krieg, Kat«, sagt er. »Es herrscht Krieg.«

»Und wir müssen Lajks Soldaten töten?«, hake ich weiter nach und hebe eine Braue. Alistair seufzt gedehnt.

»Nein, ihr müsst seine Elite töten. Wenn die drei tot sind, bekommst du deine Seele zurück, Kat. Und sag deinem Freund Hunter, er wird daraufhin aus seinem Bann befreit.«

Meine Augen weiten sich vor Überraschung. Hat er das wirklich gesagt? All die Jahre hat er mit keiner Silbe erwähnt, mich – meine Seele – jemals wieder freizugeben. Warum auch? Ich bin ihm so oder so hörig.

»Seht es als zusätzlichen Anreiz. Und jetzt los, ich besorge euch noch ein paar zusätzliche Waffen.« Immer noch bin ich wie erstarrt, kann nicht einmal nicken oder mich bewegen. Fünf Worte kreisen unaufhörlich in meinen Gedanken: Du bekommst deine Seele zurück.

Nie wieder Botengänge für Alistair, nie wieder Besuche in der Hölle. Ein normales Leben, das für immer mir gehört. Nur mir allein.

»Meinst du das ernst?«, frage ich erstickt, muss es einfach noch einmal aus seinem Mund hören. Doch er erwidert nichts mehr, stattdessen umtost mich Wind und innerhalb von fünf Sekunden stehe ich in einem unbekannten Motelzimmer.

Hunter

Es dauert eine gute Viertelstunde, bis Kat wieder auftaucht. Luke hat sich in der Zwischenzeit schon den Laptop gekrallt und sich auf dem Bett breitgemacht, während ich gegen den Schreibtisch gelehnt wie versteinert dastehe und warte.

Als ich sie erblicke, fällt mir ein Stein vom Herzen, von dessen Existenz ich noch nicht einmal gewusst habe. Aber nun, wo ich sie sehe, entspannen sich meine Muskeln allmählich. Sie ist blasser im Gesicht als vorher und taumelt einige Schritte vor. Als ich die Hand nach ihr ausstrecke, wirft sie mir aber nur einen bitterbösen Blick zu und ich lasse sie wieder sinken.

»Alles in Ordnung?«, frage ich stattdessen. Sie nickt. »Geht schon. Das schmutzige Dämonenblut ist mir nicht bekommen, glaube ich.«

Das Bild schiebt sich vor mein inneres Auge, wie sie die Klinge des Dolches ableckt, das Blut in sich aufnimmt, das sie stärkt. Ihr emotionsloser Gesichtsausdruck, als sie die Dämonen getötet hat. Diese Kaltblütigkeit kenne ich schon von ihr, aber trotzdem bin ich jedes Mal wieder erstaunt. Sie ist nur ein Mensch. Aber sie schreckt nicht davor zurück, zu kämpfen wie eine Kriegerin.

»Warum hat Alistair dich zu sich geholt?«, frage ich alarmiert, doch Kat schüttelt den Kopf.

»Er wollte nur, dass ich ihm Bericht erstatte. Keine Sorge, deine super Dämonenabwehr funktioniert.«

»Ich habe alles über deine Art herausgefunden«, klinkt Luke sich ein und Kat neigt stirnrunzelnd den Kopf zu ihm.

»Ich habe hoffentlich ein eigenes Zimmer, ansonsten solltest du schleunigst aus meinem Bett verschwinden.«

Luke macht ein Gesicht, als habe man ihm erklärt, man müsse seine Beine amputieren. »Sie hatten nur noch ein freies. Und ich sitze doch nur. Was denkst du, wo ich heute Nacht schlafen werde? Sicher nicht in der Badewanne.«

Kat ballt die Hände zu Fäusten und setzt zu einer Erwiderung an, aber ich komme ihr zuvor.

»Ist das Dämonenblut schlecht für sie?«, frage ich Luke stattdessen, da Kat wirklich nicht gut aussieht. Zu meiner Erleichterung schüttelt mein Freund den Kopf.

»Nein. Das Blut ihres Seelenzuhälters macht sie am stärksten, aber Kat vergiftet sich an keinem Dämonenblut.«

»Und Alistair kann sie wirklich jederzeit, wann immer er will, zu sich holen?«, frage ich skeptisch.

»Wie es aussieht, ja. Hey, Kat, wie ist es zu dem Deal um deine Seele gekommen?«

Kat wendet sich ab und ich werfe Luke einen warnenden Blick zu. Daraufhin zuckt er unschuldig mit den Schultern. Er meint es nur gut, das weiß ich. Trotzdem sieht Kat so aus, als würde sie ihm nur zu gerne den Dolch ins Herz jagen.

»Alistair hat mir gesagt, dass Krieg herrscht. Ich weiß nicht, was er damit meint. Aber er hat mir noch etwas gesagt. Wenn wir diesen Auftrag erfüllen, entlässt er uns beide aus unserer Verpflichtung. Ich kriege meine Seele wieder und du bist nicht länger sein Schoßhündchen.« Ihr cognacfarbener Blick brennt sich in meinen und obwohl ihre Züge sonst unbewegt bleiben, kann ich in ihren Augen so viel sehen. »Ich gehe jetzt duschen. Überleg du dir, wie wir diesen Auftrag so schnell wie möglich erledigen können.«

Mit diesen Worten wendet sie sich ab und schlurft Richtung Badezimmer. Ich starre immer noch auf die Stelle, an der sie stand. Alistair lügt, er will uns bloß einen zusätzlichen Anreiz geben. Aber was, wenn …

»Wir können Dämonen nicht trauen«, murmelt Luke vorsichtig und ich nicke barsch. Das weiß ich, theoretisch, aber es klingt so verlockend. »Andererseits scheint Alistair dies wirklich wichtig zu sein.«

Überrascht sehe ich zu Luke, der nachdenklich von dem Bildschirm zurück zu mir blickt. »Etwas stimmt nicht mit diesem Alistair. Ich habe keine Ahnung, was. Aber er ist kein normaler Dämon. Ihm scheint sehr wichtig zu sein, diesen Krieg, was auch immer er damit meint, zu gewinnen. Wir töten Lajks Leute und Alistair gewinnt. Warum sollte er Kat überhaupt so einen Anreiz geben, wenn sie doch sowieso ihm gehört? Und auch dich hat er in der Hand, immerhin bist du an ihn gekettet.«

»Ich habe keine Ahnung. Gott, ich hasse Dämonen.«

Luke lacht auf, was wie Balsam für meine Seele ist. So lange sind wir schon befreundet und er hält trotz allem zu mir. Bei der Vorstellung, ihn da drin fast verloren zu haben, zieht sich alles in mir schmerzhaft zusammen.

»Wem sagst du das. Wir sollten mehr über diesen Krieg herausfinden. Ich frage mal bei meinen Kontakten an.«

Warnend hebe ich eine Braue, aber Luke winkt nur ab. In den letzten Jahren, in denen wir zusammen zur Jagd losgezogen sind, sind wir auch so einigen Menschen, anderen Jägern und sogar dem einen oder anderen nützlichen Dämon über den Weg gelaufen. Als Jäger der Engel hat man einen vollen Terminplan, das Böse schläft nie.

Mir wird schlecht, wenn ich daran denke, dass ich für viel zu lange Zeit schon nicht mehr im Dienst bin. Und das alles wegen Alistair. Wenn er mich aus diesem Bund entlässt, könnte es wieder so werden wie früher.

Ein leises Geräusch reißt mich aus meinen Gedanken und ich neige den Kopf, um zu lauschen. Wasser prasselt unaufhörlich auf den Wannenboden, aber darunter höre ich ein leises Schluchzen. Kat weint?

Prüfend sehe ich zu Luke, ob auch er es gehört hat, aber er ist wieder in den Bildschirm vertieft. Meine Beine machen sich selbstständig, als sie loslaufen, Richtung Badezimmer. Kurz davor bleibe ich aber stehen, hebe schon die Hand, um zu klopfen, halte aber noch mal inne.

Kat wird mich hassen, wenn sie erfährt, dass ich das gehört habe. Ich habe zwar nicht absichtlich gelauscht, aber das wird für sie kaum einen Unterschied machen. Ein Seufzen liegt auf meinen Lippen, aber ich schlucke es herunter. Sie wird selbst damit klarkommen, was auch immer sie so bedrückt. Das hat sie schließlich die letzten Jahre auch.

Kopfschüttelnd wende ich mich ab und gehe zu Luke, um ihm bei seiner Recherche zu helfen.

KAPITEL 14

HUNTER

Als Kat aus dem Bad tritt, merkt man ihr überhaupt nichts an. Sie rollt nur mit den Augen, als sie sieht, dass ich ebenfalls auf dem Bett sitze. »Störe ich, Jungs?«, fragt sie zynisch.

»Du kannst ja mitmachen«, bietet Luke ihr in einem anzüglichen Ton an.

»Wir recherchieren«, erwidere ich ernst. »Luke meint, dass in dem Engelsbuch Methoden drinstehen, wie man Engel tötet.«

»Das geht?«, fragt Kat überrascht. Ehrlich gesagt habe ich mir darüber vorher auch nie Gedanken gemacht.

Doch ich zucke nur mit den Schultern, da ich keine Lust habe, dies mit Kat zu diskutieren. »Hat Alistair noch etwas erwähnt?«, frage ich stattdessen. »Alles ist nützlich.«

Kat schüttelt den Kopf. Sie stellt sich vor das Bett, ihr Blick ruht auf mir. Mangels Auswahl ist sie wieder in ihre Jeans und das Top geschlüpft. Meine eigenen Klamotten sind auch noch dreckig. Wir brauchen dringend wieder Nachschub.

»Hat er nicht«, sagt Kat. »Aber ich weiß jetzt, was wir als Nächstes tun. Sie haben deinen Freund entführt. Ich finde, dafür sollten wir uns revanchieren.«

Mit diesen Worten hat sie voll und ganz Lukes Aufmerksamkeit, der nun fragend aufblickt. Auch ich sehe sie abwartend und leicht beunruhigt an. Der kühle Ton, den sie angeschlagen hat, gefällt mir ganz und gar nicht.

»Larissas Mutter. Wir werden in ihr Haus einbrechen, sie als Geisel nehmen und dann werden wir mal einfordern, was uns zusteht.«

»Hältst du das für eine gute Idee?«, frage ich zweifelnd. »Sie haben eine ganze Menge Dämonen in der Hinterhand. Dagegen kommen wir nicht an.«

»Wir könnten Dämonenfallen vor der Tür und allen Fenstern anbringen«, schlägt Luke vorsichtig vor. »Die Dämonen werden nicht hereinkommen, und wenn doch, dann bleiben sie gefangen und wir können sie töten.«

Ich werfe ihm einen empörten Blick zu. Natürlich war dies auch mein erster Gedanke, aber Kat in ihrem unsinnigen Vorhaben zu unterstützen ist absolut nicht das, was ich will. Luke ignoriert meine stumme Anklage.

»Wir können Larissa eine Falle stellen. Sobald sie reinkommt, töten wir sie«, spinnt Luke ihren Plan weiter und Kat nickt euphorisch.

»Ja, genau. Larissa ist in den letzten Tagen noch zur Schule gegangen, also schlage ich vor, wir versuchen es am Vormittag, wenn sie nicht zu Hause ist. Die Mutter kennt mich, ich gehe unter einem Vorwand hinein und ihr schleicht euch durch den Hintereingang oder ein Fenster rein. Wir werden sie in ihrem eigenen Haus festnehmen und alles vorbereiten.«

»Das wird nicht klappen«, prophezeie ich. Die drei darf man nicht unterschätzen, wenn sie für Lajk so wichtig sind. Aber ich habe keine Chance mehr gegen Kats Sturkopf, jetzt, wo sie Luke noch auf ihrer Seite hat.

»Ich will dich aus dem Bund mit Alistair rausbringen«, sagt dieser Verräter zu mir. »Wenn das nicht klappt, versuchen wir etwas anderes. Aber wir können nicht länger nichts tun und abwarten.«

Ich habe kein gutes Gefühl dabei. Aber da meine Meinung ohnehin nicht gehört wird, bleibt mir nichts anderes übrig, mich dem zu beugen.

Kat

Meine Mauern sind zu brüchig. Ich spüre die Gefühle wie Wellen dagegenpreschen. Das Wasser schäumt über, Gischt spritzt mir ins Gesicht. So fühlt es sich zumindest an. Wie ein reißender Strom, der mich mit sich ziehen will, immer weiter dem Abgrund entgegen.

Meine Maske sitzt noch aufrecht, als wir zu dritt vor Larissas Haus stehen bleiben. Ich stelle den Motor ab und lasse den Blick über die Straße gleiten. Alles ist ruhig. Bis auf den quengeligen Jungen hinter mir.

»Meint ihr, das klappt?«, fragt Luke und streckt den Kopf zwischen den Sitzen hervor. Hunter hat recht, er ist wie ein tollpatschiger Welpe, der über seine eigenen Füße stolpert. Und doch hat er diesen Playboy-Charme, den ich schon bei unserem ersten Treffen gespürt habe. Die tiefen grünen Augen, die dunkle, männliche Stimme, der leichte Bartschatten und die Art, wie er den Kopf zur Seite neigt – alles an ihm schreit förmlich *Verführung*.

»Es ist dein Plan, Kat«, wendet Hunter ein, als ich Luke nicht antworte.

Ich zucke nur mit den Schultern, als wäre mir alles egal. Aber das stimmt nicht, das ist nur äußerlich. Innerlich brennen sich die Angst vor dem Versagen und die Verzweiflung in mein Herz.

Alistair hat sein Wort gehalten und uns zusätzliche Waffen besorgt. Zwei weitere Silberdolche, sodass wir nun alle einen tragen, und eine Schusswaffe, die ich großzügig Hunter überlassen habe. Damit kann ich ohnehin nichts anfangen.

»Gehen wir rein«, entscheide ich und schnalle mich ab, um auszusteigen. Das Band in meinem Inneren spanne ich so straff, dass ich Hunter quasi hinter mir herschleife. Inzwischen habe ich es so gut im Griff wie eine Hundeleine. Nachdem ich es einmal herausgefunden habe, ist es wie Fahrradfahren: Es geht wie von allein.

»Kat«, murrt Hunter und stolpert hinter mir her, aber ich ignoriere es. Dann lasse ich die Leine wieder lockerer und verlängere das Band zwischen uns. Immerhin ist es die Aufgabe der Jungs, hintenherum zu gehen, während ich Larissas Mutter ablenke.

Ohne noch etwas zu sagen, trennen sich unsere Wege und ich atme tief durch, um mich zusammenzureißen. Dann setze ich ein Lächeln auf, das sich nicht so anfühlt, als würde es mir gelingen, und trete vor an die Haustür. Zweimal klingle ich und warte ab, was passiert. Von drinnen sind Schritte zu hören, kurz darauf öffnet Larissas Mom die Haustür. Ihr misstrauisches Gesicht glättet sich, als sie mich erkennt.

»Hallo, Kat. Bist du auf der Suche nach Larissa? Sie ist in der Schule.«

»Eigentlich wollte ich zu Ihnen«, vertraue ich ihr mit sorgenvoller Miene an und ihre Augen weiten sich überrascht.

»Alles in Ordnung? Du bist ganz blass.«

»Kann ich reinkommen? Es geht um Larissa.«

Sofort nickt ihre Mom und macht einen Schritt zurück, damit ich eintreten kann. »Komm mit in die Küche«, schlägt sie vor und läuft vorneweg. Ich schließe leise die Tür hinter mir und beiße mir auf die Lippe, als ich ihr nachsehe. Ich wünschte, ich hätte ein wenig Dämonenblut in mir. Dann wäre das schlechte Gewissen nur ein leiser Hauch und nicht wie das Gebrüll, das mich nun überfällt.

Reiß dich zusammen, reiß dich zusammen, reiß dich zusammen …

Es ist ein fataler Fehler, so in Gedanken zu versinken, was ich zwei Sekunden später erfahre. Denn Larissas Mutter fährt herum, ein Messer glitzert in ihrer Hand und eiskalte Berechnung in ihren Augen. Ich weiß nicht genau, woher sie es hat. Vielleicht von der Kommode im Flur oder sie hat es die ganze Zeit schon hinter ihrem Rücken versteckt.

»Von wegen Larissas Freundin«, faucht sie mich an. »Was willst du von meiner Tochter, Dämon?«

Ich hebe vorsichtig die Hände. »Ich bin kein Dämon«, sage ich mit ruhiger Stimme.

»Von wegen!«, schleudert sie mir erneut entgegen. »Halte dich bloß fern von meiner Familie, du Höllenwesen!« Mit diesen Worten schwingt sie das scharfe Küchenmesser und ich mache einen Satz zurück. Panisch blicke ich mich nach einer Waffe um, werde aber nicht fündig. Nur die Tür in meinem Rücken und eine wild gewordene Mutter vor mir. Ich denke an den Dolch, der unter der Hose im Stiefel steckt, aber wenn ich mich bücke, um ihn herauszufummeln, biete ich ihr zu viel Angriffsfläche. Ich muss sie so stoppen.

Aber wie sie das Messer hält, an der Art, wie ihre Unterlippe bebt, kann ich sehen, dass sie nicht weiß, wie man kämpft. Sie hat den Willen einer Löwin und die Wut einer Mutter, deren Kind man bedroht, aber sie ist keine Kämpferin. Ich schon. Sie hat zwar das Messer, aber ich bin die Kriegerin.

Ich blicke sie fest an, als ich mich gegen die Flucht entscheide. Ihre Augen weiten sich ein Stückchen, als sie das bemerkt, aber sie weicht keinen Schritt zurück.

Mit einem Satz presche ich vor, greife ihr Handgelenk mit dem Messer und drücke es weg von meinem Gesicht. Sie wehrt sich mit all ihrer Kraft, krallt sich mit der freien Hand in meiner Jacke fest und will mich herunterziehen. Sie mag vielleicht kräftiger sein als ich, aber ich bin geschickter. Ich weiß genau, an welcher Stelle ich drücken muss, um den Knochen aus dem Gelenk zu schieben. Sie schreit erschrocken auf und lässt das Messer fallen. Jetzt ist es ein Leichtes, sie zu überwältigen und gegen die nächste Wand zu stoßen, mit dem Gesicht voran.

Das Band in meinem Inneren spannt sich, als Hunter zusammen mit Luke aus dem Garten zu uns herüberrennt. »Was ist denn hier los?«, fragt er schockiert.

Ich halte ihr eine Hand vor den Mund, um einen weiteren Schrei zu unterdrücken. »Ein außerplanmäßiger Kampf. Los, helft mir, sie still zu halten.«

»Ich gehe Dämonenfallen malen«, klinkt Luke sich aus und verschwindet, bewaffnet mit seinem Filzstift. Hunter wirft mir einen anklagenden Blick zu, als er Larissas Mutter ein Tuch in den Mund steckt und es hinter ihrem Kopf zubindet. Auch ihre Hände macht er fest, bevor er die Frau mir abnimmt und an einen Stuhl im Wohnzimmer fesselt. Ich folge ihm langsam, ohne unser Opfer aus den Augen zu lassen. Hier hat Luke das Zimmer schon in Windeseile dämonensicher gemacht und Hunter zieht die Vorhänge zu. Die Frau schreit hinter dem improvisierten Knebel und versucht mit aller Macht, sich gegen die Fesseln zu wehren, aber Hunter zieht das Seil nur fester. Ihr Kopf ist schon ganz rot und eine feuchte Tränenspur schimmert auf ihrer Wange. Ich kann förmlich in ihren Augen sehen, wie sie ihre Rachepläne schmiedet.

Mit emotionsloser Miene sehe ich sie an, die Arme vor der Brust verschränkt. Es ist nicht fair, was wir machen, aber ich habe noch nie fair gespielt, seit ich für Alistair arbeite. Ich bin hier die Böse, ich stehe auf der falschen Seite.

Aber tun das Larissa und ihre Freunde nicht auch? Immerhin haben sie sich mit Lajk verbündet oder was auch immer sie mit dem Dämon vorhaben.

»So, wir sind sicher«, keucht Luke und lehnt sich neben mich an die Wand. »Wow, die wehrt sich ja ganz schön.«

Ich werfe ihm einen ironischen Blick zu, woraufhin er verstummt. Hunter wirft mir sein Handy zu. »Du bist dran.«

Ohne ihn anzusehen, wähle ich Blakes Nummer. Es tutet zweimal, dann nimmt er ab. »Ja, Engelsjäger?«, höhnt er.

»Sag Larissa, ihre Mutter ist innerhalb von fünfzehn Minuten tot, wenn sie uns nicht das Buch bringt«, erwidere ich mit monotoner Stimme, lege auf, ohne auf seine Erwiderung zu achten, und stecke das Handy ein. Dann sehe ich unser Opfer an, während ich abwarte. Keiner von uns sagt ein Wort und auch Larissas Mutter hört auf, sich zu wehren. Ihre Tränen sind getrocknet, sie wartet einfach darauf, was als Nächstes passiert.

Es dauert fünf Minuten, dann stürmen die ersten Dämonen das Haus. Zumindest versuchen sie es, aber sie scheitern an den Dämonenfallen. Ich spüre ihre Ankunft wie kleine Stromschläge auf meiner Haut. Hunter scheint es ähnlich zu gehen, denn er reibt sich über die nackten Arme. Auch er trägt die Sachen vom Vorabend und hat mir seine Jacke geliehen, damit man mein blutbeflecktes Top nicht sofort sieht. Neue Klamotten waren bei Alistair wohl nicht drin, wahrscheinlich hat er einfach nicht so weit gedacht. Obwohl es der unpassendste Moment überhaupt ist, bleibt mein Blick an Hunters muskulösen Oberarmen hängen, an den feinen Adern darauf, seinen Händen.

»Sie geben sich ja ordentlich Mühe, hier hereinzukommen«, murmelt Luke. Eilig blicke ich zu meinen Fußspitzen, um Hunter nicht weiter anzustarren.

»Sie werden keine Lücke finden«, erwidert Hunter kühl. Er behält recht. Weitere fünf Minuten vergehen und nun frage ich mich ernsthaft, was passiert, wenn die von mir gesetzte Frist abläuft. Wenn ich Larissas Mutter nicht umbringe, verlieren wir alle an Glaubwürdigkeit, aber andererseits … sie ist doch nur ein unschuldiger Mensch, oder? Ich kann das nicht, ich kann sie nicht töten. Aber es kommt mir auch nicht richtig vor, es Hunter machen zu lassen. Zu feige. So bin ich nicht, so will ich zumindest nicht sein.

Leichte Panik wallt in mir auf, als ich auf mein Handy starre. Jetzt sind es nur noch vier Minuten, die Larissa bleiben.

Der Boden beginnt plötzlich unter mir zu vibrieren und ehe ich realisiere, was das bedeutet, ist es schon zu spät.

Ich taumle, kralle mich am Türrahmen fest und spüre noch, wie Luke nach mir greift, aber dann wird meine ganze Aufmerksamkeit von dem Dämon im Raum in Besitz genommen.

Lajk steht direkt vor Larissas Mutter, mir und Luke den Rücken zugewandt. Er trägt einen geschniegelten Anzug, die Haare perfekt frisiert. So ein starker Kontrast zu Alistair.

Wie verdammt ist er hier reingekommen? Eine der Dämonenfallen hätte ihn aufhalten müssen. Andererseits scheint er sich einfach aus der Luft heraus materialisiert zu haben.

»Das ist aber nicht nett«, tadelt er. Ich bücke mich ganz langsam, um nach meinem Dolch zu greifen. Lajk macht eine wegwerfende Handbewegung und ich werde von einer unsichtbaren Kraft so fest gegen die Wand hinter mir gedrückt, dass ich mich nicht mehr bewegen kann.

Lajk versperrt mir die Sicht auf Hunter, aber ich bin sicher, auch er schafft es nicht, nach seinem Dolch zu greifen. Ich kann noch nicht einmal den Kopf drehen. Obwohl mein Rücken sich schmerzhaft gegen den Beton drückt, schlucke ich den Schrei herunter. Bloß nicht noch mehr Aufmerksamkeit auf mich lenken.

»Du kommst hier nicht mehr raus«, knurrt Hunter. »Also pfeif deine Dämonen zurück und wir können verhandeln.«

»Och, Hunter«, lacht Lajk nachsichtig. »Weißt du? Ich mag dich, wirklich. Und deine Geschichte ist so tragisch. Der kleine Jäger der Engel, der von einem mittelklassigen Dämon versklavt wird und jetzt wider seine Natur unschuldige Teenager abschlachten muss.«

»So unschuldig sind sie nicht, wenn sie für dich arbeiten«, höhnt Hunter. Ich versuche mit aller Kraft, mich gegen die unsichtbare Hand zu wehren, die mich festhält. Gegen den Wind, der sich plötzlich gegen mich zu stemmen scheint. Aber er gibt kein bisschen nach.

»Ihr habt keine Ahnung, was? Na, da hat Alistair euch aber schön dressiert.«

Endlich schaffe ich es, meinen Kopf zu drehen und sehe zu Luke. Er ist, im Gegensatz zu mir, nicht bewegungsunfähig und zieht leise seinen Dolch hervor.

Nein, forme ich lautlos mit den Lippen, woraufhin er innehält. Lajk ist stark. Er wird ihn auf der Stelle töten und aus irgendeinem

Grund kann ich es nicht zulassen. Er ist Hunters Freund. Ich habe schon einmal gesehen, wie er halb durchgedreht ist vor Sorge um ihn.

»Was willst du, Lajk?«, fragt Hunter ihn, ohne auf seine Bemerkung einzugehen. »Larissas Mutter retten? Können deine kleinen Lakaien es nicht selbst erledigen?«

»Ich bin gekommen, um euch zu zeigen, dass ihr für den falschen Dämon arbeitet. Selbst du, Hunter, merkst doch, wie schwach Alistairs Befehl auf dich wirkt. Er weiß das und hält dich deshalb an der kurzen Leine. Der einzige Grund, weshalb ich Alistair noch nicht vernichtet habe, ist, dass ihr noch an ihm hängt. Sobald Alistair stirbt, ist das auch Kats Ende. So ein Juwel will ich nicht freiwillig an den Tod verlieren.«

Mir gefriert das Blut in den Adern. Bitte was? Über meinen Tod habe ich mir nie ernsthafte Gedanken gemacht. Vor einigen Wochen noch war Alistair für mich das mächtigste Wesen auf diesem Planeten und nichts und niemand konnte ihm etwas anhaben.

»Das kannst du vergessen.« Hunter klingt so selbstsicher und stark, als könnte nichts ihn erschüttern. Ich frage mich, ob auch er nur eine Mauer um sich gezogen hat, so wie ich. Meine jedenfalls ist nicht mehr vorhanden. Irgendwann zwischen dem Auftauchen von Lajk und der Offenbarung, ich könnte mit Alistair sterben, ist sie in sich zusammengebrochen und ich schaffe es nicht, sie wieder aufzurichten.

Angst überrennt mich. Panik, Verzweiflung, Schmerz – alles auf einmal.

Lajk klatscht in die Hände und ich schreie nun doch auf, als sich etwas in mir ändert. Es ist ein kurzer, reißender Schmerz, der so schnell verschwindet, wie er gekommen ist. Zuerst merke ich gar nicht, was passiert ist, dann aber realisiere ich es: Das Band zwischen mir und Hunter, das uns aneinandergekettet hat, ist verschwunden.

»So einfach ist es für mich, Alistairs Werk zu zerstören«, meint Lajk gelassen. »Er ist so schwach. Kommt auf meine Seite oder sterbt gemeinsam mit Alistair.«

Lajk wendet sich von Hunter ab und mir zu. Immer noch bin ich bewegungsunfähig. Sein eiskalter Blick bohrt sich in meinen.

Er wird mich nicht töten, das kann er gar nicht, aber für einen Moment habe ich Angst, dass er mich mitnimmt, jetzt, wo das Band zwischen Hunter und mir erloschen ist.

Kann er das? Hat er vor, mich zu zwingen, auf seine Seite zu wechseln? Wenn ich aus Hunters Nähe verschwinde, kann Alistair wieder alles hören, was ich sage und mache. Das wird Lajk nicht riskieren, oder? Alistair kann mich immer noch jederzeit zu sich herunterholen, wenn ich in Gefahr gerate.

Meine Gedanken überschlagen sich wie tosende Wellen, aber Lajk lächelt nur. »Vertrau mir, Kätzchen. Ich bin hier nicht dein Feind.«

»Was …«, setze ich mühsam zu sprechen an, aber da ist Lajk bereits verschwunden. An der Stelle, an der er bis eben stand, flirrt die Luft noch kurz.

Die unsichtbare Kraft verschwindet und ich atme panisch aus, greife mir an den Hals und meine zittrigen Knie drohen unter mir nachzugeben.

»Er hat ihr das Genick gebrochen«, reißt Hunters Stimme mich aus meinen Gedanken und mein Kopf schießt in die Höhe. Da erkenne ich, was er meint. Larissas Mutter ist tot, ihr Kopf hängt unnatürlich schlapp von ihrem Hals herunter. Oh mein Gott …

»Fuck, war das Lajk?«, fragt Luke fassungslos.

Hunter wirft ihm einen tödlichen Blick zu. »Ich ganz sicher nicht! Was sollen wir jetzt tun? Kat?«

Ich reagiere nicht auf seine Frage, sondern starre einfach nur auf die tote Frau, die immer noch gefesselt vor uns sitzt.

»Kat!« Hunter hat die Stimme erhoben, aber ich zucke noch nicht einmal zusammen, sehe ihn immer noch nicht an. Ich bin wie gelähmt.

Dann wird die Haustür aufgerissen. Luke packt mich am Arm und zieht mich mit sich, weg von dem Türrahmen und zu Hunter. Keuchend und völlig abgehetzt kommt Larissa um die Ecke gesprintet und bleibt ruckartig stehen, als sie uns entdeckt. Ihr Brustkorb hebt und senkt sich auffällig, ihre Haare sind völlig zerzaust. Schließlich bleibt ihr Blick an ihrer toten Mutter hängen.

Sie schreit. Sie schreit so laut, dass alles in mir zu explodieren droht. Die Fenster im ganzen Wohnzimmer geben unter dem schrecklich grellen Ton nach, zerbersten, und die Vase, die auf dem Couchtisch steht, explodiert in ihre Einzelteile. Ich halte mir die dröhnenden Ohren zu, aber es bringt nichts, das Geräusch dringt trotzdem zu mir durch.

Und sie leuchtet so hell, dass ich zuerst gar nicht realisiere, was das ist. Aber es kommt direkt aus Larissas Brust, ihre Augen glühen weiß, ihre ganze Haut scheint für einen schrecklich langen Moment nur noch weiß und hell zu sein und aus Licht zu bestehen.

Dann erlischt das Leuchten und das Mädchen fällt in sich zusammen. Seine sonst so feuerroten Haare sind verblasst, als hätte das Weiß die Farbe aufgesaugt. Zurück bleibt ein sehr helles, verwaschenes Orange. Sie weint bitterlich.

Alles in mir zieht sich zusammen, als ich langsam in die Knie gehe und meinen Dolch aus dem Stiefel ziehe.

»Kat, nicht«, sagt Luke erstickt. Ich drehe den Kopf zu ihm, sehe die stumme Bitte. Aber ich kann sie nicht erfüllen. Ich muss Larissa töten, für meine Freiheit. Weil das mein verdammter Auftrag ist, auch wenn sie gerade nur aussieht wie ein hilfloses kleines Mädchen.

Aber Hunter packt meinen Arm, als ich einen Schritt nach vorne mache. So fest, dass ich gezwungen bin, stehen zu bleiben.

»Die Engel kommen«, informiert er mich schockiert. »Das Band ist zerstört und ich bin wieder für sie sichtbar.«

Mein Atem stockt. Nicht auch das noch!

»Werden sie dich töten?«, frage ich heiser und Luke reißt schockiert die Augen auf. Hunter beißt die Zähne fest zusammen.

»Sie werden uns alle töten, Kat.«

KAPITEL 15

Kat

Nun reißt Larissa doch ihren Kopf hoch und starrt uns an. »Nein«, flüstert sie heiser. »Sie werden mich töten …«

»Lass uns gehen!«, dränge ich Hunter und will ihn mit mir ziehen, aber er bleibt regungslos stehen.

»Es ist zu spät«, sagt er. »Sie sind schon da. Ich kann sie spüren.«

»Uns können sie aber nicht sehen«, fällt es mir ein. Der Engel in dem Restaurant ist an mir vorbeigegangen, als wäre ich ein blinder Fleck für ihn. Und auch von Hunter hat er keine Notiz genommen.

»Das war wegen unserer Verbindung«, merkt Hunter an und sieht sich hektisch um. Schließlich landet sein Blick wieder auf mir. »Sie ist aber nicht mehr da. Die Engel kommen wegen mir.«

Sie werden Hunter umbringen. Weil es ihr Job ist. Weil er ein defekter Soldat aus ihren Reihen ist. Aber mich? Mich können sie nach wie vor nicht sehen. Ich könnte mich dezent aus dem Staub machen und den drei Leuten den Rücken kehren, die innerhalb von einer geschätzten halben Minute alle von einem Engel ermordet werden.

Hunters blaue Augen halten mich immer noch fest. Er sieht in mich hinein, durch meine Mauer, direkt in mein Innerstes. Kaum merklich nickt er mir zu. »Geh«, formt er mit den Lippen. Mein Blick bleibt unwillkürlich auf seinem Mund hängen und ich … ich kann nicht.

Ich trete zwar einige Schritte zurück, umfasse aber nur meinen Dolch fester.

»Kat.« Larissas Stimme lässt mich aufhorchen. Sie zieht etwas heraus, das meinem Dolch sehr ähnlich sieht. Die Klinge ist ein Stück länger und der Griff ist diamantenbesetzt. Ich meine schon, sie will mich damit verletzen, aber sie legt es nur auf den Boden und schiebt es mit dem Fuß zu mir herüber.

»Mit dieser Klinge kannst du die Engel töten. Sei schnell, denn sie sind es auch.«

Fragend sehe ich zu Hunter, aber als er mir zunickt, lasse ich meinen Dolch fallen und greife nach dem von Larissa, der Engelswaffe. Dann ziehe ich mich weiter zurück, bis ich einen Schrank im Rücken spüre, und warte ab.

Das ganze Haus scheint zu erzittern, als würde ein Erdbeben wüten. Ich spüre das Vibrieren des Holzes und mein eigenes Herz, das wild zu pochen beginnt.

Ein unangenehmes Ziehen in meiner Magengegend kündigt den Engel an. Mit einem Wimpernschlag ist er da, steht mitten im Raum und sieht mich direkt an. Mir stockt der Atem. Es ist eine Frau in den Vierzigern. Sie trägt ein sportliches Outfit, als käme sie gerade vom Joggen. Ihre blonden Haare sind in einem unordentlichen Pferdeschwanz zusammengebunden. Alles an ihr wirkt so normal und durchschnittlich, bis auf ihre eiskalten Augen. Ihr Blick geht mir durch Mark und Bein, aber dann wendet sie sich von mir ab, als wäre ich Luft.

»Larissa, wir haben dich lange gesucht«, sagt sie mit eisiger Stimme. »Du hast dich erfolgreich vor uns verschleiert.« Dann dreht sie den Kopf in einem unnatürlichen Winkel. »Hunter Davenport. Auch du stehst ganz oben auf unserer Liste. Dein Bund mit Alistair hat sich herumgesprochen, Jäger.«

Er hebt grüßend die Hand, als würde er eine gute Bekannte wiedersehen. »Wie nett. Ich bin berühmt. Hörst du das, Luke?«

Ganz langsam mache ich einen Schritt vor und die Schultern des Engels versteifen sich. Kann sie mich hören? Hört sie, wie schnell mein Puls tuckert, merkt sie, dass meine Hände zittern?

Spürt sie, wie die Luft bricht, wenn ich mich bewege?

»Interessant. Dabei warst du doch nur ein mittelklassiger Jäger«, spottet Luke. Ich traue mich nicht zu atmen, als ich mich noch einen Schritt vorwage.

»Wenn man von einem Dämon versklavt wird, rutscht man wohl doch ein Stück höher auf der Liste«, meint Hunter. Sie lenken sie für mich ab, damit ich unbemerkt zuschlagen kann. »Aber wenn man gefoltert wird, guckt niemand nach dir. Habt ihr wenigstens versucht, mich rauszuholen, als ich in der Hölle war?«

Noch einen Schritt. Wenn ich jetzt den Dolch hebe und zustoße, kann ich sie erreichen. Noch ein Stück vor …

Die Diele knarrt unter meiner Sohle und ich erstarre, alles an mir versteift sich. Mit einem Mal fährt der Engel herum. Ich schwinge den Dolch, aber es ist zu spät. Ohne dass sie mich berührt hat, fliege ich mit dem Gesicht voran gegen die nächste Wand und stoße mir den Kiefer so heftig, dass es mir bis in den Schädel dröhnt.

»Gib dich zu erkennen!«, schreit der Engel und ihre Stimme hallt tausendfach in meinen Ohren wider. Ich schreie gegen den Lärm an, springe gleich wieder auf die Beine und stürme auf sie zu. Hunter hat einen Satz auf sie zu gemacht und rammt ihr seinen Silberdolch in die Brust. Ohne Wirkung, es kümmert sie noch nicht einmal. Stattdessen schlägt sie ihm ins Gesicht und er fliegt durch die Luft wie ein Sack Mehl. Aus dem Augenwinkel erkenne ich, wie Luke eine Dämonenfalle mühsam aufkratzt. Kaum ist sie durchbrochen, stürmen die ersten Dämonen herein.

Doch das bringt die Engelsdame nur kurz aus dem Konzept, bevor sie sich wieder mir zuwendet und die Hand hebt. Mit unsichtbarer Kraft hält sie mich fest und hebt mich in die Luft. Ich spüre, wie ich den Boden unter den Füßen verliere und mir die Luft abgeschnürt wird. Immer noch halte ich mit einer Hand die Engelswaffe umschlungen, während ich um mich trete und schlage.

»Wer oder was bist du?«, faucht sie mich an. Mit der anderen Hand vollführt sie eine Bewegung und schwarzer Rauch entweicht aus den Menschenkörpern, die daraufhin zu Boden fallen. Die anderen Dämonen, die noch vor dem Haus stehen, zögern und halten sich zurück. Verdammte Feiglinge!

»Malandria!«, höre ich Larissas Stimme, die plötzlich so fest und selbstsicher klingt. Der Engel fährt herum, ohne mich aus seinem Fokus zu lassen.

»Himmelsbotin. Du hast mir zu gehorchen, ich bin deine Vorgesetzte«, ruft sie über die Schulter hinweg zu dem Mädchen.

»Du irrst dich«, sagt Larissa. Der Engel macht einen Schritt zur Seite und ich bekomme einen Blick auf die Himmelsbotin. Ihre Haut glüht weiß, genauso ihre Pupillen. Sie stemmt beide Hände gegen die Luft, als würde sie etwas anschieben wollen. Der Engel schreit erschrocken auf und ich falle. Mit Händen und Knien voran lande ich auf dem Boden und beiße bei dem heftigen Schmerz, der mich durchzuckt, kurz die Zähne zusammen. Dann aber erhebe ich mich, hole aus und mache einen Satz vor. Der Engel ist immer noch wie erstarrt und schreit sich die Seele aus dem Leib. Ich denke nicht lange darüber nach, sondern stoße ihr den Dolch in den Rücken. Sie verschwindet. Etwas Staub wirbelt auf, aber sonst deutet nichts mehr darauf hin, dass hier eben noch ein Engel gestanden hat.

Fast zeitgleich lässt Larissa die Hände sinken und klappt in sich zusammen.

Suchend sehe ich mich nach den Jungs um. Luke kommt mühsam auf die Füße, Hunter ist schon dabei, die restlichen Dämonen auszutreiben, die zu Scharen in das Haus stürmen. »Verschwinden wir hier«, ruft er mir atemlos über die Schulter zu. Noch nicht.

Ich umfasse den Griff des Dolches fester und stürme auf Larissa zu. Wir sind gekommen, um sie in eine Falle zu locken, und es hat geklappt, wenn auch nicht so wie erwartet.

Unser Ziel steht direkt vor mir, ist geschwächt und hilflos. Jetzt ist der richtige Zeitpunkt, zu handeln.

Larissas Augen weiten sich schockiert, als sie kapiert, was ich vorhabe. Mühsam kommt sie auf die Beine und stemmt die Hände nach vorne. Erneut glüht ihre Haut in einem schimmernden Weiß auf und Wind peitscht mir ins Gesicht. Er entwickelt sich rasend schnell zu einer Mauer, gegen die ich verzweifelt anzukommen versuche. Meine Füße rutschen auf dem Boden nach hinten, aber ich beiße die Zähne zusammen und stemme mich mit meinem ganzen Körpergewicht dagegen.

»Bitte! Ich kann euch verraten, was ihr wissen wollt!«, fleht sie, aber ich darf mich von ihrer kindlichen Stimme nicht beeinflussen lassen.

»Lajk will die Tore zum Totenreich öffnen«, spricht sie unbeirrt weiter. Blut tropft aus ihrem Mundwinkel. »Er lässt alle toten Seelen wieder frei. Kommt auf unsere Seite! Noch habt ihr Zeit.«

Diese Offenbarung lässt mich kurz stocken, ich höre auf zu kämpfen und werde ruckartig nach hinten geschleudert.

Bitte *was* hat sie gerade gesagt?

Mein Kopf kommt nicht mehr mit, aber meine Beine reagieren schnell. Ich bin wieder auf den Füßen und stürme nach vorne. Larissa schluchzt und fällt auf die Knie. Sie schließt ergeben die Augen und ich hebe den Dolch, habe sie schon fast erreicht.

Etwas stößt mich hart zur Seite und ich pralle gegen die nächste Wand. Ein wütender Schrei entkommt mir, als ich einen Dämon erkenne.

»Lass mich los!« Mein Kopf ruckt vor und ich donnere ihm die Stirn gegen die Nase. Er faucht, weicht zurück, lässt mich aber nicht los.

Ich schaue nach rechts zur Himmelsbotin, doch kann gerade noch erkennen, wie sie von einem Dämon auf die Arme gehievt und davongetragen wird. Scheiße! Wir dürfen sie nicht verlieren!

Der Bastard, der mich im Griff hat, wird ruckartig von mir heruntergeschleudert. Hunter taucht vor mir auf.

»Weg hier, sofort.« Ich nicke abgehackt und folge ihm nach draußen.

Ich steige auf der Fahrerseite ein, die beiden Männer hetzen auf die Rückbank.

Mit quietschenden Reifen brausen wir los, bloß weg aus dieser Stadt. Es ist mir eigentlich egal, wohin wir jetzt fahren. Hauptsache weg.

KAPITEL 16

Hunter

Kat wirft einen prüfenden Blick in den Rückspiegel und drückt aufs Gas. Der Mustang braust durch die Straßen Harveys.

»Das war knapp«, merke ich atemlos an. Wir wären beinah von einem Engel und später dann von Dämonen umgebracht worden.

»Larissa hat etwas zu mir gesagt, aber ich weiß nicht, ob es eine Lüge war«, sagt Kat erstaunlich ruhig, dafür, was gerade passiert ist. »Sie sagte, Lajk will die Tore zum Totenreich öffnen, um die toten Seelen zu befreien.«

Stirnrunzelnd sehe ich sie an. Die Engel haben mir nie eine konkrete Antwort darauf gegeben, was passiert, wenn Menschen sterben, auch wenn ich öfter danach gefragt habe. Aber von Anfang an war mir klar, dass es kein Himmel-Hölle-Szenario nach dem Tod gibt, auch wenn gleichwohl beide Orte bestehen. Aber alles, was nach dem Tod passiert, ist für mich ein Buch mit sieben Siegeln. Ich selbst bin nach meinem Ableben direkt zu den Engeln gekommen, die mich vor die Wahl gestellt haben.

»Ach scheiße, die Engel sind immer noch hinter dir her!«, fällt es Kat ein.

Malandria war erst der Anfang, ich stehe bei meinen Auftraggebern vermutlich ganz weit oben auf der Abschussliste und sie alle können sehen, wo ich mich gerade befinde.

»Hier, den kannst du besser gebrauchen«, sagt Kat und reicht mir den Dolch. Der Griff ist mit Edelsteinen besetzt, die leicht aufblitzen. Damit hat Kat den Engel getötet.

»Oh«, stelle ich fest. »Das sind … Engelssteine.«

Vorsichtig fummle ich einen blauen von dem Griff ab und halte ihn gegen das Licht. Tatsächlich. Deshalb funktioniert der Dolch auch als Waffe gegen Engel.

»Was sind Engelssteine?«, fragt Kat mich misstrauisch. Luke, der sich interessiert zu mir herübergebeugt hat, antwortet ihr:

»Es sind Edelsteine, die mit dem Blut eines Unschuldigen getränkt wurden. Sie haben eine ganze besondere Wirkung auf Engel. Sie machen Hunter nicht unsichtbar, wie es das Band zu dir geschafft hat, aber zumindest ist er damit fürs Erste von ihrem Radar verschwunden.«

Ich selbst habe noch nie einen in der Hand gehalten, aber schon von ihrer Wirkung gehört. Vor einigen Wochen noch war es für mich absolut undenkbar, dass ich eines Tages gegen Engel kämpfe. Ich meine, das sind doch die guten Jungs, oder? Meine Auftraggeber. Die, die mich zurück ins Leben geholt und mir eine Aufgabe gegeben haben. Aber nun weiß ich selbst nicht mal genau, auf welcher Seite ich stehe.

»Ihr Radius ist nicht sehr groß«, füge ich Lukes Erklärung hinzu und stecke ihn mir in die Hosentasche. »Ich sollte ihn nicht verlieren. Und dieser Dolch«, ich blicke auf die silberne Klinge, »ist mehr als wertvoll.«

»Das Problem wäre damit gelöst«, schnaubt Kat. »Aber wir haben Larissa trotzdem verloren.«

Sie wirkt weniger verärgert, eher resigniert. Ich glaube nicht wirklich, dass sie es übers Herz gebracht hätte, sie umzubringen. Aber vielleicht hätte sie es doch getan, für ihre eigene Freiheit. Für ihre Seele. Ganz egal, die Chance ist vertan und wir haben nichts. Absolut *nichts*.

Ich erwarte, dass Kat umdreht und uns zu dem Motel bringt, aber sie beschleunigt den Wagen weiter.

»Ich habe Harvey so satt«, schnaubt sie. »Ich muss da raus.«

Schweigend lehne ich mich in den Sitz zurück und lasse sie gewähren. Mein Schulterbruch, den ich mir bei der Aktion mit Malandria zugezogen habe, ist wieder halbwegs geheilt, aber der Schmerz pocht noch leicht.

»Bist du verletzt?«, fällt es mir dann ein. Kat ist nur ein Mensch, auch wenn ich das gerne vergesse. Ihre Züge werden ein wenig weicher, als sie den Kopf schüttelt.

»Bei mir ist alles gut so weit.« Die Worte klingen, als würden sie nicht zu ihr gehören. Ich beiße mir auf die Unterlippe, als ich sie betrachte. Wie die rotbraunen Haare ihr sanft über die zierlichen

Schultern fallen, wie sie sich über die Lippen leckt und der Griff um das Lenkrad sich allmählich lockert. Manchmal vergesse ich, dass hinter ihrer harten Schale nur eine zerbrechliche junge Frau steckt.

Nach einer guten Dreiviertelstunde erreichen wir einen Ort, der sich Rugby nennt. Dort wird Kat langsamer, bis sie in eine Straße einbiegt. Träge blinzle ich aus dem Fenster und erkenne ein Hotel. Es sieht noch schäbiger als all die Motels, in der wir waren. North Dakota zeigt sich uns wirklich nicht von seiner besten Seite.

»Das war ein ätzender Tag«, merkt Luke netterweise an und streckt sich. Kat wirft ihm einen vernichtenden Blick zu, der prallt aber an meinem besten Freund ab. »Ich brauche jetzt eine ordentliche Mahlzeit und eine warme Dusche.«

»Armer, verwöhnter Junge«, murmelt Kat und steigt aus dem Wagen aus. Luke prustet los.

»Mann, die Kleine hat echt Biss.«

»Pass auf, dass sie dich nicht beißt«, meine ich amüsiert und klopfe ihm freundschaftlich auf die Schulter, bevor ich aussteige und Kat nachlaufe. Es fühlt sich komisch an, so ganz ohne das Band zwischen uns. Trotzdem folge ich ihr, als wäre es vorhanden, und mein Blick ist wie gebannt auf ihre Rückenansicht geheftet. Mit festen, strammen Schritten läuft sie auf den Eingang zu, ihre Schultern sind versteift. Als ich sie etwas einhole, kommt mir ihr Geruch entgegen. Nein, eigentlich nicht wirklich ihrer. Eher Blut, Dreck und ein Hauch Apfelshampoo.

Sie dreht den Kopf in meine Richtung und mustert mich emotionslos. »Was ist?«

»Darf ich dich nicht ansehen?«, frage ich zurück und hebe leicht die Mundwinkel. Sie hält inne, wartet, bis ich vollends neben ihr bin. Dann schlägt sie mir mit der Hand auf den Hinterkopf, bevor sie schwungvoll herumwirbelt und auf den Empfangstresen zusteuert.

Ich grinse immer noch, während sie ein Zimmer für uns ordert. Mit zwei Schlüsseln kommt sie zurück. »444 für dich und Luke, 234 für mich«, erklärt sie auf meinen fragenden Blick hin.

»Willst du etwa nicht mit uns in einem Zimmer schlafen?«, frage ich und sie schüttelt eiskalt den Kopf. Als Luke zu uns tritt, wirft sie ihm wortlos den Schlüssel hin und verschwindet zu den Treppen.

»Hey, Kumpel.« Luke stupst mich an und ich kann das Schmunzeln in seiner Stimme hören, während ich immer noch Kat nachsehe, bis sie nach oben verschwunden ist. »Du hast dich aber doch nicht in die kleine Kämpferin, die ihre Seele an einen Dämon verkauft hat, verguckt?«

Nein, garantiert nicht. Denn das wäre das Dümmste, was ich tun könnte.

Da Kat aus dem Spiel ist, mache ich es mir mit Luke gemütlich. Er holt uns etwas zu essen aus der Stadt und zu unserem Glück geht sogar der Fernseher im Zimmer. Nachdem das abendliche Unterhaltungsprogramm Luke zu öde wird, schnappt er sich den Laptop und versinkt in seiner Recherche.

Ich liege auf dem Bett und drehe den Saphir zwischen meinen Fingern hin und her.

Zu Anfang hätte ich Kat sogar getötet, um mich den Engeln auszuliefern, jetzt müsste ich nur diesen wertvollen Edelstein aus dem Fenster werfen und könnte mich von ihnen töten lassen.

Ich hätte mich schon Malandria stellen können, das ist es, was ein guter Jäger getan hätte. Aber stattdessen habe ich gegen sie gekämpft. Um mich selbst zu retten, um Kat zu schützen.

Plötzlich verspüre ich das unbändige Bedürfnis, nicht mehr allein zu sein. Absurd, denn das bin ich nicht, immerhin ist Luke bei mir. Aber das Ziehen in meiner Brust wird unerträglich, ich muss einfach zu ihr.

»Ich sehe mal nach, ob Kat sich schon eingerichtet hat«, sage ich und meine Beine machen sich selbstständig, als ich loslaufe. Luke lacht leise und murmelt etwas, was ich nicht hören will. Es ist mir auch egal. Wie ferngesteuert laufe ich durch die Gänge, auf der Suche nach ihrem Zimmer. Sie wohnt im zweiten Stock, Nummer 234. Kurz vor ihrem Zimmer atme ich noch mal tief durch, bevor ich zweimal klopfe. »Hier ist Hunter«, lasse ich sie wissen. Sekunden verstreichen, in denen ich immer ungeduldiger werde. Noch einmal hebe ich die Faust, um zu klopfen, aber in dem Moment öffnet sie die Tür.

Ihre feuchten Haare fallen ihr über die Schultern und durchnässen ihr Shirt darunter. Sie sieht müde aus, so müde, wie ich mich fühle.

»Darf ich reinkommen?«, frage ich. Zu meiner Überraschung nickt sie und macht mir Platz.

»Ich hätte nicht gedacht, dass es so leicht wird«, gestehe ich ihr schmunzelnd, aber Kat antwortet nicht darauf, sondern schlurft nur zu ihrem großen Bett. Auch bei ihr läuft der Fernseher, aber er ist stummgeschaltet.

»Was ist los?«, hake ich nach, als sie nicht darauf eingeht. Seufzend streicht sie sich durch die Haare. »Manchmal habe ich es satt, zu kämpfen.«

Mein Körper steht für einen Moment wie unter Strom und meine Haut kribbelt. Genau so fühle ich mich auch. Manchmal. In diesem Moment zum Beispiel. Vorsichtig trete ich näher, setze mich auf die Bettkante, ohne sie aus den Augen zu lassen. Sie unterbricht unseren Blickkontakt nicht, ihre Zähne malträtieren ihre Unterlippe.

Ich strecke die Hand nach ihr aus, umfasse sanft ihr Kinn und fahre ihr mit dem Daumen über die Lippe. Ihr stockt der Atem, mir das Herz. »Das ist okay«, flüstere ich heiser. »Manchmal geht es mir auch so.«

»Manchmal?« Sie umfasst mein Handgelenk, klammert sich daran fest, als wäre es ihr Halt. »Ich fühle mich andauernd so.«

»Du tust es aber nicht.«

»Tue was nicht?«

»Aufgeben.« Mit diesem einen Wort lehne ich mich vor, so dicht, bis ich ihren Atem auf meinem Gesicht spüren kann. Frische Minze. Der Duft von Shampoo ist intensiver und der Blutgeruch nur noch ganz leicht wahrzunehmen. »Weißt du, was? Ich bewundere dich. Andauernd. Du bist so stark.«

Wieder kommt mir in den Sinn, wie sie gegen die Dämonen vor der Lagerhalle gekämpft hat. In diesem Moment war sie nicht die Stärkste, aber sie hat nicht aufgegeben.

Eine Träne rinnt ihr die Wange hinab. Sie sammelt sich an ihrem Kinn und tropft auf meine Hand. Kat schluckt merklich.

Dann ist der Moment zwischen uns vorbei. Ich lasse sie los und Kat rückt von mir ab, wischt sich die feuchte Spur von der Haut und räuspert sich.

»Du solltest zurückgehen und auf Luke aufpassen«, schlägt sie vor. »Nicht, dass die Monster ihn noch fressen.«

»Er kommt schon klar. Er ist ein großer Junge.«

»Und ich ein großes Mädchen.« Sie lächelt mich ungewohnt charmant an. »Das heißt, du solltest dir einen anderen Schlafplatz suchen.«

Das hingegen war weniger charmant. Blitzschnell greife ich nach einem Kissen und schlage es ihr gegen die Schulter. Sie keucht empört auf.

»Ja, das kam jetzt überraschend, was?« Noch einmal schlage ich sie leicht mit dem Kissen. Kat prustet los, fängt den nächsten Hieb ab und nimmt mir meine Waffe weg.

»Es reicht! Meinetwegen kannst du bleiben, wenn du nicht vorhast, eine Teenie-Pyjamaparty zu schmeißen.«

»Ehrlich, schlafen wir jetzt in einem Bett?« Verschwörerisch beuge ich mich vor. »Schläfst du in Unterwäsche?«

Als Nächstes habe ich das Kissen im Gesicht.

Wenige Minuten später habe ich meine Antwort: Sie schlüpft in ein zu großes Shirt, was sicher mal für mich bestimmt war. Ihre Oberschenkel sind trotzdem noch gut zu sehen und wenn sie die Arme über den Kopf hebt …

Schluss jetzt, ermahne ich mich selbst. Ich ziehe die Jeans aus und lege mich neben sie. Kat hat sich in die Decke gewickelt, ihre Haare sind auf dem Kissen verteilt. Ächzend drehe ich mich auf die Seite und zwirble mir eine ihrer Strähnen um den Finger. Ihre Lider fallen flatternd zu.

»Danke«, murmelt sie.

»Wofür?«

»Dass du da bist.«

Ich rutsche dichter an sie heran und lege einen Arm um ihren zierlichen Körper. Kat legt mir eine Hand auf die nackte Brust, ihre Finger fahren über das Tattoo. Eine Gänsehaut schleicht sich meinen Körper entlang, gepaart mit einem warmen Schauer.

»Ich danke dir, dass du da bist«, flüstere ich so leise, dass sie es sicher nicht hören kann. Ich weiß selbst nicht einmal, ob die Worte tatsächlich meinen Mund verlassen haben oder irgendwo zwischen Hirn und Lippen hängen geblieben sind.

Es ist egal. Denn ich fühle sie mit jeder Faser meines Körpers.

KAPITEL 17

Kat

Hunter ist schon längst eingeschlafen, ein Kunststück, das mir nicht gelingen will. Mein Herz pocht immer noch wild, mein Blut hört nicht auf zu brodeln.

Hunter liegt ganz nah bei mir, sein Arm ruht ausgestreckt über meinem Kopf, weshalb ich ein Stück nach unten gerutscht bin. Wenn ich den Blick hebe, kann ich seine leicht geöffneten Lippen sehen und den gleichmäßigen Atem spüren. Wenn ich die Hand ausstrecke, kann ich seine Wärme fühlen.

Schon absurd. Der Jäger der Engel und das Mädchen ohne Seele. Für einen schwachen Moment rutschte ich dichter an ihn heran, so nah, so unglaublich nah … dann aber weiche ich wieder zurück und kneife die Augen zusammen.

So vieles schwirrt mir im Kopf herum. Schon mein ganzes Leben habe ich für Alistair gearbeitet und mich irgendwann damit arrangiert. Alles, was ich für ihn getan habe, war nicht richtig. Also warum kann ich jetzt nicht einfach diese Leute umbringen und meine Seele zurückbekommen, ein normales Leben?

Ich drehe mich auf den Rücken, um Hunter nicht weiter ansehen zu müssen. Lajk kommt mir in den Sinn, denn er wird nicht zulassen, dass wir seine Leute umbringen. Vor allem Larissa, wenn ihre Art wirklich so selten ist.

Er ist stark. So viel mächtiger als Alistair. Zumindest glaube ich das, da er das Band zwischen uns einfach so zerrissen hat.

Vielleicht wäre es klüger, die Seiten zu wechseln, solange ich kann. Ich bin Alistair zu nichts verpflichtet, auch wenn es sich so anfühlt. Er ist nur ein Arsch, der mich an der kurzen Leine hält. Vielleicht kann ich Alistairs Bedingungen nicht erfüllen, gleichwohl kann ich aber mit Lajk bessere Konditionen aushandeln.

Wie meine Berufsberaterin am Community College zu sagen pflegt: Man muss immer mehrgleisig fahren bei der Berufswahl. Fast muss ich auflachen bei dem Gedanken daran, dass ihre Tipps mir nun doch helfen. Vielleicht sollte ich ihr eine Karte schreiben.

Vorsichtig, um den Mann neben mir nicht zu wecken, richte ich mich auf und knipse die Nachttischlampe an. Ich warte still, aber Hunter rührt sich nicht. So ein bisschen Licht stört ihn anscheinend nicht. Trotzdem bin ich so leise wie möglich, als ich aus dem Bett klettere und nach etwas zu schreiben suche. In der hintersten Ecke meiner Tasche finde ich schließlich einen Kugelschreiber. Dann knie ich mich vor Hunter aufs Bett und sehe mir sein Tattoo ganz genau an.

Eine halbmondförmige Sichel, daneben verschiedene Striche und Pfeile, die sich zu einem wirren Gesamtbild formen. Ich setze das Symbol, den Dämonenschutz, auf meinen Unterarm, zeichne die feinen Linien, bis es so aussieht wie bei Hunter. Die Dämonenfallen funktionieren auch, wenn sie gezeichnet werden, also müsste Hunters Abwehr auch klappen, oder? Skeptisch betrachte ich mein Ergebnis, dann aber beginnt es auf meiner Haut zu brennen. Es wird so heiß, dass ich mir auf die Lippe beißen muss, um nicht laut aufzuschreien. Das Glühen währt nur kurz, dann erlischt es zusammen mit dem Brennen.

Wow, okay. Das sollte wirken.

Um keine Zeit mehr zu verlieren, schlüpfe ich zurück in die Jeans und werfe mir noch die leichte Jacke über. Das zu große Shirt stecke ich in die Hose, um es unter der Jacke zu verbergen, und packe mir noch Hunters Handy ein.

Ein letztes Mal blicke ich zu dem Jäger, erlaube mir kurz, wehmütig zu sein. Dann aber reiße ich mich zusammen und laufe los. Die Treppen runter bis zum Eingang und raus aus dem Hotel. Rugby ist so schon keine Metropole, aber um diese Zeit sieht es gespenstisch und verlassen aus. Rechts von mir liegen einige Wohnwagen, eine Art Campingplatz, und dahinter nichts als Einöde. Das scheint mir ein guter Platz zu sein, um einen Dämon zu rufen. Auch wenn ich noch keine Ahnung habe, wie ich das tun soll. Bisher ist Lajk aber einfach so erschienen, das kann jetzt nicht so schwer sein. Ich muss ihm nur meinen Standort verraten.

Ich stapfe durch die Dunkelheit, bis die Wohnwagen kaum mehr zu sehen sind. Dann hole ich das Handy heraus und wähle Blakes Nummer. Es klingelt scheinbar unendlich lange, bis er sich meldet.

»Ja?«, dröhnt seine verschlafene Stimme zu mir durch. Wahrscheinlich hat er nicht auf die Nummer geguckt, als er rangegangen ist.

»Sag deinem guten Freund Lajk, dass ich ihn sprechen muss«, fange ich ohne Begrüßung an. Mit einem Schlag wird Blake hellwach.

»Was zur Hölle soll das?«

»Nicht die Hölle, sondern hier auf der Erde. Er wollte mich, hier bin ich. Sag ihm, dass ich mit ihm verhandeln möchte. Ich warte auf ihn in Rugby vor dem *Oakwood Inn.*«

Damit lege ich auf und schiebe das Handy zurück in die Tasche. Mit dem Ex-Soldaten – wenn er denn tatsächlich einer ist, so genau weiß ich das nicht – zu diskutieren würde mich nicht weiterbringen und deshalb muss ich einfach darauf hoffen, dass er meine Nachricht an seinen Boss weitergibt.

Die Kälte der Nacht frisst sich durch den dünnen Nylonstoff und ich beginne, auf der Stelle zu treten und die Hände aneinanderzureiben. Es kommt mir vor wie eine Ewigkeit, aber in Wahrheit vergehen kaum mehr als fünf Minuten. Dann beginnt der Boden unter meinen Füßen leicht zu vibrieren und ich weiß, dass Lajk gleich kommt. Sofort stehe ich still und strecke den Rücken durch. Fest sehe ich auf den Punkt vor mir, aber dann hört das Beben auf und ich spüre kalten Atem in meinem Nacken. Erschrocken fahre ich herum und taumle einige Schritte zurück. Lajk lacht samtweich. »Hallöchen, Kätzchen.«

»Du hast meine Nachricht erhalten«, stelle ich fest und zwinge mein Herz, sich zu beruhigen. Es klappt nicht.

»Das habe ich«, schnurrt Lajk und schnippt sich einen nicht vorhandenen Fussel vom Anzug. »Ich war gerade ziemlich beschäftigt, aber als ich gehört habe, dass du mich sprechen willst, da habe ich alles unterbrochen, mich für dich in Schale geworfen und bin hergekommen.«

»Für mich hättest du dich nicht extra umziehen müssen«, spotte ich und ein Teil von mir schreit mich innerlich an, ich solle bloß aufhören, mit dem Dämon zu flirten. Lajk schenkt mir ein breites, unheimliches Lächeln. Es ist zu dunkel, um es mit Gewissheit zu sagen, aber ich kann seine Zähne aufblitzen sehen.

»So viel Feuer, Kätzchen.«

»Stimmt es, dass du mich in deinem Team willst?«

»Das stimmt.«

»Wieso?«

»Wieso?« Lajk lacht. »Weil du stark bist. Du bist besonders.«

»Nein und nein, ich bin keines von beiden.«

»Du bist stark, wenn du Dämonenblut trinkst. Oh, denk doch nur daran, wie stark du wärst, wenn ich deine Seele besitzen würde und du mein Blut zu trinken bekämst.«

»Warum suchst du dir nicht einfach jemand anders und kaufst dir seine Seele?«

»So viele Fragen. Dabei sind wir doch hier, um zu verhandeln, oder etwa nicht?«

Ich presse die Lippen zusammen und mache sicherheitshalber einen Schritt zurück. »Was kannst du mir und Hunter anbieten? Alistair sagt, er gibt meine Seele frei und entlässt Hunter aus seiner Verpflichtung, sobald wir deine Elitekämpfer getötet haben.«

»Wie lächerlich«, schnaubt Lajk. »Das werdet ihr nicht schaffen. Und Alistair wird euch beide niemals entlassen. Ich hingegen …«

Der Rest seines Satzes geht in einem Rauschen unter. Ich spüre, wie Wind mich umfängt und mein Magen in die Knie sackt. Oh nein, doch nicht jetzt! Warum muss Alistair mich jetzt zu sich holen? Er hat doch nichts von diesem Gespräch gehört, oder? Aber ich habe doch den Dämonenschutz …

»Oh, oh«, höre ich Lajk noch sagen, dann verschwindet alles im Nichts und ich lande in der Hölle.

KAPITEL 18

Kat

Der Wind verebbt langsam und mein Magen beruhigt sich. Ich atme tief durch, bereue es aber sofort wieder. Denn der Geruch von verfaultem Fleisch und metallischem Blut dringt mir in die Nase. Als ich mich umsehe, erkenne ich die alte Fleischerei. Der gleiche Ort, an dem er vor Kurzem erst Hunter gefoltert hat. Links von mir hängen verderbende Leiber und ich bin mir nicht sicher, ob es Tiere oder Menschen sind. Übelkeit überkommt mich wie eine Welle, aber ich dränge sie zurück.

Alistair taucht einige Meter vor mir auf, seine dunklen, emotionslosen Augen mustern mich von Kopf bis Fuß.

»Hallo, Kat.« Seine Stimme klingt platt und tonlos, gar kein Vergleich zu dem säuselnden, weichen Ton von Lajk.

»Alistair«, keuche ich und straffe die Schultern. Okay, cool bleiben. Er weiß nicht, was ich gerade getan habe, er kann es nicht wissen.

»Wie ist es dir ergangen?«

»Wir haben Larissa verloren«, teile ich ihm eilig mit und verschlucke mich fast an diesen vier Worten. »Wir hatten sie schon, aber dann, wusch, weg war sie.«

Seine Blicke durchbohren mich. Innerhalb eines Wimpernschlages steht er vor mir, packt mich am Hals und schleudert mich mehrere Meter zurück gegen die nächste Wand. Mein Körper wird schmerzhaft an den harten Beton gepresst und im nächsten Moment steht er wieder vor mir und drückt mir die Luft ab.

»Ich sollte dir sagen, Liebste«, mit seiner freien Hand greift er nach meinem Unterarm, auf dem ich die Dämonenabwehr gezeichnet habe. »Dieses hübsche Mal funktioniert nur, wenn es von einem Engel angebracht wird.«

Oh nein. Nein, nein, nein.

Alles Blut gefriert mir in den Adern, als mir bewusst wird, was das bedeutet. Sobald ich mich außer Hunters Reichweite begeben habe, hat Alistair wieder alles mitbekommen, was bei mir passiert. Er hat das Gespräch mit Lajk mit angehört.

Mein Atem geht flach, als ich ergeben die Augen schließe. Alistair zieht mich zurück und drückt mich dann mit voller Wucht wieder an die Wand. Mein Schädel dröhnt, aber ich unterdrücke einen Aufschrei.

»Du hast mich verraten!«

»Ich habe versucht, mich selbst zu retten«, erwidere ich, was sich als großer Fehler herausstellt. Denn das scheint den Dämon noch wütender zu machen. Innerhalb weniger Sekunden hat er uns von der Wand abgestoßen, eine Art Seziertisch hervorgezaubert und mich darauf festgeschnallt. Das kühle Metall frisst sich durch die Klamotten, ich zittere am ganzen Körper. Meine Hände und Füße sind an dem Tisch befestigt, sodass ich sie nicht mehr bewegen kann. Lediglich meinen Kopf kann ich noch heben, aber Alistair legt mir seine kühlen Finger gegen den Hals und drückt mich herunter.

»Bitte nicht, stopp«, flehe ich. »Ich habe noch etwas anderes herausgefunden! Etwas über Lajk.«

Die Worte überschlagen sich vor Panik und Alistair hält tatsächlich inne. Ich schlucke hart, bevor ich weiterrede: »Lajk will die Tore zum Totenreich aufschließen. Das ist sein Plan.«

»Das weiß ich«, knurrt Alistair. »Und ich weiß, dass die Himmelsbotin einer der Schlüssel dazu ist. Also warum verdammt lebt sie noch?«

»Lajk beschützt sie. Wir können sie nicht töten, Lajk ist uns immer einen Schritt voraus.« Meine Stimme zittert, aber Alistairs Griff um meinen Hals ist immerhin lockerer geworden.

»Lajk hat auch das Band zwischen mir und Hunter getrennt«, erzähle ich weiter. Alistairs Blick findet wieder meinen und er verengt die Augen.

»Auch das weiß ich, Kat. Und du willst dich mit meinem größten Feind verbinden.« Sein Griff wird wieder fester und ich habe das Gefühl, zu sterben. »Du, der ich vertraut habe!«

Verzweifelt röchle ich, versuche, die Hände zu heben, aber die Fesseln halten mich eisern fest. Dann wird mir schwarz vor Augen, ich kriege keine Luft mehr und mein Brustkorb droht zu zerspringen. Mein Herz pumpt so schmerzhaft fest, wird immer lauter und lauter und dann explodiert alles in mir drin.

Alles, was ich spüre, ist eiskalter Schmerz, als ich wieder wach werde. Blinzelnd wird mir klar, dass ich mich noch in der Fleischerei befinde, in Alistairs kleiner Folterkammer. Panisch schnappe ich nach Luft und hebe den Kopf. Kühle Finger umfangen meine Stirn und drücken meinen Kopf zurück auf den kalten Metalltisch.

»Menschen«, schnaubt Alistair. »So zerbrechlich und so leicht zu töten.«

Ich war tot? Nein, ich kann nicht wirklich sterben. Nicht in der Hölle, nicht, solange Alistair das nicht will.

»Es tut mir leid, dass ich dich verraten habe«, keuche ich und bete innerlich, dass er mir nicht noch einmal wehtut.

Alistair legt mir eine Hand über die Augen. »Das ist doch ein Anfang.«

»Bitte tu mir nicht weh«, flehe ich. Alistair lacht schallend los. »Ach Kat. Schmerz ist so vergänglich. Genauso wie dein menschlicher Körper.«

Er sticht mir etwas in die Haut und ich schreie überrascht auf. Eine kühle Flüssigkeit pumpt durch meine Venen, die meinen Herzschlag zu verlangsamen scheint.

»Was war das?«, frage ich und winde mich. Er nimmt die Hand wieder von meinen Augen.

»Das, meine Liebste, hält dich länger bei Bewusstsein.«

»Bitte, Alistair.«

»Na, na. So habe ich dich nicht erzogen.«

Die bleierne Kälte wird durch Wut erwärmt. »Fick dich doch!«

»Ja, das gefällt mir schon besser.«

Es klappert leise, dann spüre ich einen spitzen Gegenstand auf meiner Haut. Der Schmerz raubt mir für einen Moment die Sinne und ich kneife die Augen zusammen.

»Warum«, ich keuche, »willst du Lajks Plan verhindern?«

Alistair schnaubt. »Die meisten Menschen glauben, dass man nach dem Tod entweder in den Himmel oder in die Hölle kommt, richtig?«

»Richtig«, bringe ich zwischen zusammengepressten Zähnen hervor und versuche mich auf seine Worte zu konzentrieren und nicht auf den Schmerz.

»Das stimmt aber nicht ganz.« Alistair hält inne und tippt mit dem spitzen Gegenstand gegen meine dünne Haut. »Sobald die Menschen tot sind, gehen sie alle – egal ob gut oder böse – in das Totenreich. Früher einmal war das ein stiller Ort. Friedlich vielleicht. Aber es gab einen Haken am Totenreich. Etwas, das wir Dämonen nicht wussten, bis ein korrupter Engel es uns vor einem guten Jahrzehnt mitgeteilt hat: Das Totenreich grenzt direkt an die Hölle.«

Noch bevor ich diese spärlichen Informationen verarbeiten kann, stößt mir Alistair das Messer ins Fleisch und ich schreie auf.

Meine Welt vergeht in Schmerz, wieder und wieder. Er sagt kein Wort, er atmet noch nicht einmal, während ich mir die Seele aus dem Leib schreie. Als mich wieder die Schwärze umfängt, bin ich fast froh, dem endlich zu entkommen.

Hunter

Kat ist nicht mehr da. Dies ist der erste Gedanke, als ich mich schlaftrunken aufrichte. Ihr Platz neben mir ist schon kalt, ihr Duft verblasst. Ich steige aus dem Bett und sammle meine Klamotten zusammen, um sie wieder überzustreifen. Sicherheitshalber sehe ich noch mal im Badezimmer nach, aber wie erwartet ist sie dort auch nicht. Es ist schon neun Uhr, vielleicht hat sie Frühstück geholt. Es fühlt sich merkwürdig an ohne das Band zwischen uns, als würde etwas fehlen.

Ich mache mich auf den Weg zu Lukes Zimmer. Er sitzt schon im Bett, den Laptop auf dem Schoß, und ist ganz vertieft in was auch immer er macht. Vielleicht schaut er sich auch Pornos an.

»Wo ist Jessica Jones?«, fragt er ohne aufzusehen, und ich muss unwillkürlich lachen bei der Anspielung auf die Marvel-Serie.

»Hey, den Spitznamen habe ich ihr auch verpasst, den fand sie aber gar nicht toll. Und ich dachte, sie wäre vielleicht bei dir.«

Luke hebt eine Augenbraue. »Hab sie seit gestern nicht mehr gesehen. Sag mal, was habt ihr zwei gestern gemacht?« Nun sieht er doch auf und grinst mich anzüglich an.

Ich verdrehe die Augen. »Nichts. Wir haben geredet und dann geschlafen.«

»Ja, alles klar!« Luke schüttelt grinsend den Kopf. Ich setze mich zu ihm aufs Bett und neige fragend den Kopf zur Seite. »Was tust du?«

»Ich versuche, ein wenig mehr über Himmelsboten herauszufinden. Aber niemand hat je einen zu Gesicht bekommen. Ich sag's dir, die sind seltener als ein hilfsbereiter Dämon.«

Eigentlich will ich nur wissen, wie man Leute wie Larissa töten kann, aber ich schweige. Diese Recherchearbeit war schon immer Lukes größtes Hobby und ich will nicht lügen, er hat mir damit schon das eine oder andere Mal den Arsch gerettet.

»Vielleicht kommt Kat ja noch. Vielleicht holt sie Frühstück«, merke ich an, um auf unser eigentliches Problem zurückzukommen.

»Hmh?«, macht Luke, als wüsste er nicht, wovon ich rede. Dann fällt es ihm aber wieder ein. »Ach so. Ja, wir sollten warten. Vielleicht genießt sie auch ihre Freiheit, jetzt wo sie dich nicht mehr pausenlos um sich herum haben muss.«

»Pff!«, mache ich und drehe mich von ihm weg, aber vermutlich hat er recht. Seit gestern fühle ich mich ihr allerdings verbundener, denn zum ersten Mal hat sie mir auch ihre schwache Seite gezeigt. Ich werde zunehmend unruhiger, weil ich nicht weiß, wo sie ist. Vielleicht hat Alistair sie zu sich beordert, um einen Statusbericht zu bekommen.

Als Kat nach einer Stunde immer noch nicht da ist, wird meine Unruhe zu echter Sorge. »Komm, wir müssen sie suchen«, befehle ich und klappe Lukes Laptop einfach zu, um seine Aufmerksamkeit zu erlangen.

»Hey!«, ruft er verärgert aus, aber er folgt mir hinunter zur Rezeption. Dort frage ich die Dame am Empfang, ob sie meine Begleiterin gesehen hat.

»Etwa eins achtundsechzig groß. Rotbraune Haare, schlank«, beschreibe ich Kat und sie denkt für einen Moment nach.

»Nein, die habe ich heute Morgen nicht gesehen. Aber Steve hatte heute die Nachtschicht, vielleicht weiß er etwas. Wenn Sie Glück haben, können Sie ihn noch auf dem Parkplatz einholen, er hat gerade Feierabend gemacht. Er fährt einen roten Toyota.«

Dankbar nicke ich ihr zu und laufe dann mit eiligen Schritten Richtung Ausgang und schließlich auf den Parkplatz. Suchend sehe ich mich nach einem roten Auto um und entdecke eines, das gerade aus der Parklücke fahren will. Ohne groß nachzudenken, sprinte ich zu ihm und stelle mich hinter den Wagen. Knapp vor mir hält das Auto abrupt an und ich höre den Fahrer fluchen. Er kurbelt sein Fenster herunter.

»Was soll das, Junge?!«

»Steve?«, frage ich und trete an seine Seite. Als er misstrauisch nickt, stütze ich mich zum Fenster herein, damit er nicht wegfahren kann.

»Ich suche meine Freundin, sie hat gestern mit mir eingecheckt und ist heute früh verschwunden.« Auch ihm liefere ich eine Kurzbeschreibung, aber er kann sich nicht erinnern.

»Sie ist ganz schön kratzbürstig«, vervollständige ich meine Beschreibung und da erhellt sich sein Gesicht.

»Ach ja, ich erinnere mich, ihr habt gestern Abend noch bei mir eingecheckt. Ja, ich habe sie gesehen. Etwa gegen zwei Uhr morgens ist sie aus dem Hotel verschwunden und bis zu meinem Schichtende auch nicht mehr aufgetaucht.«

»Was? Wohin ist sie denn gegangen?«

»Das weiß ich doch nicht, ich bin ihr schließlich nicht gefolgt. Wenn du dich jetzt von meinem Auto entfernen könntest?«

»Sorry, ja. Danke trotzdem.«

Ich warte, bis er weggefahren ist, und gehe dann zu Luke, um ihm von dem Gespräch zu berichten.

»Ich sage es zwar nur ungern, klingt aber ganz danach, als ob sie abgehauen ist.«

»Das glaube ich nicht. Das ergibt gar keinen Sinn. Und der Mustang steht auch noch da.« Ich deute auf den schwarzen Wagen.

Kat wäre nicht ohne ihn abgehauen. Sie wäre nicht ohne mich abgehauen.

Irgendetwas muss passiert sein.

Wo bist du nur, Kat?

KAPITEL 19

KAT

Nachdem ich wieder wach bin, geht es direkt weiter. Alistair lässt mir keine Pause.

»Das Totenreich grenzt an die Hölle?«, fange ich unser Gespräch von vorhin wieder an. Ich brauche irgendetwas, an das ich mich klammern kann, um den Schmerz erträglicher zu machen.

»Richtig. Für mich ist es ein Leichtes, das Totenreich zu betreten. Dort hausen so viele Seelen, mit denen man spielen kann.«

»Spielen.« Ich lache trocken auf. »Folterst du sie auch, so wie du mich folterst?«

»Ach Liebste.« Alistair fährt mit der Klinge über meine Wange. »Das ist keine Folter, was ich mit dir mache. Dich würde ich doch niemals foltern. Nennen wir es Vorspiel.«

Mir wird schlecht.

»Aber ja, die Seelen werden gefoltert und einige mit viel Potential hole ich zu mir in die Hölle und mache sie zu meinen Dämonen.«

»Habe ich deshalb all diese Menschen getötet?«, frage ich keuchend weiter. »Damit du im Totenreich neues Spielzeug hast?«

»So oder so ähnlich.« Ich höre, wie er das Messer weglegt, traue mich aber nicht, erleichtert darüber zu sein. Vielleicht kommt jetzt etwas viel Schlimmeres. Aber Alistair stützt sich nur mit beiden Händen auf meinem Foltertisch ab und beugt sich über mich, um mir in die Augen zu sehen.

»Schlaf mit mir.«

Wenn ich die Kraft dazu hätte, würde ich ihn anspucken. »Das kannst du vergessen!«

Er lächelt kühl. »Wie schade. Dabei seid ihr Menschen so warm und weich. Nicht zu vergleichen mit den Dämonen hier unten.«

»Fass mich nicht an«, warne ich, obwohl ich weiß, dass ich ohnehin keine Chance gegen ihn habe. Diese Erkenntnis macht mich so wütend, dass mir vor Verzweiflung die Tränen in die Augen schießen.

»Aber nicht doch, kein Grund zum Weinen. Ich bin auch ganz sanft.«

»Fass mich ja nicht an!«, fauche ich wieder und versuche, mich gegen die Fesseln aufzubäumen. Gerne würde ich ihm ins Gesicht schreien, dass schon jemand auf dem Weg ist, um mich zu retten. Aber dem ist nicht so. Hunter verschwendet wahrscheinlich nicht einmal einen Gedanken an meinen Aufenthaltsort.

Alistair umfasst meine Wangen und hält meinen Kopf stocksteif. »Lajk hat dir gesagt, er ist stärker als ich. Glaubst du das?«

»Ja!«, schreie ich ihm entgegen, ohne wirklich über die Frage nachgedacht zu haben. Einfach nur aus Wut. Alistair beugt das Gesicht tiefer zu mir herunter.

»Lajk ist nur ein dummer, naive Junge. Er wird es niemals schaffen, dich mir zu entreißen. Er ist nicht der, für den du ihn hältst.«

Dann lässt Alistair mich los und mit einem Mal ist er verschwunden. »Hey!«, rufe ich. »Alistair!« Und dann leiser, heiserer: »Lass mich nicht zurück.«

Keine Antwort. Nur Stille.

Hunter

Wir suchen den ganzen Tag nach Kat, fragen in der Stadt herum und Luke mischt sich unter die Leute, die neben uns in den Wohnwagen hausen. Aber auch sie bringen kaum nützliche Infos. Von einem kleinen Mädchen mit zwei lustigen Zöpfen bekommen wir eine echt krasse Ufo-Story, aber die entpuppt sich als – oh Wunder – aus einem Comic abgekupfert. Aber nun ja, immerhin war sie unterhaltsam.

»Wir müssen sie finden, Luke«, flehe ich meinen besten Freund an, der mir einen mitleidigen Blick zuwirft.

»Wo sollen wir noch suchen? Wenn sie nicht gefunden werden will …«

»Hör auf!«, unterbreche ich ihn grob. Das will ich nicht mehr hören, Kat ist nicht abgehauen. Nicht nach gestern Nacht. Außerdem will Alistair uns doch zusammen haben und sie weiß genau wie ich, dass es kein Entkommen gibt. Sie kann sich nicht vor Alistair verstecken und sie würde nicht vor mir abhauen.

»Dann sollten wir weitersuchen. Aber vielleicht lieber morgen, es wird gleich stockdunkel.«

Das ist mir vollkommen egal, doch ich folge Luke trotzdem zurück in das Hotel. Anstatt mich aufs Ohr zu legen, durchsuche ich ihr Zimmer von Kopf bis Fuß nach irgendetwas Brauchbarem.

Stattdessen wird mir klar, was fehlt: mein Handy. Ich bin mir zu hundert Prozent sicher, dass ich es mit zu ihr genommen habe, habe allerdings den ganzen Tag keinen Gedanken daran verschwendet, weil ich davon ausgegangen bin, dass ich es im Zimmer gelassen habe.

Aber nun ergeben sich ganz neue Möglichkeiten. Eilig sprinte ich rüber zu Lukes Zimmer und hämmere dagegen, bis er aufmacht.

»Orte mein Handy!«, fordere ich und remple ihn an, als ich ins Zimmer stürme. Ohne groß zu hinterfragen, macht er sich an die Arbeit. Das GPS ist aktiviert, sodass es für ihn ein Leichtes ist, sich in mein Mobiltelefon zu hacken. Es ist für ihn ein Kinderspiel, während ich nur erstaunt auf seine flinken Finger blicke, die förmlich über die Tastatur fliegen.

Doch dann hält er inne und runzelt die Stirn. Langsam blickt er hoch zu mir. »Ich kann es nicht finden. Es ist, als wäre es vom Erdboden verschwunden.«

»Was …« Mein Widerspruch bleibt mir im Hals stecken, als mir bewusst wird, was er damit meint. »Sie ist in der Hölle?«

Luke zuckt mit den Schultern. »Jedenfalls ist dein Handy nirgends ausfindig zu machen.«

»Aber warum hält Alistair sie so lange fest?« Ich verstehe überhaupt nichts mehr. »Meinst du, er tut ihr was an?«

Luke beißt sich auf die Unterlippe. Wut schießt bei dem Gedanken durch meine Adern. Wenn er sie tatsächlich gefangen hält … Es klopft an der Tür und mein Kopf schießt zu dem Geräusch.

Ein bekannter Geruch schwappt zu mir herüber, aber ich kann ihn nicht zuordnen. Irgendwo habe ich ihn schon einmal gerochen, nur wo? Kein menschlicher Duft, das Personal hier scheidet schon mal aus.

»Ja?«, frage ich und mache vorsichtig einen Schritt Richtung Tür. Blind taste ich nach dem Dolch an meinem Fußknöchel und ziehe ihn heraus.

»Zimmerservice. Was denkst du denn, Davenport?«

Mit einem Schlag weiß ich, wer vor unserer Tür steht, obwohl ich seine Stimme nur ein einziges Mal gehört habe. Aber diesen leicht nörgelnden, spöttischen Singsang würde ich überall wiedererkennen. Ruel.

Ich blinzle zu Luke, der sich ebenfalls kampfbereit erhoben hat. Er positioniert sich hinter der Wand, damit Ruel ihn nicht sofort sieht, wenn er hereinkommt. Ich ziehe die Tür ruckartig auf und bleibe hinter ihr, um Ruel keine Angriffsfläche zu bieten.

Mit den Händen in den Hosentaschen schlendert er hinein und blickt mich dann mit hochgezogener Augenbraue an. Seine Haare sind auf eine Seite gekämmt, was ihn verdammt blöd aussehen lässt. Zu den auffälligen roten Sneakern trägt er einen Totenkopf-Hoodie und Jeans, die ihm tief auf den Hüften sitzen. Er sieht aus wie ein störrischer Teenager durch und durch, aber seine Augen … ja, dann sind da noch seine Augen.

»Ich komme in Frieden«, meint er und schenkt mir ein breites Grinsen. Lässig hebt er Spockmäßig die Hand. »Echt jetzt.«

Ohne ihn aus den Augen zu lassen, schließe ich die Tür und vergrößere den Abstand zwischen uns, indem ich näher an den Ausgang trete.

Er sieht mich an, als würde ich mich völlig absurd verhalten.

»Was willst du?«, zische ich ihm zu.

»Reg dich ab, Davenport. Und, hey, Luke! Wie schön, dass es dir gut geht.«

Luke linst um die Ecke, die glänzende Spitze des Dolches dicht an die Brust gedrückt. Ruel winkt ihm zu, als wären sie alte Freunde.

»Ich habe dir eine Frage gestellt«, warne ich ihn. Sein Geruch verwirrt mich auf merkwürdige Weise. Damals in der Lagerhalle habe ich ihn gar nicht so intensiv wahrgenommen, aber da lag mein Hauptaugenmerk auf etwas anderem.

Mit einem Mal wird Ruel ernst, seine Gesichtszüge verhärten sich und lassen ihn um einiges älter wirken. Er schiebt die Hände in die

Taschen seines Totenkopf-Hoodies. Ich komme mir vor wie im falschen Film.

»Ich brauche eure Hilfe. Es geht um Larissa. Ich will wissen, was ihr mit ihr gemacht habt.«

Trocken lache ich auf. »Das kannst du vergessen. Warum sollten wir euch helfen?«

»Ihr helft mir und spürt meine übermächtige Gnade, indem ich euch und euer schickes Fünfsternehotel nicht in die Luft jage.«

Nun habe ich nur ein spöttisches Lächeln für ihn übrig. »Wenn ich wollte, könnte ich dir den Dolch in die Brust jagen. Nenn mir einen Grund, es nicht zu tun.«

»Hunter, du bist ein schlauer Junge, deswegen wirst du es nicht tun. Du merkst es doch auch. Los, schnupper mal an mir.« Er macht einen Schritt auf mich zu und streckt mir seinen Hals entgegen, als glaube er, ich würde seiner Aufforderung tatsächlich nachkommen. »Ich bin kein Mensch.«

»Was bist du dann?«, frage ich gepresst, denn nun rieche ich ihn nicht nur, ich spüre ihn auch. Es sind kleine Machtwellen, die von ihm ausgehen und meine Brust zum Beben bringen. So etwas habe ich noch nie erlebt.

Er hebt die Braue, ganz nach dem Motto *Ist das eine ernst gemeinte Frage?*

»Ein Walker«, antwortet er mir dann. Immer noch ein Begriff, mit dem ich absolut nichts anfangen kann. Hilfe suchend sehe ich zu Luke, dessen Augen sich erstaunt weiten.

»Walker sind wahnsinnig selten«, fängt er an, was mir nicht weiterhilft. Ich brauche mehr Infos, Kumpel!

Fassungslos schüttelt Luke den Kopf. »Du sollst Hunderte von Jahren alt sein?«

Was? Das kann unmöglich sein Ernst sein. Der will mich doch verarschen.

Ruel zuckt unbeteiligt mit den Schultern. »Ich habe viele Leben gelebt, Kleiner. Das eines überdrehten, naiven Teenagers ist nicht mein liebstes, aber man kann damit arbeiten.«

Ich habe immer noch absolut keine Ahnung, was ein Walker ist und Luke sieht nicht so aus, als wolle er es mir erklären. Vielmehr ist er damit beschäftigt, Ruel anzustarren.

Egal, ich will hier kein Kaffeekränzchen veranstalten. Blitzschnell greife ich nach Ruels Unterarm, wirble ihn herum und presse ihn gegen die nächste Wand, den Arm hinter dem Rücken verdreht. Er stöhnt auf.

»Du kämpfst auch wie ein überdrehter, naiver Teenager«, knurre ich ihn an.

»Wie ätzend«, beschwert er sich. »Du hast Engelsjägerpower.«

»Du hast es erfasst. Und wie stark genau ist ein Walker?« Die Frage geht an Luke, den ich erwartungsvoll ansehe.

Er lächelt leicht. »Ein Walker ist kein Krieger. Sie können nicht kämpfen.«

Während ein siegessicheres Lächeln sich auf meinen Zügen ausbreitet, löst Ruel sich vor mir einfach auf und teleportiert sich hinter mich. Ich weiß es, noch bevor ich ihn spüre, und kann so blitzschnell reagieren. Fest packe ich seine Hand, werfe ihn über meine Schulter und Ruel landet krachend auf dem Boden. Er stöhnt genervt.

Ich fixiere ihn mit dem Knie und presse ihm den Unterarm gegen die Kehle. Es ist so leicht, ihn zu überwältigen, dass es schon fast Spaß macht.

Fast, bis ich spüre, dass er mir meinen Silberdolch in den Bauch drückt. Er hat sich nicht hinter mich teleportiert, um mich zu überraschen, sondern um sich meine Waffe zu schnappen. Mieser kleiner Bastard!

Ich presse die Zähne zusammen, während Blut sich in meinem Mund sammelt. Ich drücke ihm meinen Unterarm fester gegen die Kehle, ignoriere den Schmerz. Ich habe schon schlimmere Verletzungen überlebt und es wäre doch echt eine Genugtuung, endlich einen von ihnen um die Ecke zu bringen.

»Warte, Hunter«, hält Luke mich allerdings auf. »Du solltest vielleicht wissen, dass Walker in der Hölle spazieren können, wann immer es ihnen beliebt.«

Augenblicklich lockere ich meinen Griff. Kat ist in der Hölle. Und dieser Kerl …? Ach scheiße. Sein überhebliches Grinsen, das sich nun wieder ausbreitet, geht mir gewaltig auf die Nerven.

Er teleportiert sich unter mir hinweg und steht in der nächsten Sekunde neben Luke, als könnte dieser ihn beschützen. Ich greife nach dem Dolch und ziehe ihn mir aus dem Bauch. Gar keine gute Idee, jetzt spritzt das Blut nur so heraus wie eine Fontäne. Stöhnend drücke ich mir die Hand dagegen. Ruel lacht.

»Wie wäre es mit einem Deal?«

Ich knirsche mit den Zähnen. Es gefällt mir ganz und gar nicht, mich mit ihm einlassen zu müssen. Aber es geht um Kat und wenn dieser Volltrottel ihr helfen kann, dann kann ich über meinen Schatten springen.

»Na, wen wollt ihr aus der Hölle holen?«, fragt er ehrlich interessiert und sieht von Luke zu mir.

»Kat«, antworte ich, weil ich davon ausgehe, dass er weiß, wen ich meine. Ruel hebt überrascht eine Braue.

»Lajk hat sie in die Hölle mitgenommen? Merkwürdig, das ist nicht sein Lieblingsplatz.«

»Wer spricht hier von Lajk?«, frage ich ihn pampig, aber Ruel lacht nur.

»Na, deine kleine Freundin hat Blake mitten in der Nacht wach geklingelt und verlangt, dass Lajk zu ihr kommt.«

Sie ... was? Warum hat sie das getan, was will sie denn auf einmal von Lajk? Ich hoffe nur, dass Alistair sie da rausgeholt hat. Aber warum hält er sie dann länger fest? Ich hasse es, mir den Kopf darüber zu zerbrechen, aber es ist unmöglich, es abzustellen. Erst recht will ich nicht mit diesem Idioten darüber sprechen.

»Kannst du sie finden oder nicht?«

»Natürlich kann ich. Ich kenne ihren Geruch, ich finde sie. Aber nur, wenn ihr dafür Larissa heilt.«

Fast muss ich bei dem Gedanken lächeln. Ich kann mir schon vorstellen, was Larissa gerade durchmacht.

So ging es mir auch bei meinem ersten Zusammentreffen mit Malandria. »Lass mich raten«, sage ich und tippe mir gespielt nachdenklich gegen das Kinn. »Sie dreht völlig am Rad?«

»Hunter, da ist kein Rad, an dem sie drehen kann. Sie ist völlig durch in der Birne.«

»Ja, ich schätze, ich kann ihr helfen.«

Und so schließen wir einen Deal mit einem Typen, den ich eigentlich umbringen sollte.

KAPITEL 20

KAT

Es vergehen Tage. Oder Stunden. Vielleicht sind es auch nur Minuten. Aber es kommt mir vor wie eine Ewigkeit. Wie lange liege ich schon hier? Wie lange schmerzen meine offenen Wunden bei jedem kleinen Luftzug, der hier durch die Gänge zieht? Viel schlimmer als die körperlichen Schmerzen ist die Angst, dass Alistair mich hier zurückgelassen und den anderen Dämonen wortwörtlich zum Fraß vorgeworfen hat. Noch ist keiner gekommen, aber ich fühle mich trotzdem wie auf einem Präsentierteller.

Mir zittern die Glieder, obwohl es nicht kalt ist. Meine Zähne klappern aufeinander, obwohl ich nicht friere. Aber Angst ist ein heimtückisches Gefühl. Sie ist ein wahres Miststück.

Was ich allerdings habe, ist viel Zeit zum Nachdenken. Dieser Deal, den ich mit Lajk abschließen wollte, kommt mir jetzt lächerlich vor. Ich bin schon an einen Dämon gebunden, warum soll ich mich noch an einen anderen ketten, der womöglich schlimmer ist?

»Oh, ich denke nicht, dass Lajk schlimmer ist als ich.« Fast heule ich los vor Erleichterung, als ich Alistairs Stimme höre. Er taucht flimmernd neben mir auf und berührt mit kühlen Fingerspitzen meine Haut. Sofort verschwinden die Verletzungen und der Schmerz und nun laufen mir tatsächlich die Tränen über die Wangen. Es fühlt sich so gut an, nicht mehr zu bluten!

»Lajk ekelt sich doch vor seinem eigenen Blut. Er ist schwach, Kat. Er ist so schwach.«

»Er kam mir nicht schwach vor«, sage ich heiser. Nicht, um mich zu erklären, es ist eine Feststellung. Mein Blick sucht seinen, aber er hat den Kopf erhoben und sieht mich nicht an.

»Warum, denkst du, will er die Tore zum Totenreich öffnen?«, fragt er mich stattdessen.

»Weil er ein herzensguter Dämon ist und die Menschen wieder mit ihren Liebsten vereinen will?« Oh Mann, es ist so viel leichter, sarkastisch zu sein, als eine ernsthafte Antwort hervorzubringen. Alles ist einfacher, wenn man mit einem spöttischen Lächeln darauf blickt.

Alistair gibt einen nicht sehr erfreuten Laut von sich. »Denk mal darüber nach.«

Ich habe schon genug gedacht! Lass mich nicht wieder allein.

Obwohl ich die Worte nicht laut ausspreche, weiß ich, dass sie ihn erreichen. Er tritt einen Schritt zurück und ich drehe den Kopf etwas, um ihm mit den Augen zu folgen. Doch er entfernt sich immer weiter von mir, raus aus meinem Blickfeld.

»Überleg doch mal. Die toten Seelen werden nicht aus einem Gefängnis entlassen. Sie werden von ihrem Ruheort zurück auf die Erde geworfen. Einige davon sind uralt. Einige davon wurden schon mehrere Jahre lang gefoltert und gequält. Jetzt frage ich dich noch einmal: Was hat Lajk wohl davon, wenn er all diese Seelen freilässt?«

Noch bevor ich zum Antworten komme, ist Alistair wieder verschwunden und ich stoße einen frustrierten Laut aus. Am liebsten würde ich ihm nachschreien, er solle wieder herkommen, aber das wäre kontraproduktiv in meiner momentanen Lage. Also beginne ich, tatsächlich darüber nachzudenken.

Baut Lajk sich womöglich eine Zombie-Armee auf? Gott, ich kann nicht fassen, dass dieses Wort meinen Gedanken entsprungen ist. Aber ich bezweifle, dass tote Seelen, die zurück in ihre Körper finden, normal weiterleben. Und was ist mit denjenigen, deren menschliche Hüllen verbrannt wurden?

Ich versuche mir vorzustellen, wie es ist, wenn mal nicht alles komplett schiefläuft und ein Dämon tatsächlich mal etwas Gutes tut und Tote auferstehen lässt.

…

Das wird so was von schiefgehen.

Hunter

Ich erkläre Ruel, dass Larissa sich höchstwahrscheinlich im Engel-Hoch befindet. Nicht alle weiblichen Engel haben diese Wirkung, aber viele. Und einige nutzen es als Kampftechnik, auch wenn es bei Malandria etwas zu spät gekommen ist.

Meinen ersten Crash mit einem weiblichen Geschöpf des Himmels werde ich so schnell nicht vergessen. Ich war damals eine Woche wie auf Drogen, was nicht so toll war, wie es sich anhört. Luke war halb am Verzweifeln, mittlerweile wissen wir aber, wie man es wieder loswird.

»Verrate es mir und ich hole deine Liebste«, schlägt Ruel vor, aber ich schüttle entschlossen den Kopf.

»So machen wir das definitiv nicht.«

Dieser Typ geht mir so was von auf die Nerven. Außerdem ist da noch Alistairs Befehl, ihn zu töten. Jeder meiner Muskeln ist angespannt, in mir drängt mich ein fieser Teil, ihn endlich anzugreifen und der Sache ein Ende zu machen. Noch kann ich dagegen ankämpfen, aber ich weiß nicht, wie lange ich das durchhalte.

»Machen wir es doch gleichzeitig«, schlägt Luke sachlich vor. »Du holst Kat aus der Hölle und währenddessen fahren wir zu Larissa und sorgen dafür, dass sie wieder auf die Höhe kommt.«

Ruel verzieht unzufrieden die Lippen. »Na schön, Engelsjäger. Aber ihr wisst – wenn ich wiederkomme und ich sehe, dass es Ris nicht wieder gut geht, dann kann ich sie sofort wieder nach unten verfrachten.«

»Keine Tricks«, versichert Luke ihm, aber Ruel blickt weiterhin starr mich an. Auch ich nicke. Ehrlich gesagt bin ich zu müde für irgendwelche Tricks, ich will nur, dass es Kat gut geht. Außerdem steht Larissa ohnehin nicht auf meiner To-kill-Liste. Lajk im Gegensatz schon, bei Ruel bin ich mir noch unsicher und Blakes Name steht neben Lajks. Er geht mir auf die Nerven und zu unserem Glück entpuppt auch er sich als irgendetwas Besonderes.

»Abgemacht. Ich gebe euch die Adresse und warne Blake vor, damit er euch nicht sofort umlegt, wenn ihr da aufkreuzt.«

Er tippt etwas in sein Handy, wenig später erhält Luke eine Nachricht mit einer Adresse. Woher hat er seine Nummer? Egal, das ist etwas, um das ich mir später Gedanken machen muss.

Ruel lässt die Fingerknöchel knacken. »Na dann, auf geht's. Soll ich jemandem ein Souvenir mitbringen?«

Er wartet nicht auf eine Antwort, sondern löst sich in Rauch und Wind auf. Ein kleiner Tornado umfängt seine Gestalt und verschluckt ihn Stück für Stück, bis er komplett verschwunden und der Wind verebbt ist. Ich atme tief durch.

»Ich habe keine Ahnung, ob wir ihm vertrauen können.«

»Haben wir eine andere Wahl?«, fragt Luke und zuckt mit einer Schulter. Er hat recht und trotzdem fühle ich mich unwohl dabei.

»Fahren wir«, entscheide ich und verstaue meinen Dolch wieder. Luke tut es mir gleich. »Auf dem Weg musst du mir alles über diese Walker erzählen.«

Das tut er. Walker können sich teleportieren und damit nicht nur die Hölle, sondern auch jeden beliebigen Fleckchen Erde bewandern. Luke erzählt, dass Walker früher als Boten zwischen Hölle und Erde gedient haben, aber ich kann mir gar nicht mehr vorstellen, dass es mal eine Welt gab, in der Dämonen in der Hölle eingesperrt waren. Viele starke können sich heraufbeamen und die schwächeren hinter sich herziehen. So wie Lajk sich die Dämonen-Armee zurückgeholt hat, nachdem wir sie in die Hölle geschickt haben. Wären die Höllentore geschlossen, könnte ich in den Ruhestand gehen. Aber dies ist eine Welt, von der ich kaum zu träumen wage. Außerdem ändern Walker alle hundert Jahre ihre Gestalt und ich frage mich ernsthaft, warum Ruel sich diesen Teenager ausgesucht hat.

Wir fahren zurück nach Harvey, was schon eine gute Dreiviertelstunde einnimmt. Dort ist es nicht schwer, die Adresse zu finden, die Ruel uns durchgegeben hat. Es ist ein Mehrfamilienhaus in schäbigem Zustand. Von außen sieht es sogar noch abgewrackter aus als unser Hotel.

»Wo sollen wir klingeln?«, frage ich mehr mich selbst als Luke, als ich die endlos lange Liste von Klingelschildern anblicke. Dabei sieht das Haus gar nicht so groß aus, es müssen sehr kleine Wohnungen sein.

»Probiere es bei Donovan«, schlägt Luke vor. »Das ist Blakes Nachname.«

»Das weißt du?«, hake ich misstrauisch nach, während ich bei dem entsprechenden Namen klingele. Luke zuckt mit den Schultern.

»Ich habe so einiges mitbekommen, als ich gefangen gehalten wurde.«

»Das war nicht so lange«, stelle ich fest, aber er kommt nicht mehr zum Antworten, da die Tür mit einem Summen aufgeht.

Ich gehe vorweg und jogge die Treppen nach oben. Im dritten Stock ist die Tür angelehnt und Blake steht im Rahmen. Er blitzt uns angriffslustig an.

»Na, wo ist die irre Patientin?«, frage ich gespielt euphorisch und spüre, wie Luke mich von hinten in die Rippen boxt. Blake schnaubt nur und macht Platz, damit wir eintreten können. Seine Wohnung ist wie erwartet winzig, aber aufgeräumt. Ich entdecke ein Schlafzimmer und ein Badezimmer, aber wir laufen über den schmalen Flur geradewegs in ein spärlich eingerichtetes Wohnzimmer. Dort sehe ich schon Larissa, die auf dem Boden hockt und die Heizung anstarrt. Bei ihrem Anblick überkommt mich Mitleid, auch wenn gleichzeitig das Bedürfnis da ist, sie umzubringen. Genauso geht es mir mit Blake.

Ganz ruhig, ermahne ich mich selbst und versuche mich zu konzentrieren. Hier geht es um Kat, ich muss mich zusammenreißen.

»Oje«, murmle ich. Sie muss eine ordentliche Dröhnung abbekommen haben.

»Schhh!«, macht sie und fuchtelt wild in meine Richtung. »Ich höre ihnen zu.«

»Wem hörst du zu?«, frage ich skeptisch.

»Na, den kleinen Männchen, die für uns die Heizung betreiben, Engelsjäger.«

Ach ja. Blake seufzt tief. »Ruel hat gesagt, ihr könnt sie heilen, also fangt damit an und dann verschwindet wieder«, knurrt er. Jetzt, wo er fast unmittelbar hinter mir steht, kann ich riechen, dass er nur ein Mensch ist, anders als seine beiden Freunde.

Ganz langsam beuge ich mich hinunter und ziehe den Dolch heraus. Ich spüre deutlich, wie Blake mir den Lauf seiner Pistole gegen den Rücken drückt.

»Eine falsche Bewegung«, warnt er.

Ich lache nur. Nicht, dass er mich mit einer Kugel umbringen könnte, aber ich habe gar nicht vor, ihn mit dem Dolch zu verletzen.

»Reg dich ab. Ich will nur helfen. Wir müssen deine kleine Freundin ausbluten lassen.«

Kaum habe ich die Worte ausgesprochen, bohrt er mir seine Pistole fester in den Rücken.

»Blake«, warnt Luke. »Er sagt die Wahrheit. Ansonsten müsst ihr damit leben, dass sie noch für ein paar Wochen länger auf Engelsdroge ist.«

»Sie wird sterben!«

»Sie wird nicht sterben, sie ist eine verdammte Himmelsbotin. Sie wird für eine Weile ausgeknockt sein, aber dann ist sie zumindest wieder auf der Höhe. Und jetzt pack die Knarre weg, wir wissen beide, dass sie dir nicht viel bringt.«

Blake brummt unzufrieden, aber er lässt die Waffe sinken. Braver Junge.

»Es ist in ihrem Organismus drin«, erklärt Luke ihm versöhnlich. »Es ist eine Art Delirium-Droge, die weibliche Engel im Kampf einsetzen. Hunter hat die Dröhnung auch schon das eine oder andere Mal abbekommen.«

Kurz blicke ich zurück und bemerke, wie Blake meinen besten Freund nachdenklich ansieht. »Also, fangen wir an?«, frage ich, um seine Aufmerksamkeit auf mich zu lenken.

»Wenn das nur ein mieser Trick ist, bringe ich dich um.«

Genervt verdrehe ich die Augen. »Das wirst du nicht tun. Weil du es nicht kannst. Aber ich habe einen Deal mit dem Walker und ich werde meine Bedingung erfüllen.«

»Na, dann los«, entscheidet Blake.

Vorsichtig trete ich auf Larissa zu und bedeute Luke, mir zu folgen. Er pirscht sich von der Seite ran. »Was erzählen die Männer in der Heizung so?«, frage ich das Mädchen, um es abzulenken.

Sie legt benommen den Kopf in den Nacken und schließt die Augen. »Sie finden es zu heiß da drin. Viel zu heiß. Ich finde, wir sollten ihnen helfen, zu entkommen.«

»Ach ja?« Vorsichtig gehe ich neben ihr in die Hocke und betrachte ihre seligen und zarten Gesichtszüge. So ein junges Mädchen, so eine große Last auf den Schultern.

Ich schließe die Arme um sie, als wolle ich sie umarmen. Larissa seufzt wohlig und schmiegt sich an mich. Währenddessen hockt sich Luke ebenfalls an ihre Seite und ich reiche ihm den Dolch. Als er ihre Pulsadern aufschlitzt, kommt endlich Leben in sie und sie schreckt hoch, aber ich drücke sie fester an meine Brust. Sie fängt an zu schreien. Ich versuche noch, ihr den Mund zuzuhalten, damit die Nachbarn nicht davon aufgeschreckt werden, aber sie beißt mich nur. Kleines Biest.

Mit aller Kraft wehrt sie sich gegen mich, tritt nach Luke, aber wir sind ein zu gutes Team. Da kann sie uns auch nicht mit ihren himmlischen Fähigkeiten aufhalten. Obwohl ich gestehen muss, dass sie stärker ist als gedacht.

Aber irgendwann erlischt auch ihr Widerstand und sie driftet in die Bewusstlosigkeit ab, ihre Wangen bleich.

»Das reicht«, ordne ich an und Luke zieht sich zurück. Sofort schließen sich die Wunden an ihren Handgelenken, keine Narbe bleibt übrig.

»Das wird der schlimmste Kater ihres Lebens«, stelle ich fest. Blake nimmt sie aus meinen Armen und legt sie auf der Couch ab. Unbehaglich streiche ich mir das fremde Blut von den Händen, was aber nicht viel bringt. Luke sieht genauso schlimm aus, sogar in seinem Gesicht klebt das Blut.

Als ich ein Vibrieren spüre, springe ich sofort auf die Beine. Bedeutete das nicht, Ruel kommt zurück? Für einen Moment überlege ich, wie unpassend ich mit den blutbesudelten Klamotten aussehe, im nächsten erachte ich es für absolut irrelevant. Gott, ich will nur wissen, dass es Kat gut geht.

Ruel taucht mit einem Flirren auf, sein Brustkorb hebt und senkt sich auffällig, als habe er einen Sprint hingelegt. Aber ohne Kat.

»Wo ist sie?!«, frage ich ihn mit bebender Stimme. Sein mitleidiger Blick trifft meinen.

»Sie wollte nicht mit mir gehen.«

Nein. Nein! Das kann nicht sein. Das kaufe ich ihm einfach nicht ab. Mein Blut brodelt vor Wut. Ich höre noch, wie Luke mich aufhalten will, aber er kann gar nicht so schnell gucken, wie ich mich auf Ruel stürze. Es tut wahnsinnig gut, endlich nicht mehr gegen Alistairs Befehl anzukämpfen und mich dem Drängen hinzugeben.

Und damit ist der Kampf eröffnet.

KAPITEL 21

KAT

Wenn ich könnte, würde ich mir jetzt lieber selbst die Haut abziehen, als weiter hier herumzuliegen. Mein Zeitgefühl ist völlig flöten gegangen, genauso wie mein Sinn für Humor. Diese ungemütliche Metallliege – mein Foltertisch, wie ich ihn liebevoll nenne – ist ätzender als alles, was ich bisher erlebt habe. Ich habe das Gefühl, damit zu verschmelzen. Obwohl meine äußerlichen Wunden so gut wie verheilt sind, tut mein Rücken weh und außerdem ist da noch die Angst, die mein Herz mit eisiger Faust umklammert hält.

Gerade als ich in meinen Gedanken zu versinken drohe, ertönt ein Klicken. Als würde jemand mit einem Schraubenschlüssel in meinem Gehirn rumbohren. O Gott, jetzt werde ich irre. Wenn ich mich befreien könnte, würde ich mit meinem Blut gerne ein paar Worte für die Nachwelt festhalten. So etwas wie *Ich hasse euch alle* oder aber *Diese Welt ist beschissen.*

Ein bitteres Lächeln stiehlt sich auf meine Lippen. Sieh mal an, ich habe meinen Humor doch nicht verloren. Aber dafür wird das Bohren immer lauter. Bis mein Hirn zu zerplatzen droht und ich bemerke, dass es nicht in mir drin ist, sondern außerhalb. Jemand versucht, in die Fleischerei zu kommen. O mein Gott. Ist das Alistair? Ich hoffe, es ist Alistair.

Verzweifelt winde ich mich in den Fesseln, aber die Folterbank bewegt sich keinen Millimeter. Ich bin so was von geliefert.

Ein Schwall Luft wirbelt meine Haare auf, als die Tür geöffnet wird. Geräusche dringen zu mir durch. Schreie, Rufe, Gelächter, dann ein Klicken, alles wird still und der Wind verebbt. Jemand atmet aus. Dieser Jemand bin nicht ich.

»Das hier ist ja gesicherter als Fort Knox!«, ertönt es dumpf und ich halte die Luft an, während ich mich gleichzeitig frage, ob mir diese Stimme nicht bekannt vorkommt.

»Hey, Kat, da bist du ja!«

Mit einem Schlag wird es mir bewusst. Ruel. Der Dritte in Lajks Team der Superlative. Er sprintet zu mir und sein Gesicht schwebt im nächsten Moment über meinem. »Ich bin hier, um dich zu retten«, vertraut er mir an. »Ich bin dein Retter.«

Weil ich immer noch die Luft anhalte, kann ich nicht antworten. Doch ihn kümmert das gar nicht, er beginnt damit, meine Fesseln zu lösen. Als der Druck endlich von meinen Hand- und Fußgelenken verschwindet, könnte ich heulen vor Freude. Tue ich nicht, stattdessen stoße ich die angehaltene Luft aus. Ruel hat echt krass helle Augen, in denen nichts mehr von jugendlicher Naivität zu sehen ist. Seine Gesichtszüge sind eher kantig als ebenmäßig und auf schräge Weise lässt ihn das attraktiv wirken, obwohl er mindestens vier Jahre jünger ist als ich.

Das wird im nächsten Moment aber alles zur Nebensächlichkeit, als ich meine Stirn gegen seine Nase ramme. Ruel flucht laut auf und weicht zurück, was mir genug Spielraum verschafft, um aufzuspringen und mir eines von Alistairs Messern zu greifen. Kampfbereit halte ich es vor meinen Körper und funkle ihn an. Er hält sich eine Hand vor die Nase und sieht mich an, als könnte er die Welt nicht mehr verstehen.

»Was soll das? Ich bin hier, um dich zu retten! Drücke ich mich etwa undeutlich aus? Gott!«

»Schickt Lajk dich?«, frage ich scharf.

»Nein, Hunter. Wir haben einen Deal gemacht. Ich hole dich hier raus. Na los, lass uns kein Zeit verlieren, bis Alistair merkt, dass jemand seine Schutzbarrieren durchbrochen hat.«

Schutzbarriere. Hätte Alistair dies mit nur einem Wort erwähnt, wäre ich deutlich beruhigter gewesen. Aber wahrscheinlich war das Teil meiner Strafe.

Ruel streckt die Hand aus, aber ich mache einen Satz zurück. »Verschwinde von hier, oder ich töte dich.«

Ganz abgesehen davon, dass er als normaler Mensch niemals in die Hölle könnte – zumindest nicht ohne Einladung –, werde ich mich nicht mit Lajks Mündel verbünden. Ehrlich, ein potentieller Deal mit Lajk hat mir das alles erst eingebrockt. Selbst wenn Hunter ihn geschickt hat, was ich zu bezweifeln wage.

»Echt jetzt, du glaubst mir nicht?«

»Entschuldige. Falls du es vergessen hast: Wir befinden uns in der – wortwörtlich! – gottverdammten Hölle. Tut mir leid, wenn ich einem dahergelaufenen Hipster nicht vertraue.«

Ruel verdreht die Augen. »Hey, dein Freund vertraut mir immerhin genug, um dich mir anzuvertrauen. Also, wenn du mir nicht vertraust, dann traue dem Engelsjäger, dass er keinen Dahergelaufenen anheuert, um sein Mädchen zu holen. Schaffst du das?«

»Nein.« Ich lasse das Messer sinken, weil, mal ehrlich, er sieht nicht aus wie ein Kämpfer und erst recht nicht wie ein Killer. »Ich gehe hier nicht weg.«

Ruels Kopf schießt zur Tür. »Alistair kommt jeden Moment zurück. Jetzt ist der richtige Zeitpunkt, um aufhören, die beleidigte Prinzessin zu spielen und mitzukommen!«

Seufzend verdrehe ich die Augen. »Das ist es nicht. Alistair kann mich jederzeit zu sich holen.«

»Wir können entsprechende Maßnahmen ergreifen«, wendet Ruel ein und im nächsten Moment steht er schon vor mir. Whoa, wie hat er das denn gemach? Verwirrt blinzelnd taumle ich zurück, fokussiere mich dann aber wieder auf das Wesentliche. »Ich kann mich nicht mein ganzes Leben lang verstecken. Hau ab, solange du Gelegenheit dazu hast. Aber ich kann nicht gehen.«

Noch nicht zumindest. Irgendwann wird meine Mauer brechen, aber noch ist es nicht so weit und noch kann ich einiges aushalten. Ruel sieht mich einen Moment lang an, dann flirrt die Luft um ihn herum und schon ist er verschwunden. Wie macht er das? Hat er sich selbst etwa zurück auf die Erde gebeamt? Das ist unmöglich, zumindest nach meinen Informationen.

Der Gedanke ist vergessen, als ich kalten Atem in meinem Nacken spüre. Augenblicklich fahre ich herum und sehe in Alistairs rote Augen. Er hat Ruel nur um eine Sekunde verpasst.

»Einer deiner Freunde?«, fragt er spöttisch.

»Eher nicht«, antworte ich und lege zögerlich das Messer zurück zu den anderen. Dann schiele ich wieder zu ihm hoch. Ich habe vergessen, wie groß er ist und wie einschüchternd er wirken kann.

»Bin ich das denn, einschüchternd?« Alistair ist mir viel zu nah, was ich erst merke, als er problemlos die Hand ausstrecken kann, um mir die Haare zurückzustreichen. Ich hasse es, wenn er meine Gedanken liest.

»Das beantwortet meine Frage nicht.«

Ja, du bist verdammt einschüchternd!, schreie ich ihn gedanklich an. Alistairs Mundwinkel zuckt, aber es reicht nicht ganz für ein echtes Lächeln.

»Na schön, dann kommt hier die nächste Frage: Denkst du immer noch, dass Lajk stärker ist als ich? Dass er die Macht hätte, dich zu befreien?«

»Nein«, kommt meine Antwort wie aus der Pistole geschossen. Zwanghaft versuche ich, an rein gar nichts zu denken. Als mir das nicht gelingt, grüble ich stattdessen über Ruel und Larissa nach. Alistair schnaubt.

»Ich erkenne, wenn du lügst.«

»Es ist nur«, setze ich zu einer Erklärung an. »Lajk kommt immer und klärt die Lage für seine Leute, er holt ein Dutzend Dämonen hoch, er schnippt mit den Fingern und löst einen Orkan aus. Auf mich wirkt das sehr stark.«

»Kat, du hast nur einige Schlucke von meinem Blut getrunken und wie stark hat es dich gemacht?«

Bilder flirren unweigerlich in meinem Hirn auf. Wie ich Hunter an den Stuhl fessle, nur mit der Kraft meiner Gedanken, wie ich Blake quer durch die Luft katapultiere, ohne ihn auch nur zu berühren. Wenn man es so betrachtet, hat Alistair recht. Auch er ist stark.

»Jetzt geh zurück zu dem Engelsjäger.« Der Dämon tritt vor und löst mit einer Handbewegung einen Wirbelsturm um mich herum aus. »Wenn er sich schon mit dem Feind verbündet, dann muss er schon sehr verzweifelt sein.«

Fast meine ich, dass Alistairs Gesichtsausdruck ein kleines bisschen weicher wird. Aber wahrscheinlich habe ich mir das ohnehin nur eingebildet, denn im nächsten Moment verschwindet alles in Wind und Rauch und Dunkelheit.

Mit einem Ruck spüren meine Füße wieder festen Boden und blinzelnd komme ich zu mir. Ich bin in einer unbekannten Wohnung, ich erkenne Luke und hinter ihm Blake, der ihn fest umklammert und ein Messer an seine Kehle hält. Lukes Augen weiten sich, denn er erkennt mich zuerst. Neben ihnen entdecke ich eine benommene Larissa, die aussieht, als habe sie fünf Nächte durchgemacht. Ruel hat sich schützend vor ihr aufgebaut und Hunter steht mit wütend blitzender Miene kampfbereit vor ihm.

Nun schießt sein Kopf in meine Richtung.

»Kat«, sagt er.

Mein Name aus seinem Mund klingt wie eine Erlösung. Mir bleibt kurzzeitig die Luft weg.

»O Gott, Kat, sag deinem irren Freund, dass du nicht mit mir mitkommen wolltest!«, bittet Ruel wild mit den Armen fuchtelnd. Ich lecke mir über die Lippen, komme aber nicht mehr zum Antworten, da Hunter auf mich zugestürmt kommt. Seine Hände umfassen meine Schultern und fahren dann tastend meinen Oberkörper entlang.

»Geht es dir gut? Was hat er mit dir gemacht?«

»Was ist hier los?«, frage ich ihn und schüttle seine Hände ab. Mein bedeutungsvoller Blick gleitet zu Luke, der immer noch von Blake umklammert wird.

»Ich habe Larissa geholfen und dafür sollte Ruel dich zurückbringen. Was er ganz offensichtlich nicht getan hat«, fasst Hunter kurz für mich zusammen und ich seufze schwer.

»Ich konnte nicht weg, Alistair hätte mich wieder zu sich geholt«, erkläre ich Hunter, der seine Hände schon wieder an meinem Körper hat. Was zur Hölle tut er? Vorwurfsvoll sehe ich von seinen Fingern an meiner Hüfte zurück in sein Gesicht, aber sein Griff wird nur fester. Immerhin sind sie warm. Seine Hände meine ich. Es fühlt sich an, als würde er mein Innerstes wieder aufwärmen.

»Was hat Alistair mit dir gemacht?«, fragt Blake überraschenderweise und blinzelt mich über Lukes Kopf hinweg stirnrunzelnd an. Luke sieht derweil sehr genervt aus, aber Blakes Griff ist auch deutlich lockerer geworden. Er könnte sich herauswinden und Blake eine verpassen, tut es aber nicht.

»Er hat mich gefoltert«, sage ich wahrheitsgemäß. »Wobei, bei ihm hieß das wohl: liebevoller Tadel. Wie auch immer. Er hat mir jedenfalls einiges über das Totenreich erzählt. Ihr helft Lajk doch immer so gerne. Aber wisst ihr auch, was er wirklich vorhat?«

Blake verengt die Augen. »Ihr beide verschwindet auf der Stelle, dann überlege ich mir vielleicht noch mal, ob ich eurem Freund die Kehle aufschlitze.«

»Hey!«, knurrt Hunter und will vorschießen, aber ich halte ihn zurück. Herausfordernd hebe ich das Kinn.

»Tu es einfach, dann haben wir es alle hinter uns.«

»Kat!«, fährt Hunter mich an, aber sein Vertrauen in mich ist zumindest so groß, dass er sich nicht gegen mich wehrt und seinem Freund zu Hilfe kommt. Blake verengt die Augen. »Ich werde es tun, wenn ihr nicht verschwindet.«

»Wird sicher eine Sauerei«, merke ich trocken an und wende mich dann Larissa und Ruel zu. »Also, was genau, denkt ihr, ist Lajks Plan und warum genau helft ihr ihm?«

»Er holt die Toten wieder zurück«, erwidert Larissa bissig und auch wenn sie aussieht wie eine wandelnde Leiche, ist ihr Feuer zurückgekehrt. »Weißt du eigentlich, wie die Seelen von den Dämonen im Totenreich gequält werden?«

»Ja, weiß ich.« Alistair hat mir diese Tatsache nicht verschwiegen und auch nicht, dass es anscheinend seine Lieblingsbeschäftigung ist. »Und Lajk möchte der Menschheit jetzt einen riesigen Gefallen tun, was? Er macht das aus reinem Eigennutz.«

Die drei schweigen. Aber sie sind nicht dumm, sie wissen etwas oder können es sich zumindest denken. Sie verraten es mir nur nicht.

»Es sind keine Menschen, die Lajk zurückholt, es sind tote Seelen«, schließe ich und drehe mich dann zu Blake um. »Und du, lass ihn endlich los. Wir wissen beide, dass du ihm nichts tun wirst.«

Seine Muskeln versteifen sich, er zögert mir einen Moment zu lange und fast glaube ich, mich verschätzt zu haben. Mein Herz krampft sich zusammen bei dem Gedanken, dass er Luke womöglich wirklich … Blake lässt ihn frei und schubst ihn unsanft in unsere Richtung. Hunter schießt sofort vor, um ihn aufzufangen, was nicht nötig ist, da Luke sich selbstständig fängt und Blake einen Blick über die Schulter zuwirft, den ich nicht deuten kann. Aber Blakes Gesichtszüge verhärten sich daraufhin.

»Nach euch, Männer«, sage ich und mache eine einladende Geste Richtung Tür. Ohne unsere drei Gegenspieler aus den Augen zu lassen. Bevor ich verschwinde, sage ich noch: »Denkt an meine Worte. Wir beide arbeiten für die Dämonen und tun sicher nichts Gutes für die Welt. Aber ich habe keine Lust, einen Real-Life-Walking-Dead zu erleben. Es sind keine Mütter, Väter oder Kinder mehr, es sind gefolterte Seelen, die zurück auf die Erde finden und den ganzen Kreislauf durcheinanderbringen. Was tot ist, sollte tot bleiben.«

Keiner reagiert darauf, was ich mir echt anders vorgestellt hätte, aber mehr kann ich nicht tun. Ich folge Hunter und Luke nach unten in die Freiheit, wo ich mein Baby wieder entdecke. Hunter wirft mir wortlos die Schlüssel zu und wir steigen ein. Mit quietschenden Reifen düsen wir davon, raus aus dem elenden Harvey. Gott, ich hasse North Dakota.

»Wir müssen zurück nach Rugby, unsere Sachen sind noch im Hotel«, informiert Luke knapp. Ich befolge seine Anweisung und wende den Wagen entsprechend.

»Woher wusstest du, dass Blake Luke nichts tut?«, fragt Hunter an mich gewandt nach einigen Minuten des Schweigens. Ungläubig sehe ich ihn an. Wie kann es nur sein, dass er nichts gemerkt hat? Typisch Männer!

»Komm schon, das muss dir doch auch aufgefallen sein. Er hat ihn ja noch nicht einmal richtig festgehalten, er hat ihn im Arm gehalten. Und Luke scheint nicht abgeneigt gewesen zu sein.« Amüsiert sehe ich in den Rückspiegel. Luke verkriecht sich fast auf der Rückbank. »Ich weiß nicht, wovon du redest«, wehrt er sich. »Er hat mir ein Messer an die Kehle gehalten.«

»Scheint sich aber gut angefühlt zu haben, an seine breite Brust gedrückt zu werden«, ärgere ich Luke weiter. »Ich meine, wer kann es dir verdenken. Er ist heiß! Glückwunsch, toller Fang.«

»Du spinnst«, erwidert Luke. Hunter sieht entgeistert zwischen uns hin und her.

»Was unterstellst du ihm da gerade? Dass er sich mit dem Feind verbündet hat?«

Ich pruste laut los. Es fühlt sich fantastisch an, ehrlich zu lachen, direkt aus dem Bauch heraus. »Nein! Ich unterstelle, dass er mit dem Feind vögelt. Oder es zumindest vorhat.«

»Luke?«, fragt Hunter direkt an diesen gerichtet.

Luke seufzt tief. »Was soll ich dir sagen, Hunter? Als ich gefangen war, war er pausenlos bei mir und hat mich bewacht. Irgendwann hat er die Fesseln abgenommen und es führte eins zum anderen.«

»Okay, erklär mir mal bitte, wie es von *Du bist harmlos, ich nehme dir die Fesseln ab* zu *Hey, lass uns Sex haben* kommt!«, verlangt Hunter aufgebracht. Ich finde dieses Gespräch immer noch sehr amüsant. So sehr, dass mir vor Lachen fast Tränen in die Augen schießen.

»Willst du das wirklich wissen?«, frage ich Hunter und japse nach Luft. Dieser stößt einen halb verärgerten, halb verzweifelten Laut aus, dann stützt er die Ellenbogen auf den Knien ab und vergräbt den Kopf in den Händen.

Als ich mich halbwegs eingekriegt habe, stoße ich ihn gegen den Oberarm. »Alles gut? Du bist doch nicht eifersüchtig, oder?«, gluckse ich.

Hunter reißt den Kopf hoch und funkelt mich an. »Wie schön, dass du dich zumindest amüsierst.«

»Komm schon, Kumpel, mach jetzt kein großes Ding draus«, sagt Luke mit gedämpfter Stimme von hinten.

»Ich stimme Luke zu. Wer weiß, vielleicht ist es auch zu unserem Vorteil.«

Hunter verschränkt die Arme vor der Brust und sieht aus dem Fenster. Über sein Verhalten rolle ich mit den Augen.

»Blake ist ein Mensch, oder?«, hake ich nach. Man kann nie wissen, immerhin ist Larissa eine Himmelsbotin, Ruel kann anscheinend in die Hölle springen, wie es ihm beliebt.

»Ja. Er ist eine Art Söldner. Für gewisses Geld erledigt er Aufträge für Dämonen, die sie selbst nicht tun können.«

»Na, das sagt ja schon alles«, meine ich Hunter murmeln zu hören und unterdrücke mein nächstes Lachen.

»Und, wie ist er?«, will ich dann von Luke wissen.

»Gut. Ich meine, sehr gut.«

»Hört auf, drüber zu reden!«, bellt Hunter und ich begnüge mich damit, in mich hinein zu lachen. Es tut so gut, an etwas anderes zu denken und die Zeit in der Hölle vorerst zu vergessen. Für ein paar Minuten zumindest.

»Na gut«, meine ich und atme tief durch. »Dann erzählt mir mal, was genau dieser Ruel ist und wie er es geschafft hat, in die Hölle zu kommen.«

Hunter erzählt mir knapp alles, was er über den Walker weiß. Danach ist es eisig still im Auto. Nachdem keiner mehr etwas sagt, kurble ich mein Fenster herunter und genieße den Fahrtwind, während ich über die verlassenen Straßen düse.

KAPITEL 22

Hunter

Ich bin immer noch leicht verärgert und würdige Luke keines Blickes, als wir an unserem Hotel anhalten.

»Komm schon, du kannst nicht ewig sauer auf mich sein«, murrt er und legt mir eine Hand auf die Schulter. Er hat recht und ich weiß, dass ich mich kindisch verhalte. Aber Luke ist mein bester Freund, er ist der einzige, dem ich vertraue, und das seit Jahren. Es fühlt sich an wie ein Verrat, dass er sich mit Blake verbündet hat. Er hätte mir doch wenigstens etwas erzählen können.

Kat wirft mir einen amüsierten Blick zu, als sie mich einholt. Sie ist mir so nah, dass ihre durch den Wind zerzausten Haare meinen Oberarm kitzeln. Zu gerne würde ich wissen, was genau sie durchgemacht hat, was Alistair ihr angetan hat, aber andererseits will ich ihre gute Laune nicht dämpfen. Sie wird mir davon erzählen, wenn sie bereit dazu ist. Sobald Kat es möchte und nicht, weil ich meine Neugier kaum bändigen kann.

Ich halte ihr die Tür zum Hotel auf und wir schlendern zu den Aufzügen. Luke folgt uns mit etwas Abstand. Kat und ich steigen in den Lift, während Luke uns mit einem Wink zu verstehen gibt, dass er die Treppe nehmen wird. Der Platz hier drin ist ohnehin so beengt, dass wir beide kaum Raum haben. Ich bin Kat so nah, dass ihr Atem meinen Hals trifft. Als ich mich umdrehe, stehen wir Brust an Brust aneinander. Ihre cognacfarbenen Augen blicken in meine. Ihre Zähne graben sich in ihre Unterlippe und ich merke, wie sich die Härchen in meinem Nacken aufstellen.

»Ich penne heute wieder bei dir«, entscheide ich. »Und dieses Mal bleibe ich wach, damit du nicht wieder abhaust.«

Sie senkt den Blick, sodass ich auf ihre dunklen Wimpern sehen kann. »Das werde ich nicht, keine Sorge. Ich habe erst mal genug.«

Dann legt sie mir eine Hand auf die Brust, als wolle sie mich wegstoßen, tut es aber nicht. Stattdessen hebt sie den Blick wieder und wie hypnotisiert kann ich sie einfach nur anstarren.

Sie ist auf solch eine unperfekte Weise schön, dass mir ein warmes Kribbeln in den Bauch schießt. Ich senke den Kopf, lege eine Hand an ihr Kinn und hebe es ein Stück, unsere Lippen sind sich so verflucht nah …

Die Aufzugtüren öffnen sich, wir sind bei unserem Stockwerk angekommen. Es ist mir egal, ich möchte sie einfach nur küssen und alles andere vergessen. Aber dann rieche ich etwas, was meinen ganzen Körper in Alarmbereitschaft versetzt.

Augenblicklich fahre ich herum und reiße die Augen auf.

»Was …«, setzt Kat verärgert und verwirrt gleichermaßen an, aber ihre Stimme rückt in den Hintergrund, als der Geruch sich verstärkt. Engel. Sie haben uns gefunden.

Automatisch versperre ich Kat den Weg und dränge sie zurück. Wie apathisch drücke ich den Knopf für das Erdgeschoss. Im nächsten Moment erkenne ich ihn: Der Engel kommt um die Ecke geschlittert, lässt suchend den Blick schweifen und dieser bleibt an uns hängen. Scheiße, wie hat er uns gefunden?!

»Hunter Davenport!«, donnert seine Stimme durch die Flure und bringt die Wände zum Erzittern. Es ist Ahandriel, einer meiner früheren Auftraggeber. Schon merkwürdig, dass ich mich mal in dieser Situation befinden würde, dass ich vor den Engeln davonlaufe. Aber nun hämmere ich wie verrückt auf den Knopf, damit sich die Aufzugtüren endlich schließen. Der Engel rennt los.

»Hunter«, sagt Kat atemlos und krallt sich an meiner Schulter fest. Komm schon! Schließ endlich die verdammten Türen!

»Es tut mir leid!«, rufe ich und trete einen Schritt zurück, womit ich Kat weiter nach hinten drücke. Die Türen haben sich beinah geschlossen, aber Ahandriel ist schon fast da und er streckt die Hand nach mir aus.

Tu was, tu was, tu was …

Ich blicke zu Kat, die mich mit schreckgeweiteten Augen mustert. Ich höre, wie ihr Puls rast. Ein Herzschlag vergeht. Mir entweicht die angehaltene Luft. Und dann springe ich nach vorne.

Die Sensoren reagieren sofort und die Türen öffnen sich wieder. Trotzdem stoße ich mir die Schulter an dem Metall. Es ist egal, ich merke es kaum.

»Lauf, Kat!«, rufe ich ihr zu und stürze mich im nächsten Moment auf Ahandriel.

»Hunter!«, ruft er erschrocken aus, erlangt aber im nächsten Moment die Oberhand und schleudert mich von sich herunter. Ich krache gegen die gegenüberliegende Wand, merke aber, dass die Türen sich zwischenzeitlich geschlossen haben und der Aufzug nach unten fährt. Zumindest Kat hat es geschafft.

»Wir können dir doch helfen!«, meint Ahandriel, als ich auf die Beine komme.

»Du kannst mir helfen, indem du mich nicht umbringst«, rufe ich. Mit den Händen stütze ich mich gegen die Wand in meinem Rücken, mein ganzer Körper angespannt, bereit für den nächsten Angriff.

»Du hast dich mit den falschen Leuten zusammengetan. Du hast dich auf den falschen Weg begeben.«

»Wie habt ihr mich gefunden?«, frage ich im Gegenzug. Ich glaube nicht, dass Larissas Engelsstein versagt hat, sonst hätte Ahandriel mich schon früher abgepasst. Haben Ruel oder Blake uns verraten? Sie wussten, dass wir in diesem Hotel wohnen. Aber der Engel schüttelt barsch den Kopf.

»Das tut nichts zu Sache. Du hast dich uns verpflichtet, Hunter Davenport. Du wirst deine Pflicht erfüllen.«

»Ich erfülle meine Pflicht«, knurre ich. »Ich hindere einen Dämon daran, die Tore des Totenreichs aufzustoßen.«

»Das ist nicht, was wir wollen.« Seine Stimme hallt vierfach, nein, zehnfach in meinem Kopf wider und lässt ihn beinahe platzen. O mein Gott.

Ehe ich mich's versehe, steht Ahandriel ganz nah bei mir und packt mich an der Schulter. Automatisch greife ich nach seinem Handgelenk und winde mich aus dem Griff. Er ist viel stärker als ich und verfrachtet mich mit Leichtigkeit auf den Boden.

Er verdreht meinen Arm auf dem Rücken so stark, dass er bricht. »Hast du gar keine Angst, dass die Leute hier dich enttarnen?«, knurre ich zwischen vor Schmerz zusammengebissenen Zähnen.

»Lass das meine Sorge sein«, haucht er mir ins Ohr. Wahrscheinlich hat er ihnen allen einen kleinen Schlaftrunk verpasst. Wäre nicht das erste Mal.

Der Schmerz, der durch meine Nervenbahnen schießt, ist fast übermächtig. Er hält meinen Arm immer noch fest umklammert, aber gleichzeitig hat er mir seine spitzen Krallen unter die Haut geschoben. Er injiziert mir irgendetwas. Das Zeug schießt kalt durch meine Venen und lässt mich wahnsinnig müde werden.

Doch plötzlich versteift er sich über mir. Träge blinzle ich und erkenne Kat, als sich die Türen des Fahrstuhles wieder öffnen. Sie sieht aus wie die böse Schwester von Aschenputtel und Gott, ich bin so ein Trottel. Ich hätte sie küssen sollen, als ich die Gelegenheit dazu hatte.

»Geh runter von ihm!«

Kat sprintet mit solch einer Geschwindigkeit los, dass ihr Bild vor meinen Augen verschwimmt. Aber wahrscheinlich liegt das an der Injektion, die Ahandriel mir verpasst hat. Er lässt jetzt endlich von mir ab und erhebt sich.

»Wer bist du?«, grollt er und feuert einen hell leuchtenden Ball Energie in ihre Richtung, verfehlt sie aber. Er kann Kat immer noch nicht sehen.

Doch der nächste streift sie an der Seite und sie stolpert gegen die Wand. Autsch, das muss wehgetan haben. Aufgeben ist aber anscheinend kein Bestandteil ihres Wortschatzes, denn sie rappelt sich wieder auf und stürmt weiter.

»Gib auf, Seelenlose, oder ich muss dich töten!«, sagt Ahandriel warnend.

»Versuch es doch!«, gibt sie frech zurück und bleibt ruckartig stehen. Ich weiß nicht, wie sie das gemacht hat, denn ich werde immer müder, aber im nächsten Moment steckt ein Silberdolch in Ahandriels Bauch.

»Und das soll mich jetzt beeindrucken?« Ich kann sein Gesicht nicht sehen, aber ich bin mir sicher, es ist völlig ungerührt. Kat lacht leise und dreckig auf.

»Nein, *das* nicht.«

Was redet sie da? Ahandriel kann sich immer noch problemlos bewegen, ich höre, wie er einen großen Schritt auf sie zu macht.

»Was redest du da?«, fragt auch der Engel skeptisch.

Kat antwortet ihm nicht mehr, aber ich höre das leise Quietschen, als die Tür zum Treppenhaus aufgeht. Luke sprintet in unglaublicher Geschwindigkeit vor und noch bevor Ahandriel sich zu ihm umdrehen kann, hat er ihm etwas in den Rücken geschoben. Der Engel schreit herzzerreißend laut und im nächsten Moment ist er verpufft.

Wow. Das ging mir jetzt alles ein wenig zu schnell.

Kat kniet plötzlich vor mir und schlägt mir gegen die Wange. »Hey, was ist mit ihm?«, fragt sie. »Er sieht echt scheiße aus.«

»Das wird, ist doch ein zäher Bursche«, antwortet Luke. »Los, hilf ihm hoch.«

Kat greift unter meine Schulter und will mich hochhieven. Gerne würde ich ihr dabei helfen, aber ich fühle mich schwer wie ein Stein. Ächzend lässt sie mich wieder fallen.

»Er ist zäh und schwer. Du lässt die Pommes nächstes Mal ausfallen, Süßer.«

Redet sie etwa mit mir? Luke lacht schallend und kniet sich an meine andere Seite. Er schafft es, mich auf die Beine zu bringen und zum Fahrstuhl zu schleifen, aber ich bin so benommen, dass ich mich gegen ihn lehnen muss. Zum Glück ist Luke ein starker Junge.

»Hauen wir ab, bevor der Rest des Gefolges kommt«, schlägt Luke vor und der Aufzug setzt sich mit einem Ruck in Bewegung. Ich stütze mich mit meinem anderen Arm auf Kats Schulter ab, weil ich mich immer noch schwer wie Blei fühle. »Du hast mich gerettet«, stelle ich fest. Sie wirft mir einen undeutbaren Blick zu.

»Dank mir, sobald wir in Sicherheit sind.«

Wir laufen zusammen – na ja, Luke trägt mich halb – zurück zum Mustang und Kat setzt sich zu mir auf die Rückbank. Ihr Gesicht ist meinem so nah, dass ich ihre Wimpern zählen kann.

Ergeben schließe ich die Augen und lehne mich mit meiner Wange an ihren Kopf. Sie protestiert nicht.

Luke brettert in der Zwischenzeit durch die Straßen, während Kat langsam davon zu erzählen beginnt, was ihr in der Hölle passiert ist.

Sie geht nicht ins Detail, sondern berichtet eher, was Alistair ihr über das Totenreich erzählt hat. Ich kann nicht glauben, dass sie sich mit Lajk verbünden wollte.

Da fällt mir etwas ein, was mich plötzlich stocken lässt. Ich öffne die Augen wieder und blinzle verwirrt. »Der Engel hat dazu auch etwas gesagt. Als ich ihm an den Kopf geworfen habe, dass ich meine Aufgabe erledige und verhindere, dass die Tore zum Totenreich geöffnet werden, hat er gesagt: Das ist nicht, was wir wollen.«

»Was? Jetzt verstehe ich gar nichts mehr«, drückt Luke aus, was auch ich mir denke. »Klar, die Engel wollen dich töten, weil du für Alistair spielst, aber im Endeffekt muss es doch auch ihr Ziel sein, Lajk aufzuhalten, oder?«

»Die eigentliche Frage ist doch«, klinkt Kat sich ein. »Was hat Alistair davon? Er macht ganz sicher nichts ohne Hintergedanken. Das alles macht mich so verrückt. Wer will hier eigentlich was bezwecken?«

Sie hat recht, das ist absolut wirr.

Ich schließe die Augen wieder und seufze laut.

»Komm erst mal auf die Höhe«, höre ich Luke von vorne sagen. »Dann können wir uns darüber Gedanken machen.«

Wir fahren eine Weile, bis es draußen stockduster ist. Ich weiß nicht so recht, ob Luke überhaupt ein genaues Ziel hat. Aber das Dröhnen des Motors und der Fahrtwind in meinen Ohren beruhigen mich allmählich wieder und das benommene Gefühl fällt von mir ab.

Als Luke anhält, öffne ich blinzelnd die Augen. Kat, die an meine Schulter gelehnt eingenickt ist, wird wach und richtet sich wieder auf.

In der spärlichen Beleuchtung erkenne ich einen kleinen Diner vor uns, der um diese Uhrzeit tatsächlich noch geöffnet hat.

»Wo sind wir?«, frage ich verschlafen und reibe mir übers Gesicht. Luke stellt den Motor ab und dreht sich dann zu uns herum.

»Weit genug von den Engeln entfernt. Ich brauche einen starken Kaffee und will ein bisschen recherchieren. Kommt ihr mit?«

»Ich bleibe im Wagen, aber du kannst mir was zu essen mitbringen, wenn du magst«, sagt Kat und ihre Stimme klingt ungewohnt dünn.

»Dito«, schiebe ich sofort hinterher und Luke wirft uns einen amüsierten Blick zu. Er sagt aber nichts mehr, sondern steigt aus und läuft Richtung Diner. Natürlich nicht ohne den Laptop, der unter seinem Arm klemmt. Den hütet er wie seinen Augapfel.

Ich sehe ihm nach, wie er durch das bläuliche Licht erhellt wird und dann in dem Gebäude verschwindet. Nachdem er aus meinem Blickfeld gewichen ist, drehe ich mich zu Kat herum. Sie streicht ihre Haare glatt und sieht mich einfach nur an. Meine Augen haben sich schnell an die Dunkelheit gewöhnt, sodass es kein Problem ist, in ihrem Gesicht zu lesen. Nun, zumindest wäre es keines, wenn sie nicht so verschlossen wäre.

»Wie geht es dir?«, frage ich sie, um die Stille zu durchbrechen.

»Das müsste ich doch eher dich fragen«, erwidert sie.

»Mir geht es gut so weit. Danke, dass du zurückgekommen bist. Du hast mir das Leben gerettet.«

Nun heben sich ihre Mundwinkel etwas. Sie senkt den Kopf, wobei ihre Haare nach vorne fallen und sich an ihre Wangen schmiegen. Wie gebannt beobachte ich sie, wie sie den Blick wieder hebt und mich ansieht.

»Ich konnte dich nicht sterben lassen. Es gibt noch etwas, was ich tun wollte.«

»Ach ja?« Mein Atem stockt kurz. »Foltern kann es ja nicht sein, das haben wir schon abgehakt.«

Kat beugt den Oberkörper in meine Richtung. Automatisch senke ich den Kopf, kann den Blick nicht von ihr abwenden. Sie schließt die Lider, ist mir inzwischen so nah, dass ich ihren Atem auf meinem Gesicht spüren kann, und dann halte ich es nicht mehr aus und küsse sie.

Es ist ein harmloser, sanfter Kuss. Lippen auf Lippen, meine Zunge, die ihre findet. Dann kann ich mich nicht mehr halten.

Ich drehe mich ihr entgegen und Kat sieht das als Aufforderung, auf meinen Schoß zu klettern. Ihre schmalen Finger graben sich in mein Haar und meine tasten ihre Arme entlang, bis zu ihren Schultern. Schließlich umfasse ich ihr Gesicht, während sie sich fester an mich presst. Ich wünsche mir nichts sehnlicher, als ihr aus den Klamotten zu helfen. Ich brauche sie, brauche ihre Haut auf meiner, will sie spüren, immer dichter, näher.

Keuchend lösend wir uns voneinander. Kat beißt sich auf die Unterlippe und legt ihre Stirn an meine. Wir werden sowohl von

Engeln als auch von Dämonen gejagt, ich bin der Engelsjäger, der für die Hölle arbeitet, sie ist das Mädchen ohne Seele. Und doch … es gibt in diesem Moment keinen Ort, an dem ich lieber sein möchte.

Sanft fahre ich ihr mit dem Daumen über die Wange, bevor ich sie erneut küsse. Ihre Finger in meinem Nacken machen mich schier verrückt.

Als sie sich von mir löst, kann ich mir ein Lächeln nicht verkneifen. »Dafür hat es sich wirklich gelohnt, nicht zu sterben.«

Kat lacht überrascht und ehrlich amüsiert auf. »Ist ja nicht so, dass du viel dazu beigetragen hast. Du lagst nur da und hast mich die ganze Arbeit machen lassen«, ärgert sie mich.

Statt zu antworten, nehme ich wieder ihre Lippen in Beschlag. Dieses Mal kann ich mich nicht zurückhalten und schiebe meine Hände vorsichtig unter ihre Jacke. Oh Mann, da ist ja noch mehr Stoff. Also überwinde ich diesen, bis ich endlich über ihre warme Haut streicheln kann.

Ihre Hüften, ihren Bauch, über ihre Rippen. Kat stoppt mich, indem sie sich keuchend zurücklehnt und meine Hand aufhält.

»Nicht so. Nicht in diesem Auto auf einem schäbigen Parkplatz«, bittet sie. Ich glaube nicht, dass es jemals einen besseren Zeitpunkt geben wird, aber trotzdem ziehe ich meine Hand zurück und lege sie keusch an ihre Seite, über die Jacke.

Kat atmet hörbar aus, dann rutscht sie von meinem Schoß herunter, weiter zur Seite bis zum anderen Ende der Rückbank. Sie senkt den Kopf.

»Hey«, sage ich auffordernd. »Alles gut. Es ist doch alles in Ordnung, oder?«

»Ja. Es ist nur, ich habe schon lange niemanden mehr geküsst.«

Das bringt mich zum Lächeln, obwohl sie deswegen nicht sehr glücklich wirkt. Eine Weile schweigen wir und ich betrachte sie, während sie auf ihre Hände starrt.

»Kann ich dir eine persönliche Frage stellen?«, durchbreche ich dann die Stille.

»Eher nicht«, kommt es sofort zurückgeschossen. Ich habe nichts anderes erwartet, um ehrlich zu sein.

»Dann darfst du mir auch eine stellen«, schlage ich vor. Sie wirft mir einen skeptischen Blick zu, aber es ist zumindest kein Nein.

»Warum hast du deine Seele an Alistair verkauft? Oder besser: wofür?« Ich kenne sie schon ein wenig und sie hat es zumindest nicht für Reichtum oder eine schillernde Karriere getan. Also, was hat diese junge Frau dazu bewogen, sich an einen Dämon zu verkaufen?

Sie lacht trocken auf. »Du denkst, das habe ich getan? Also wenn, dann hätte ich sicher mehr verlangt als ein Leben am Existenzminimum mit winziger Wohnung und schlechtem Abschluss.«

Verwirrt neige ich den Kopf zur Seite und Kat atmet tief durch. »Mein Vater hat meine Seele verkauft, als ich fünf war. Er hat es getan, um meine Mom zu retten. Sie hatte damals Krebs im Endstadium. Unheilbar. Die Ärzte haben ihr noch zwei Wochen gegeben.« Kat atmet tief durch und ich merke, wie schwer ihr das Thema fällt. Aber sie redet trotzdem weiter. »Er hat sie wirklich geliebt, weißt du. Ohne meine Mom wäre er zerbrochen.«

Und nun bist du diejenige, die zerbricht. Ich spreche die Worte nicht aus, obwohl sie mir auf der Zunge liegen. Kat schielt schon zu mir, als erwarte sie, dass ich darauf etwas sage. Als ich es nicht tue, spricht sie schließlich weiter.

»Am Anfang war alles toll. Wir hatten unser Familienglück wieder und ich habe nichts gemerkt. Irgendwann, als ich fünfzehn wurde, hat Alistair mich das erste Mal zu sich geholt. Ich kannte ihn, denn damals, mit fünf Jahren, bin ich ihm schon einmal begegnet. Als er mir meine Seele genommen hat. Ich habe es gespürt. Es hat so wehgetan. All die Jahre habe ich noch davon geträumt, aber als ich ihm wieder gegenüberstand, wusste ich sofort: Das war kein Albtraum. Das waren Erinnerungen, Nacht für Nacht. Seitdem gehe ich auch los und erledige Aufträge für ihn.«

»Und deine Eltern haben nichts gemacht?«, frage ich schockiert. Die ganze Zeit über habe ich sie falsch eingeschätzt. Sie kann nichts dafür, sie ist diesen Deal mit Alistair nie selbst eingegangen. Gott, sie war ein halbes Kind, als sie das erste Mal für ihn töten musste.

»Meine Mutter weiß es bis heute nicht. Mit meinem Vater habe ich nie richtig darüber geredet. Er hat alles versucht, um mich da rauszuholen, aber als Alistair ihm offenbart hat, dass der Deal nicht rückgängig gemacht werden kann, hat er aufgehört, es zu versuchen. Er hat mich in ein Internat für schwer erziehbare Mädchen gesteckt, ans andere Ende des Staates. Vielleicht hat er gedacht, dass er mich so von Alistair wegbringen kann. Die Wahrheit war allerdings, dass er sich selbst nur aus der Verantwortung gezogen hat. Sobald ich alt genug war, mein eigenes Geld zu verdienen, habe ich es getan. Seither habe ich kaum Kontakt zu meinen Eltern. Meine Mutter zerbricht fast daran, dass ihre einzige Tochter so eine Schande ist. Sie weiß immer noch nichts von alldem.«

»Du bist keine Schande«, murmle ich und streiche ihr die Tränen von den Wangen weg. Sie schüttelt meine Hände ab und presst die Lippen aufeinander. »Du bist die stärkste Frau, die ich kenne«, rede ich trotzdem weiter. »Kat. Sieh mich an. Guck doch, was du alles schon überstanden hast. Du wirst auch alles Weitere überstehen.«

»Es bleibt mir auch kaum etwas anderes übrig.« Sie lächelt leicht, wirkt aber immer noch traurig. »Es tut nur manchmal so weh.«

Sie legt sich die Hand auf die Brust und ich weiß genau, was sie meint. Da ist dieser Schmerz, der sich kaum zurückhalten lässt. Ein schmerzhaftes, alles zerfressendes Brennen.

Gerade will ich darauf etwas erwidern, als es gegen die Scheibe klopft. Erschrocken fahre ich herum.

»Darf ich rein?«, dringt Lukes Stimme gedämpft zu uns durch. Seufzend verdrehe ich die Augen. Er ist genau zum unpassendsten Moment gekommen.

»Ich hab auch Essen«, liefert er das ausschlaggebende Argument und Kat ruft ihn herein. Ich sehe, wie sie sich die verräterischen Spuren von den Wangen wischt, ehe sie euphorisch nach der Tüte mit fettigem Essen greift.

Luke bringt einen Schwall kalter Luft mit sich und er reibt bibbernd die Hände aneinander. »Okay, ich habe euch die krassesten News aller Zeiten zu berichten«, meint er und startet den Motor. »Ich habe ein wenig recherchiert und ein paar Anrufe getätigt. Ich habe Thomas kontaktiert. Erinnerst du dich an ihn?«

Thomas. Wie könnte ich ihn vergessen? Der Dämon, der heimlich für den Himmel arbeitet. Thommy ist eine schwache Version eines Dämons, aber er hat sich hochgearbeitet, indem er einer der wichtigsten Untergrundinformanten für die Engel und uns Jäger geworden ist.

»Was hast du herausgefunden?«, frage ich Luke und schiele zu Kat, die herzhaft in einen Burger beißt. Als sie meinen Blick bemerkt, hebt sie kauend eine Augenbraue. Sie sieht aus wie ein Wolf, der sein Essen verteidigt.

»Er hat mir etwas über Alistair erzählt. Wobei Alistair nur eine Art Deckname ist. Früher war er bekannt unter dem Namen Cornell. Oder auch König der Nacht.«

Mein Körper steht wie unter Storm, als ich den Namen höre. Nein. Das kann nicht sein. Alistair ist der König der Nacht?

Kapitel 23

Kat

Hunter neben mir versteift sich fassungslos, während ich nicht verstehe, was Luke damit meint.

»Klärt mich mal jemand auf?«, frage ich, nachdem ich mein Essen heruntergeschluckt habe.

»Cornell. Der König der Nacht. Ich habe Geschichten über ihn gehört, die alle wie ein düsteres Märchen geklungen haben«, erklärt Hunter, was mich stutzig werden lässt.

»Rede Klartext«, bitte ich ihn.

»Vor einem Jahrzehnt, wenn nicht länger, war Cornell der stärkste Dämon überhaupt. Der König der Nacht, des Schmerzes und des Verderbens. Er hat über die Unterwelt geherrscht, die Menschen tyrannisiert und immer mehr Engel ausgelöscht. Seit ich Jäger bin, bin ich nie einem solch starken Dämon begegnet, weshalb ich es immer für eine Übertreibung gehalten habe, aber er muss schlimm gewesen sein.«

»Man sagt sich, eine Hexe hat ihn damals in die Schranken gewiesen«, fährt Luke fort, nachdem Hunter nicht mehr weiterredet. »Sie hat ihm seine Kraft geraubt und in die Hölle gesperrt, damit er nicht mehr auf die Erde kann. Dadurch hat Cornell auch seine Stellung unter den Dämonen verloren, er ist schon lange kein Anführer mehr. Wenn wir Thomas vertrauen können, nennt er sich seitdem … Alistair.«

Ich schiebe die Tüte von meinem Schoß, da mir der Appetit vergangen ist. Unwillkürlich erinnere ich mich an Alistairs Worte: *Denkst du wirklich, Lajk ist stärker als ich?*

Wenn er tatsächlich einmal der mächtigste Dämon überhaupt war, dann muss mein Misstrauen ihm gegenüber wie ein Schlag unter die Gürtellinie gewesen sein. Und wie ärgerlich ist es erst, dass Lajk herumspringt zwischen Erde und Hölle, während es Alistair selbst verwehrt ist?

Wenn es wirklich stimmt …

»Können wir diesem Thomas vertrauen?«, frage ich beunruhigt, aber darauf können weder Luke noch Hunter mir eine Antwort geben.

»Wir sollten uns morgen noch mal Gedanken darüber machen«, schlägt Hunter vor. »Am besten wir halten irgendwo an und schlafen alle eine Runde.«

Dem stimmt Luke zu, auch wenn ich absolut nicht der Meinung bin, dass wir anhalten sollten. Es kommt mir vor, als wären die Engel uns noch dicht auf den Fersen. Aber ich kriege ohnehin kein Auge zu, deshalb ist es okay, dass die Männer sich für ein paar Stunden aufs Ohr hauen.

Ich überlege hin und her, grüble nach und sehe schließlich der Sonne beim Aufgehen zu. Es muss doch irgendeine Möglichkeit geben, herauszufinden, was genau der Plan der Dämonen ist. Ich habe keine Lust, zuzusehen, wie die Welt von Zombies überflutet wird. Einmal in meinem Leben möchte ich das Richtige tun und gegen die wahren Bösen kämpfen.

Andererseits, warum wollen die Engel nicht, dass wir Lajk aufhalten? Die Engel sind doch die Guten in dieser Geschichte. Gibt es korrupte Himmelswesen? Das kann ich mir nur schwer vorstellen. Klar, ich bin kein Freund der geflügelten Wesen, immerhin stehe ich auf der anderen Seite. Aber auch Alistair hat nicht gerade einen guten Ruf weg, also warum sollte er mir die Wahrheit sagen? Seit wann zur Hölle kümmert es mich überhaupt, das Richtige zu tun?

Ich schiele zu Hunter hinüber, der in einer ziemlich ungemütlichen Position neben mir eingeschlafen ist, sein Atem geht flach, seine Lippen sind leicht geöffnet. Als ich ihn so betrachte, kenne ich die Antwort darauf.

Als es mir zu blöd wird, will ich Hunter wieder wecken. Die Sonne scheint ihm mitten ins Gesicht, wie kann er da nur so seelenruhig schlafen?

Ganz aus Versehen schlage ich ihm meine Hand ins Gesicht, als ich mich strecke, und sofort schreckt er auf.

»Was?«, fragt er verschlafen mit rauer Stimme und dadurch wird Luke auf dem Beifahrersitz allmählich wach. Interessant, das wirkt also.

»Oh, ihr seid wach«, stelle ich fest und als Hunter sich müde über das Gesicht reibt, habe ich fast ein schlechtes Gewissen, ihn aus dem Schlaf gerissen zu haben. Ein klein wenig zumindest. Aber meine Ungeduld siegt.

»Ich habe mir einen Plan ausgedacht.«

»Hm?«, fragt Hunter verwirrt und wirft mir einen Blick zu. Seine stahlblauen Augen wirken an diesem frühen Morgen nicht ganz so undurchdringlich und fest, dass mir kurzzeitig warm ums Herz wird. Aber diese Gefühlsregung verbanne ich schnell wieder ins hinterste Eck meiner Gedanken.

»Wir locken Lajk in die Falle und foltern ihn so lange, bis er uns verrät, was wir wissen müssen. Man kann Dämonen doch foltern, oder etwa nicht?«

Hunter blinzelt mich an. Luke brummt etwas Unverständliches, was ich als Zustimmung ansehe. »Dann lasst uns keine Zeit mehr verlieren.«

»Moment mal.« Hunter seufzt laut auf. »Jetzt noch mal, aber langsam. Wie genau willst du Lajk einfangen?«

»Na, ihr habt doch diese Dämonenfallen. Wir suchen uns einen netten Platz, wo wir ihn hinlocken und in die Falle sperren.«

»Weil das ja auch bei Larissa so gut geklappt hat«, meint Hunter spottend.

»Das hat es! Immerhin haben wir dadurch die Engelswaffe ergattern können und den Stein, der dir deinen Hintern rettet.«

»Was wir beides nicht gebraucht hätten, wenn wir nicht bei Larissa eingebrochen wären und Lajk das Band gelöst hätte«, erinnert mich Hunter.

Er hat ja recht. Aber wir müssen herausfinden, was Lajk plant. Wir müssen irgendetwas tun, nicht ständig nur davonlaufen. Ich weiß nicht, ob Alistair mir die Wahrheit gesagt hat, und die Engel können wir schlecht fragen. Also bleibt nur noch Lajk.

»Du weißt, ich bin dabei, aber überleg dir gut, ob wir das riskieren sollen«, merkt Hunter an.

»Wir könnten auch einfach Blake fragen«, kommt es dumpf von vorne.

»Wir stehen immer noch auf verschiedenen Seiten«, erwidert Hunter kühl.

Stille von vorne. Ich räuspere mich, um Hunters Aufmerksamkeit wieder zu erlangen.

»Lajk ist sehr stark. Ich weiß nicht, ob das nicht zu viel für uns ist«, erklärt er daraufhin.

»Ich bringe Alistair dazu, mir sein Blut zu geben, dann bin ich stärker.«

»Du willst das wirklich machen?«, fragt Luke und dreht sich zu uns herum. Seine Stirn ist in Falten gelegt.

»Ja. Und wenn wir denken, dass Lajk der Böse in dieser Geschichte ist, dann töten wir ihn.«

»Du kannst so einen mächtigen Dämon wie Lajk nicht einfach töten. Eine Austreibung funktioniert bei ihm nicht und wir haben kein Dämonenmesser parat.«

»Irgendetwas müssen wir tun. Wir können nicht länger im Dunkeln tappen.«

Hunter lehnt den Kopf gegen die Stütze. »Hat dein Plan auch schon irgendwelche Details?«

»Wir suchen uns eine alte Lagerhalle, in der wir das durchführen können, ohne ein paar Menschen den Schock ihres Lebens zu verpassen. Dann hole ich mir meine Ration von Alistair und wir starten.«

»Klingt zu einfach«, ist Lukes einziges Fazit. Natürlich gibt es tausend Sachen, die schiefgehen können, aber wir sollten es zumindest versuchen. Wir müssen es einfach wagen.

Im Zeitalter von Google Maps ist es ein Kinderspiel, eine alte, abgelegene Lagerhalle zu finden. Es dauert eine Viertelstunde, bis wir Crosby, Noth Dakota erreichen und durch die trostlosen Straßen fahren. Wie auch schon im Rest von North Dakota, ist es hier wüstenartig und verlassen. Mit knapp tausend Einwohnern ist Crosby aber genau der Ort, um unseren Plan in die Tat umzusetzen.

Wir suchen das einzige Lokal auf, das Crosby zu bieten hat, und lassen uns dort nieder, um zu essen und wieder zu Kräften zu kommen.

»Punkt eins ist erledigt«, sagt Hunter und mustert mich. »Aber wie willst du Alistair dazu bringen, dich zu sich zu holen?«

Das ist eine gute Frage, aber die Antwort darauf stand für mich schon von Anfang an fest. Natürlich könnte ich einige Hundert Meter zwischen mich und Hunters Dämonenabwehr bringen und Alistair bitten, mich zu sich zu holen. Doch mal ehrlich, ich könnte mir die Seele aus dem Leib schreien und trotzdem von ihm ignoriert werden.

Aber meine Methode klappt mit ziemlicher Sicherheit. »Lass das meine Sorge sein«, wiegle ich ab und muss ein klein wenig in mich hineinlächeln, da es wirklich verrückt ist, was ich vorhabe.

»Sollte ich mir Sorgen machen?«, fragt Hunter skeptisch.

»Um mein Leben? Nein.«

»Ich meine eher um deinen Verstand«, gibt er amüsiert von sich und ich bestrafe ihn mit einem Tritt unter dem Tisch.

»Wir sollten los«, unterbricht Luke unser Blickduell und ich kann ihm nur zustimmen. Je schneller wir es hinter uns bringen, desto besser.

Nachdem wir aufgegessen haben, steigen wir zurück in den Mustang und ich fahre uns zu der Lagerhalle, die wir uns ausgesucht haben.

»Ihr malt die Dämonenfalle, solange ich mit Alistair beschäftigt bin«, schlage ich vor. Ich habe den Gedanken daran, gleich wieder mit dem Dämon allein zu sein, ins hinterste Eck meines Kopfes geschoben, doch nun ist es unausweichlich. Das Rumoren in meinem Bauch liegt nicht nur an dem schlechten Essen, es ist vielmehr die Aufregung und die Angst, die mir die Luft abschnüren.

Vielleicht merkt Hunter mir die Nervosität an, denn er legt seine Hand auf meine und streicht beruhigend darüber. Es hilft tatsächlich.

Aber als wir schließlich vor unserem Ziel stehen, wird mir wieder schlecht. »Ziehen wir es durch«, entscheide ich und stapfe entschlossen auf die Lagerhalle zu. Kneifen ist noch nie mein Ding gewesen. Meistens, weil ich ohnehin keine andere Wahl hatte.

Kurz inspiziere ich das Innere, das wie erwartet leer und dreckig ist. Die Deckenbalken sehen nicht sehr stabil aus, aber dieser Unterschlupf muss vorerst reichen.

Hunter und Luke treten hinter mich und spähen ebenfalls hinein. Luke gibt mir einen äußerst freundlichen Schubs, damit er hineinschlüpfen kann. Hunter hingegen bleibt hinter mir stehen und streicht mir die Haare aus dem Nacken, um einen Kuss auf die freie Stelle zu platzieren. Diese kleine, harmlose Berührung schießt mir durch den ganzen Körper und lässt mich schaudern. Es ist nicht zu leugnen, wie ich auf Hunter reagiere. Vielleicht sogar mehr, als ich sollte. Viel mehr, als gut für mich ist.

»Warum tust du das?«, frage ich ihn und komme mir vor wie eine furchtbare Heuchlerin. Ich habe ihn nicht aufgehalten und ich habe es genossen.

»Weil ich es kann«, ist seine einzige Antwort. Dann schiebt auch er sich an mir vorbei und geht auf Luke zu, um ihm zur Hand zu gehen. Währenddessen hole ich meinen Dolch hervor.

»Und, was ist jetzt dein genialer Plan, um Alistair dazu zu bringen, dich zu ihm zu holen?«, fragt Hunter laut, ohne sich zu mir umzudrehen. Statt ihm zu antworten, lege ich die Klinge des Silberdolchs an mein Handgelenk und schneide mir die Pulsadern durch.

Das Blut strömt wie ein Wasserfall heraus, aber der Schnitt ist nicht tief genug, weshalb ich die Klinge auch am anderen Handgelenk ansetze. Das Brennen breitet sich in Sekundenschnelle in meinen Venen aus. Ein Wimmern entweicht mir.

Hunter fährt erschrocken herum und starrt mich an, als ich auf die Knie sinke und zu verbluten drohe.

»Kat.« Wie ist er so schnell zu mir gekommen? Jetzt jedenfalls kniet er vor mir und stützt mich. »Was zur Hölle ist in dich gefahren?«

Alistair wird meine Angst und den Schmerz mitbekommen und mich – hoffentlich – zu sich holen. Das ist mein Plan. Alles zielt darauf ab, dass er mich nicht hängen lassen wird.

Hunters Finger verhaken sich in meinem Haar und er zieht meinen Kopf zurück, der einfach nach vorne zu fallen droht. »Kat, sieh mich an«, sagt Hunter eindringlich. »Verdammt, kannst du mich nicht vorwarnen? Ich habe den Schock meines Lebens bekommen! Argh, Kat.«

Ich bringe ein Lächeln zustande. Zumindest glaube ich, dass es mir gelingt und ich nicht nur eine hässliche Grimasse schneide. Als auch Hunter lächelt, ist es mir egal.

Er streicht mir mit den blutverschmierten Fingern über die Wange. Es ist mein Blut. Warm und nass.

Wind umtost mich, umfängt mich und ich weiß, dass es so weit ist. Hunter öffnet die Lippen und setzt zum Sprechen an. »Sag, Alistair, dass ich ihm …

… in den Arsch trete, wenn er dich schlecht behandelt.« Hunters Stimme begleitet mich bis runter in die Hölle, als ich hart auf dem Boden ankomme. Ich bin so damit beschäftigt gewesen, mich an seine Worte zu klammern, dass ich nicht bemerke, dass ich schon unten angekommen bin und mit vollem Karacho auf den Boden donnere.

»War das etwa ein Selbstmordversuch?«, herrscht Alistair mich an. Ich blicke zu ihm auf und streiche mir die Haare aus dem Gesicht, die mir die Sicht versperren.

»Jap.« Ich hieve mich hoch und sehe auf meine Hände. Die Wunden sind geschlossen. Zufrieden hebe ich wieder den Kopf. »Super, danke dafür. Jetzt brauche ich nur noch dein Blut und wir sind durch mit unserer heutigen Sitzung.«

Ich erkenne im gleichen Moment, dass wir uns wieder in dem berüchtigten Stripclub befinden. Dieser Ort ist wirklich ätzend, aber immer noch besser als die alte Fleischerei. Mir läuft es schon eiskalt den Rücken herunter, wenn ich nur daran denke.

»Du brauchst mein Blut«, stellt Alistair fest. »Wofür?«

Natürlich kann er es in meinen Gedanken lesen, noch bevor ich es ausspreche. »Wir wollen Lajk in eine Falle locken.«

»Ihr könnt Lajk nicht töten.«

»Nicht töten. In eine Falle locken.«

»Er ist zu stark für euch. Das ist eine Nummer zu groß, selbst für dich und deinen Jäger.«

»Wir haben einen Plan«, erwidere ich. »Lass es uns versuchen. Das ist doch dein Ziel: Lajk aufhalten.«

Er kneift die Augen zusammen. Sein Gesichtsausdruck und sein Ton sind relativ milde, aber ich weiß auch, dass das sehr schnell wieder umschlagen kann. Nur ein falsches Wort. Nur ein falscher Gedanke …

Ich denke an unseren Plan, um sie Alistair zu zeigen: die Dämonenfalle. Wie ich Lajk herlocke und ihn dann einsperre.

»Wenn du Lajk rufst, dann bringt er seine Leute mit«, erwidert Alistair. »Du musst ihn holen. Ich werde dir so viel geben, damit du stark genug dafür bist. Den Rest müssen deine Freunde erledigen.«

»Wie soll ich Lajk herholen?«, frage ich.

»Du musst es nur wollen. Mit meinem Blut bist du stark genug, den Bastard aus der Hölle zu ziehen und dahin zu sperren, wo auch immer du willst. Aber sei vorsichtig. Deine Kraft wird dadurch enorm schwinden. Ich hoffe, du weißt, was du tust.«

Er streckt mir auffordernd seinen Unterarm entgegen und sofort setze ich mich in Bewegung. Direkt aus der Quelle zu trinken war mein Ziel, denn das macht mich stärker.

Doch noch bevor ich ansetzen kann, hält Alistair mich zurück. Er sieht auf mich herab und sein Blick aus leuchtend roten Augen bohrt sich in meinen. »Du wirst nicht sterben, Liebes. Aber für den Jäger kann ich nicht garantieren und für sein schwaches, menschliches Anhängsel erst recht nicht.«

Ja. Das Risiko ist mir bewusst. Dass es nicht einmal um mein eigenes Leben geht, macht es so viel schwerer.

Trotzdem setze ich vorsichtig die Klinge an seinen Unterarm und drücke zu. Und dann trinke ich.

KAPITEL 24

KAT

Mit einem Ruck lande ich zurück auf dem Boden. Energie pumpt durch meine Adern, Macht durchströmt mich mit jedem Atemzug. Ich fühle mich so stark. Wenn dieses Gefühl nur für immer anhalten würde.

Hunter blickt auf, als er mich sieht. Luke ist damit beschäftigt, dicke Linien zu zeichnen und eine große Dämonenfalle zu erstellen.

Meine Haare wehen nach hinten, ein Nachhall der Fahrt von der Hölle zurück auf die Erde. Meine Sinne sind nun viel schärfer als vorher. Ich erkenne jeden von Hunters unperfekten Gesichtszügen, wie sein rechter Mundwinkel unruhig zuckt, wie er kurz die Unterlippe zwischen die Zähne zieht, bis ihm anscheinend klar wird, was er tut und es sein lässt. Von all diesen Kleinigkeiten, die mir sonst nicht auffallen, bin ich einen Moment lang wie hypnotisiert.

»Die Dämonenfalle steht«, reißt Luke mich aus meinen Gedanken und ich schüttle blinzelnd den Kopf. Schwärmereien sind etwas für Menschen. Gerade bin ich allerdings kein Mensch, nicht mehr ganz zumindest.

»Soll ich Blake Bescheid sagen, dass er Lajk herschicken soll?«, fragt Luke und mir wird bewusst, dass ich ihn angestarrt habe, ohne ihn wirklich anzusehen.

»Nein. Macht Platz«, bitte ich und mache eine wedelnde Handbewegung. Die Luft flirrt durch meine Geste und Luke wird unfreiwillig zur Seite geschoben.

»Was hast du vor?«, fragt Hunter skeptisch, aber er tritt zurück und schafft mir Platz. Anstatt zu antworten, schließe ich die Augen.

Du musst es nur wollen und du kannst diesen Bastard aus der Hölle zerren und dahin sperren, wo auch immer du willst.

Oh ja. Das werde ich. Ich fühle mich unbesiegbar und frei.

Ich denke an Lajk, daran, wie gerne ich ihm sein dämliches Grinsen aus dem Gesicht wischen möchte. Meine Hände ballen sich automatisch zu Fäusten. Ich bin stärker als er. Ich kann ihn herbeordern, wann immer ich will.

Der Boden beginnt zu vibrieren, zu brodeln, zu kochen, als würde er jeden Moment aufreißen. Mit einem Schlag ist es still und selbst die Jungs scheinen den Atem anzuhalten. Dann ein lautes Krachen, bei dem ich unwillkürlich die Augen aufreiße.

Lajk steht vor mir, verwirrt und wütend. Ich lächle. Dann stoße ich die Hände nach vorne und der Dämon fliegt quer durch die Luft, direkt in die Dämonenfalle.

»Was tust du?«, brüllt er mich an, will einen Schritt auf mich zu machen, prallt aber gegen eine unsichtbare Barriere. Ganz langsam blickt er zu Boden und stößt einen wütenden Laut aus.

Hunter wirbelt seinen Dolch in der Hand herum und geht gemächlich auf ihn zu. Wie ein Puma, der seine Beute ausspäht. Auch ich trete näher an Lajk heran.

»Wir wollen Antworten.«

»Lass mich sofort raus, Kat«, knurrt Lajk.

Ich hebe provokant das Kinn. »Was denkst du?«

»Du wolltest doch mit mir verhandeln«, meint er mit versöhnlicher Stimme. »Bevor wir unterbrochen wurden. Jetzt ist dein Dämonen-Schutzschild anwesend, also los, mach mir ein Angebot.«

»Verhandle mit mir«, lenkt Hunter die Aufmerksamkeit auf sich.

Abschätzig schnalzt Lajk mit der Zunge. »Kein Bedarf für einen korrupten Jäger. Bleib da, wo du hingehörst. Es wird mir eine Freude sein, dich abzuschlachten.«

In einem Moment steht Hunter ganz lässig da, im nächsten steckt schon der Dolch in Lajks Brust. Er zischt überrascht auf und ehe er reagieren kann, ziehe ich den Dolch durch Gedankenkraft wieder zurück zu Hunter. Immerhin wäre es nicht ratsam, Lajk eine Waffe zu geben. Doch schon bei dieser Kleinigkeit spüre ich, wie mir die Kräfte langsam schwinden. Wie Wasser zwischen meinen Fingern, es lässt sich nicht mehr greifen, sondern fließt einfach den Berg hinab.

Hunter dreht sich halb zu mir herum und lächelt kurz dankbar. Ich weiß genau, was er sagen will: Wir sind ein gutes Team.

Meine Mimik aber bleibt unbewegt, als ich näher auf Lajk zutrete, sodass ich nun mit Hunter auf einer Höhe bin. »Wir wissen zumindest, dass du die Tore zum Totenreich aufstoßen willst. Die Frage ist nur, warum?«

Lajk hebt den Zeigefinger, als wolle er mir signalisieren, ich solle kurz warten. Dann räuspert er sich, klopft sich gespielt theatralisch auf die Brust und macht dann eine ausschweifende Geste. »Ich bringe den Menschen ihre geliebten Toten zurück. So steht es doch geschrieben, hm?«

»Das kann dir auch nur eine Sechzehnjährige glauben«, spottet Hunter. »Wir wollen die Wahrheit. Wir werden dich nicht töten. Das könnten wir gar nicht und das weißt du. Aber wir haben Zeit. Eine Menge Zeit.«

»Ihr seid solche Narren«, lacht Lajk. Schlagartig wird er wieder ernst, er fokussiert mich mit seinen kühlen Augen. Dann beginnt plötzlich der Boden zu wackeln und dieses Mal fühlt es sich an wie ein Erdbeben, nicht wie die Ankündigung eines Dämons aus der Hölle.

Was passiert? Was tut er jetzt? Ich fange Lukes Blick auf, aber auch er wirkt verwirrt. Dann bekommt der Boden unter mir kleine Risse. Immer weiter ziehen sie sich durch, immer weiter und weiter bis … Nein!

Reflexartig reiße ich die Hände hoch und setze all meine Kraft gegen Lajk ein. Er hat die Dämonenfalle durchbrochen, jetzt bin es nur noch ich, die ihn an Ort und Stelle hält. Es ist so ähnlich wie bei Hunter damals, nur dass es mir alles an Kraft abverlangt. Das Problem ist, dass er sich dagegen wehrt und erst jetzt wird mir bewusst, dass Hunter die Prozedur einfach über sich hat ergehen lassen. Aber Lajk nicht. Er kämpft mit allem, was er hat, gegen meine Kraft an. Meine *schwindende* Kraft.

»Du wirst das hier nicht gewinnen, Kat!«, ruft er mir entgegen und seine lauten Worte schmerzen in den Ohren. Meine Muskeln brennen, mein ganzes Innerstes ist verkrampft, aber ich sehe Lajk weiterhin fest in die Augen.

»Tote Seelen sind nicht mehr als Zombies«, presse ich zwischen zusammengepressten Zähnen hervor. »Ist es das, was du willst – eine Zombie-Armee erschaffen?«

»Ach, bitte«, lacht er, aber es klingt angespannt. »Ich habe genug Dämonen an meiner Seite. Ich brauche keine schwachen menschlichen Seelen.«

»Was willst du sonst aus dem Totenreich holen?«

»Ein Mann braucht seine Geheimnisse, Kätzchen.«

Ich kneife die Augen zusammen, kann mich kaum auf seine Worte konzentrieren, da ich eher das Gefühl habe, mir gehen gleich die Lichter aus. Jeder meiner Muskeln fleht mich an, aufzuhören und zu entspannen. Fast will ich aufgeben, aber da sehe ich es auch in Lajks Augen: ein Hauch von Schwäche.

Lajk ist ein starker Dämon. Aber Alistair ist mächtiger. Und schon die Dämonenfalle zu zerbrechen muss ihn viel Kraft gekostet haben. Ein letztes Mal hole ich alles aus mir heraus und verstärke den mentalen Griff um Lajk. Dieser fletscht verärgert die Zähne.

»Ja, sehen wir mal, wer dieses Kräftemessen gewinnt«, sage ich abgehackt. »Lajk, der Newcomer, oder aber Cornells Blut?«

Lajks Augen weiten sich. Ob vor Schreck oder Überraschung, kann ich beim besten Willen nicht sagen, denn seine Gestalt verschwimmt schon vor meinen Augen.

»Du weißt es«, stellt er fest.

»Ich weiß so einiges«, erwidere ich und danach kann ich gar nichts mehr sagen, weil sich Blut in meinem Mund sammelt. Das ist eindeutig kein gutes Zeichen. Ich habe das Gefühl, von innen heraus zu verglühen.

»Dann weißt du auch, dass wir Cornell um jeden Preis in der Hölle lassen sollten. Ich öffne die Tore zum Totenreich und verwehre ihm damit seine einzige Chance, den Fluch, der auf ihm lastet, zu brechen.«

Noch ehe Lajk zu Ende gesprochen hat, gebe ich auf. Ich lasse ihn frei und spüre, wie sich alles in mir löst. Ich verliere die Kontrolle über meine Füße, über meine Stimme, selbst über meine Gefühle. Ich falle und falle und falle.

KAPITEL 25

Hunter

Kat sackt im selben Moment zusammen, in dem Lajk verschwindet. »Verdammt«, fluche ich und fange sie auf, bevor sie auf dem Boden aufschlägt. Behutsam bette ich ihren Kopf auf meinen Schoß und streiche ihr die verirrten Haarsträhnen aus dem Gesicht.

»Kat, hey«, sage ich und schlage ihr sanft gegen die Wange. Luke kommt schlitternd neben mir zum Stehen und geht ebenfalls in die Hocke.

»Was ist mit ihr?«, fragt er ernsthaft besorgt. Eine Blutspur läuft aus ihrem Mundwinkel ihr Kinn entlang und ich meine, ihren Schmerz hautnah spüren zu können.

»Es war zu viel für ihren Körper.« Schon allein, was sie geleistet hat, war unglaublich. Es war klar, dass sie nicht lange durchhält, aber ich habe sie nicht aufgehalten. Das war ihr Kampf und wie man sieht, hat sie ihn gewonnen. Denn Lajk ist abgehauen, sobald sie ihn nur freigegeben hat.

»Los, bringen wir sie von hier weg, bevor Lajk sich Verstärkung holt«, schlage ich vor und hebe Kat auf meine Arme, bevor ich mit ihr gemeinsam aufstehe. Sie ist so leicht, dass ich mich automatisch frage, ob sie in letzter Zeit genug gegessen hat. *Ach was*, denke ich mir. *Sie hat wahrscheinlich ihr ganzes Leben lang schon nicht genug gegessen.*

Luke hält mir die Tür zur Lagerhalle auf und läuft dann mit schnellen Schritten Richtung Mustang. Auch ich beeile mich, bedacht darauf, dass Kat nicht noch mehr durchgerüttelt wird. Beinah leblos liegt sie in meinen Armen, aber ich höre ihr Herz zaghaft schlagen.

»Sollen wir uns in Crosby etwas suchen? Oder braucht sie vielleicht einen Arzt?«, fragt Luke, sobald ich mich mit dem Mädchen auf die Rückbank gesetzt habe.

»Nein, fahr durch Crosby durch, das ist zu nah, da findet man uns zu schnell.« Skeptisch blicke ich zu Kat hinunter und streiche ihr über die blasse Wange. »Ich denke nicht, dass sie einen Arzt braucht. Fahr erst mal, wir werden sehen.« Ich hoffe inständig, sie wacht bald wieder auf.

Zu Anfang unterhalten wir uns über Lajks Worte, spekulieren hin und her, aber nachdem wir Crosby passiert haben und am nächsten Kaff namens Ambrose ankommen, schweigen wir beide. Auch diesen Ort durchqueren wir, fahren eine weitere halbe Stunde, bis wir in Colgan ankommen.

»Das wird ja immer ätzender«, brumme ich und blicke gedankenverloren aus dem Fenster. Luke schnaubt daraufhin nur.

Als wir in Westby ankommen, wacht Kat endlich auf. Erst bemerke ich es gar nicht, weil sie nur blinzelt, aber dann stöhnt sie leise und hebt den Oberkörper.

»Hey, Kat.« Ich beeile mich, sie zu stützen, bevor sie wieder wegklappt.

»Oh Mann, was ist passiert?«, fragt sie und reibt sich über das Gesicht.

»Du bist ohnmächtig geworden und Lajk ist abgehauen.«

»Ernsthaft?« Obwohl sie noch sehr benommen wirkt, meine ich, dass sich ein schiefes Grinsen auf ihrem Gesicht abzeichnet. Dann aber reibt sie sich die Hände aneinander und bibbert.

»Es ist so kalt. *Mir* ist so kalt«, flüstert sie heiser und rutscht wieder näher an mich heran. Sofort lege ich einen Arm um sie und lasse zu, dass sie sich an mich schmiegen kann.

»Ich drehe die Heizung auf«, sagt Luke.

»Am besten suchen wir einen Laden, wo wir uns was zu essen holen können«, schlage ich vor. Luke lenkt abrupt in eine Straße ein, kaum dass ich die Worte ausgesprochen habe.

»Oh ja, essen«, murmelt Kat gegen meine Brust. Ihr ganzer Körper zittert immer noch. Es ist ungewohnt, sie so zu sehen. So schutzbedürftig. Wie ein kleines Kätzchen schmiegt sie sich an mich, fast so, als würde sie sich am liebsten in meinen Klamotten verkriechen.

Ich weiß genau, dass sie das bereuen wird, sobald sie erst einmal wieder zu Kräften gekommen ist. Bei dem Gedanken muss ich unwillkürlich schmunzeln und streiche ihr beruhigend über den Rücken.

Luke hält vor dem nächsten Walmart an und wirft uns einen kurzen Blick zu. »Irgendwelche Wünsche?«

Als wir verneinen, steigt er aus und lässt den Schlüssel aus seiner Hosentasche baumeln. Durch die Scheibe sehe ich ihm nach, wie er im Inneren des Gebäudes verschwindet und es kommt mir vor wie ein Déjà-vu. Vor weniger als vierundzwanzig Stunden noch habe ich ihm ebenfalls zugesehen, als er in einen Laden verschwunden ist, während ich mit Kat zurückgeblieben bin. Ein anderer Ort, eine andere Zeit, die gleiche Situation. Dieses Mal kann ich wohl nicht mit einer Knutscherei rechnen.

»Du bist mir noch etwas schuldig«, murmelt Kat und für einen Moment bin ich verwirrt.

»Was?«, frage ich und sehe sie an. Sie hebt den Blick und ein schwaches Lächeln umspielt ihre blassen Lippen.

»Gestern hast du gesagt, wenn ich dir eine persönliche Frage beantworte, darf ich dir auch eine stellen.«

Nun muss ich grinsen, denn anscheinend hat sie sich ebenso an die Situation erinnert wie ich. Nur dass ich an den leidenschaftlichen Kuss gedacht habe und sie an das Gespräch danach.

»Schieß los. Ich beantworte dir alles, was du wissen willst.«

»Wer ist Hunter Davenport?«

Ich kneife die Augen zusammen, mein Lächeln verblasst. Eine scheinbar einfache Frage, aber dahinter steckt so viel mehr und das weiß ich. Ich kann es förmlich spüren.

»Ich stand nach meinem Tod vor der Engelsgarde und sie haben mich gefragt, ob ich für die Gerechtigkeit kämpfen will. Ich wurde gefragt, ob ich stark und mächtig sein möchte. Ich wurde gefragt, ob ich bereit sei zu töten. Ob ich bereit sei, Befehle auszuführen, ohne sie zu hinterfragen. Ich wurde gefragt, ob ich ein Soldat sein wolle.« Kurz halte ich inne und atme tief durch. Dann erwidere ich wieder ihren intensiven Blick. »Ich habe ›Ja‹ gesagt und wurde zu Hunter Davenport.«

Sie beißt sich auf die Wange und mustert mich nachdenklich, ungewohnt ernst. »Wie ist dein alter Name?«, fragt sie dann leise.

Ich möchte nicht darüber reden. Ganz und gar nicht. Aber immerhin hat sie mir so viel über sich erzählt, das bin ich ihr schuldig. Ein anderer Teil von mir will ihr alles sagen, in der Hoffnung, so Erleichterung zu finden. Vergebung. Aber für mich gibt es das nicht mehr. Nicht für mein früheres Ich.

»Jayden Erikson«, antworte ich ihr. Kat rutscht etwas von mir ab, obwohl ihre Hände zittern. Sie sieht mich so intensiv an, als wolle sie keine meiner Gefühlsregungen verpassen.

»Noch eine letzte Frage«, bittet sie und ich kenne sie schon, ehe sie diese ausgesprochen hat. Kat verengt ihre cognacfarbenen Augen, die mir gerade wie Segen und Fluch zugleich vorkommen. »Wer ist Jayden Erikson?«

»Ein Junkie«, spreche ich das Erste aus, was mir in den Sinn kommt, wenn ich an mein früheres Leben denke. »Nur auf der Suche nach dem nächsten Schuss. Auf der Suche nach der nächsten Nutte, nach dem nächsten Dealer, nach dem nächsten Kick, nach der nächsten Schlägerei. Immer zugedröhnt, immer auf Achse. Das Schlimmste ist, dass ich selbst in die Scheiße gerutscht bin, verstehst du? Ich hatte so eine tolle Mom, ich hatte eine wundervolle, kluge Schwester, die letztens ihren Abschluss in Yale gemacht hat. Mein Dad hat uns früh verlassen, aber dafür war Mom Mutter und Vater in einem für uns. Aber ich habe das nie wertgeschätzt. Ich war nur immer so wütend auf die ganze Welt.

Es fing an mit Gras, dann mit Ecstasy und später Meth. Alles, was neu und aufregend war, alles, was mich hat vergessen lassen, wer ich bin. Natürlich bin ich abgerutscht, aber es war mir alles so egal. Wenn ich so zurückdenke, kann ich es ehrlich gesagt selbst nicht verstehen. Aber damals habe ich nicht weiter gedacht als bis zum nächsten Trip. Ich bin schließlich mit zweiundzwanzig bei einer Messerstecherei gestorben.

Als Hunter Davenport bin ich wieder erwacht. Mit neuer weißer Weste, aber mit alten Narben. Ich habe keine Familie, keine Freunde. Keine Kontakte von früher. Nun ja, bis auf Luke. Luke hat mein Tod nicht losgelassen, auch wenn wir uns sehr voneinander entfremdet hatten, als es immer schlimmer mit mir wurde. Aber er hat mich nie aufgegeben. Und nie vergessen. Als er mein Geheimnis herausgefunden hat, habe ich die Engel angefleht, ihn am Leben zu lassen. Er hat sich als nützlich für sie erwiesen. Denn wenn er etwas anfängt, kniet er sich mit ganzem Herzen hinein. In diesem Fall ist es die Jagd.«

Kat hat mir aufmerksam zugehört und nachdem ich geendet habe, scheint es, als wäre sie noch in meiner Geschichte drin. Es tut weh, über die Vergangenheit nachzudenken. Über all die falschen Entscheidungen, schrecklichen Taten und verletzenden Worte, die gefallen sind. Am meisten schmerzt aber, dass ich weder Mom noch Lissy, meine Schwester, sehen darf. Natürlich halten sie mich für tot, das tun alle, die ich jemals gekannt habe.

Schweigend rutscht Kat an mich heran und legt ihren Kopf auf meiner Schulter ab. Ich umschließe ihre kleinen Hände mit meinen, um ihr eiskalten Finger aufzuwärmen. Genauso wie mein Innerstes.

»Luke ist schon ganz schön lange weg«, flüstert sie plötzlich in die Stille hinein.

»Hm-mh«, mache ich nur, in dem Glauben, sie möchte nur das Thema wechseln. Aber dann sehe ich doch aus dem Fenster und versteife mich. Die Lichter, die bis eben noch aus dem Inneren gedrungen sind, sind erloschen. Die Tür, die einladend geöffnet war, geschlossen.

»Ich sehe nach«, meine ich beunruhigt und Kat rutscht zurück, damit ich aufstehen kann. Ich sehe mich um, aber wir sind die Einzigen auf dem großen Parkplatz, obwohl es erst vier Uhr nachmittags ist. Kein Wunder bei einem 500-Seelen-Dorf.

Kat ist ebenfalls ausgestiegen und kommt an meine Seite getrabt. Gerade will ich ihr sagen, sie soll im Wagen warten, entscheide mich dann aber um. Ganz abgesehen davon, dass derjenige, der draußen im Auto wartet, in Horrorfilmen nie gut wegkommt, lässt Kat sich von mir ohnehin nichts sagen.

Ich habe kein gutes Gefühl, als wir in Richtung Walmart laufen. Die Tür ist nicht verschlossen, weshalb ich sie einfach aufdrücken kann. Doch was ich dann entdecke, lässt alle Alarmglocken in mir aufschrillen. Umgeworfene Regale, Konserven, die über den Boden kullern. Chips und Popcorn, das aus seinen Tüten geplatzt ist und jetzt überall verteilt auf dem Boden liegt.

»Luke!«, rufe ich und sprinte los.

»Hunter?«, höre ich Luke, aber seine Stimme klingt dumpf und hohl, als wäre er weit weg. Als Kat mir eine Hand auf die Schulter legt, bleibe ich ruckartig stehen. Ein Flirren erfüllt die Luft und ehe ich mich fragen kann, ob es echt oder doch nur Einbildung war, ertönt eine Stimme hinter mir.

»Hallo, Freund.«

Sofort wirble ich herum und erstarre. Ruel steht vor mir, die Hände hinter dem Rücken verschränkt, ein jugendliches Grinsen auf den Zügen.

»Wo ist Luke?«, fahre ich ihn an, bleibe aber an Ort und Stelle stehen. Wenn ich mich bewege, wird er nur wieder verschwinden.

»Er ist im Kühlraum eingesperrt, mit den anderen.«

Kaum dass er die Worte ausgesprochen hat, habe ich schon auf dem Absatz kehrtgemacht und sprinte los. Keine Ahnung, wo der Kühlraum ist, aber ich folge dem schmalen Gang und passiere eine Tür, auf der *Nur für Mitarbeiter* steht. Doch dann taucht Ruel direkt vor mir auf.

»Ganz ruhig«, warnt er. »Das war nur zu seiner Sicherheit.«

»Geh mir aus dem Weg!«, knurre ich und mache eine barsche Handbewegung, ohne ihn zu berühren. Trotzdem weicht Ruel mit dem Oberkörper zurück.

»Hunter, lass mich raus!«, dringt jetzt Lukes Stimme aus dem Nebenraum dumpf zu mir durch. »Ruel ist einer von den Guten, also bring ihn bitte nicht um.«

Was?

»Richtig«, sagt Ruel und nickt bedeutungsschwer. »Ich habe gerade für dich einen Haufen Dämonen zurück in die Hölle gebracht.«

»Dämonen hätte ich gespürt.«

»Nicht, wenn Lajk ein Schutzschild über sie wirft.« Ruel tritt einige Schritte zurück, ohne mich aus dem Blick zu lassen, und öffnet dann den Kühlraum wieder. Als ich hineinspähe, entdecke ich einen Haufen bewusstloser Menschen.

»Ihnen wird es gut gehen«, meint Ruel, als er meinen Blick bemerkt. Luke schlüpft aus dem Raum hinaus und erst jetzt erkenne ich, dass davor eine Dämonenfalle gezeichnet ist. Er hat meinen Freund beschützt.

»Ach, Luke! Dich kann man auch nicht eine Sekunde aus den Augen lassen.« Kat taucht hinter mir auf und funkelt meinen Freund halb belustigt, halb besorgt an. Luke winkt ihr grinsend zu.

»Ich war gerade dabei, etwas Essbares für dich herauszusuchen, aber ich wurde überfallen.«

Bin ich der Einzige, der an Ruel denkt, der nur wenige Meter entfernt steht und uns beobachtet? Er ist immer noch unser Feind, er spielt in Lajks Team. Außerdem schreit ganz leise in mir Alistairs Befehl, ihn zu töten. Allein die Tatsache, dass er Luke vor Dämonen beschützt hat, besänftigt mich ein klein wenig.

»Und was tust du hier?«, lenke ich seine Aufmerksamkeit wieder auf mich. Er dreht den Kopf zu mir.

»Ich? Oh, ich sollte euch töten.«

Ach ja. Das erklärt alles.

»Aber ich habe mich dagegen entschieden. Schon von Anfang an.«

Kat und ich tauschen einen misstrauischen Blick aus. Es wundert mich nicht, dass Lajk uns töten lassen will, aber Ruels Aussage hingegen schon.

»Wie habt ihr uns gefunden?«

»Nicht nur Luke ist gut im Hacken. Ihr solltet auf Prepaidhandys umsteigen, wenn ihr auf der Flucht seid«, meint Ruel und macht einen Schritt auf uns zu. »Wie gesagt, ich bin nicht hier, um euch zu töten. Ich möchte euch meine Hilfe anbieten. Informationen. Und gemeinsam können wir einen Plan schmieden, wie wir weiter vorgehen.«

»Warum zur Hölle solltest du das tun?«, frage ich barsch und trete unbewusst einen Schritt vor, um Kat mit meinem Körper abzuschirmen. Ruel kommentiert die Geste mit einem Schmunzeln.

»Ich will Luke nicht töten, weil er der Erste ist, der Blakes Schale durchbrochen hat. Mit so einer Leichtigkeit noch dazu. Und außerdem ist er genial. Er wusste sogar, was ich bin, obwohl meine Art ziemlich selten ist.«

Er legt den Kopf schräg und blickt an mir vorbei zu Kat. »Sie will ich nicht töten, weil ich so jemanden wie sie noch nie erlebt habe. Sie ist lieber in der Hölle bei Alistair geblieben, anstatt ihre einzige Chance zu nutzen und mit mir zu gehen. Vielleicht bezeichnen es manche als Dummheit oder aber als falsche Loyalität, ich aber sehe darin Stärke.«

Sein Blick trifft mich und ein siegessicheres, breites Lächeln erscheint. »Und du, Hunter Davenport, du bist der geborene Soldat. So viel Selbsthass, versteckt hinter dem knallharten Jäger. Du hast keine Schwachpunkte und doch so viele, wenn man nur genau hinsieht. Aber du bist mehr als nur ein blinder Kämpfer, du hast genug Verstand und Instinkt, um darauf zu vertrauen.«

»Was soll das Ganze?«, frage ich ihn. »Wir wollen deine Schmeicheleien nicht hören.«

»Oh nein, das sind Beobachtungen. Ihr seid eine Gruppe außergewöhnlicher Leute. Ich bewundere Alistair dafür, dass er euch zusammengemischt hat. Ich denke, gemeinsam können wir alle aufhalten. Sowohl Lajk als auch Alistair und auch die Engel.«

Er faltet die Hände ineinander, mit denen er während des Sprechens wild gestikuliert hat. »Aber dafür müsst ihr erst einmal die ganze Wahrheit wissen. Seid ihr bereit dafür?«

Kapitel 26

Kat

Zweifelnd sehe ich von Hunter zu Luke. Letzterer erwidert den Blick, aber er ist nicht halb so misstrauisch wie meiner. Eher freudig aufgeregt, auch wenn ich immer noch nicht recht weiß, ob wir Ruel vertrauen können.

»Es geht Lajk nicht um die Seelen, die er herauslässt«, fängt Ruel an. »Sie kümmern ihn nicht. Sie werden noch nicht einmal in ihre Körper zurückschlüpfen, es sei denn, sie sind gerade erst frisch gestorben. Aber ansonsten sind es nur einsame, herumirrende Seelen, die zwar Chaos und Verwüstung mit sich bringen, aber Lajk keinen Vorteil verschaffen. Er wird sie nicht befehligen können. Ihm geht es vielmehr darum, etwas anderes herauszulassen. Oder besser gesagt: herauszuholen.«

»Er ist nicht an menschlichen Seelen interessiert«, schließe ich aus dem, was er soeben gesagt hat. Das haben wir aber auch schon von Lajk erfahren, als wir ihn in der Lagerhalle festgehalten haben.

»Nein, er ist an der Hexe interessiert, die dort unten haust. Sie ist schon alt und hat viele Leben gelebt. Sie ist eine der mächtigsten Hexen in unserer Zeit und die erste jemals, die sich in den Krieg zwischen Himmel und Hölle eingemischt hat, indem sie Cornell in die Hölle sperrte.«

In meinem Hirn rattert es. Alistair – Cornell – wurde von der Hexe in die Hölle gesperrt und diese lebt im Totenreich. Wenn Alistair seit Jahren schon Zutritt dorthin hat, jagt und quält er sie dann andauernd für das, was sie ihm angetan hat?

»Sie ist gestorben?«, hakt Hunter stirnrunzelnd nach. Ruel schüttelt den Kopf.

»Nein, nicht gestorben. Sie hat sich freiwillig in das Totenreich sperren lassen. Damals war es noch ein Ort des Friedens, ein absolut sicherer Platz. Sie wusste, dass Cornell nicht ruhen und seine Dämonen auf die Erde schicken wird, um sie zu jagen. Aber niemand hätte damit gerechnet, dass die Hexe es nicht geschafft hat, Cornell all seine Macht zu rauben. Er war stark genug, um sich Zugang durch die Hölle in das Totenreich zu verschaffen. Er ist der Hexe schon ganz nah.«

»Lajk möchte verhindern, dass Alistair zurück auf die Erde kommt«, rate ich lapidar. Ich kann mir schon denken, dass nicht alle Dämonen die besten Kumpels sind und sich gegenseitig die Haare flechten.

»Ja. Aber viel mehr als das: Er möchte die Hexe für seine Zwecke nutzen. Die Engel hingegen wollen dies um jeden Preis verhindern. Aber auch sie wollen die Tore zum Totenreich öffnen, denn noch weniger wollen sie, dass Cornell die mächtigste aller Hexen in die Finger bekommt.«

»Warum haben die Engel ihr damals nicht schon geholfen?«, frage ich und sehe Hunter dabei an.

»Engel arbeiten nicht mit Hexen«, erklärt er mir. »Ich schätze, sie wollten sie genauso tot sehen wie Dämonen.«

»Das stimmt«, klinkt Ruel sich wieder ein. »Nach dem Kampf mit Cornell, den sie letztendlich gewonnen hat, war sie geschwächt und ein leichtes Ziel. Das Totenreich war ihre einzige Chance, in Sicherheit wieder zu Kräften zu kommen. Aber die Situation hat sich bis heute nicht entschärft. Alle wollen Mary töten.«

Kopfschüttelnd weiche ich einen Schritt zurück, aber dennoch fügen sich die Teile zusammen. Das, was Ruel erzählt, klingt logisch. Und es erklärt endlich, wo alle stehen. Die Engel, Alistair, Lajk.

»Erinnerst du dich an all die Menschen, die du in Alistairs Auftrag getötet hast?«, fragt Ruel an mich gewandt und es läuft mir eiskalt den Rücken herunter.

»Natürlich erinnere ich mich«, flüstere ich heiser. Wie könnte ich es jemals vergessen? Es sind immer die Augen, die mir am meisten im Gedächtnis bleiben. Jeder Mensch hat so unterschiedliche Augen, einen anderen Blick.

»Sie waren Informanten für Alistair. Du hast sie für ihn ins Totenreich geschickt und Alistair konnte sie abfangen und verhören. Natürlich versteckt die Hexe sich vor ihm, weshalb Alistair jeden, der auch nur einmal mit der Hexe gesprochen hat, umbringen lässt und ihn ausfragt.«

Ein Kloß bildet sich in meinem Hals. Nach einigen Jahren habe ich aufgehört zu hinterfragen, warum genau ich bestimmte Menschen umbringen muss. Ich habe es getan, weil mir keine andere Wahl blieb. Ich habe aufgehört, darüber nachzudenken, und mich von dem Dämonenblut leiten lassen.

Aber nun kommt es zurück. All der Schmerz, all die Verzweiflung und das drückende Gefühl in meiner Brust, alles falsch gemacht zu haben. Wenn ich es nicht getan hätte, dann jemand anderes. Aber trotzdem ist es eine wirklich egoistische Denkweise, mein eigenes Leben und das meiner Familie über das eines anderen Menschen zu stellen. Ich bin eine Egoistin, ich bin eine Mörderin, aber dennoch … ich würde es jedes Mal wieder so machen.

»Warum erzählst du uns das alles?«, will Hunter unfreundlich wissen, während ich wie gelähmt bin.

»Das habe ich doch schon gesagt. Ich will in eurem Team spielen. Ich nenne es Team Kanter. Ich schippe euch hart.«

Fassungslos schüttle ich den Kopf. *Wie kann der auch nur einen Tag älter sein als sechzehn?* Aber dann blicke ich in seine ungeheuer weisen Augen, die niemals das Lächeln seiner Lippen widerspiegeln, und erkenne, dass es alles nur Show ist. Ein Spiel, das er beherrscht wie kein anderer.

»Und die Wahrheit?«, hake ich nach.

»Ich habe mich Lajk angeschlossen, weil ich keinesfalls zulassen wollte, dass Cornell wieder freikommt. Aber es gibt einen Haken an der Sache, den ich nicht bedacht habe: Menschliche Gefühle sind tückisch. Sie hemmen dich und doch kannst du sie nicht abschütteln. Die Wahrheit ist, dass ich nach einem Jahr mit Blake und Ris nicht zulassen kann, dass Ris sich opfert, um die Tore zu öffnen. Und auch Lajk hat sich geändert. Er wird mir zu machthungrig und falsch. So war er am Anfang nicht, aber all die Kraft, die er in der letzten Zeit gewonnen hat, macht ihn blind.«

»Moment mal«, hake ich nach. »Larissa soll geopfert werden?« Alistair hat mir schon mitgeteilt, dass Ris ein Schlüssel dafür ist, aber dass sie dafür zuerst sterben muss, schockiert mich.

»Ja, einer von zwei. Wir kennen die anderen Bestandteile des Zaubers nicht. Aber Lajk ist kurz davor, das fehlende Teil in die Finger zu bekommen. Dann gibt es kein Zurück mehr.«

Hunter sieht uns über die Schulter hinweg an, aber ich zucke nur mit den Achseln. Auch das ergibt Sinn, denn Alistair wollte um jeden Preis, dass wir Larissa umbringen. Trotzdem habe ich keine Ahnung, ob wir Ruel vertrauen können. Er ist so mysteriös.

»Stand der Zauber im Engelsbuch?«, mischt Luke sich ein und weckt damit meine Aufmerksamkeit. An dieses Buch habe ich ehrlich gesagt gar nicht mehr gedacht, seitdem wir es verloren haben. Aber Ruel schüttelt ohnehin den Kopf.

»Nein. In diesem standen tatsächlich nur Methoden zur Tötung von Engeln. Sehr effektiv, muss ich sagen. Lajk verrät uns nicht, was er zur Öffnung der Totenreiche braucht. Er vertraut keinem.«

Zu Recht, nachdem die drei sich anscheinend gegen ihn gestellt haben. Wenn wir ihm glauben, was ich immer noch nicht tue.

»Gut, mal angenommen, wir schlucken das Ganze«, fängt Hunter an, woraufhin Ruel eine Augenbraue in die Höhe zieht. »Dann ist unser Ziel also, Larissa zu beschützen?«

Schon witzig, dass das gerade im Gegensatz zu unserem Auftrag steht und Lajk womöglich in die Karten spielen würde. Er manipuliert uns doch! Aber als hätte Ruel meine Gedanken gelesen, schüttelt er den Kopf.

»Nein, das verlange ich nicht von euch. Ich möchte gemeinsam mit euch einen Plan erstellen, wie wir Cornell und Lajk aufhalten können, ohne Larissa zu opfern. Das Beste wäre natürlich, wenn wir direkt mit der Hexe sprechen könnten, sie würde wohl mit einem Wimpernschlag all unsere Probleme lösen, wenn sie wirklich so mächtig ist. Aber uns muss wohl etwas anderes einfallen.«

Ruel blinzelt und blickt sich um, als hätte er etwas gehört. »Die Leute wachen bald wieder auf. Ich rufe einen Krankenwagen. Für euch habe ich eine Bleibe besorgt.« Er greift in seine Hosentasche, holt klappernd ein paar Schlüssel heraus und wirft sie Hunter zu, der sie gekonnt auffängt.

»In Williston, circa anderthalb Stunden von hier entfernt. Avenue S. East. Das blaue Haus, ihr werdet es sehen. Dor treffen wir uns morgen wieder. Lasst mir was von den Croissants übrig.«

Dann verschwindet Ruel einfach, als wäre damit alles gesagt. »Idiot«, schnaube ich. »Einfach wegbeamen, sehr gut.«

Hunter dreht sich zu mir herum, die Schlüssel immer noch eine Armlänge von sich entfernt, als wären sie giftig. »Sollen wir ernsthaft dorthin?«

Wir entscheiden uns für die Fahrt nach Williston, aber im Auto bricht eine hitzige Diskussion aus, inwieweit wir Ruel und seinen Worten vertrauen können.

Luke setzt sich für ihn ein, während ich immer noch sehr skeptisch bin. Sie sind unsere Feinde, diejenigen, die wir ausschalten sollten.

»Wir dürfen auch nicht vergessen, dass wir beide immer noch an Alistair gebunden sind«, werfe ich ein. »Wir können uns nicht einfach gegen ihn stellen. Er wird uns zu sich in die Hölle zitieren und uns umbringen.«

Daraufhin schweigt Luke wie erwartet. Genauso wie Hunter so versessen auf Lukes Sicherheit ist, genauso würde Luke niemals etwas tun, was Hunter gefährdet. Die beiden sind mehr als bloß Freunde, sie sind Brüder.

Hunter seufzt tief. »Es wäre so viel leichter, wenn wir die Hexe persönlich sprechen könnten. Dann könnte sie uns sagen, was wir tun können.«

So etwas Ähnliches hat Ruel auch schon gesagt. Es wäre tatsächlich die einfachste Möglichkeit, aber dafür müsste erst einmal jemand von uns sterben, um ins Totenreich zu wandern.

»Wir sind uns also einig, dass wir – wieder einmal – absolut nichts tun können?«, frage ich frustriert. Eigentlich meint man doch, ich müsste mich langsam daran gewöhnt haben. Daran, dass ich mich meinem Schicksal fügen muss und keine andere Wahl habe. Aber das habe ich nicht, es fühlt sich jedes Mal schlimmer an.

»Ich schätze, ja«, erwidert Hunter ebenso resigniert.

KAPITEL 27

Kat

Das blaue Haus ist nicht schwer zu finden. Fünf Minuten nachdem wir es betreten haben, steht mir der Mund immer noch offen. Das ist der absolute Hammer! Es ist komplett hochmodern eingerichtet und ausgestattet. Drei Schlafzimmer, zwei Badezimmer, eine Whirlpool-Badewanne und ein voll ausgestatteter Kühlschrank. Das Erste, was Hunter tut, nachdem wir alles inspiziert haben, ist, sich ein eisgekühltes Bier zu öffnen und auf die Ledercouch zu schwingen.

Machomäßig legt er die Füße auf den niedrigen Couchtisch und lässt den Kopf in den Nacken fallen. »Das habe ich schon ewig nicht mehr getan«, seufzt er.

Luke fläzt sich direkt neben ihn, mit dem einzigen Unterschied, dass er sich etwas Hochprozentigeres als Bier eingeschüttet hat.

»Ist das euer Ernst?«, frage ich sie. Beide drehen verwirrt den Kopf in meine Richtung. Ich mache eine Geste zur Tür, durch die wir vor wenigen Minuten erst hereingekommen sind. »Alistair, das Totenreich, all die anderen Probleme, für die wir noch keine Lösung haben?«

»Mach dich locker«, rät Hunter mir. »Heute können wir ohnehin nichts mehr tun.«

»Mit dieser Einstellung erst recht nicht«, schnaube ich und wende mich ab. Aus dem Augenwinkel sehe ich aber noch, wie Hunter mit den Schultern zuckt und den riesigen Flachbildfernseher einschaltet.

Als er Sport anmacht, ist der Punkt gekommen, an dem ich endgültig aus dem Wohnzimmer verschwinde und unser Quartier erneut unter die Lupe nehme. Irgendwie kommt mir das hier vor wie ein schlechter Traum. Woher hat Ruel dieses Haus? Ist es etwa seins? Eher unwahrscheinlich. Aber nichts hier erweckt den Anschein, als würde überhaupt irgendjemand hier drin leben. Keine Bilder, keine persönlichen Sachen, alles ungeöffnet und frisch.

Im Badezimmer bleibe ich erneut stehen und betrachte die riesige Badewanne, während ich mir auf die Unterlippe beiße.

Ach, was soll's. Duschen muss ich ohnehin.

Ich entledige mich meiner Klamotten, lasse sie zu Boden gleiten und mir dann heißes Wasser einlaufen. Auf der Ablage, auf der Shampoo und Duschgel stehen, finde ich jede Menge Badezusätze und einen, der nach Wassermelone riecht, kippe ich großzügig hinein.

Nachdem die Wanne fast randvoll mit Wasser und Schaum ist, drehe ich den Hahn zu und steige ins Wasser. Wohlige Wärme kriecht mir durch die Glieder, als ich mich entspannt zurücklehne. Ich schließe die Augen und obwohl ich versuche, an nichts mehr zu denken, gelingt es mir nicht. Meine Gedanken driften immer wieder zu Alistair und Lajk und zu all den anderen Dingen, die rein gar nicht entspannend sind.

Erst als ich die Tür aufgehen höre, reiße ich die Augen wieder auf.

»Da bist du ja«, sagt Hunter und macht einen Schritt herein. Ein Teil von mir möchte die Hände über meinen intimsten Stellen zusammenschlagen, aber ich zwinge mich, es nicht zu tun. Der viele Schaum lässt ohnehin kaum etwas erahnen. Aber allein die Tatsache, dass ich vollkommen nackt bin und er es weiß, macht mich ganz verrückt.

»Schon mal was von Anklopfen gehört?«, frage ich, bemüht um einen lockeren Tonfall. Hunters Mundwinkel zuckt kurz und ich bemerke sehr deutlich, wie sein Blick an mir entlangwandert.

»Ich wollte nur fragen, welches Schlafzimmer du nehmen willst.«

»Such du dir doch eins aus und ich nehme einfach das andere«, schlage ich amüsiert vor. Das ist sicher nicht der Grund, warum er hier ist.

Hunter sieht kurz zurück, als habe er Angst, Luke würde jeden Moment hier auftauchen. Dann kratzt er sich am Hinterkopf und schiebt die andere Hand in die Hosentasche. »Ich dachte … wir teilen uns vielleicht eins.«

Ich beiße mir auf die Unterlippe. Hunter kommt noch zwei Schritte auf mich zu, jetzt steht er schon fast direkt vor mir und ich muss den Kopf zurücklehnen, um ihm weiterhin ins Gesicht zu blicken.

Er beugt sich vor, stützt die Hände am Rand der Wanne ab und kommt noch näher. Meine Haut scheint zu vibrieren und mein Herz klopft wild. Seine stahlblauen Augen nehmen mich gefangen.

»Was sagst du?«, fragt er flüsternd. Für einen Moment bin ich verwirrt, dann wird mir klar, dass ich nicht auf sein Angebot geantwortet habe.

»Klingt nach keiner guten Idee«, hauche ich. Er hebt eine Braue, da das nicht die Antwort ist, auf die er gehofft hat.

»Da haben wir wohl unterschiedliche Ansichten. Und nun? Da ich der Mann bin, würde ich sagen, ich entscheide das.« Er grinst schief. »Du solltest am besten jetzt sofort mitkommen.«

Arsch! Ich verkneife mir nur mit Mühe ein Lächeln und spritze ihn mit etwas Wasser an, um zu verdeutlichen, was ich von dieser Idee halte.

Hunters Grinsen verblasst, stattdessen funkeln seine Augen mich nun hungrig an. Ein Kloß bildet sich in meinem Hals, ich weiß, was er gleich tun wird. Genau mit solch einem Blick hat er mich schon einmal angesehen …

Er setzt sich an den Rand der Badewanne und ich strecke mich ihm entgegen, als er die Finger in mein feuchtes Haar schiebt und mich küsst. Seine Zunge öffnet meine Lippen und ich drücke die Hände gegen den Wannenboden, um ihm noch näher zu kommen. Das Wasser schwappt über, aber es ist mir egal. Hunter scheint es auch nicht zu stören, obwohl sich die Flüssigkeit in seinen Klamotten festsetzt.

Mit der anderen Hand, die nicht an meinem Hinterkopf liegt, streicht er mir federleicht über den Hals, übers Schlüsselbein und tiefer. Eine Gänsehaut kriecht meine Arme entlang, als er an meinen Brüsten ankommt. Die Nippel recken sich seiner Berührung sofort entgegen und mir entweicht ein leises Stöhnen.

Seine Finger wandern tiefer, immer weiter, bis er meine Mitte gefunden hat. Er unterbricht den Kuss und öffnet die Lider. Sein Blick geht mir durch Mark und Bein. Ich kann mir ein Wimmern nicht verkneifen, als er anfängt, mich zu liebkosen. Geschickt reibt sein Daumen meine Klit, während er mit zwei Fingern in mich eindringt.

Mein Atem geht stoßweise und ich winde mich unter seiner intensiven Berührung, sodass noch mehr Wasser über den Rand auf den

Boden schwappt. Meine Nerven sind zum Zerbersten gespannt und der Druck in meinem Unterleib nimmt zu, als Hunter seine Bewegungen beschleunigt.

Währenddessen hält er mich die ganze Zeit mit seinem Blick gefangen, die Lippen leicht geöffnet. Die Hitze wird fast unerträglich. Hunter verengt die Augen etwas, der Hauch eines Lächelns umspielt seine Mundwinkel, als er merkt, wie mein Innerstes sich um seine Finger krampft.

Mit den Händen versuche ich, irgendwo Halt zu finden, aber der Badewannenrand ist zu glitschig und entgleitet meinen hektischen Bewegungen immer wieder. Also kralle ich die Finger an Hunters Hinterkopf fest, vergrabe sie in seinem Haar und kneife die Augen fest zusammen.

Mein Körper verkrampft sich, als ich falle. Dann löst sich alles und ich schreie auf, als das Gefühl mich wie kleine Blitze überfällt. Hunters Bewegungen verlangsamen sich, aber er hört nicht auf. Erst als mein Körper sich beruhigt und ich langsam die Finger löse, zieht er die Hand zurück. Ich tauche unter, schließe die Augen und halte die Luft an, während das Wasser über meinem Kopf zusammenschwappt.

Sekundenlang verharre ich so, bis ich wieder auftauche und tief Luft hole. Hunter sitzt immer noch am Rand und mustert mich. Dann erhebt er sich wortlos, beugt sich zu mir herunter, schiebt eine Hand unter meine Knie und die andere unter meine Schultern. Mit Leichtigkeit hebt er mich hoch und drückt mich an seine Brust, während Ströme von Wasser aus der Wanne fließen. Es ist mir egal, als ich die Hände um seinen Nacken schlinge und mich von ihm tragen lasse. Es ist mir sogar egal, dass ich noch vollkommen nackt bin.

Hunter trägt mich durch den Flur in eines der Schlafzimmer und legt mich auf einem Bett ab. Er stützt sich über mich und küsst meinen Hals, meine Schulter, runter zu meinen Brüsten. Kurz lässt er von mir ab, um sich das T-Shirt auszuziehen und auf den Boden zu werfen. Dann macht er weiter, küsst und leckt sich den Weg von meinen Brüsten bis zu meiner Mitte. Seine Zunge schnellt vor und verwöhnt mich, woraufhin sich rasend schnell erneut Lust in mir aufbaut. Mit verschleiertem Blick sehe ich auf ihn hinab. Er stellt eines meiner Beine auf und spreizt die Schenkel noch mehr, bevor er mit der Zunge fortfährt.

Ich stöhne seinen Namen und stoße ihm mein Becken entgegen. Hitze schießt durch meine Glieder, aber gerade als ich meine, an der Klippe zu stehen, lässt er von mir ab. Er richtet sich auf und ich sehe blinzelnd zu ihm. Als er sich zu mir herunterbeugt und federleicht über meine Wange streichelt, kann ich nicht anders, als ihn zu küssen.

Ich lege ihm eine Hand gegen die Brust und streiche über die leichte Erhebung seines Tattoos. Er ist perfekt für mich. Genau so, wie er ist.

»Schlaf mit mir«, bitte ich ihn atemlos, nachdem unsere Lippen sich voneinander getrennt haben. Das F-Wort kommt mir nicht passend vor, dafür sind wir schon viel zu intim miteinander. Wir haben uns gegenseitig das Leben gerettet, wir haben uns beide verletzlich gesehen. Von dem Kribbeln in meinem Bauch ganz zu schweigen.

Ich will ihn spüren, ich will eins mit ihm werden. Mehr als bloß körperliche Lust, obwohl die auch auf ihre Kosten kommt.

»Okay«, flüstert Hunter. »Ach scheiße, Kondome.«

Er steigt aus dem Bett und zieht eilig die Schubladen auf.

»Ruel hat wirklich an alles gedacht«, höre ich ihn murmeln, bevor er zurück ins Bett kommt.

Er entledigt sich der Jeans und der Unterwäsche, dann streift er sich das Kondom über.

Ich stöhne zufrieden, als er meine Beine weiter spreizt und sich dazwischen platziert. Für einen Moment betrachtet er mich mit einem Blitzen in den Augen. Dann dringt er langsam in mich ein, stützt die Hände links und rechts von mir ab und ich kralle mich an seinem Rücken fest, während wir verschmelzen.

Erst langsam, dann immer schneller stößt er in mich. Als seine Stöße abgehackter werden, greift er zwischen uns und streicht über meine Klit. Nur einige wenige Berührungen später hat mich die Welle des Orgasmus schon erreicht und überschwemmt. In meinem Rausch bekomme ich noch mit, wie auch er in mir kommt.

Schwer atmend und die Lider halb gesenkt bleibt er auf mir liegen und ich umschließe ihn fest und lasse ihn nicht los, bis mein Herzschlag sich beruhigt hat.

Das erste Mal seit Langem fühle ich mich wieder frei.

KAPITEL 28

HUNTER

Kat liegt dicht neben mir und atmet flach und ruhig. Obwohl sie schon vor einiger Zeit aufgewacht ist, hat sie keinen Ton gesagt. Andererseits habe ich kein Gespräch angefangen. Die Sonne geht langsam auf und ihre Strahlen dringen durch die dünnen Vorhänge und ich weiß, dass wir uns nicht mehr lange anschweigen können.

Gähnend strecke ich mich und blinzle dann auf sie hinunter. Sie hat die Lider geschlossen, aber nun beginnen sie zu flattern.

»Guten Morgen«, sage ich laut und richte mich im Bett auf. Auch Kat rückt etwas ab und stützt sich auf die Ellenbogen. Unsere Blicke treffen sich.

»Morgen«, erwidert sie nuschelnd und zieht sich die Decke dann ein Stück über den Körper. Ich muss ungewollt grinsen.

»Brauchst du vor mir doch nicht verstecken«, necke ich sie und zupfe an der Decke, woraufhin sie mir einen bösen Blick zuwirft. Doch bevor sie etwas erwidern kann, klopft es an der Tür.

»Kumpel?«, dringt Lukes Stimme hindurch. »Ruel ist da. Kommt ihr runter?«

»Sind gleich unten!«, rufe ich zurück. »Machst du mir schon mal einen Kaffee? Das wäre super.«

»Mach's dir doch selbst!«, plärrt Luke zurück und ich höre, wie er sich abwendet und nach unten poltert. Na ja, einen Versuch war es wert.

»Meine Sachen sind noch im Bad«, meint Kat, während ich aus dem Bett steige. Fragend sehe ich sie über die Schulter an und sie hebt vielsagend eine Braue.

»Ich brauche etwas zum Anziehen, wenn wir runtergehen.«

Ja, natürlich. Klamotten wären auch für mich keine schlechte Idee. Ich laufe zu dem großen Kleiderschrank am anderen Ende des

Zimmers. Gestern hatte ich keine Gelegenheit, es richtig unter die Lupe zu nehmen, aber nun muss ich sagen, dass es stilvoll und gemütlich eingerichtet ist. Meine nackten Füße versinken in einem weichen Teppich und neben dem riesigen Bett und dem Kleiderschrank steht ein Schreibtisch im Raum.

Neugierig öffne ich die Schränke und inspiziere den Inhalt. Männerklamotten in etwa meiner Größe liegen bereit. Nicht viel, aber genug, um es hier einige Tage gut zu haben. Die Jeans ist ein wenig zu eng und das Shirt spannt an meinen Schultern, aber immerhin sind es frische, neue Klamotten.

»Ich gehe mal nach Kleidern für dich gucken«, informiere ich Kat, die sich immer noch in das dünne Laken gehüllt hat. Einzig ihr Kopf guckt heraus.

Sie sagt nichts dazu und meidet nur meinen Blick. Ist es ihr etwa peinlich, dass wir miteinander geschlafen haben?

Wie erwartet, finde ich in dem Zimmer nebenan, das gestern Nacht leer geblieben ist, Frauenklamotten. Ich ziehe willkürlich etwas heraus und laufe dann damit zurück zu Kat. Als ich ihr die Sachen zuwerfe, lässt sie die Decke endlich fallen und setzt sich vollständig auf.

Ich kann nicht verhindern, dass mein Blick an ihrem nackten Körper hängen bleibt und ja, vielleicht starre ich ein bisschen. Aber sie hat sich erstaunlich schnell angezogen und erhebt sich dann. Die feuchten Haare knotet sie im Nacken zusammen und zupft an dem Pullover, den sie übergezogen hat.

»Gehen wir dann?«, fragt sie mich.

»Willst du noch darüber reden, was gestern Nacht passiert ist?«, hake ich nach und hoffe inständig, sie verneint dies. Ich habe keine Lust, es auszuschlachten, aber ich kann nicht leugnen, dass die Stimmung zwischen uns komisch ist.

Kat holt tief Luft. »Nein. Ja. Ich meine, keine Ahnung. Es war nur Sex, oder?« Die Art, wie sie die letzte Aussage formuliert, verwirrt mich. Ist es eine bloße Feststellung oder eine Frage an mich? Denn wenn es eine ist, habe ich keine Antwort darauf. Aber Kat redet schon weiter: »Wir haben ohnehin andere Probleme. Alistair und Lajk und die Hexe, jetzt noch Ruel …«

Sie hält inne und ich warte, ob noch was folgt. Aber ihr Blick gleitet an mir vorbei, als wäre ihr ein Gedanke gekommen, den sie nicht mit mir teilen möchte. Auffordernd hebe ich eine Braue, aber dann erhellt sich Kats Gesicht und sie prescht vor.

Ohne auf mich zu warten, stürmt sie aus dem Raum und die Treppe nach unten. »Kat?«, frage ich verwirrt und eile ihr nach.

»Mir ist eine Idee gekommen«, klärt sie mich auf, als wir die letzten Stufen nehmen. »Es geht um etwas, das du gestern gesagt hast.«

»Was habe ich denn gesagt?«, hake ich nach, weil ich absolut keine Ahnung habe, worauf sie hinauswill. Doch auch darauf erhalte ich keine Antwort, denn sie stürmt einfach weiter bis ins Wohnzimmer. Dort warten Luke und Ruel. Letzterer sieht freudig auf, als er uns erblickt.

»Hey, Ruel«, grüßt Kat kurz angebunden, ich hebe lediglich die Hand, denn aus Kat sprudelt es nur so heraus. »Du hast gestern gesagt, dass es viel einfacher wäre, wenn wir selbst mit der Hexe reden könnten. Auch Hunter hat gemeint, dass das wohl unsere Probleme lösen würde. Aber was ist, wenn es tatsächlich möglich wäre?« Sie sieht von mir zu Ruel. »Du bist ein Walker, kannst du uns nicht zu ihr bringen?«

Ruel stockt und runzelt dann die Stirn, als würde er das erste Mal darüber nachdenken. »Ich war noch nie im Totenreich. Ich weiß nicht, ob es für menschliche Seelen überhaupt möglich ist, es zu betreten.«

»Aber Alistair und die anderen Dämonen haben Zutritt dazu«, beharrt Kat. »Du kannst in die Hölle schreiten und theoretisch müsstest du doch dann auch Zutritt zum Totenreich haben.«

»Das ist eine verdammt schlechte Idee«, interveniere ich. »Schon allein, weil es gefährlich ist. Und wie willst du die Hexe finden? Sie versteckt sich schon seit Jahren vor Alistair.«

»Das stimmt nicht so ganz«, wirft Luke ein. Sein interessiertes Gesicht bedeutet gar nichts Gutes, denn nun denkt er über diese völlig absurde Möglichkeit nach. »Soweit ich es verstanden habe, war sie früher wie eine Art gute Fee im Totenreich. Eine friedvolle Herrscherin der Seelen. Seit Jahren tarnt sie sich nur vor den Dämonen. Aber müsste es menschlichen Seelen nicht möglich sein, sie trotzdem zu finden? Ich meine, sie ist ihre Königin. Sie wird all die Seelen doch nicht ihrem Schicksal überlassen. Sie ist dort bekannt.«

Fragend schielt er zu Ruel, aber der scheint keine Antwort darauf zu haben. »Da bin ich überfragt. Wir haben noch nie die Möglichkeit in Betracht gezogen, dass ich auch das Totenreich betreten kann. Ehrlich gesagt war das auch nicht wirklich mein Ziel.«

»Aber wenn wir die Hexe persönlich treffen könnten, dann könnten wir sie fragen, was wir tun können, um die Dämonen aufzuhalten, was sicher auch in ihrem Sinne ist. Und im Gegenzug könnte sie vielleicht uns helfen.« Kat beißt sich auf die Unterlippe und sieht zu mir. Ich weiß genau, was sie meint. Wir helfen der Hexe und im Gegenzug löst sie meinen Bann und Kats Deal, der ihre Seele an Alistair bindet.

Ruel kratzt sich nachdenklich am Kopf. »Ich habe keine Ahnung, ob das klappt. Aber wenn ihr dabei seid, bin ich mit im Boot. Ich werde allerdings nicht Blake oder Ris mit euch schicken.«

»Ich bin dabei«, stimmt Kat sofort zu und nickt entschlossen. Dann dreht sie den Kopf in meine Richtung. »Es ist okay, Hunter. Wahrscheinlich ist es sowieso besser, wenn einer von uns hierbleibt und hier weiter die Stellung hält.«

»Was redest du da? Natürlich komme ich auch mit.« Wie kommt sie überhaupt auf die Idee, ich würde sie allein auf diese waghalsige Mission schicken?

»Du bist nicht sehr begeistert von der Idee«, stellt sie fest und für einen Moment sehe ich einen Hauch von Unsicherheit über ihre Miene wandern. Er ist so schnell verschwunden, dass ich diesen Ausdruck kaum greifen kann, aber er lässt Wärme durch meine Brust schießen. Ich kenne die starke Kat, die sich nichts anmerken lässt, weshalb es sich besonders anfühlt, wenn sie mal Schwäche zeigt.

»Ich bin kein Fan davon. Aber es ist die einzige Möglichkeit, die wir im Moment haben. Ziehen wir's durch und sehen, was passiert.«

»Ich komme natürlich auch mit«, klinkt Luke sich ein. »Ich versuche noch, ein wenig mehr herauszufinden. Aber ich glaube kaum, dass das Totenreich so ein stiller und friedlicher Ort ist, wie er es vor einigen Jahren noch war. Wir sollten uns auf Übles einstellen.«

Luke wartet nicht mehr auf unsere Antwort und huscht rüber zur Couch, wo sein Laptop bereitliegt. Anscheinend ist er schon länger wach als wir.

»Wir sollten auch herausfinden, wo genau dieser Zugang zum Totenreich ist«, wirft Ruel so laut ein, dass auch Luke es noch mitbekommt.

Bedächtig nicke ich und sehe dann zu der offenen Küche. Mein Magen macht sich bemerkbar. »Davor sollten wir allerdings frühstücken.«

Es gibt frische Bagels und Kat findet im Kühlschrank Aufstriche, die sie auf dem Tisch verteilt.

»Wie hast du dieses Haus aufgetrieben?«, frage ich Ruel, der daraufhin lacht.

»Wenn man überall hinspringen kann, wo man möchte, gibt es kaum Grenzen.«

»Aber wie hast du es geschafft, ein Haus zu finden und dazu noch für uns auszustatten?«, lasse ich nicht locker. Luke grinst wissend, während Ruel sich gönnerhaft zurücklehnt.

»Es gehört nicht mir. Aber die eigentlichen Bewohner werden nicht merken, dass ihr Zuhause kurzzeitig benutzt wurde, wenn sie wiederkommen. Dass euch die Klamotten passen, ist Glück.«

Kat schweigt, aber sie lässt den Walker keine Sekunde aus den Augen. Ihr Misstrauen ist durchaus berechtigt, aber uns bleibt kaum eine andere Wahl, als ihm zu trauen. Ruel rührt in aller Seelenruhe in seinem Kaffee herum, bis er schlagartig ernst wird.

»Was ist mit dem Zugang zum Totenreich?«, greift Ruel das Thema erneut auf. »Alistair können wir schlecht fragen.«

»Kennst du andere Dämonen, die uns weiterhelfen können?«, hakt Kat nach und obwohl die Frage nicht an mich gerichtet ist, überlege auch ich. Aber es gibt keinen Dämon, dem ich genug vertraue. Es sind Wesen der Hölle – jeder ist nur auf seinen Vorteil aus. Und wenn dieser darin besteht, uns an Alistair zu verpfeifen, würde es nicht gut für uns aussehen.

»Nein, definitiv nicht«, sagt Ruel. »Es muss irgendein Ort sein, den Alistair schützt. Er lässt nicht jeden beliebigen Dämon eintreten.«

Kurz herrscht Schweigen, bis Kats Gesicht sich erhellt. »Hey, was ist mit der alten Fleischerei?«

Mir ist klar, welchen Ort sie meint: Alistairs Folterhöhle, in die ich schon einmal eingeladen war.

»Du hast gesagt, sie ist gesicherter als Fort Knox.«

Ruel lacht auf. »Stimmt. Hätte ich nicht explizit nach dir gesucht, wäre es mir wahrscheinlich gar nicht aufgefallen. Er hat diesen Ort sehr gut getarnt.«

»Dann sollten wir dort mit der Suche anfangen«, schlage ich vor. Kat atmet tief durch und lehnt sich zurück. Kurz schweift ihr Blick zu mir und ich halte ihn gefangen. Das helle Braun scheint zu glühen, so intensiv mustert sie mich.

Luke räuspert sich laut und ich reiße mich los. Er lächelt mich milde an, als wüsste er genau, was ich fühle. Dabei weiß ich es in diesem Moment nicht einmal selbst.

»Blake und Ris kommen am Nachmittag ebenfalls vorbei. Bis dahin sollten wir verschwunden sein«, erklärt er und beißt sich auf die Lippe. »Wie ich Blake kenne, wird er sonst darauf bestehen mitzukommen. Wir hinterlassen ihnen eine Nachricht.«

»Gute Idee«, schmunzelt Ruel. Sein Blick wird augenblicklich weicher, als die Sprache auf seine beiden Freunde kommt. Schon merkwürdig. Ein jahrhundertealtes Wesen, das so viel erlebt hat und doch … wird er weich, wenn es um zwei Personen geht, die er im Vergleich zu seinem Alter erst den Bruchteil einer Sekunde kennt. Er muss schon viele Freunde altern und sterben gesehen haben, aber das hält ihn nicht davon ab, zu lieben. Nachdem ich gestorben bin, habe ich gedacht, das Eis in meinem Herzen würde niemals schmelzen und das war gut so. Jäger sind Einzelgänger, aus gutem Grund.

Nur Luke war mir immer noch wichtig und die Sorge um sein Wohlergehen hat mich nicht bloß einmal in eine brenzlige Situation gebracht. Aber jetzt ist da Kat.

Nach dem Frühstück will Kat sich umziehen und sprintet nach oben. Zugegeben, die enge weiße Jeans und die Bluse, die ich wahllos für sie herausgezogen habe, sind nicht geeignet für unsere Mission.

Auch Ruel möchte sich frisch machen und die nötigsten Sachen zusammenpacken, was mir Gelegenheit gibt, meinen besten Freund zur Seite zu ziehen.

»Es gibt noch etwas, über das ich mit dir reden wollte«, fange ich an und Luke verengt schon wissend die Augen. Er kennt mich einfach zu gut, um über meine nächsten Worte überrascht zu sein.

»Ich will, dass du hierbleibst. Du kannst nicht mit uns ins Totenreich gehen.«

»Du spinnst doch! Ich gehe sehr wohl mit. Müssen wir die Diskussion wirklich jedes Mal führen?« Genervt verschränkt er die Arme vor der Brust und ich verdrehe die Augen. Das alles kommt mir verdächtig bekannt vor, aber dieses Mal lasse ich nicht locker.

»Es ist zu gefährlich. Ich weiß selbst noch nicht einmal, was uns erwartet.«

»Du sagst es. Da lasse ich dich ganz bestimmt nicht allein!«

»Luke«, flehe ich. »Ich bin ein Jäger. Du bist nur ein Mensch.«

»Kat geht auch mit«, erwidert Luke. Aber das spielt mir in die Karten. »Genau, und ich kann nicht auf euch beide aufpassen.«

Er öffnet den Mund, um etwas zu erwidern, ich komme ihm aber zuvor. »Außerdem brauche ich dich hier. Du sollst Blake und Larissa im Auge behalten und gleichzeitig unser Kontakt sein, falls etwas schiefläuft.«

Luke ist angepisst, aber gegen meine unschlagbare Logik kommt er nicht an. »Ich weiß, dass du mit mir gehen würdest«, seufze ich. »Und dafür liebe ich dich. Aber bitte, tu mir diesen Gefallen und bleib hier.«

»Du bist ein Arschloch«, murrt er und dreht sich weg. Diese Schlacht habe ich gewonnen. Am liebsten würde ich mir selbst auf die Schulter klopfen, aber angesichts Lukes bösen Blicks lasse ich das sein.

»Seid ihr so weit?«, fragt Kat, die gerade die Treppen nach unten poltert. Sie trägt Skinny Jeans, Sneaker und einen roten Pullover, der sich sanft an ihre Hüften schmiegt. Ihre rötlichen Haare sind in einem Zopf geflochten, der ihr über die Schulter fällt.

Normalerweise würde ich ihr keinen zweiten Blick schenken, wenn sie nur eine Fremde wäre, die mir auf der Straße begegnet. Aber das ist sie nicht, sie ist *Kat* und ich kann einfach nicht die Augen von ihr lassen. Am liebsten würde ich mich mit ihr in den Laken wälzen, mit meinen Lippen erneut ihre Haut erkunden und zusehen, wie sie vor Lust zergeht.

Kat fängt meinen Blick auf und ich könnte schwören, dass sie mir all die schmutzigen Gedanken von den Augen abliest.

»Ja, lass uns gehen«, sage ich mit rauer Stimme. Sie scheint unser Gespräch mitgehört zu haben, denn sie fragt nicht nach, warum Luke nicht mitkommt.

Sie läuft einfach an mir vorbei und schließt meinen Freund in eine feste Umarmung. »Pass gut auf dich auf«, höre ich sie flüstern. Luke streicht ihr liebevoll die Haare zurück.

»Pass du auf dich auf. Und auf diesen Spinner da hinten.«

Eine Weile verharren sie so, bis Kat sich löst und sich zu mir umdreht. Wir sind bereit. Fehlt nur noch Ruel.

KAPITEL 29

KAT

Noch bevor Blake und Larissa zu uns stoßen, beschließen wir, loszugehen. Ruel nimmt meine Hand und greift nach Hunters Unterarm.

Ich trage zwei Dämonenesser bei mir – eins am Fußgelenk, eins um die Hüfte geschnürt –, die wir von Ruel erhalten haben. Aber ich befürchte, die werden nicht reichen. Das ist nicht mein erster Besuch in der Hölle, aber vorher stand ich immer unter Alistairs Schutz. Heute darf er nicht einmal erfahren, dass ich dort bin.

Wind kommt auf und ich schließe die Augen. Die Fahrt fühlt sich nicht anders an, als wenn Alistair mich nach unten holt. Als meine Füße wieder festen Boden spüren, taumle ich leicht und kralle mich an Ruel fest, um den Halt nicht zu verlieren.

Hunter sieht aus, als würde er gleich kotzen, aber er verkneift es sich. Ich drehe mich um meine eigene Achse, um herauszufinden, wo wir sind. Eine verlassene Straße, der Asphalt ist stellenweise aufgeplatzt. Palmen säumen unseren Weg, in weiter Ferne kann ich die blickenden Lichter einer Größstadt ausmachen. Eine warme Brise trifft meine erhitzte Haut, die Luft fühlt sich schwer und aufgeladen an.

»*Welcome to hell*«, meint Ruel gut gelaunt und legt den Kopf in den Nacken, um zum Himmel zu blinzeln. Automatisch folge ich seinem Blick und erschrecke. Er ist blutrot.

»Vertrödeln wir keine Zeit«, drängt Hunter. Er hat recht, je schneller wir das Totenreich finden, desto besser.

»Alistairs Versteck müsste hier ganz in der Nähe sein«, sagt Ruel und geht voran, die Straße entlang. »Er hat es verschleiert. Ihr müsst auf eure Umgebung achten. Es ist eine Illusion, die der Dämon erschaffen hat.«

Ich blicke mich unwohl zu allen Seiten um. Obwohl wir allein sind, habe ich das Gefühl, lebendige Schatten huschen zwischen dem fahlen Licht hin und her. Hunter, der neben mir läuft, ist ebenfalls angespannt und sieht sich unruhig um.

»Fühlst du es auch?«, frage ich flüsternd. Er nickt stumm. Das Dämonenmesser an meiner Haut scheint zu glühen, als wüsste es genau, wo wir uns befinden. Ich umfasse den Griff, fühle mich dadurch aber nur mäßig besser. Das laue Lüftchen ist inzwischen zu einer echten Hitze geworden, die mir den Schweiß auf die Stirn und den Nacken treibt. Es fühlt sich an, als würde ich Rauch einatmen, keine Luft.

»Ist das normal?«, frage ich keuchend. Ruel wirft mir über die Schulter einen prüfenden Blick zu, als müsste er sich vergewissern, wie schlimm es schon ist.

»Ja. Die Hölle merkt, dass wir nicht dazugehören. Sie stößt uns ab.«

»Das habe ich früher nie gemerkt.« Wir sind keine fünf Minuten hier. Die Unterredungen mit Alistair gingen an manchen Tagen deutlich länger und auch während meiner Zeit in der Fleischerei habe ich diese Hitze nicht wahrgenommen.

»Da standest du auch unter Alistairs Schutz«, erklärt der Walker knapp, ehe er sich wieder seinem eigentlichen Ziel zuwendet.

Eine Weile laufen wir schweigend weiter, ohne dass das Gefühl der Beklommenheit von mir ablässt. Aber dann bleibt Ruel plötzlich stehen. »Ich denke, wir sind daran vorbeigelaufen.«

»Was?«, hake ich genervt nach. Auf unserem Weg lag nichts als eine flache Landschaft, Palmen und die schier endlose Straße vor uns.

»Gehen wir noch mal zurück. Konzentriert euch, guckt genau hin.«

Ich kann nicht einmal einen einzigen klaren Gedanken fassen. Da ist nur Hitze und das Feuer in meiner Lunge.

»Komm, Kat«, meint Hunter sanft und greift nach meinem Unterarm. Erst jetzt bemerke ich, dass Ruel schon die Richtung gewechselt hat. Prüfend sehe ich zu Hunter. Obwohl er sich genauso fühlen muss wie ich, ist es ihm kaum anzusehen.

Sein Blick verhakt sich mit meinem. »Weiter«, drängt er. »Wir haben es bald geschafft.«

Gerne würde ich etwas sagen, ihn in ein Gespräch verwickeln, um mich selbst abzulenken. Aber ich kriege den Mund nicht auf, die

Worte verlieren sich auf dem Weg und so wende ich mich schweigend um und laufe weiter.

Hunter lässt mich nicht los und seine Berührung hat etwas seltsam Tröstliches. Wie eine Oase in der – wortwörtlichen – Hölle. Ruel stapft so schnell voran, dass es kaum möglich ist, mich auf das Außenherum zu konzentrieren.

»Ruel, wir sollten …«, setze ich an, komme aber nicht weiter. Denn etwas Dunkles löst sich plötzlich aus dem Schatten und innerhalb von Sekunden formen sich Arme, Beine, ein Menschenkörper. Rote Augen leuchten auf und im nächsten Moment hat sich der Dämon schon auf mich gestürzt.

Ich schaffe es nicht rechtzeitig, mein Messer zu ziehen. Stattdessen rollen wir gemeinsam auf dem Boden herum, seine Hände greifen nach meinem Hals. Hunter will mir zu Hilfe kommen, aber weitere Dämonen stürzen sich auf ihn.

»Na, wer bist du denn?«, säuselt er. »Ein Mensch.«

Ein wütender Schrei entkommt meinen Lippen und ich zapple wild unter ihm. Er lacht spöttisch. »Wir werden eine Menge Spaß haben, kleiner Mensch.«

Er löst die Hände um meinen Hals, bleibt aber mit seinem Körper auf mir sitzen. Zwar kann ich mich nicht bewegen, aber er macht einen großen Fehler, indem er sich vorbeugt und die Zähne in meinen Hals vergraben möchte. Mit Wucht ziehe ich den Kopf hoch und stoße mit meiner Stirn gegen seine. Mein Angreifer keucht überrascht auf und weicht zurück. Auch mein Schädel dröhnt von dem heftigen Aufprall, aber ich erlaube mir nicht innezuhalten. Er ist so weit zurückgewichen, dass meine Hände wieder frei sind und ich nach dem Dämonenmesser greifen kann.

Ich steche es dem Dämon geradewegs in den Bauch und stoße ihn zurück. Er schreit überrascht auf, als seine Lebenskräfte schwinden. Schnell ziehe ich das Messer heraus und stoße ihn von mir herunter. Seine Augen werden tellergroß, als er begreift, dass dieser Stich ihn umbringen wird. Ich hebe das Messer über meinen Kopf und will es endgültig beenden, dann aber kommt mir eine andere Idee.

Auf den Knien robbe ich zu ihm vor und schneide ihm in den Unterarm. Dann schließe ich meine Lippen um seine blutende

Wunde. Mit den Zähnen halte ich ihn fest, während ich das Dämonenblut aus ihm heraussauge. Es schmeckt dreckig, bitter. Aber ich merke auch, dass es ein stärkerer Dämon sein muss. Nicht wie Alistair, aber gut genug, um zu Kräften zu kommen.

Noch während ich sauge, hebe ich den Blick und begegne seinem. Er sieht schockiert aus, die Farbe weicht ihm immer mehr aus dem Gesicht. Mit so etwas hat er nicht gerechnet, er dachte, ich sei ein einfaches, wehrloses Mädchen. Er hat sich geirrt. Ich werde mir alles nehmen, bis zum letzten Tropfen.

»Kat!« Hunter zerrt an meinen Klamotten und reißt mich wieder in die Gegenwart. Ich lasse den Arm des Dämons los und der Jäger zieht mich auf die Beine. Blinzelnd sehe ich zu ihm. Er ist auf den ersten Blick nicht verletzt, aber Blut klebt an seiner Wange und an seinen Klamotten.

Noch mehr Dämonen tauchen auf, drohen uns zu überrennen. Eine einzige Handbewegung meinerseits reicht, um sie alle mehrere Meter weit wegzuschleudern. Macht pulsiert durch meine Adern.

Meine Sinne sind so weit geschärft, dass ich die Überlappung direkt vor unseren Augen erkenne. Zwischen zwei Palmen am Straßenrand scheint die Luft zu flirren, als wären die einzelnen Puzzlestücke nicht richtig zusammengesetzt worden.

»Da ist es!«, rufe ich aus und renne los. Kurz vor Erreichen des Flimmerns mache ich einen großen Satz und springe mitten hinein. Reflexartig schließe ich die Augen und für einen schrecklich langen Moment fühlt es sich an, als würde mir die Luft ausgehen. Das Gefühl hält nur einen Schritt lang an, dann umfängt mich angenehme Kühle. Ich öffne die Augen und stehe mitten in der alten Fleischerei, der Geruch nach Verwesung und Tod beißt in meiner Nase. Mehr als ein kurzer Augenblick des Triumphes ist mir nicht vergönnt, als mein Magen krampft. Das Blut brennt wie Säure. Ich krümme mich zusammen und würge es heraus.

Nur im Hintergrund bekomme ich mit, wie Hunter und Ruel ebenfalls die Barriere durchbrechen und hinter mir zum Stehen kommen.

»Hey.« Hunter kniet sich hinter mich und umfasst meinen Oberkörper, um mich zu stützen.

»Du hast gerade sämtliche Schutzmauern durchbrochen«, dröhnt Ruels Stimme hinter mir. »Alistair kann jeden Moment hier aufkreuzen.«

Mist. Kein Wunder, dass die Macht, die ich eben noch verspürt habe, mir aus den Fingern rinnt wie Sand.

Mühevoll rapple ich mich auf und wische mir mit der Hand über den Mund. Hunter hilft mir kommentarlos auf die Beine und hält mich fest. Schon beim ersten Schritt sacke ich wieder in die Knie.

»Na gut«, murmelt Hunter. »Dann machen wir das anders.«

Ehe ich mich's versehe, hat er mich schon auf seine Arme gehievt. Überrascht keuche ich auf und kralle mich an seinen Hals.

»Hör auf damit!«, meine ich panisch und will mich losreißen, aber er hält mich fest.

»So geht es schneller, du kannst mich dafür schlagen, wenn du wieder fit bist«, meint Hunter versöhnlich. Ruel lächelt verkrampft.

»Ich hoffe, wir sind hier richtig, sonst haben wir bald ein ziemlich großes Problem.«

Hunter läuft voraus. Vor dem Foltertisch, mit dem wir beide schon Bekanntschaft machen durften, wird er kurzzeitig langsamer, aber sprintet dann einfach weiter und sucht die Räumlichkeiten ab.

»Versuch den Kühlraum«, schlage ich atemlos vor. Er hält kurz inne, aber dann erhellt sich sein Gesicht und er läuft mit mir auf den Armen weiter. Vor dem Kühlraum lässt er mich endlich herunter, aber ich muss mich sofort wieder an ihm festkrallen.

Hunter öffnet die schweren Türen und Wind schlägt uns entgegen, der mir in den Augen brennt. In dem fensterlosen, luftdichten Raum sehe ich es: Es sieht aus wie ein Riss in der Welt, etwa zwei Meter lang. Zwar ist er schmal, aber eine Person passt hindurch. Es sieht aus, als würde man direkt in den Himmel schauen, dicke grauweiße Wolken, die so aussehen, als würde jeden Moment ein Gewitter losbrechen. Die pulsierende Macht zieh mich an und stößt mich im selben Moment wieder ab.

Wir sehen uns an und wissen sofort, dass wir am richtigen Ort sind.

»Ruel!«, ruft Hunter. »Wir haben es!«

Innerhalb eines Herzschlages steht Ruel hinter uns. »Wow«, kommentiert er. »Das muss es sein. Wir müssen uns beeilen.«

Hunter schlingt einen Arm um meine Taille und gemeinsam treten wir einige Schritte vor. Ich strecke den Arm aus, bis ich den Riss berühren kann. Etwas Kaltes schießt durch meinen Körper, mir entweicht ungewollt ein Wimmern, bevor ich mit den Fingern eintauche. Alles in mir sträubt sich gegen das Gefühl, das durch meine Glieder kriecht.

Mit allem, was ich habe, kämpfe ich dagegen an, aber es ist zu übermächtig. Es ist so falsch.

»Schubs mich«, bitte ich Hunter mit erstickter, zittriger Stimme.

»Was?«, fragt er verwirrt. »Du musst nicht …«

»Stoß mich hinein!«, unterbreche ich ihn laut. Ich kann es kaum noch halten und es dauert nur noch Sekunden, bis ich die Hand herausziehe und mich nie wieder trauen werde.

Hunter zögert immer noch, viel zu lange, aber dafür ist es Ruel, der mir den nötigen Stoß gibt. Schreiend falle ich in den Riss hinein. Ich falle und falle direkt in die Unendlichkeit.

KAPITEL 30

KAT

Mit einem dumpfen Aufprall komme ich auf. Erschrocken fahre ich hoch und keuche laut auf, alles um mich herum ist dunkel. Dann bekommt die Welt wieder Konturen und wird klarer. Hinter mir flimmert der Riss, ehe ein gleißendes Licht mich blendet. Im nächsten Moment hockt Hunter vor mir und richtet sich keuchend auf.

»Wir sind im Totenreich«, flüstere ich unnötigerweise und lasse den Blick schweifen. Langsam wird es heller, als hätte jemand eine Energiesparlampe angeknipst, die einige Sekunden braucht, um richtig zu leuchten. Ein warmer Wind schlägt mir entgegen, aber es ist nicht halb so heiß wie in der Hölle. Vor uns erstreckt sich eine bunte Blumenwiese, sie reicht augenscheinlich bis zum Horizont. Obwohl alles blüht und strahlt, wirkt es falsch.

»Merkst du das auch?«, frage ich beunruhigt und reibe mir über die Gänsehaut, die sich auf meinen Armen gebildet hat. Bevor Hunter antworten kann, leuchtet der Riss erneut und Ruel fällt hinter uns.

»Oh Mann«, keucht er. »Was für eine Reise.«

Als ich den Blick von ihm abwende und zurück über die Wiese schweifen lasse, verstärkt sich das ungute Gefühl.

»Es ist wunderschön«, haucht Hunter und tritt neben mich. Ich gehe in die Hocke und berühre das Gras. Augenblicklich verdorrt die bunte Wiese, Stück für Stück, bis nur noch Dürre übrig bleibt.

Erschrocken fahre ich hoch und sehe mich besorgt um.

»Beeilen wir uns lieber, hier zu verschwinden«, rät Ruel, der sich in der Zwischenzeit aufgerappelt hat. »Bevor die Dämonen uns folgen.«

Er hat recht, wir sollten nicht mitten vor dem Eingang stehen bleiben. Instinktiv laufe ich voran und auch Hunter setzt sich in Bewegung.

»Wo sind die ganzen Seelen?«, frage ich flüsternd, als die Stille hier drin mich zu erdrücken droht.

»Nicht hier«, erklärt Ruel. »Das hier ist das Tal des Todes. Jede neue Seele kommt zuerst hierhin und kann sich dann entscheiden, welchen Weg sie gehen wird. Das zumindest wird überliefert, aber es sind alles nur Geschichten, die ich über das Totenreich kenne. Von jemandem erzählt, der sie von jemand anderem gehört hat.« Ruel presst die Lippen zusammen und schweigt nachdenklich. Von dem Teenager ist nichts mehr in seinen Zügen zu lesen, stattdessen wirkt er wie das jahrhundertealte Wesen, das er ist.

Es fühlt sich nicht richtig an, hier zu sein. Vielleicht liegt es daran, dass wir lebendig sind, vielleicht ist es aber auch die Tatsache, dass ich gar keine Seele besitze. Womöglich ist es aber auch der Tod an sich, der mir den kalten Schauder über den Rücken jagt. Was immer es ist, jede Faser meines Körpers verlangt danach, diesen Ort so schnell wie möglich wieder zu verlassen.

Kurz schiele ich zu Hunter und frage mich, ob es ihm genauso geht. Aber er erweckt nicht den Anschein, stattdessen ist sein Blick hoch konzentriert und ernst auf seine Umgebung gerichtet. Angst scheint für ihn ein Fremdwort zu sein. Wahrscheinlich ist das normal, nach allem, was er schon durchgemacht hat. Keiner wird furchtlos geboren, aber man kann die Angst abtöten. Mir ist es nicht gelungen und auch wenn ich es ihm niemals sagen würde, so bewundere ich ihn doch dafür.

Als ich mich wieder auf den Weg vor mir konzentriere, bemerke ich, dass das Ende der Wiese in greifbare Nähe rückt. Von dort aus geht es in vier Richtungen. Vier Feldwege, allesamt identisch. Große Eichen säumen den Weg, aber egal, wie fest ich die Augen zusammenkneife, ich kann nicht erkennen, wohin sie führen. Sie alle scheinen in Dunkelheit zu enden.

Die Schwärze klärt sich nicht, als wir näher treten und auch als wir das Ende der Wiese erreicht haben und stehen bleiben, kann man nichts erkennen.

»Und nun?«, stellt Hunter die alles entscheidende Frage. Ruel tritt dicht an die Wege heran, prüft jeden einzelnen, aber ohne einen Fuß von der Wiese zu setzen.

»Ich weiß nicht, wie es hier weitergeht«, gesteht Ruel. »Hierüber spricht niemand. Das ist etwas, was wir alle erst nach dem Tod erfahren. Ich schätze, es gibt keine richtige Entscheidung. Mich treibt es nach rechts außen.«

»Ich würde den zweiten von rechts wählen«, erwidert Hunter und will schon darauf zulaufen, aber ich halte ihn am Arm fest. Keine Ahnung, was die beiden spüren, ich fühle überhaupt nichts.

»Ich entscheide«, beschließe ich. Ich habe Angst, die beiden zu verlieren, wenn ich sie dorthin laufen lasse, wo ihre Seele sie hinzieht. »Wir nehmen diesen hier.«

Ich deute auf den ganz links und zerre Hunter hinter mir her.

»Aber Kat …«, setzt Ruel an. Ich achte nicht auf seinen Protest und beschreite den Weg.

Als ich einen Fuß auf den Pfad setze, verblasst alles um mich herum. Die verdorrte Wiese, meine Begleiter, sogar meine Gefühle und Gedanken verstummen einen Moment lang. Ich bin schwerelos, losgelöst von allem. Blut rauscht in meinen Ohren und mein Herz drückt und drängt sich gegen meinen Brustkorb. Was tue ich hier noch gleich?

Ach ja. Ich muss laufen. Der Weg vor mir. Gedanklich mache ich einige Schritte, obwohl ich keine Ahnung habe, ob der Befehl meine Beine erreicht.

Die Luft um mich herum verändert sich, etwas surrt in meinem Ohr, dann ein Reißen. Mit einem Mal kann ich wieder frei atmen und meinen Körper spüren. Blinzelnd komme ich zu mir und sehe mich um. Vor mir erstreckt sich ein Wald.

Etwas raschelt durchs Unterholz, Wind streift durch das Blätterdach und in der Ferne krächzt ein Rabe. Das beklemmende Gefühl will nicht weichen, denn alles hier wirkt gefährlich. Als ich den Blick hebe, erkenne ich einen pechschwarzen Himmel.

»Kat?«, dringt Hunters Stimme zu mir durch und ich werde hellhörig.

»Wo bist du?«, rufe ich und lausche dann angestrengt auf seine Antwort.

»Hier!«, kommt es dumpf zurück und ich laufe los, um ihn zu finden.

»Komme ich dir näher?«, frage ich, aber seine Stimme entfernt sich nur von mir, weshalb ich umkehre und in die andere Richtung stakse. Ich komme an der Stelle vorbei, die ich gerade passiert habe. Kalter Wind kommt auf und peitscht mir einige Strähnen ins Gesicht.

Atemlos und verwirrt bleibe ich stehen und lausche. In der Nähe vernehme ich das Rauschen eines Flusses, doch nirgends mehr Hunters Stimme.

»Wo bist du?«, schreie ich mir die Seele aus dem Leib, bekomme aber keine Antwort. Nachdenklich beiße ich mir auf die Lippe, aber dann zerreißt ein anderes Geräusch die Stille. Ein Pfeil wird in einem Bogen gespannt.

Ich erstarre und drehe mich stocksteif zu dem Geräusch um. Ein Junge steht zwischen den Bäumen, er hält einen Bogen aus Holz in der Hand, die Pfeilspitze ist auf mich gerichtet.

»Du bist nicht tot«, stellt er fest. Auch er sieht für mich alles andere als tot aus, er wirkt wie ein einfacher Junge, womöglich einige Jahre jünger als ich.

»Bin ich nicht«, bestätige ich und wäge ab, wie schnell ich seinem Pfeil ausweichen könnte. Vermutlich nicht schnell genug, weshalb ich reglos stehen bleibe. Er sieht nicht aus wie ein Killer, nicht skrupellos und auch nicht wie jemand, der besonders viel Erfahrung im Töten hat.

»Aber auch nicht lebendig, Seelenlose«, stellt er fest.

»Ich bin keine Bedrohung.« Unruhig mache ich einen Schritt von einem Fuß auf den anderen. Als er den Bogen ein Stück sinken lässt, frage ich sofort:

»Hast du meinen Begleiter gesehen? Ich suche ihn.«

»Hunter«, stellt er fest und ich verenge die Augen. »Den Namen hast du gerufen«, erklärt er. »Hunter steht da hinten. Er muss nur lernen, der Illusion zu entkommen.«

»Illusion?«, frage ich verwirrt. Ohne den Blick von mir zu nehmen, hebt der Junge den Bogen wieder und schießt einen Pfeil ab. Er rast auf einen alten Baum zu, trifft ihn und bleibt darin stecken. Aufgrund des sausenden Geräusches zucke ich leicht zusammen, doch für mich passiert nichts. Aber ich vernehme Hunters Aufjapsen, dann ein Fluchen.

»Scheiße!« Er schießt aus einem Gebüsch hervor und bleibt abrupt stehen, als er uns erkennt. Für einen Moment ist ihm der Schock ins

Gesicht geschrieben. Aber er fängt sich schnell wieder und fixiert den potentiellen Feind. Der Schütze legt entspannt den nächsten Pfeil an die Sehne und fixiert damit wieder mich.

»Mir ist egal, warum ihr hier seid, solange ihr mir und meinen Freunden nichts antut.«

»Wir werden niemanden verletzen, der uns nichts tut«, meint Hunter beruhigend und betrachtet ihn stechend. »Aber wenn du nicht sofort aufhörst, meine Freundin unter Beschuss zu nehmen, garantiere ich für gar nichts mehr.«

Der Junge lässt den Bogen sinken. »Geht. Innerhalb meiner Grenzen wird euch niemand etwas tun. Aber für die anderen kann ich nicht garantieren. Ihr fallt auf.«

»Deinen Grenzen?«, hake ich verwirrt nach. »Du bist doch noch …« *ein Kind.* Ich spreche die Worte nicht aus, unterdrücke sie in letzter Sekunde.

Trotzdem blitzen die Augen des Jungen verärgert auf. »Ich bin länger hier, als du denkst, Mädchen.«

Damit tritt er einige Schritte zurück, behält uns aber im Blick, als wir verschwinden. Hunter nimmt meine Hand, fest, als hätte er Angst, mich wieder zu verlieren. Ich bin froh, dass er es tut.

»Was hast du gesehen?« Ich kann mir die Neugier nicht verkneifen.

»Einen bunten Wald voller Tiere und Leben. Gesunde, riesige Bäume … alles war so magisch und harmonisch.« Er schüttelt den Kopf. »Und du?«

»Nichts.« Sein Griff um meine Hand wird fester. »Denkst du, es liegt daran, dass Alistair meine Seele hat?«

»Denk nicht zu sehr darüber nach. Lass uns weitergehen, wir müssen Ruel finden und aus diesem Wald raus.«

Vielleicht ist auch Ruel in einer Illusion gefangen. Ich hoffe, wir haben ihn nicht verloren.

»Ich habe vorhin einen Fluss gehört, lass uns dem folgen«, schlage ich vor. Hunter bleibt stehen, lauscht und nickt dann.

»Komm mit.«

»Überlass lieber mir die Führung«, meine ich. Ich will nicht riskieren, dass Hunter sich erneut in eine Illusion verstrickt.

Wir laufen eine ganze Weile herum, steigen über umgefallene Baumstämme und ich zucke bei jeder kleinen Regung im Gebüsch zusammen. Auf meinen Armen bildet sich andauernd eine Gänsehaut, die ich einfach nicht unterdrücken kann.

»Bist du sicher, dass wir hier richtig sind?«, fragt Hunter skeptisch.

Demonstrativ sieht er sich um, um uns herum ist dichter Wald. Die alten Bäume stehen hier so nah beieinander, dass von dem dunklen Himmel nicht viel zu sehen ist.

»Gerade habe ich das Rauschen noch gehört«, meine ich und lausche wieder, aber mich umgibt nur die Stille des Waldes.

Hunter setzt zu einer Erwiderung an, hält dann aber inne und sieht sich alarmiert um. Ohne weitere Erklärung packt er mich am Handgelenk und zieht mich hinter einen Baum.

»Ruhig, da kommt jemand«, flüstert er mir zu und presst mich enger an seine Brust. Warmer Atem trifft meinen Nacken.

Wie angewurzelt bleibe ich stehen und warte ab. Tatsächlich erkenne ich kurz darauf eine Person, die über den Weg schleicht, den wir gerade erst passiert haben.

»Ist hier jemand?«, fragt eine zierliche Frauenstimme und mein Herz schlägt plötzlich in doppeltem Tempo.

Ich entreiße mich Hunters Griff, höre noch sein Fluchen, aber mich hält nichts mehr. Ungelenk stolpere ich nach vorne, taumle und falle fast, kann mich aber gerade noch auf den Füßen halten. Die Frau fährt herum, öffnet den Mund, sagt aber nichts. Wir starren uns einfach nur an.

Ihr Gesicht, ihre Stimme, ihre Haltung, selbst ihre Klamotten sind mir schmerzlich vertraut. Mir bleibt die Luft weg, als die Tränen in meine Augen schießen.

Vor mir steht meine Mutter.

KAPITEL 31

KAT

Das kann nicht real sein, nur eine Illusion. Wie erstarrt sehe ich in die schmerzlich vertrauten grauen Augen, die schockiert auf mich herabblicken. Meine Mutter.

Was tut sie hier? Wie kann sie … Ist sie tot? Nein! Das kann nicht sein. Aber …

Sie tritt einige Schritte auf mich zu, ihr Gesicht immer noch ungläubig verzogen.

»Komm nicht näher«, knurrt Hunter warnend und kommt aus seinem Versteck. Natürlich, er kann nicht wissen, wer sie ist.

»Hunter, das ist meine Mutter«, kläre ich ihn mit erstickter Stimme auf, aber der Jäger versteift sich daraufhin noch mehr.

»Oh Schätzchen.« Moms Augen werden feucht und die ersten Tränen laufen ihr über die blassen Wangen. Diese Reaktion löst ein so heftiges Ziehen in meiner Brust aus, dass ich das Gefühl habe, innerlich zu zerreißen. »Ich dachte, ich sehe dich nie wieder.«

Alles in mir bricht zusammen, als mir endlich bewusst wird, was das bedeutet. Bevor ich zu dieser Mission aufgebrochen bin, habe ich mich noch über die vielen verpassten Anrufe von Dad gewundert. Danach hatte ich keinen Kontakt mehr zu meinem früheren Leben, aber niemals hätte ich mit solch einer Nachricht gerechnet.

»Du bist tot«, spreche ich es endlich aus und habe das Gefühl, selbst losheulen zu müssen. Aber ich tue es nicht, ich zwinge die Tränen zurück und beiße die Zähne so fest zusammen, dass es wehtut.

»Es war ein Autounfall«, klärt sie mich auf und wischt sich über die Augen. Sie trägt ein einfaches weißes Sommerkleid. So rein, so voller Unschuld in diesem furchtbaren Wald. »Vor einigen Wochen erst.«

Nun kann ich mich nicht mehr halten. Ich renne los, direkt in ihre Arme. Will sie fest an mich drücken, ihre Wärme spüren, pralle aber gegen eine unsichtbare Barriere, die mich kurz vor meinem Ziel aufhält.

»Tut mir leid.« Sie streckt den Arm aus, aber auch sie stößt gegen die Wand aus Luft. »Der Dämon hat diese Schutzbarriere errichtet.«

»Welcher Dämon?«, hake ich sofort nach und versuche erneut, sie zu berühren, scheitere aber.

»Sein Name war Alistair. Er hat mich hierhergeführt und beschützt mich. Er hat mir auch erzählt, was passiert ist.« Ihre Augen werden erneut glasig. »Dein Vater hat deine Seele an ihn verkauft.« Sie presst die Hand gegen ihre Brust. »Wenn ich das gewusst hätte …«

»Schon in Ordnung«, hauche ich und schlucke den Kloß hinunter. Ihre Züge sind so voller Schmerz und Bedauern, dass es mir die Luft abschnürt.

»Hat er dich gezwungen, Dinge zu tun, die du nicht tun wolltest?«

»Nein«, lüge ich. Sie muss nicht von all den schrecklichen Dingen wissen, die ich getan habe.

Eine warme Hand legt sich in meinen Rücken, als Hunter wieder näher tritt, und ich bin dankbar für diese Ablenkung.

»Das ist Hunter, er ist ein Jäger.«

Sie verengt fragend die Augen, mustert ihn kurz eingehend, bevor sie wieder mich ansieht. Ich finde es jedes Mal unglaublich, wie wenig wir uns ähneln. Was in meinem Gesicht kantig und uneben ist, ist bei ihr glatt und perfekt. Die hohen Wangenknochen, die vollen Lippen, die gerade Nase. Es tut weh, sie anzusehen, weil mir wieder klar wird, was für eine Enttäuschung ich für sie gewesen sein muss. Seit Alistair mich das erste Mal zu sich geholt hat, haben meine Leistungen in der Schule abgenommen, ich habe mich von allen abgeschottet, habe meine Hobbys und Interessen aufgegeben.

»Was tut ihr beide hier?«, fragt Mom schließlich. »Ihr seid zumindest nicht tot.«

»Wir suchen die Hexe.«

»Mary«, sagt Mutter sofort und ich hebe überrascht eine Augenbraue.

»Du kennst sie?«

»Selbstverständlich, jeder kennt sie. Sie hat alle diese Illusionen erschaffen, um es Neuankömmlingen leichter zu machen. Aber zu Gesicht bekommen hat sie noch nie jemand von uns. Es wird viel geredet.«

Sie sieht sich um, als habe sie Angst, wir würden belauscht. Vielleicht werden wir das auch, aber ich kann niemanden erkennen.

»Weißt du, wo wir sie finden?«, fragt Hunter.

Mom bedenkt ihn mit einem pikierten Blick und presst die Lippen zusammen. Ich weiß genau, was sie in ihm sieht: den unfreundlichen Bad Boy, den Draufgänger, den undurchschaubaren Jäger.

»Ich kann euch ihr Schloss zeigen. Aber niemand schafft es, hineinzugelangen. Es ist voller Fallen und Magie, die niemanden hindurchlassen.«

»Ich bin nicht irgendjemand«, erwidert Hunter und ich werfe ihm einen warnenden Blick zu. Warum ist er so unhöflich zu meiner Mutter? »Zeig uns lediglich, wo wir es finden können.«

»Ich begleite euch durch den Wald«, erwidert Mom und wirft ihm noch einen undefinierbaren Blick zu, ehe sie sich mir zuwendet. »Bist du im Auftrag von diesem Dämon hier?«, fragt sie mich besorgt und ich schüttle den Kopf.

»Ich bin in eigenem Auftrag hier. Es ist wirklich wichtig, dass wir Mary so schnell wie möglich finden.«

»Dann kommt.«

Mom geht voraus und zeigt uns den Weg aus dem Wald. Sie erzählt mir, dass etwas sie in meine Richtung gezogen hat. Die Magie des Totenreiches, die die verstorbenen Verwandten wieder zueinanderfinden lässt. Komischerweise habe ich gar nichts gespürt, aber bisher hat die Magie dieses Ortes auch nicht auf mich gewirkt.

Ich kann nicht anders, als sie noch mehr auszuquetschen.

»Man erzählt sich, dass die Verstorbenen hier langsam altern oder sich verjüngen, bis zum fünfundzwanzigsten Lebensjahr. Man wäre für immer jung. Aber Mary hat diese Art der Magie abgezapft, um sich vor den Dämonen zu schützen. Wir bleiben so, wie wir gestorben sind.«

Erst als sie über alles spricht, was die Dämonen angerichtet haben, kehrt die Wut auf Alistair zurück. Er hat all das zu verantworten und das nur, weil er seine Freiheit zurückwill.

Nach einem kurzen Fußmarsch lichtet sich der Wald und wir erreichen das Ende. Verdorrte Felder und totes Gestrüpp liegen vor uns, aber am Horizont kann ich etwas Großes aufblitzen sehen.

»Da hinten liegt Marys Reich«, erklärt Mom und bleibt stehen. »Ich kann euch nicht mehr folgen.«

»Ist schon in Ordnung«, presse ich hervor und drehe mich zu ihr herum. »Ich würde dich so gerne umarmen.« Noch ein Grund, Alistair zu hassen. Man muss ihm zugutehalten, dass er Mom zumindest beschützt – aber er hat nie ein Wort über ihren Tod verloren.

Ihr Blick huscht kurz zu Hunter. »Lässt du uns kurz allein?«

»Ja«, erwidert Hunter und stupst mich kurz aufmunternd gegen die Schulter, ehe er sich abwendet und sich von uns entfernt.

»Ist er dein Freund?«, fragt Mom und sieht ihm nach.

»Nein«, antworte ich sofort. Sie lächelt mild.

»Natürlich nicht.«

»Wir haben ein gemeinsames Ziel«, meine ich vage.

Mit blitzenden Augen sieht sie mich an. »Ich werde dir nicht reinreden. Aber er scheint nicht der Richtige für dich zu sein, Kathrine.«

Kathrine. So hat mich schon ewig niemand mehr genannt. Nicht ohne Grund verabscheue ich diesen Namen. Nachdenklich gleitet mein Blick zu Hunter. Er steht mit dem Rücken zu uns, die Hände in den Hosentaschen vergraben, die Schultern angespannt. Tief atme ich durch.

»Er ist genau der Richtige für mich«, flüstere ich heiser und merke im selben Moment, wie wahr die Worte sind. Auf den ersten Blick scheinen wir so unterschiedlich und doch, wenn ich mir jemanden aussuchen könnte, dann wäre er genau so wie Hunter.

»Du bist verliebt.« Obwohl es keine Frage ist, schüttle ich sofort vehement den Kopf und starre meine Mutter an. Ausgerechnet jetzt, wo sie tot ist, müssen wir solche Gespräche führen?

Sie scheint zu merken, dass das ein falsches Thema zur unpassenden Zeit ist und ihr Gesicht wird milder. Sie legt die Hand flach gegen die Barriere und ich tue es ihr gleich. Auch wenn wir uns nicht berühren können, waren wir uns nie näher.

»Versprich mir etwas«, bittet sie flüsternd und ich nicke wie mechanisch. »Lass deinen Dad nicht allein. Er hat einen großen

Fehler gemacht, ich weiß. Aber ich ertrage den Gedanken nicht, dass er niemanden mehr hat, der für ihn da ist.«

»Versprochen«, hauche ich. Wenn ich das überlebe.

Ich spreche die letzten Worte nicht aus und lasse langsam die Hand sinken. Wie auf Kommando setzen wir uns in Bewegung. Sie zurück in den Schutz des Waldes, ich zu Hunter in die gefährliche Steppe.

Das ist vielleicht das letzte Mal, dass ich sie sehen werde. Ich versuche krampfhaft, mir ihre Gesichtszüge einzuprägen, aber dann ist sie verschwunden und lässt einen Haufen Schutt und Asche in meinem Inneren zurück.

KAPITEL 32

HUNTER

Wir haben den Wald schon lange hinter uns gelassen und Kat sagt immer noch kein Wort. Meine Versuche, sie zum Sprechen zu bewegen, prallen an ihr ab. Irgendwann gebe ich es auf. Der schwarze Himmel scheint über uns zu brodeln und rumoren, als würde gleich ein Gewitter herabstürzen. Auch die Helligkeit, die zumindest im Wald noch vorhanden war, wird immer schwächer. Wir laufen über Hügel, über flaches Land und Gestein, aber eins ist gleich: Ich behalte die leuchtend weiße Spitze im Blick, die uns Marys Reich zeigt.

Bis auf den Donner über uns und Kats Atem neben mir ist es still. Doch plötzlich ändert sich das und ich halte Kat auf.

»Hörst du das?«, frage ich und sehe angestrengt zum Horizont. Der Boden unter uns vibriert donnernd.

»Was ist das?«, fragt Kat alarmiert, aber ich antworte nicht, sondern suche weiter nach der Quelle des Geräuschs. Die trampelnden Schritte kommen immer näher und dann erkenne ich sie endlich: riesige, blutrünstige Hunde. Höllenhunde. Und vor ihnen Ruel, der wie ein Wilder davonläuft.

»Renn!«, rufe ich laut, packe Kat und stürme los, in die entgegengesetzte Richtung. Kat schwankt einen Moment lang, dann aber fängt sie sich und sprintet ebenfalls um ihr Leben. Von Höllenhunden habe ich schon gehört, bin aber nie einem begegnet – warum auch, sie leben schließlich nicht auf der Erde. Das Problem ist, dass ich absolut keine Ahnung habe, wie man die Viecher tötet. Luke wüsste sicher sofort, was zu tun ist und ich vermisse seine Ratschläge gerade wirklich.

Immer noch halte ich Kats Hand fest umklammert, aber wir sind zu langsam. Sie ist geschwächt und gerade nur ein Mensch. Ein Mensch, dem bald die Puste ausgeht. Ruel ist uns mittlerweile verdächtig nahe, ich kann sein Keuchen schon hören. Und mit ihm kommen die Höllenhunde immer näher.

Es dauert zwei Herzschläge, in denen ich die Entscheidung treffe. »Lauf weiter!«, weise ich Kat an, lasse sie los und fahre herum. Ruckartig bleibe ich stehen, blicke den Kreaturen direkt in die höllischen Augen und stelle mich dem Kampf. Ruel, dieser Feigling, rennt in einem Tempo an mir vorbei, dass ich seinen Zugwind noch in den Haaren spüren kann. Ich hingegen ziehe ein Messer und schleudere ihn der wuchtigen Kreatur entgegen.

Der Höllenhund macht einen überraschend geschickten Schlenker und weicht aus, ohne sein Tempo zu verlieren. Die lila leuchtenden Augen fixieren mich und blitzen kurz auf. Als er die riesige Pfote hebt und nach mir schlägt, bücke ich mich weg und rolle herum. Das andere Monster nimmt keine Notiz von mir, prescht an mir vorbei und jagt Ruel weiter hinterher. Ich nehme das andere Messer, mein letztes, in die Hand und werfe es ihm entgegen. Es versenkt sich bis zum Anschlag in dem massigen Leib.

Abrupt hält der Höllenhund inne und fährt herum, sein wütendes Schnaufen bringt den ganzen Boden zum Beben. Mit einem Satz ist er bei mir und ich weiche noch zurück, doch er bekommt mich mit den Zähnen zu fassen. Ich verliere den Boden unter den Füßen, werde durch die Luft geschleudert, immer höher und höher …

Meine Klamotten, in denen sich das Vieh verkrallt hat, reißen unter dem Druck und ich sehe nur noch schwarzen Himmel und kalten Asphalt, schwarz auf schwarz, bis ich auf den Boden aufschlage.

Meine Knochen brechen, einen schrecklich langen Moment bekomme ich keine Luft und kann meine Glieder nicht mehr spüren. Dann setzt die kribbelnde Heilung ein, das Gefühl kehrt zurück und ich hieve den Oberkörper hoch. Der Höllenhund, den ich getroffen habe, stürmt wieder auf mich zu. Kurz blicke ich zu Kat und Ruel, die sich immer weiter von mir entfernen. Sie haben genug Vorsprung und ich will lieber nicht herausfinden, wo ich hinkomme, wenn ich im Totenreich sterbe.

Ich lasse die warme Heilung schneller durch meinen Körper schießen, immer heftiger dränge ich sie durch meine Glieder. Eilig rapple ich mich auf und laufe los. Gerade rechtzeitig entkomme ich den

Krallen des Monsters und presche weiter. So schnell bin ich noch nie in meinem Leben gerannt, aber es ist nicht genug. Die Höllenhunde sind nicht nur groß und stark, sie sind auch leichtfüßig, als würden sie auf Wolken laufen, während ich das Gefühl habe, der Wind bremst mich aus.

Immer näher komme ich Kat und Ruel und nach zwei weiteren Metern wird mir klar, dass sie stehen geblieben sind. Was zur Hölle?!

»Lauft!«, schreie ich ihn entgegen, aber die Worte verschlucken sich im tosenden Wind. Kat ruft mir etwas zu, das ich nicht verstehen kann, aber sie wedelt wild mit den Armen. Was tut sie da? Warum läuft sie nicht weg?

Noch einmal hole ich die letzten Kraftreserven heraus, aber durch die schnelle Heilung sind meine Fähigkeiten fast aufgezehrt. Unbewusst kippe ich meinen Oberkörper etwas zu stark vor, taumle und verliere kostbare Zentimeter, die mich von dem Monster trennen. Dann mache ich den Fehler, zurückzuschauen.

Das Tier ist direkt hinter mir und reißt nun das Maul auf. Spitze Zähne graben sich in meine Schulter und reißen mich zurück. Blind greife ich nach oben, verkralle mich in dem struppigen Fell an der Schnauze und ziehe verzweifelt daran. Heftiger Schmerz zerreißt meine Nerven und als der Höllenhund von mir ablässt, kann ich es im ersten Moment gar nicht realisieren. Der Hund winselt leise und taumelt zurück. Verwirrt blicke ich zu ihm, begreife dann aber, dass ich frei bin und stolpere weiter.

Mein Angreifer fällt in sich zusammen, als hätte man die Luft herausgelassen. Der andere, der seinen Kumpel nur beobachtet hat, bleckt nun die Zähne und stürmt auf mich zu. Meine Beine gehorchen mir nur mühsam, als ich mich vorwärts schleppe. Blut läuft unaufhörlich über meine Schulter, tropft auf den Boden und bleibt an meinen Klamotten haften.

Alles verschwimmt vor meinen Augen, aber ich bekomme noch mit, wie Kat auf mich zugestürmt kommt. Ich strecke die Arme nach ihr aus und kurz bevor sie vor mir steht, sacke ich zusammen. Der Höllenhund rennt mir hinterher, macht einen Satz und prallt gegen eine unsichtbare Barriere.

Was …?

»Eine riesige Dämonenfalle«, sagt Kat als Antwort auf meine unausgesprochene Frage und ich drehe den Kopf in ihre Richtung. Hinter ihr sehe ich es aufragen – das Schloss der Hexe, ein riesiges, imposantes Gebäude. Davor ist ein breiter Graben voller Wasser und spitze schwarze Felsen säumen das Gemäuer ringsum.

»Geht es dir gut?«, fragt Ruel misstrauisch, der nun zu uns tritt. Ich blicke kurz zu meiner Schulter, die nicht zu heilen scheint. Aber dennoch zwinge ich mich mühsam auf die Beine und bin dankbar, dass Kat nach meinem Arm greift.

»Geht schon. Aber was ist mit dir, wo bist du gewesen?«

»Ich habe euch verloren und bin dann aus dem Wald raus«, erklärt er. »Die Frage ist, wo ihr euch so lange aufgehalten habt.«

»Ich habe meine Mutter gefunden«, sagt Kat kurz angebunden und ihr Ton duldet keine weiteren Fragen. »Aber sie hat uns rausgebracht. Warum hast du dich nicht weggebeamt, Walker?«

In der letzten Frage schwingt ein Hauch von Vorwurf mit, über den Ruel leicht verärgert die Stirn runzelt. »Ich kann nicht. Etwas hier drin absorbiert meine Magie.« Sein Blick huscht zu dem Schloss vor uns. »Wir müssen auf die altmodische Weise hinein.«

Ein letztes Mal blicke ich zurück. Zu dem Wald, von dem nun nur noch die Baumkronen zu sehen sind. Der Höllenhund schabt unruhig in seinem Gefängnis hin und her, während der andere im Sterben liegt. Es muss mein Blut sein, das für ihn giftig ist, aber genauso brennt sein Biss in mir wie Feuer. Und er heilt nicht, obwohl ich mich schon sicherer auf den Beinen fühle.

Die Hexe – Mary – hat ihr Schloss mit Dämonenfallen gut gesichert. Wahrscheinlich schickt Alistair die Hunde hinein, um auszuloten, ob es ein Schlupfloch gibt. Manche Dämonen sind stark genug, um diese Fallen mit bloßer Willenskraft zu zerstören, aber Mary nutzt die Magie des Totenreiches, um ihre Grenzen zu festigen.

»Es ist in greifbarer Nähe«, erwidere ich auf Ruels Aussage. »Durch den Fluss können wir schwimmen und dann klettern.«

»Kannst du überhaupt laufen?«, fragt Kat, die Augenbraue skeptisch in die Höhe gezogen. Ich winke ab.

»Das geht schon, ich heile.«

Sie lässt meinen Arm los und tritt einen Schritt vor, um sich einen Überblick über den Fluss zu verschaffen. »Der Graben ist breit und wir haben keine Ahnung, wie tief er ist.«

»Das ist unsere einzige Chance, hineinzugelangen«, erinnere ich sie. »Wir können nicht noch mehr Zeit verlieren und um das riesige Schloss herumgehen, in der Hoffnung, einen Übergang zu finden. Den wird es nicht geben, immerhin erwartet die Hexe keine Gäste.« Kats Blick streift erneut mein Gesicht, dann meine verletzte Schulter.

»Wenn deine Wunde sich entzündet …«

»Ich heile«, unterbreche ich sie und mache entschlossen einen Schritt vor. »Gehen wir.«

»Los geht's«, meint Ruel und wendet sich dem Graben zu. Kat setzt zu einer Erwiderung an, lässt es dann aber bleiben und folgt ihm. Nachdem sie mir beide den Rücken zugewandt haben, riskiere ich einen besorgten Blick auf meine Schulter. Die Wunde ist vollkommen offen und immer noch pulsiert der Schmerz darin.

Fuck. Egal, wir haben keine Zeit. Ich reiße mich zusammen und folge meinen Begleitern. Vor dem Wassergraben bleiben wir stehen und blicken hinein. Es sieht aus wie ein einfacher Tümpel mit schmutzigem Wasser. Ein paar kräftige Schwimmzüge und wir wären am anderen Ufer.

Das kommt mir fast zu leicht vor, aber ich sage nichts.

»Einer sollte vorgehen«, meint Ruel vage und verschränkt die Arme vor der Brust. Ich verkneife mir ein Augenverdrehen. Normalerweise hätte ich ihn nicht für so einen Drückeberger gehalten, aber ohne seine Fähigkeit scheint er lieber auf Nummer sicher zu gehen.

Dafür streckt Kat mir nun die Hand entgegen. »Gehen wir zusammen?« Als ich in ihre hellbraunen, klaren Augen gucke, durchfährt mich ein warmes Prickeln. Das ist einer der Gründe, warum ich sie so dringend will.

Ich umschließe ihre kleine Hand und nicke. Wortlos treten wir einige Schritte zurück, nehmen Anlauf und springen hinein. Wasser umfängt mich und ich packe Kats Hand fester, um sie nicht zu verlieren. Routiniert schwimme ich Richtung Oberfläche und tauche auf, um die Luft zu inhalieren. Auch Kat kommt nach oben und wir lassen uns los, um besser schwimmen zu können.

Ich lasse sie vorschwimmen und blicke zurück zu Ruel, der noch am Ufer steht. Das Wasser ist komisch dickflüssig und es kostet mich immer mehr Mühe, dagegen anzuschwimmen. Kat ist schon viel weiter als ich und ich mache einen kräftigen Zug.

Doch meine Muskeln versagen ihren Dienst und ich gehe unter. Ungewollt schlucke ich Wasser und es kostet mich alle Kraft, mich wieder nach oben zu kämpfen. Hustend versuche ich, Luft zu kriegen und gleichzeitig das Wasser auszuspucken. Ein metallischer Geschmack bleibt in meinem Mund heften.

Was zum …

Blinzelnd blicke ich in das Wasser und merke, dass ich in Blut schwimme. Dickflüssiges, saures Blut, das sich in jeden Winkel meines Körpers drängt. Ich hole tief Luft, halte diese dann an und schwimme weiter.

Etwas schwimmt neben mir und zu spät bemerke ich, dass es ein verfaulter Arm ist. Egal, nicht darauf konzentrieren, einfach weiter.

Der saure Geschmack auf meiner Zunge will nicht verschwinden, es brennt in meinen Augen und an meiner Wunde. Ich kämpfe mich weiter, einen Schwimmzug nach dem anderen, Millimeter für Millimeter.

Das Ufer rückt immer weiter weg und ich habe das Gefühl, mich in einem endlosen Sprudel von Blut und Gedärmen zu befinden. Erneut schlucke ich die Flüssigkeit, tauche unter und schlage mich an die frische Luft. Einzig der Gedanke an Kat und dass sie hier irgendwo sein muss, drängt mich weiter.

Dann, nach einer gefühlten Ewigkeit, fassen meine ausgestreckten Finger festen, matschigen Untergrund. Mühsam hebe ich den Kopf und ziehe mich weiter, bis ich mit beiden Händen das andere Ufer umfassen kann. Finger packen mich, ziehen mich hoch und ich kralle mich in der weichen Erde fest, um nicht wieder abzurutschen. Blinzelnd sehe ich hoch und erkenne Kat. Blut tropft von ihren Haaren und ihrem Gesicht, aber ansonsten scheint sie unverletzt.

Mein Magen protestiert, ich hieve mich hoch, taumle ein paar Schritte von meinem Mädchen weg und würge.

Kat hinter mir erdreistet sich, leise zu lachen. »Erinnert mich an unsere ersten gemeinsamen Stunden«, witzelt sie, lässt mir allerdings meine Würde und hält gebührend Abstand, während ich kotze.

Als mein Magen endlich leer ist, sacke ich auf die Knie und wische mir über den Mund. »Wie kommt es, dass du so topfit bist?«, frage ich keuchend an Kat gewandt.

»Dämonenblut«, erklärt sie schlicht. »Nicht sehr angenehm, aber es hat mich gestärkt.«

Langsam erhebe ich mich wieder und sehe zu Ruel, der sich ebenfalls aus dem Wasser erhebt und das Blut ausspuckt, das er versehentlich geschluckt hat.

Mary hat einen wahrlich erstaunlichen Schutz um sich herum gebaut: All die Dämonenfallen, die ihre Freunde aus der Hölle fernhalten, und dann noch das Dämonenblut, das für jede sterbliche, menschliche Seele wie Gift ist.

Ich sehe hoch zu den riesigen schwarzen Felsen, die fast hoch hinauf bis zu den Fenstern reichen. Kat ist wieder gestärkt, umso schwächer fühle ich mich aber. Es wird nicht leicht sein, dort hinaufzuklettern, vor allem, da die Felsen aus der Nähe glatt erscheinen. Kein Halt, den wir nutzen könnten. Doch all diese Gedanken erübrigen sich, als zwei schwarze Felsen sich zur Seite schieben. Wie durch unsichtbare Kraft drücken sie sich auseinander, immer weiter.

Erstaunt blicke ich zu Kat, aber auch sie wirkt verwirrt, also kann nicht sie es sein, die dies aufbringt. Helles, warmes Licht strömt uns entgegen und ich bin kurz geblendet. Dann aber gewöhnen sich meine Augen daran und ich erblicke eine Frau. Ihre Haare sind leuchtend rot, genauso wie ihre Lippen. Um ihre Augen liegen tiefe Lachfältchen, aber alles andere an ihr wirkt erschreckend jung.

»Sieh an«, sagt Mary mit glockenheller Stimme. »So weit hat es noch keiner geschafft.«

KAPITEL 33

Kat

Da steht sie vor uns, die Hexe, die alle tot sehen wollen, und ich schaffe es kaum, sie anzusehen. Sie scheint Gegensätze in sich zu vereinen – alt und jung, schön und hässlich, weiß und schwarz.

Hunter tritt nach vorn und strafft die Schultern. »Wir sind keine Dämonen und auch keine toten Seelen«, sagt er mit fester Stimme. »Wir kommen in friedlicher Absicht.«

Mary verengt die Augen, mustert erst Hunter, dann Ruel, dann mich. Sie sagt nichts, weshalb Hunter beginnt, sich vorzustellen: »Mein Name ist Hunter Davenport. Ich bin ein Jäger der Engel. Aber ich komme nicht in deren Namen. Ich komme, um zu helfen. Und um Hilfe zu bitten.«

Sie hebt leicht das Kinn, eine anerkennende Geste über seine Ehrlichkeit. Dann fällt ihr uralter Blick auf mich. »Mein Name ist Kat«, sage ich und deute dann auf den Walker. »Das ist Ruel.«

»Ich rieche ihn an dir«, flüstert sie und ich weiß sofort, wen sie meint.

»Alistair ist im Besitz meiner Seele. Aber ich komme nicht in seinem Auftrag.«

Sie nickt wieder bedächtig und macht dann einen Schritt zurück. »Kommt herein.«

Ich tausche einen Blick mit Hunter, der aber nicht halb so besorgt aussieht wie ich. Er macht großzügig einen Schritt hinein und ich folge ihm in das Schloss. Ruel schiebt sich dicht an mich und als ich über die Schulter zurückblicke, bin ich ein klein wenig erleichtert, dass auch er wachsam aussieht.

Wir betreten eine riesige, schäbige Empfangshalle. Alte, verfallene Möbel, Spinnenweben in den Ecken und eine kleine Maus, die schnell über den Boden huscht. Inmitten von alldem steht auf einem kleinen Beistelltisch ein großer, blühender Strauß voller farbenfroher Blumen. Sie sind so unpassend in diesem Raum, dass ich nicht aufhören kann, sie anzustarren.

»Einst war hier alles schön und blühend«, erklärt Mary, als habe sie meinen Blick bemerkt. Aber sie hat uns immer noch den Rücken zugewandt und schreitet grazil durch die Halle, in Richtung einer Tür am anderen Ende. »Aber nun brauche ich den Großteil meiner Magie, um die Grenzen zu schützen.«

Die Halle führt direkt in eine Küche, in der es nicht besser aussieht. Altes, rostiges Geschirr steht fein säuberlich in der Spüle gestapelt, Kalk hat das Waschbecken durchzogen und der Tisch, auf dem einst spielerische Malereien gezeichnet gewesen sein müssen, sieht aus, als würde er jeden Moment zusammenbrechen.

Mary dreht sich zu uns herum und streicht die Falten in ihrem Kleid glatt. Ihr Gesichtsausdruck ist für einen Moment so kindlich und bedauernd, dass ich Mitleid mit ihr bekomme.

»Ich kenne euch, denn ich habe euch beobachtet. Als ihr von der Bildfläche verschwunden seid, habe ich mir schon gedacht, dass ihr bei mir im Totenreich ankommt. Allerdings hätte ich nicht mit menschlichen Körpern aus Fleisch und Blut gerechnet.«

»Was meinst du damit, du hast uns gesehen?«, hake ich sofort nach. Sie lächelt schwach, als würde auch das ihr Mühe bereiten.

»Ich beobachte die Geschehnisse auf der Erde. Natürlich kann ich nicht eingreifen. Ich weiß, was Lajk geplant hat, aber er ist nicht das Problem, denn er wird es nicht schaffen, die Tore zum Totenreich zu öffnen. Viel größere Angst solltet ihr vor Alistair haben.« Sie atmet tief durch. »Kann ich euch einen Tee anbieten?«

»Ja, warum nicht«, meint Hunter und sieht kurz zu mir. Ich nicke knapp als Zustimmung und gemeinsam setzen wir uns an den Tisch.

Schweigen kehrt ein, während Mary eine gefühlte Ewigkeit dafür braucht, Wasser zu erhitzen, Kräuter in den Tassen zu platzieren und den Tee ziehen zu lassen. Meine Ungeduld steigt mit jeder Sekunde ins Unermessliche. Dann setzt sie sich damenhaft zu uns auf einen knarzigen Holzstuhl und legt die Hände im Schoß ab.

Probeweise nippe ich an dem heißen Getränk, es schmeckt bitter.

»Ich verstehe, was Cornell an dir findet, Mädchen«, sagt sie zu mir und ich zucke unwillkürlich zusammen. »All die Jahre hast du durchgehalten und nicht aufgegeben. Nichts konnte dich brechen. Und nun stehst du vor mir und ich sehe glasklar durch dich hindurch. Du kannst nicht aufgeben, weil du noch Hoffnung hast.«

Starr blicke ich ihr entgegen, versuche mir nicht anmerken zu lassen, wie sehr ihre Worte mich aufwühlen. Wir sind nicht gekommen, um über mich zu reden, sondern um die Dämonen aufzuhalten.

»Wie können wir dir helfen?«, fragt auch Hunter, ohne auf ihre Bemerkung einzugehen, und ich danke ihm im Stillen dafür.

»Engelssteine«, sagt sie geradeheraus. »Die Engel würden sie mir niemals freiwillig aushändigen und ich kann sie mir nicht selbst holen.«

Hunter neben mir runzelt die Stirn, greift in seine Hosentasche und zieht einen leuchtenden Saphir heraus. »So einen?«

Marys Augen beginnen zu leuchten. »Genau«, haucht sie. »Nur etwa Hunderte von diesen.«

»Moment, was sind diese Engelssteine genau?«, hake ich verwirrt nach. Bisher habe ich sie nur an dem Dolch gesehen, mit dem man Engel töten kann, und als Schutz für Hunter vor seinen geflügelten Freunden.

»Engelssteine haben eine ganz besondere magische Kraft, die insbesondere gegen Engel wirkt«, erklärt Ruel.

»Diese Magie ist für Hexen aber noch wertvoller, denn sie verstärkt die natürliche Veranlagung. Mit dieser Kraft kann ich den Riss schließen, durch den die Dämonen Zutritt finden«, führt Mary weiter aus, greift dann über den Tisch und legt ihre Hand auf die von Hunter. Etwas an diesem Bild stört mich massiv und es ist nicht der Saphir, der wie verrückt glüht.

Mit einem Mal verändert sich die Küche, in der wir sitzen. Das Holz des Tisches verfestigt sich, Farbe kommt in das triste Grau und Blumen sprießen in jeder Ecke des Raumes.

Mary zieht die Hand wieder weg. »Ich habe lange darauf gewartet, dass jemand kommt und das Totenreich von seinem Elend erlöst. Zwar hätte ich niemals gedacht, dass es ausgerechnet eine Seelenlose, ein Engelsjäger und ein Unsterblicher sein werden, aber ich nehme, was ich kriegen kann.«

Ich atme tief durch und vergrabe die Hände in meinem Schoß. »Wird das Totenreich wieder so aussehen, wie es einst war?«, frage ich sie schließlich.

»Es wird einige Jahre dauern, aber wir können es schaffen, wenn uns die Dämonen nur in Ruhe lassen.«

Mary lächelt einen Moment selig, als würde die Vorstellung ihr absoluten Seelenfrieden verschaffen. Dann aber wird sie wieder ernst. »Was wollt ihr als Gegenleistung?«

Hunter reagiert sofort darauf. »Ich bin an Alistair gekettet. Kats Seele gehört ihm. Wir wollen erlöst werden.«

»Ich kann euch vielleicht helfen. Gib mir deine Hand.« Sie streckt die Hand auffordernd aus und Hunter legt seine Finger in ihre. Magie umwabbert die beiden, immer stärker, bis sie plötzlich verebbt. Als Hunter die Augen wieder öffnet, leuchtet das Blau förmlich.

»Es hat funktioniert. Ich bin frei. Und ich habe auch nicht mehr das Bedürfnis, Ruel umzubringen.«

Mein Herz macht einen Hüpfer bei seinen Worten. Mary streckt auch mir ihre Hand entgegen und sofort ergreife ich sie. Auch dieses Mal schließt sie die Augen und ich habe das Gefühl, sie dringt in mein Innerstes ein.

Ich wehre mich gegen die Klauen, die mich zu ersticken drohen, immer heftiger, bis sie verschwinden und Mary ihre Hand zurückzieht.

»Alistair hält deine Seele fest umschlossen. Lass mich meine Kräfte etwas sammeln, bevor ich es erneut versuche.«

Ich nicke bedächtig und ziehe ebenfalls meine Hand zurück. Es hat sich nicht richtig angefühlt, trotzdem bin ich enttäuscht, dass es nicht geklappt hat.

»Wir können Engelssteine für dich besorgen, wenn du Kat ihre Seele zurückgeben kannst«, verspricht Hunter ihr. »Wir gehen und Ruel bringt uns von der Hölle zurück auf die Erde.«

»Nicht in deinem Zustand«, merkt Ruel an und deutet mit dem Kinn auf Hunters verletzte Schulter. Auch mein Blick fällt darauf. Die Bisswunde und das getrocknete Blut sind immer noch überdeutlich zu sehen. Das schmutzige Dämonenblut hat es nicht besser gemacht.

»Der Biss eines Höllenhundes kann für deine Art tödlich sein«, erklärt Mary und erhebt sich. »Ich habe heilende Kräuter, die dir helfen können. Nehmt euch ein paar Stunden, um euch zu erholen, ich habe noch freie Zimmer.«

Hunter protestiert, aber ich lege ihm eine Hand auf den Arm und er schweigt. Verletzt zu sein ist eines, aber bei dem Wort tödlich haben bei mir alle Alarmglocken geschrillt.

»Nur ein paar Stunden«, sage ich dann an Mary gewandt und erhebe mich ebenfalls. Vielleicht ist es unhöflich, meinen Tee fast unangerührt stehen zu lassen, aber ich will nicht länger als nötig Zeit mit der Hexe verbringen.

KAPITEL 34

Kat

Mary führt uns durch das Schloss in die obere Etage zu den Gästezimmern. Hunter und ich nehmen eines zusammen, während Ruel das unserem gegenüberliegende bezieht. Der Raum ist nichts Besonderes, ein schmales Bett und ein leerer Kleiderschrank. Es gibt auch ein Fenster, aber die Vorhänge sind zugezogen und ich beschließe, lieber keinen Blick auf das Elend draußen zu werfen. Mary klopft noch einmal an und bringt Hunter eine Creme, mit der er seine Verletzung einreiben soll.

»Komm, ich helfe dir«, schlage ich vor, sobald die Tür wieder verschlossen ist. Hunter sieht überrascht zu mir auf und lächelt dann. Wortlos setzt er sich auf das Bett, das unter seinem Gewicht leise ächzt. Ich gehe auf ihn zu, nehme ihm die Creme aus der Hand und knie mich vor ihm hin.

»Zieh das aus«, bitte ich ihn und deute auf seinen Pullover. Ein anzügliches Grinsen legt sich auf seine Züge, aber auch dazu sagt er nichts, sondern streift sich den Pulli samt T-Shirt ab. Beides ist voll getrocknetem Blut, genauso wie seine nackte Haut darunter. Obwohl er aussieht wie ein verletzter Krieger nach einer Schlacht – womöglich auch gerade deswegen –, kann ich nicht aufhören, daran zu denken, wie weich und gleichzeitig fest sich seine Muskeln unter meinen Fingern angefühlt haben.

»Grins nicht so bescheuert«, murmle ich und versuche die Gedanken aus meinem Kopf zu verbannen.

Stattdessen nehme ich etwas von der Creme und tupfe sie sacht auf seine Wunde. Er zuckt kurz zusammen, aber es kommt kein Laut über seine Lippen. Vorsichtig reibe ich die Verletzung damit ein, darauf bedacht, nicht allzu oft in die offene Wunde zu greifen.

»Danke, dass du das machst«, sagt er nach einer Weile. Ich hebe eine Augenbraue, ohne von meiner Tätigkeit aufzublicken.

»Ist doch klar. Würdest du doch auch für mich machen.«

»Deinen nackten Körper berühren? Definitiv, da würde ich mich doch großzügig aufopfern.«

»Idiot«, erwidere ich.

Schweigen legt sich über uns, bis ich mit der Wundversorgung fertig bin und mich zurücklehne.

»Mary wird es nicht schaffen«, spreche ich meinen Gedanken aus und Hunter weiß sofort, wovon ich rede: meiner Seele.

»Doch, das wird sie. Sie muss einfach.«

»Etwas an Mary stört mich«, gestehe ich ihm. Hunter zieht die Mundwinkel zu einem Lächeln hoch.

»Das liegt an dem Dämonenblut in deinem Organismus. Hier drin ist alles gegen Dämonen ausgerichtet.«

Nachdenklich ziehe ich die Knie an und lege mein Kinn darauf ab. »Aber Ruel geht es auch so, glaube ich. Er verhält sich merkwürdig, seit wir hier unten sind.«

»Ist mir auch schon aufgefallen.« Hunter blickt zu seiner Wunde und lehnt sich dann zurück. »Komm zu mir ins Bett.«

Überrascht über die plötzliche Aufforderung, blinzle ich zuerst, dann aber erhebe ich mich und lasse mich neben ihm nieder. Seufzend lehne ich meinen Kopf gegen seine Schulter und schließe die Augen. Meine Lider fühlen sich schwer an, aber ich weiß genau, dass ich hier drin keine Sekunde schlafen kann.

Hunter legt einen Arm um meine Taille und streicht mir über den Rücken. Die einlullende Stille, sein gleichmäßiger Atem und seine Wärme dicht neben mir vermitteln mir ein beruhigendes Gefühl. Dies ist einer der Momente, die ich gerne festhalten möchte. Für schlechte Zeiten konservieren.

»Kat?«, fragt Hunter leise und ich horche auf, gespannt auf das, was er noch zu sagen hat.

Aber plötzlich zerreißt ein greller Schrei die Luft. Sofort huschen wir auseinander und springen auf. »Mary?«, frage ich alarmiert, doch Hunter antwortet nicht. Er stürmt nach draußen, dem Geräusch entgegen. Ich ziehe den Dolch aus seinem Futteral am Fußgelenk und folge ihm.

Hunter stößt Ruels Zimmer auf, aber es ist leer, sodass er weiter nach unten prescht. Am Treppenende halte ich inne, den Griff des Dolches fest umklammert. Was ich in dem geräumigen Wohnzimmer erblicke, kann ich im ersten Moment gar nicht verarbeiten. Fieberhaft sucht mein Hirn nach einer anderen Lösung, einer, die nicht beinhaltet, dass wir verraten wurden.

Ruel hält Mary von hinten umklammert. Aus ihrem Arm strömt Blut, das Ruel mit einem Behälter auffängt. Hunter reagiert schneller als ich, indem er losrennt.

»Lass sie los!«, knurrt er wütend. Das tut der Walker, er stößt Mary nach vorn und instinktiv fängt Hunter sie auf. Ihr Blut spritzt über den weißen Teppich, an die Wand und auf den Engelsjäger.

»Ruel!«, rufe ich und löse mich endlich aus meiner Starre. Einen Moment lang fange ich seinen Blick auf und in ihm liegt keine Freude mehr, kein Schalk, keine jugendliche Naivität. Nur noch eiskalte Berechnung. Und dann verschwindet er. Er löst sich auf, beamt sich weg, hinterlässt nichts außer aufwirbelnder Luft an dem Ort, an dem er gerade noch gestanden hat.

»Verdammt!«, knurre ich und renne zu Hunter und Mary.

»Er hat eine Arterie erwischt«, sagt Hunter zu mir und presst seine Hände gegen die blutende Wunde. »Sie heilt viel zu langsam.«

»Gib ihr den Engelsstein!« Aus Marys Mund komm kaum mehr als ein Wimmern, aber ich nehme es als Zustimmung für meinen Vorschlag. Auch mein Freund scheint der Meinung zu sein, denn er greift in seine Hosentasche und berührt Marys Arm mit dem Saphir. Sofort beginnt dieser zu leuchten und zu pulsieren und wenige Atemzüge später ist die Blutung gestoppt.

»Ruel hat uns verraten«, stelle ich nüchtern fest, während Hunter sich erhebt und Mary mit sich zieht. Sie kommt zwar auf die Beine, zittert aber immer noch am ganzen Leib.

»Er ist mächtig und klug«, keucht sie. »Er wusste, dass ich ihn beobachte und hat seine Rolle perfekt gespielt.«

»Er arbeitet immer noch für Lajk?«, frage ich verwirrt, da das alles für mich wenig Sinn ergibt. Hat Ruel nicht gesagt, dass er im Totenreich seine Magie nicht nutzen kann? Vermutlich war auch das nur ein weiterer Schachzug in seinem Spiel, eine weitere Lüge, eine weitere Täuschung. Ich kann nicht glauben, dass wir auf ihn reingefallen sind.

»Dieser Bastard hat ihr Blut abgenommen«, klärt Hunter mich auf. »Damit kann Lajk Mary anketten und bannen, genauso wie Alistair es bei mir gemacht hat. Sobald die Tore zum Totenreich offen sind …«

»… hat Lajk die Kontrolle über eine der stärksten Hexen unserer Zeit«, beende ich seinen Satz. Verdammt, verdammt! Warum habe ich nicht auf mein Bauchgefühl gehört und dem allen mehr misstraut? Es war zwar meine Idee gewesen, hierherzukommen, aber Ruel hat uns in diese Richtung geschubst.

Mir kommt der Gedanke an Luke und daran, dass er gerade mit Larissa und Blake in einem Haus hockt. Womöglich sind auch diese noch auf Lajks Seite und unser Freund ist in größerer Gefahr dort oben, als wir hier unten. Aber ich spreche es nicht laut aus, um Hunter nicht noch mehr zu beunruhigen. Er hat die Hände schon zu Fäusten geballt und jede seiner Fasern ist gespannt wie eine Bogensehne.

»Ihr müsst das verhindern«, sagt Mary mit zittriger Stimme. Sie greift nach Hunters Hand und umschließt sie, sodass der Saphir aufleuchtet.

»In der Hölle gibt es ein Portal, das euch zurück auf die Erde bringt. Holt zuerst die Engelssteine und bringt sie mir. Sobald ich deine Seele von Alistair zurückgeholt habe, könnt ihr euch damit beschäftigen, Lajk aufzuhalten. Er ist noch weit genug davon entfernt, die Tore zum Totenreich aufstoßen zu können. Bleibt zusammen, dann kann nichts geschehen. Ihr könnt das schaffen.«

Das können wir nicht. Das ist eine Nummer zu groß für uns, für mich. Zu viel, was auf meinen Schultern lastet. Dabei hatte ich nicht einmal eine ruhige Minute, um den Tod meiner Mutter zu verarbeiten.

Hunter streckt die Hand nach mir aus und mir bleibt keine Wahl, als danach zu greifen. Als er unsere Finger miteinander verschränkt, fühle ich mich etwas besser. Bereiter. Er sieht mich über die Schulter hinweg an und ich beiße mir auf die Lippe. Alles um mich herum vergeht, verblasst und wird zur gleißenden Helligkeit. Ich verliere seine Hand und damit den Halt. Endlos lange scheine ich um Luft zu ringen, aber dann wird alles wieder klarer.

»Kat?«

Es ist Hunters Stimme, die mich wieder auf Kurs bringt. Benommen richte ich mich auf und erkenne, dass wir uns wieder auf der leblosen Blumenwiese befinden. Vor uns der Riss, das Schlupfloch in die Hölle.

»Mary hat uns wohl Starthilfe gegeben«, meint Hunter und sieht sich um. Dann fällt sein Blick auf mich. »Bereit?«

»Ja. Wir sollten einen Dämon finden, einen starken. Damals konnte ich Lajk aus der Hölle nach oben holen. Wenn ich genug trinke, schaffe ich es vielleicht, uns nach oben zu bringen.«

Hunter nickt ernst. »Versuchen wir es. Ich gehe zuerst.«

Ich sehe ihm nach und warte, bis das gleißende Licht ihn verschluckt hat. Dann trete ich vor und berühre die wabernde Energie. Ich erlaube mir nicht, lange darüber nachzudenken und trete hindurch. Innerhalb von Sekunden bin ich zurück in Alistairs Folterhölle, in dem Kühlraum.

»Bloß weg hier«, murmle ich und folge dem Jäger nach draußen auf den Flur. Wir passieren den großen Schlachtraum, in dem immer noch mein Foltertisch steht. Es läuft mir eiskalt den Rücken hinunter. Durch die Panik, die mich beim Anblick einnimmt, werde ich noch schneller, überhole Hunter fast, aber dann bleibe ich plötzlich stehen.

Ich spüre ihn, noch bevor ich ihn sehe. Hunter hält ebenfalls inne und dreht sich zu mir um.

»Was …?«

Ich muss nicht antworten, denn in dem Moment taucht er vor uns auf.

»Na, wollt ihr die Party schon verlassen?«, fragt Alistair trocken.

In dem Moment weiß ich, dass wir verloren haben. Hunter tritt so weit zurück, dass er nun neben mir steht, die Schultern gestrafft. Ich bin zu keinem klaren Gedanken fähig, außer purer Angst.

»Wo wart ihr?«, fragt Alistair und verengt die Augen. Die Frage ist an mich gerichtet, sein feuerroter Blick brennt sich in meinen.

»Wir waren in der Hölle, in deinem Reich«, lüge ich. Solange Hunter bei mir ist, stehe ich unter dem Schutz seiner Dämonenabwehr und er kann nicht in meinen Kopf schauen.

Alistair schreitet auf uns zu, immer näher, und ich muss mich zwingen, stehen zu bleiben und nicht zurückzuweichen. »Lügst du mich an, Kat?«

»Nein.« Jeder meiner Muskeln zittert, mein verräterisches Herz pumpt wild in meiner Brust.

Alistairs Blick rutscht von mir zu Hunter. »Du hast die Ketten gelöst«, stellt er fest. »Damit wirst du nutzlos für mich.«

Als mir bewusst wird, was er damit meint, kann mich nichts mehr halten. Ich mache einen großen Satz, trete vor Hunter und blicke Alistair entgegen. »Du kannst ihn nicht töten.«

»Und wie ich kann.«

Ich bereite mich auf einen Kampf vor, den ich niemals gewinnen kann. Aber Hunter reagiert anders als erwartet. Er holt den Engelsstein heraus und schleudert ihn mit einer großen Bewegung bis zum Ende der Halle. Der Saphir prallt gegen die Wand und bleibt schließlich liegen. Dann passiert alles ganz schnell.

Was tut er da? Warum …

Helles Licht blendet auf, umschließt Hunter und mir wird bewusst, was hier passiert. Die Engel sehen ihn wieder, ihren flüchtigen Jäger, und sie tun alles dafür, ihn zu sich zu holen. Seine einzige Möglichkeit, von hier zu verschwinden. Hunter umschließt mich mit einer Hand, drückt mich fest an seine Brust und das Licht geht auf mich über. Oben wird wohl eine Horde wütender Engel auf uns warten, aber alles ist besser als ein verärgerter Alistair.

Aber eine unsichtbare Hand greift nach mir, zieht mich zurück, reißt mich aus Hunters Griff.

»Kat!«, höre ich ihn rufen, aber seine Stimme ist kaum mehr als ein Echo. Ich pralle auf dem Boden auf und versuche gar nicht, mich aufzurichten. Stattdessen bleibe ich liegen, allein mit Alistair, der nun freien Zugang zu meinen Gedanken hat und sieht, dass ich gegen ihn gearbeitet habe.

KAPITEL 35

HUNTER

Meine Füße spüren wieder festen Boden, der Schleier fällt von mir ab und mein Magen sackt zusammen. Scheiße, Kat! Sie ist noch da unten. Ich bin zurück auf der Erde und vor mir stehen drei Engel, die mich mit grimmiger Miene mustern. Wir befinden uns auf einem leeren, wüstenartigen Feld. Vor mir nichts als Landschaft. Ich habe keine Ahnung, wo wir hier sind, aber die Sonne neigt sich dem Untergang.

Natürlich. Wenn ich von einem Dämon in die Hölle verfrachtet und gefoltert werde, gucken sie nicht nach mir, aber nun haben sie mich sofort zu sich geholt. Zu meinem Glück, denn Alistair hätte sicher nicht gezögert, mich umzubringen.

»Hunter Davenport«, sagt die Frau, Treatris, wenn ich mich nicht irre. »Du wurdest des Hochverrats an den Engeln angeklagt.«

Abwehrend hebe ich die Hände und trete einen Schritt zurück. »Wartet! Ich bin nicht mehr an Alistair gekettet, ich bin frei!«

»Du hast dich den Engeln entzogen«, zählt der Engel unbeirrt weiter auf. »Du hast die Befehle eines Dämons ausgeführt. Du hast Malandria und Ahandriel ermordet.«

»Genau gesagt habe nicht ich die beiden erstochen«, werfe ich ein, denn eigentlich waren es Kat und Luke, die den Engeln den Todesstoß verpasst haben. Der Gedanke an Kat versetzt mir einen Stoß. Während ich mich hier mit den Engeln unterhalte, tut Alistair Gott weiß was mit ihr. Ich muss sie holen.

»Du bist nicht mehr loyal. Der Hohe Rat hat über deine Exekution entschieden.«

»Ich bin euer bester Jäger«, halte ich dagegen. »Außerdem muss ich diese Mission noch zu Ende bringen. Ich muss sowohl Alistair als auch Lajk aufhalten und im Gegensatz zu euch weiß ich, wie ich das tun kann. Also geht mir aus dem Weg und lasst mich meinen Job erledigen!«

Die Worte hallen in der Luft wider, aber anstatt ihnen Folge zu leisten, holen die beiden männlichen Begleiter ihre Schwerter heraus. Oh fuck.

»Ich kann Mary helfen, das Leck im Totenreich zu flicken«, versuche ich es weiter und mache während des Redens einige Schritte zurück, die Hände immer noch abwehrend erhoben.

»Die Hexe muss eliminiert werden«, erwidert Treatris. »Cornell ist ihr zu nah, wir können nicht riskieren, dass sie ihn herauslässt.«

»Das ist eine dumme Idee«, höhne ich. »Ohne sie wird sich das Totenreich nie wieder erholen.«

»Es sind tote Seelen. Sie haben ihre Lebenszeit verwirkt.«

Hat sie das gerade wirklich gesagt? »Das ist nicht euer Ernst! Sie haben ein Recht darauf, ihren Frieden zu finden.«

»Tötet ihn«, befiehlt Treatris mit eiskalter Stimme und die beiden Engel treten vor. Mich hält nichts mehr, ich fahre herum und renne. Staub wirbelt auf, brennt mir in den Augen und auf der Haut. Natürlich sind die Engel schneller als ich, obwohl ich all meine Kräfte mobilisiere und in unmenschlicher Geschwindigkeit vorankomme. Vor mir tun sich die ersten blinkenden Lichter einer Stadt auf, aber ich werde nie so weit kommen. Schon hat der erste mich eingeholt und umgeworfen. Mit seinem ganzen Gewicht drückt er mich zu Boden, aber ich reagiere ebenso schnell und drücke gegen seinen Arm, mit dem er das Schwert hält.

»Ihr macht einen Fehler«, presse ich knurrend hervor.

»Sterbe wie ein Krieger«, erwidert er und drückt gegen meinen Widerstand an, die Klinge kommt meiner Kehle immer näher.

Ich habe keine Chance. Sie sind viel stärker und dazu noch in der Überzahl. Trotzdem gebe ich nicht auf, versuche, mich unter ihm zu befreien und mich zu wehren. In meinem Kopf ist nur Kat, wie sie mir aus den Armen gerissen wird. Kat, wie sie neben mir stand und Todesangst hatte. Kat, die ohne mich nicht rauskommt.

Ich stoße den Engel weg, komme blitzschnell auf die Beine und schlage dem anderen, der nun drohend auf mich zukommt, ins Gesicht.

»Hunter«, sagt er verärgert und ich bin mit einem Schlag wie elektrisiert. Diese Stimme, warum kommt sie mir so bekannt vor?

Der kurze Moment der Verwirrung wird mir zum Verhängnis, als der Angreifer links vor mir mit seinem Schwert ausholt. Ich kneife die Augen zusammen, stolpere einen Schritt zurück, bin aber nicht schnell genug.

Die Klinge saust durch die Luft, trifft einen Körper, aber nicht meinen. Stattdessen zerfällt der linke Engel zu Staub. Schockiert starre ich in die Augen meines Retters.

»Rhaderiel!«, ruft Teatris aus und klingt ebenso fassungslos, wie ich mich fühle. Hat er gerade seinen Bruder abgemurkst, um mich zu schützen?

Rhaderiel teleportiert sich direkt hinter Teatris, sein Schwert fährt mühelos in ihren Rücken und sie löst sich mit einem Schrei auf den Lippen zu Staub auf.

Mir bleibt der Mund offen stehen, als er seelenruhig sein Schwert sinken lässt und auf mich zuschlendert.

»Wir sollten weg, bevor noch mehr kommen.«

»Was zur Hölle sollte das gerade?«, finde ich endlich meine Sprache wieder. Rhaderiel schiebt sein Schwert nach hinten in die Rückenschlaufe und wischt sich die Hände an der Jacke ab.

»Wonach sah es denn aus? Sie wollten dich töten, das konnte ich nicht zulassen.«

»Wieso?«, stelle ich die viel wichtigere Frage.

»Weil ich an deinem Plan festhalten will. Ich habe einen Schutzzauber um uns gelegt, damit wir nicht geortet werden können. Los, ich bringe dich zu deinen Freunden. Du wirst Verstärkung brauchen.«

Ich mache einen Satz zurück, als er noch näher auf mich zukommt, eine Hand auffordernd nach mir ausgestreckt.

»Ich traue dir nicht.«

Ein nachsichtiges Lächeln schleicht sich auf seine Züge, aber seine Stimme bleibt fordernd, als er sagt: »Dir wird keine andere Wahl bleiben, Hunter. Ich sage es noch einmal: Lass uns gehen.«

In meinem Kopf überschlagen sich die Gedanken, doch dieses Mal weiche ich nicht vor ihm zurück. Seine Finger graben sich in meinen Unterarm und seine blassen graublauen Augen beginnen in einem silbernen Schein zu leuchten.

Mein Magen sackt zusammen, meine Lider fallen wie von selbst zu, als wir uns mit einem Schlag teleportieren.

Keuchend lande ich wieder auf den Füßen, stolpere und stoße gegen eine Wand. Wir sind … an einer Tankstelle. Langsam dringen Geräusche zur mir durch, der Geruch nach Benzin verstärkt sich.

Wir befinden uns an der Rückseite, direkt neben den Toiletten, wo sich keine Menschen aufhalten. Einen Moment länger starre ich Rhaderiel an, dann stoße ich mich ab und laufe mit schnellen Schritten los.

Ich sprinte vor zu den Zapfsäulen, wo mir sofort ein schmutziger Jeep ins Auge springt. Blake schraubt gerade den Deckel des Tanks zu, dreht den Kopf nach hinten und sagt etwas zu Luke. Mein Herz macht einen Satz, als ich meinen besten Freund entdecke. Gott sei Dank, es geht ihm gut!

»Luke!«, rufe ich und kann mich nicht mehr bremsen. Überrascht sieht er zu mir, dann kann ich Erleichterung auf seinen Zügen ausmachen.

»Scheiße, Hunter! Du bist da. Was ist passiert, wo ist Kat?«

»Ruel ist ein Verräter«, sage ich mit gedämpfter Stimme und sehe Blake scharf an.

»Das wissen wir«, sagt dieser nur und lehnt sich gegen das Auto. »Es ist uns aufgefallen, kurz nachdem ihr runter seid. Lajk hat sich nicht bei Ris oder mir gemeldet und es erschien uns komisch, dass er sich so auffällig ruhig verhalten hat. Da konnten wir uns eins und eins zusammenzählen.«

Blakes Miene verhärtet sich mit einem Schlag, als er auf etwas hinter mir blickt, und ich weiß, dass der Engel gerade auf uns zukommt. Blake zieht den mit Edelsteinen besetzten Dolch ein Stück hervor, aber ich hebe beschwichtigend die Hand.

»Lass gut sein, er hat mich vor den anderen Engeln gerettet.« Knapp fasse ich zusammen, was in den letzten Stunden passiert ist, erzähle von Mary, Ruel und Alistair.

»Wir müssen zurück in die Hölle«, schließe ich ab. »Ich muss Kat da rausholen.« Mein Blick fällt auf den Engel hinter mir. »Du kannst mich runterbringen, richtig?«

Er schüttelt den Kopf. »Du hast eine Aufgabe zu erledigen. Alistair wird sie nicht töten, dafür ist sie viel zu wichtig für ihn. Sie ist wie seine Geheimwaffe im Arsenal, weil keine Dämonenfalle der Welt sie stoppen kann.«

»Aber er wird sonst was mit ihr machen! Ich muss sie holen.« Es gibt Keinen, der Kat retten wird. Nur mich, und ich werde sie nicht im Stich lassen.

»Alistair wird dich töten, sobald du auch nur einen Fuß reinsetzt«, merkt Blake an und am liebsten würde ich ihm eine reinhauen. Er weiß nichts über mich oder sie, er hat kein Recht, mir Ratschläge zu erteilen. »Wir sollten uns besser darauf konzentrieren, Engelssteine zu finden.«

»Ich werde sie nicht im Stich lassen!«, beharre ich. Luke legt mir beschwichtigend eine Hand auf den Unterarm und in seinen Augen blitzt Verständnis auf.

»Ich weiß«, meint er sanft. »Aber du weißt auch, dass sie sich selbst helfen kann.«

Er war nicht dabei. Er hat nicht die Panik in ihrem Blick gesehen, hat nicht gespürt, wie sich alles in ihr dagegen gesträubt hat, mit Alistair nur in einem Raum zu sein.

»Ich kann nicht, Luke. Ich muss zu ihr, okay?«

»Hör mal, Kumpel«, fängt Blake an. Ich verenge verärgert die Augen. Auch wenn er auf unserer Seite zu stehen scheint, traue ich ihm kein Stück über den Weg. »Es gibt ein Lager, das von den Engeln beschützt wird. Dort gibt es einen ganzen Haufen Engelssteine. Cornell hat die damals alle angefertigt und die Engel sind immer dabei, sie zu suchen und zu sammeln, damit sie nicht weiter in Umlauf geraten. Wir können dieses Lager plündern und Mary die Engelssteine bringen. Du hast selbst gesagt, dass die Hexe damit stärker wird. Dadurch kannst du sie bitten, Kat zu befreien und wir können sie retten. So hast du aber keine Chance. Selbst wenn wir sie aus der Hölle befreien, wird Alistair sie zu sich zurückholen, weil er immer noch im Besitz ihrer Seele ist.«

»Hör auf, logisch zu argumentieren!«, fahre ich ihn an. Ich will nicht logisch denken, wenn es bedeutet, Kat im Stich zu lassen.

Rhaderiel seufzt leise. »Ich kenne dich schon sehr lange, Hunter Davenport. Du wirst das Richtige tun. Auch wenn es bedeutet, dein Mädchen im Stich zu lassen und die Engel auszurauben.«

Ich knirsche mit den Zähnen, denn er hat recht. Sie alle haben recht.

KAPITEL 36

KAT

Alles in mir schreit danach, den Blick zu senken. Aber ich tue es nicht, ich zwinge mich, fest in die leuchtend roten Augen zu blicken. Alistair schweigt, die Hände hinter dem Rücken verschränkt, und sieht sich in aller Ruhe in meinen Gedanken an, was in den letzten Tagen passiert ist. Ich versuche gar nicht erst, etwas vor ihm zu verbergen, denn es würde ohnehin nichts bringen.

Mein Herz zieht sich immer noch angstvoll zusammen, noch mehr seit dem Moment, in dem Hunter verschwunden ist. Er hat versucht, mich mitzunehmen, aber letztendlich hätte er es ohnehin nicht geschafft. Ich hätte nicht ewig vor dem Dämon davonlaufen können. Zumindest habe ich noch die leise Hoffnung, dass es Hunter gut geht und er sicher ist. Nachdem sein Band an Alistair gelöst ist, haben die Engel doch keinen Grund mehr, ihn zu eliminieren.

»Du hast mich verraten«, spricht Alistair endlich und ich zucke bei dem donnernden Klang leicht zusammen.

»Ich weiß, wie sich das anfühlt. Auch wir wurden verraten«, erwidere ich lapidar. Der Dämon stößt ein humorloses Lachen aus.

»Du gehörst mir, schon dein ganzes Leben lang. Nach einiger Zeit habe ich aufgehört, dir Befehle zu geben. Du warst die Einzige, der ich vertraut habe.«

Nun senke ich doch den Blick. »Ich bin trotz allem ein Mensch und ich will nur das tun, was ich für richtig halte. Wie kann ich zulassen, dass das Totenreich der Ort bleibt, der er jetzt ist?« Dank Alistair und seinen Dämonen ist es ein Ort des Kampfes, des Verderbens und der Hoffnungslosigkeit.

»Ach bitte! Es geht doch nicht darum, das Richtige zu tun. Es geht nur darum, das zu tun, was Hunter will«, höhnt er. Es stimmt nicht, obwohl Hunter derjenige war, der mich zum Nachdenken angeregt hat. Mein halbes Leben lang habe ich schon für Alistair Menschen umgebracht, Aufträge erfüllt, mein Schicksal akzeptiert. Aber dann hat sich eine Möglichkeit ergeben, all dem ein Ende zu setzen, und ich habe sie ergriffen.

»Es wird nicht klappen«, erwidert der Dämon, der meinen Gedanken eine Weile lang schweigend gefolgt ist. »Wenn die Engel ihren Jäger nicht umbringen, habe ich bereits eine ganze Legion ausgeschickt und das Kopfgeld, das ich auf ihn ausgesetzt habe, ist beachtlich. Er wird es niemals schaffen, die Engelssteine zu besorgen und heil da rauszukommen.«

Resigniert lasse ich die Schultern hängen. »Es wäre klüger, deine Dämonen lieber gegen Lajk auszuschicken. Du hast es doch in meinen Gedanken gesehen, Ruel hat das Blut der Hexe. Lajk wird die Tore öffnen, die Hexe an sich binden und damit hast du verloren.«

»Ich werde meine Dämonen nicht gegen Lajk ausschicken.« Seine Augen brennen, als er nach vorne tritt, immer näher auf mich zu. Sicherheitshalber mache ich einen kleinen Schritt zurück, aber es bringt mir ohnehin nichts.

»Du wirst ihn für mich töten.«

»Das kann ich nicht«, widerspreche ich. »Er ist viel zu stark für mich.« Schon damals, als ich ihn nur festhalten musste, war ich am Ende meiner Kräfte.

»Du wirst aber. Lajk wird nicht zulassen, dass irgendein fremder Dämon sein Gebiet betritt. Aber du bist ein Mensch, du wirst Zugang haben.«

Dieses Mal verneine ich nicht, sondern starre ihn nur an. Ich werde es tun, so oder so. Erstens kann er mich dazu zwingen, zweitens ist das Einzige, was ich jetzt noch tun kann, Lajk aufzuhalten. Ich kann es zumindest versuchen.

»Ich brauche ein Dämonenmesser, um ihn zu erstechen«, sage ich. Alistair nickt. »Du wirst eins bekommen, sobald du auf der Erde bist. Stich es ihm ins Herz. Ich werde dir zwei Dämonen zur Seite stellen, von denen du trinken kannst, solltest du schwächeln.«

Langsam nicke ich.

»Und damit das klar ist: Ich gebe dir hiermit den Befehl, deinen Jägerfreund weder zu suchen noch zu versuchen, ihn zu retten oder sonst irgendetwas. Du wirst dich auf deine Mission konzentrieren.«

Die Worte sacken in mein Innerstes wie ein Stein ins Wasser. Schon lange habe ich keinen direkten Befehl mehr von ihm bekommen und habe fast vergessen, wie es sich anfühlt. Wie bindend es ist und sich auf jede Faser meines Körpers überträgt. Steif nicke ich, aber das reicht dem Dämon anscheinend nicht. »Sprich es aus«, verlangt er.

»Ich werde mich auf meine Mission konzentrieren. Ich werde Lajk töten.«

»Gut. Jetzt komm, trink.«

Er reicht mir seinen Unterarm und zwei Herzschläge lang erlaube ich mir, einfach nur dazustehen und den Schmerz zu ertragen. Dann reiße ich mich wieder zusammen und trete auf Alistair zu.

Hunter

Wir befinden uns immer noch in North Dakota, aber wie Blake uns verrät, befindet sich das Lager mit den Engelssteinen in Chicago. Wir beschließen, ein Stück abseits zu fahren, danach wird Rhaderiel uns sofort dorthin teleportieren. Ich traue dem Engel immer noch nicht über den Weg, aber im Moment ist er unsere einzige Chance.

»Die Engelssteine sind mitten im Millenium Park untergebracht«, erklärt Blake mit ernster Miene, als wir gemeinsam in den Wagen steigen. Luke ist derweil im Kassenhäuschen der Tankstelle und zahlt die Tankfüllung.

»Warum werden sie nicht einfach zerstört?«, frage ich den Engel, der daraufhin das Gesicht verzieht.

»Wir können sie nicht zerstören. Durch den Entstehungsprozess werden aus den gewöhnlichen Edelsteinen kleine Superwaffen. Jedenfalls befinden sie sich mitten in der Öffentlichkeit. Aber denkt nicht, dass sie dadurch davor zurückschrecken, hart durchzugreifen, sollte sich jemand Unbefugtes Zutritt verschaffen. Engel sind sehr gut darin, das Gedächtnis der Menschen auf bestimmte Ereignisse zu manipulieren. Lajk hat es einmal gewagt, einige der Steine zu klauen, danach nie wieder.«

»Nun, dann schrecken auch wir nicht davor zurück, hart durchzugreifen«, erwidere ich und sehe mir die Pistole an, die mir Blake in die Hand gedrückt hat. Die Kugeln sind genauso im Blut eines Unschuldigen geschmiedet wie der Dolch, der die Engel umlegt. Außerdem trage ich wieder einen Engelsstein bei mir, der verhindert, dass ich erneut geortet werden kann. Ich traue Rhaderiels *Schutzzauber* nicht.

»Wo ist eigentlich Larissa?«, hake ich nach. Sie mit nach Chicago zu nehmen wäre zu riskant, aber zumindest sollten wir sie vorher in Sicherheit bringen. Blake schnalzt unzufrieden mit der Zunge.

»Ris ist abgehauen, um sich an Lajk und Ruel zu rächen. Seit dem Ereignis mit dem Engel in ihrer Wohnung hat sie ihre Fähigkeiten trainiert.«

»Und du hast einfach so zugelassen, dass sie geht?«, frage ich vorwurfsvoll, woraufhin Blake mir einen Mörderblick zuwirft.

»Natürlich nicht. Sie ist nachts einfach abgehauen und nicht mehr aufgetaucht, hat mir nur einen Zettel geschrieben. Seitdem ist sie nicht mehr aufzufinden.«

Luke kommt zurück und schwingt sich auf den Fahrersitz. Er wirft mir eine Flasche Wasser zu. »Suchen wir uns ein ruhiges Plätzchen und dann geht es auf nach Chicago«, schlägt er vor. Er hat recht, wir dürfen keine Zeit verlieren. Er startet schon den Motor, aber Rhaderiel neben mir hebt plötzlich alarmiert das Kinn.

»Da kommen Dämonen. Viele.«

Kurz nachdem er diese Worte ausgesprochen hat, kann ich sie spüren. Sie kommen in rasender Geschwindigkeit auf uns zu. Verdammt! Hektisch sehe ich mich um. Auf der Tankstelle stehen einige Autos herum, in der Waschstraße nebenan noch mehr Menschen. Ganz abgesehen von all den Mitarbeitern hier.

»Fahr los!«, herrsche ich Luke an. Wir können uns den Dämonen nicht hier, inmitten all dieser Unschuldiger, stellen und erst recht nicht können wir von hier einfach mit Rhaderiel nach Chicago verschwinden.

»Zu spät«, meint Rhaderiel und ich sehe mich erneut um. Er hat recht, wir sind umstellt. Von allen Seiten erkenne ich die Dämonen, die sich lauernd immer näher an unseren Jeep heranwagen.

»Wie haben sie uns gefunden?«, frage ich knurrend und überlege fieberhaft, wie wir aus der Nummer wieder rauskommen. Es sind Dutzende. Vermutlich alles Freunde von Alistair, die mich töten sollen, oder Lajks Soldaten.

»Dein Geruch«, erklärt Rhaderiel mir. »Du riechst nach Kat.«

Natürlich, warum habe ich daran nicht gedacht? In meinen Klamotten, selbst an meiner Haut, überall haftet ihr Duft. Verflucht.

Erneut lasse ich meinen Blick schweifen, bis mir etwas in den Sinn kommt. Sie wollen mich, sie werden meine Freunde nicht aufhalten, wenn sie mir folgen.

»Hast du ein Dämonenmesser?«, frage ich Blake, der kurz in seinem Rucksack kramt und mir dann eins reicht. Er hat tatsächlich ein ganzes Arsenal da drin.

»Sehr gut. Sobald sich die Gelegenheit ergibt, fahrt los. Ich komme nach.«

»Hunter …«, setzt Luke an, aber ich beachte ihn nicht. Ich springe aus dem Wagen und renne los. Zuallererst muss ich Kats Geruch loswerden und was hilft da besser als eine Dusche?

Einige der Dämonen setzen sich ebenfalls in Bewegung und folgen mir, aber ich bin schneller. Ich renne einem Auto hinterher, das in die Waschstraße fährt. Dunkelheit umfängt mich kurzzeitig, bis helles, neonartiges Licht das Innere erleuchtet. Blitzschnell fahre ich herum und steche einem Dämon mein Messer in den Bauch. Der Lärm der Motoren übertönt seinen kurzen Schrei, ehe er zusammenklappt. Dann renne ich weiter und stelle mich neben das Auto, als der Schaum auf die Scheiben und den Lack gespritzt wird.

Der Mann, der im Wagen sitzt, sieht mich ungläubig an, das kleine Mädchen auf der Rückbank deutet auf mich und lacht herzhaft. Ich winke ihr zu, die Klamotten und Haut voller Schaum. Mit einer Handbewegung wische ich mir das Zeug aus dem Gesicht und springe dann wieder hinter das Auto, damit die beiden nicht sehen, wie ich die nächsten zwei Dämonen umlege.

Den einen werfe ich über meine Schulter direkt gegen die Wand, an der die Düsen angebracht sind, steche dem zweiten das Messer in die Halsschlagader.

Währenddessen hat der andere sich erholt und schlingt von hinten die kräftigen Arme um meinen Hals und drückt mir die Luft ab. Ich kralle die Nägel in die empfindliche Haut am Handgelenk, wo sein Puls schlägt, und drehe mich herum, sodass ich seinen Körper gegen eine der Düsen schlagen kann, aus denen der Schaum kommt. Sein Griff wird etwas lockerer, ich löse mich von ihm und ersteche ihn kurzerhand.

Das Auto vor mir setzt sich in Bewegung und ich folge ihm joggend. Ich stelle mich ebenfalls unter das Wasser und lasse den Schaum abwaschen. Ich neige den Kopf, um mir die Haare zu säubern. Dabei winke ich dem Mädchen wieder zu, die mich mit einem breiten Grinsen und großen Augen mustert. Nachdem ich halbwegs sauber bin, überhole ich das Auto und sprinte nach draußen. Der Mitarbeiter am Ende springt auf, als er mich erblickt.

»Hey, sie dürfen doch nicht …«

Ich bin schon weg, bevor er zu Ende gesprochen hat. Die meisten der Dämon sind mir in die Waschstraße gefolgt, sodass ich nun ungehindert losrennen kann, weg von der Tankstelle. Es ist mir egal, dass ich unmenschlich schnell bin, nichts hält mich mehr an diesem Ort. Die Menschen, die mich sehen, werden entweder ihren Augen nicht trauen oder später ihren Erinnerungen nicht mehr glauben.

Einige der Dämonen sind mir dicht auf den Fersen, aber da entdecke ich den Jeep am Ende der Straße. Luke bremst ab und Blake öffnet mir schon die Tür. Er fährt langsam an und ich hechte vor, werde schneller. Gerade rechtzeitig springe ich hinein, bevor Luke endgültig aufs Gas drückt und wir davonbrausen.

Mein Brustkorb hebt und senkt sich schwer und das Wasser tropft von meinen Haaren in meine Augen, aber es macht sich auch eine Erleichterung in mir breit.

»Warst du duschen?«, fragt Luke irritiert.

»So ähnlich.«

Wir fahren aus der Stadt raus und vor uns erstreckt sich eine leere, breite Straße, die immer weiter ins Nirgendwo führt.

»Ich bringe uns jetzt nach Chicago«, sagt Rhaderiel und ich nicke bestätigend. Daraufhin hebt er die Hände, schließt die Augen und bringt uns aus dem fahrenden Auto heraus direkt hinein nach Chicago.

KAPITEL 37

KAT

Wind zerwühlt meine Haare, als ich zurück auf die Erde komme. Kurz schließe ich die Augen und atme die schwere Luft tief ein und aus.

»Kat«, sagt einer der Dämonen, um meine Aufmerksamkeit zu erlangen. Ich habe sie gespürt, bevor ich sie gesehen habe. Langsam öffne ich die Lider wieder und sehe die beiden abwechselnd an. Zwillinge. Einer gleicht dem anderen.

»Ihr hättet euch auch verschiedene Körper aussuchen können«, sage ich.

Der eine – links von mir – zuckt mit den Schultern. »Ist nicht von Bedeutung. Wir sollten los.«

Ja, das sollten wir. Suchend drehe ich mich um meine eigene Achse, um herauszufinden, wo genau ich mich befinde. Die Kleinstadt vor mir ist mir unbekannt, aber ich tippe mal auf North Dakota, immer noch.

»Wisst ihr was von Hunter Davenport?«, frage ich sie geradeheraus.

»Darüber haben wir keinerlei Informationen«, sagt der Zwilling emotionslos. Ich seufze tief und konzentriere mich dann auf Lajk. Alistairs Befehl war unmissverständlich.

Schon einmal ist es mir gelungen, den Dämon ausfindig zu machen, und auch jetzt fühlt es sich leicht an. Stärke pulsiert durch meine Adern, Macht pumpt durch mein Herz. Meine Fingerspitzen kribbeln, als ich Lajk lokalisiere.

»Verratet mir eure Namen«, bitte ich die beiden.

»Ich bin Nick, das ist Troy.«

Bedächtig nicke ich. »Kommt mit. Wir müssen ein Stück laufen.«

Hunter

Autos hupen, Menschen laufen an mir vorbei, rempeln mich an. Blinkreklame leuchtet in der Dämmerung auf. Willkommen in Chicago.

Der Trubel hier ist so unvergleichlich zu der beschaulichen Ruhe in North Dakota, dass ich diese für einen Moment wirklich herbeisehne. Dabei war ich früher doch immer ein Stadtkind, jemand, der all das liebt.

»Lass uns gehen.« Luke stößt mich leicht an und ich schüttle die Gedanken ab, um wieder zu mir zu kommen.

Wir steigen in den nächsten Bus, der uns in die Nähe des Millenium Parks bringt. Die Uhr verrät mir, dass es schon nach zwanzig Uhr ist, weshalb ich hoffe, dass es nicht mehr allzu voll ist.

Der Bus lässt uns an der nächsten Station raus und Blake dirigiert uns über das GPS in seinem Handy in die richtige Richtung. »Die Engelssteine befinden sich im nordwestlichen Exelon Pavillon«, erklärt Blake. »Er dient als eine Art Informationszentrum und dort drin arbeiten ausschließlich Engel.«

Beunruhigt nicke ich, ohne den Blick von der Straße zu nehmen. Immer noch strömen mir ein Haufen Menschen entgegen, lachend, verträumt, manche besorgt und wiederum andere völlig sorgenfrei. Ich beneide sie darum.

»Hör zu«, flüstert Luke mir zu und ich neige den Kopf etwas, um ihm zu signalisieren, dass ich verstanden habe. »Blake und ich werden hineingehen.«

Mein Mund öffnet sich schon zu einem Protest, aber Luke kommt mir zuvor. »Sag nichts. Dort arbeiten Engel, Hunter. Sie werden dich sofort erkennen oder spüren, trotz des Engelssteins. Damit bringst du uns alle in Gefahr. Lass uns den Job erledigen und dann so schnell wie möglich wieder abhauen.«

»Nein«, presse ich hervor.

»Ich werde auf ihn aufpassen«, versichert Blake mir, aber ich schüttle den Kopf.

»Ihr werdet das nicht allein machen.«

»Wenn ich dich daran erinnern darf, habe ich schon viel öfter gegen Engel gekämpft als du.« Dieser Typ geht mir wirklich auf die Nerven. »Also lass mich das machen.«

»Ein Schritt in das Gebäude«, merkt Rhaderiel ruhig an, »und sie werden das Gesicht des flüchtigen, korrupten Jägers erkennen. Ich kann euch da drin nicht helfen.«

Warum verschwören die drei sich immer gegen mich? Es behagt mir ganz und gar nicht, dass ich einfach nur draußen abwarten muss, was passiert. »Aber ich bleibe in der Nähe«, füge ich hinzu. »Und falls etwas schiefgeht, bin ich sofort zur Stelle.«

Wir betreten den Millenium Park und ich merke, dass ich falschlag. Trotz der Uhrzeit sind immer noch etliche Leute da, die den Sonnenuntergang und den warmen Abend genießen. Die Pistole mit den Engelskugeln ist unter meiner Kapuzenjacke versteckt, aber nun habe ich das Gefühl, sie ist für jeden sichtbar.

Die Menschen werfen uns Blicke zu und sehen uns hinterher. Vielleicht liegt es an dem Mörderausdruck, den ich aufgesetzt habe, womöglich aber an Blake, der starr und routiniert wie ein Soldat neben mir marschiert. Wir geben schon ein komisches Bild ab und ich versuche automatisch, meine Gesichtsmuskeln etwas zu entspannen. Es gelingt mir nicht.

Das beunruhigende Gefühl in meinem Inneren will nicht verschwinden. Selbst wenn jetzt alles nach Plan läuft, habe ich immer noch keine Ahnung, wie es Kat geht. Allein der Gedanke an sie verursacht mir ein schmerzhaftes Stechen. Wenn das Ganze vorbei ist und ich sie wieder in die Arme schließen kann, werde ich sie nie mehr loslassen. Schon surreal, dass ich sie am Anfang umbringen wollte – und es sogar getan habe. Jetzt ist der Gedanke schier unmöglich, ohne sie weiterzuleben.

Wir kommen an der Cloud Gate vorbei – einem großen, bohnenförmigen Metallkasten –, vor dem etliche Menschen stehen und posieren. Ich kann die Sehenswürdigkeit im Moment nicht wirklich bewundern.

»Da ist es«, sagt Blake und deutet auf ein Gebäude in der Ferne. Es handelt sich um ein komplett verglastes, schwarzes, rechteckiges Gebäude. Es ist kleiner als gedacht, aber das ist für uns nur ein Vorteil. Blake nickt mir zu und ich weiß, dass ich mich an dieser Stelle zurückhalten sollte. Ich laufe noch ein Stück mit und setze mich dann gemeinsam mit Rhaderiel auf eine Parkbank, von der aus ich ungehinderten Blick auf den Pavillon habe. Mit wachsamem Auge beobachte ich Blake und Luke, die gemächlich hineinspazieren. Die Anspannung in mir ist fast greifbar.

»Warum hilfst du uns?«, frage ich den Engel leise.

»Wusstest du, dass jeder Engel eine eigene, auf sich zugeschnittene Aufgabe hat?«

Verwirrt blicke ich ihn von der Seite an. »Das wusste ich nicht.«

»Es gibt Exekutoren wie Treatris oder Malandria, es gibt Schutzengel, Anführer, diejenigen, die niedere Arbeiten erledigen, und so weiter.«

»Und was ist deine Aufgabe?«

Rhaderiel seufzt, lehnt sich zurück und schließt die Augen, als würde er den Wind auf der Haut genießen.

»Das müsstest du wissen, Jäger«, haucht er.

Nachdenklich kneife ich die Augen zusammen. Er hat recht: Ich müsste es wissen. Sein Auftreten, die Art, wie er redet … es kommt mir vor, als würde ich einen alten Schulfreund wiedertreffen, an dessen Namen ich mich nicht mehr erinnern kann.

»Bitte verrate es mir. Wir sind uns schon einmal begegnet, oder?«

Rhaderiel setzt zu einer Erwiderung an, aber plötzlich richtet er sich auf und legt die Stirn in Falten. »Etwas stimmt nicht. Ich glaube, sie sind aufgeflogen.«

Einen Moment bin ich wie versteinert, aber dann hält mich nichts mehr. Ich springe auf und stürme los. Die Leute in meiner unmittelbaren Umgebung huschen erschrocken zurück und als ich dann noch während des Laufens die schwarze Pistole ziehe, bricht Panik aus.

Sie weichen vor mir zurück, verstecken sich, als ich durch die Eingangstüren stürme. Ein Engel kommt mir entgegen und ich schieße ihm in die Brust. Ein anderer hebt die Hand, Licht strömt daraus hervor, aber ich weiche rechtzeitig aus und schieße auf ihn.

»Ich will niemanden töten!«, rufe ich laut hinein. Die Menschen, die sich hier drin befinden, versuchen irgendwo Deckung zu finden, einige rennen nach draußen.

Kurz senke ich die Waffe, als ich die Treppen nach oben sprinte. Auf halbem Weg kommt mir noch ein Engel entgegen, dem ich eine Kugel in den Kopf jage. Drei Kugeln verschossen, bleiben nur noch drei.

Mit gezückter Waffe spähe ich um die Ecke und entdecke einen weiblichen Engel, der mich mit großen, unschuldigen Augen ansieht.

»Nicht schießen!«, bittet sie mich angsterfüllt.

»Ich schieße nicht, wenn du mich ebenso gehen lässt«, presse ich hervor und sie nickt eilig. Ich spüre ihre Kraft kaum, sie muss ein sehr unbedeutender Engel sein. Ohne sie aus den Augen zu lassen, biege ich in den nächsten Gang rechts ein, renne weiter, nehme den nächsten links und dann stehe ich vor meinen Freunden.

Luke ist ganz blass und Blake humpelt keuchend, aber ansonsten scheinen sie unverletzt. Zwei tote Engel liegen zu ihren Füßen. Wortlos wirft Blake mir ein Messer zu, das mit Engelssteinen bestückt ist, und ich verstehe, was er damit sagen will: Ich habe nicht so viele Kugeln, wie Engel da sind.

»Die Nächste links, in einem der Räume befinden sich die Engelssteine. Aber sie haben sich davor positioniert.«

Ganz langsam nicke ich und in meinem Kopf rotiert es. Es bleibt nicht viel Zeit, um zu überdenken, wie wir vorgehen sollen. Mir fällt ein, dass es die Engel persönlich waren, die mir das Schießen beigebracht haben. Sie haben mich gelehrt, der Beste darin zu sein. Und ich habe all mein Wissen an Luke weitergegeben, damit auch er sich im Notfall verteidigen kann.

Als mein Freund meinen Blick einfängt, weiß er genau, was ich vorhabe. Er nickt bekräftigend und zieht seine Waffe. Wir huschen nach vorne, ich voran und er an die andere Wand gepresst gegenüber. Vor der Biegung bleiben wir beide stehen und ich zähle mit den Fingern von drei runter.

Auf mein Kommando presche erst ich, dann Luke vor. Zwei Schüsse fallen aus meiner Waffe, Luke feuert noch drei ab. Schreie erklingen. Dann erfasst uns ein Kraftstoß und wir beide werden nach hinten gepresst. Die Helligkeit des Angriffs brennt in meinen Augen wie Feuer und egal, wie sehr ich mich dagegen stemme, es gelingt mir nicht. Sowohl die Waffe als auch der Dolch fallen mir aus der Hand und meine Füße verlieren den Halt.

Dann gellt ein Schuss durch die Luft und als die Kraft verschwindet, sacke ich zu Boden. Sofort rapple ich mich auf und sehe zu Luke, der sich ebenfalls benommen erhebt. Blake steht mit der Waffe in der Hand vor uns.

»Das war meine letzte. Los, die Steine sind da drin!«

Das lasse ich mir nicht zweimal sagen und stürme vor. Die Tür ist verschlossen, aber ich stemme mich mit der Schulter dagegen und reiße sie aus dem Rahmen. Da sind sie: Edelsteine, wohin das Auge reicht. Große, kleine, hell und dunkel und in allen schimmernden Farben, die man sich wünschen kann. Bedächtig trete ich in den Raum hinein und sehe mich um, kann aber keine Fallen erkennen. Ich greife mir einen großen Sack, in dem mindestens hundert von den Steinen drin sind.

»Das dürfte reichen«, entscheide ich. »Packen wir die Waffen ein und verschwinden von hier.«

Ich schultere den Sack und drehe mich zu den beiden um, die immer noch im Flur stehen. Meine Augen weiten sich, als ich bemerke, dass Blake seine Waffe auf jemanden gerichtet hält und Luke die Hände erhoben hat.

Ganz langsam trete ich aus dem Raum hinaus und da sehe ich sie: der Engel, den ich vorhin verschont habe. Sie hält meine Pistole auf uns gerichtet, die Augen angriffslustig funkelnd.

»Lass die Steine da«, sagt sie mit eiskalter Stimme zu mir.

»Lass du die Waffe fallen!«, bellt Blake ihr entgegen. »Letzte Chance, oder ich töte dich.«

Sie bekommt einen verbissenen Gesichtsausdruck. »Ich kann nicht zulassen, dass ihr verschwindet. Lass den Sack fallen, Hunter Davenport!«

»Ich gebe dir drei Sekunden. Drei«, warnt Blake. Aber er blufft nur, seine Waffe ist leer. Dafür fängt nun die Hand des Engels an zu zittern. »Zwei!« Ich verenge die Augen und sehe ihr fest entgegen.

»Eins!«

Ein Schuss fällt und ich zucke unwillkürlich zusammen. Aber da ist nichts, kein Schmerz, kein Treffer. Wie in Zeitlupe gleitet mein Blick zur Seite, zu Luke, und … er blutet. Er fällt auf die Knie und presst sich mit einem Keuchen die Hand auf die Wunde.

Erneut will der Engel schießen, aber es ertönt nur ein Klicken, ihre – meine – Pistole ist ebenfalls leer. Ich lasse den Sack mit den Engelssteinen fallen und stürme auf sie zu. Sie kreischt erschrocken und macht einen großen Satz zurück. In meinem Kopf ist nur noch Luke, der blutet. Luke, der von einer Kugel getroffen wurde. Blind greife ich nach dem Dolch, den ich ebenso wie die Pistole habe fallen lassen, und steche ihn der Frau ins Herz.

Sie verpufft sofort und einen Moment lang bleibe auch ich wie erstarrt stehen, bevor ich herumfahre und auf meinen Freund zustürme. Blake hat sich schon neben ihn gekniet und versucht, ihn zu stützen.

»Wir müssen in ein Krankenhaus!«, sagt er und ich nicke knapp.

»Komm, Rhaderiel wartet draußen, er bringt uns hin. Es wird alles gut, Luke. Hey, komm her.« Ich helfe ihm hoch und stütze ihn. Er ist blass und sieht aus, als würde er jeden Moment zusammenbrechen. Den Sack hieve ich mir auf die andere Schulter.

Bitte halte durch. Nur ein bisschen. Du darfst nicht sterben!

Fest beiße ich die Zähne zusammen, während wir beide Luke halb nach unten tragen. Kein Engel ist mehr in Sicht, wir haben sie alle plattgemacht. Der Triumph will sich nicht einstellen, denn wenn Luke stirbt, hat nichts mehr einen Sinn.

Wir treten nach draußen, wo die Leute sich allmählich beruhigt haben. Noch mehr als das, sie scheinen alle gar nicht mehr zu wissen, was gerade passiert ist, sie achten noch nicht einmal auf uns.

Suchend sehe ich mich nach Rhaderiel um, lasse den Blick wieder und wieder über die Parkbank schweifen. Aber er ist nicht da.

»Verdammt!«, fluche ich. »Wo ist er?« Scheiße, scheiße, scheiße!

Luke neben mir stöhnt schmerzerfüllt und ich reiße mich für ihn zusammen.

»Von dem Gebäude aus erreicht man eine Tiefgarage, komm«, schlägt Blake vor, der ebenso durchzudrehen scheint wie ich.

»Dann los!« Wir tragen Luke zurück in das Gebäude und nehmen den Aufzug, der uns nach unten bringt. Mein Freund hängt nur noch wie ein nasser Sack zwischen uns. Blake drückt ihm zwar ein Stück Stoff gegen die Schusswunde, aber das Blut strömt trotzdem unaufhörlich heraus.

Der Aufzug kommt an und die kühle Luft empfängt uns. Wir treten hinein und als wir die Tiefgarage erreichen, sehe ich mich zwischen den Autos um.

»Halt ihn«, bittet Blake und ich umarme Luke, damit er nicht fällt.

»Es wird alles gut«, versichere ich ihm dabei. »Ich lasse dich doch nicht sterben, Kumpel.«

Er erwidert nichts darauf, nicht einmal ein Stöhnen, nur Stille, was meine Sorge noch weiter antreibt. Zum Glück braucht Blake nur etwa fünf Sekunden, um ein Auto zu knacken und es zu starten. Vorsichtig hieve ich Luke auf die Rückbank und setze mich dazu. Seine Lider fallen flatternd zu, weswegen ich ihm vorwurfsvoll gegen die Wange schlage.

»Hey, hiergeblieben.« Ich drücke noch etwas fester auf die Schusswunde in seiner Schulter. »Du lässt mich doch wohl nicht mit Blake, dem Militärfuzzi allein?«

»Ich war bei der Marine«, erwidert Blake, und dann drückt er aufs Gas. Das GPS im Auto führt uns zum nächsten Krankenhaus. Obwohl Blake so schnell wie möglich fährt, habe ich das Gefühl, es geht viel zu langsam. Luke bleibt zwar wach, ist aber kaum ansprechbar und mein Herz zieht sich mit jeder verstreichenden Minute mehr zusammen.

Alles scheint um mich herum zusammenzubrechen. Stattdessen lenke ich mich ab und rufe im Krankenhaus an, um schon mal anzukündigen, dass wir einen Notfall hereinbringen. Die Dame am Telefon stellt mir Tausende von Fragen, dafür stehen die Rettungskräfte schon bereit, als der Wagen schlitternd zum Anhalten kommt.

Blake und ich folgen Luke, der nun auf einer Trage durch das Krankenhaus gefahren wird.

»Hunter«, krächzt er und ich umschließe seine Hand fester.

»Es wird alles gut.« *Bitte, bitte, bitte.* »Versprochen. Es wird alles gut.«

Er kommt direkt in den OP und wir werden ausgeschlossen. Wie apathisch sehe ich auf die Tür, die gerade vor meiner Nase zugefallen ist. Nach all den Monsterjagden, nach allem, was wir gemeinsam schon durchgestanden haben, liegt sein Schicksal nun in den Händen der Ärzte.

KAPITEL 38

HUNTER

Wir sitzen schon seit über einer halben Stunde im Krankenhaus und immer noch kann uns niemand sagen, wie es um Luke steht. Ich sitze nur da und starre auf den schmutzigen Beton mir gegenüber. Blake sitzt dicht neben mir, die Arme vor der Brust verschränkt und den Blick starr nach vorne gerichtet.

Ich habe Mitleid mit ihm, weil er genauso aussieht, wie ich mich fühle. Es war meine verdammte Waffe. Warum habe ich diesen letzten Schuss nicht einfach abgefeuert, warum habe ich den Engel verschont, warum habe ich die Waffe fallen lassen? Nur eine kleine Entscheidung und Luke würde es gut gehen.

»Ich halte das nicht mehr aus«, flüstere ich. »Ich muss wissen, wie es ihm geht.«

Blake knirscht mit den Zähnen, sagt aber nichts dazu. Erst Kat, jetzt Luke. Warum muss alles so den Bach runtergehen? Dabei haben wir sogar die Engelssteine, einen vollen Sack, der nun im Auto wartet. Das Problem ist, dass wir niemanden haben, der mich nach unten bringt, damit ich Mary die Steine übergeben kann.

Rhaderiel ist wohin auch immer verschwunden. Warum hat er uns erst geholfen, um dann abzuhauen, wenn wir ihn am nötigsten gebraucht hätten? All die Engelssteine bringen uns herzlich wenig, wenn sie nicht zu Mary gelangen.

Blake löst die Hände und rutscht auf dem Plastikstuhl herum. »Wir müssen was tun, Hunter.«

Ich weiß. Wäre Luke jetzt wach und gesund, hätte er mir eine Kopfnuss verpasst, dafür, dass ich so viel Zeit vertrödele. Mein Kopf ist vollkommen leer, genauso wie mein Innerstes. Aber dann sehe ich wieder sie. Spüre erneut, wie sie mir aus den Armen entrissen wird, wie ich sie allein zurücklasse, und meine Kehle schnürt sich zu. Ich kann Kat nicht im Stich lassen und so zwinge ich mich, mich zusammenzureißen und über unser Problem nachzudenken.

»Wir könnten einen Deal mit einem Dämon schließen, damit er mich nach unten bringt«, schlage ich vor.

Blake schnaubt, das verrät, was er von diesem Vorschlag hält. »Dann finde einen Dämon, der sich gegen Alistair und Lajk stellt. Du bist tot, noch bevor du den Mund aufmachst.«

Genervt fahre ich mir durchs Haar und stütze die Ellenbogen auf. »Okay, Mr Superschlau. Hast du gerade jemanden parat, der uns am besten direkt ins Totenreich bringt und zufällig noch hier durchs Krankenhaus spaziert?«

Blake brummt verärgert und ich raufe mir die Haare. Ich kann nicht mehr, ich muss irgendetwas tun.

Starr blicke ich auf meine Hände und plötzlich kommt mir eine Idee. Ich blinzle mehrmals und beiße mir auf die Unterlippe. Wird es klappen oder in einer Katastrophe enden?

Kurz schiele ich zu Blake, aber er hat die Augen geschlossen und scheint aufgegeben zu haben. Unbeholfen falte ich die Hände ineinander und lege mir meine Worte zurecht. Ich habe noch nie gebetet. Weder in meinem Leben als Jayden Erikson noch in meinem neuen Dasein als Jäger. Warum auch? Die Engel sind zu mir gekommen, wenn sie etwas wollten. Nun will ich aber etwas von ihnen. Besser gesagt von Rhaderiel.

Luke hat mir erklärt, dass die Engel die Gebete der Menschen hören, aber ich weiß nicht, ob man auch einen Engel direkt anfunken kann. Für Gebete gibt es kein Handbuch. Jedenfalls keines, das mir weiterhelfen würde.

»Rhaderiel«, flüstere ich. »Wenn du mich hörst: Bitte, komm zurück. Wir brauchen dich.«

Blakes Kopf schießt in meine Richtung, aber er sagt kein Wort. Ich hingegen schließe nun die Augen, um mich besser konzentrieren zu können.

»Du wolltest mir helfen, meinen Plan in die Tat umzusetzen. Aber jetzt kneifst du.« Scheiße, so sollte definitiv kein Gebet aussehen. Tief durchatmend wähle ich einen anderen Weg.

»Rhaderiel, ich bitte dich: Hilf mir, das Totenreich zu erlösen. Ich weiß, ihr seid keine Freunde der Hexen, aber diese hier will etwas Gutes tun. Sie kann es schaffen, aber sie braucht unsere Hilfe. Lass nicht zu, dass die toten Seelen auf ewig leiden müssen. Lass nicht zu, dass die Dämonen gewinnen. Denn sie sind kurz davor, es zu tun.«

Schweigen. Immer noch presse ich meine Handflächen fest zusammen und versuche, irgendetwas zu fühlen, irgendeine Verbindung herzustellen.

»Um die Wahrheit zu sagen – ich würde dich nicht bitten, wenn es nicht um Kat ginge. Sie hat so viel durchgemacht. Sie hat Dämonenblut getrunken, getötet und Befehle ausgeführt, aber sie ist ein guter Mensch. Sie hat getan, was sie tun musste. Ich will sie retten, weil es sonst keiner tut. Bitte …« Meine Stimme bricht und ich bekomme eine Gänsehaut. »Komm zurück und hilf mir, Rhaderiel. Ich bin im Trinity Health Hospital.«

Einen Moment länger verharre ich, warte ab, was passiert. Aber es herrscht bloß Stille.

»Ach Scheiße«, fluche ich und löse die Hände voneinander. Frustriert fahre ich mir durch die Haare und reiße die Augen wieder auf. »Das funktioniert nicht. Ich bin so ein Idiot.«

Blake neben mir spannt sich plötzlich an. »Oder auch nicht. Da kommt dein Engelsfreund.«

Ich glaube schon, mich verhört zu haben, aber tatsächlich entdecke ich Rhaderiels unauffällige Erscheinung. Er fängt meinen Blick sofort auf, bleibt stehen und nickt mir zu.

Ich springe auf, lasse Blake hinter mir und stürme auf ihn zu.

»Wo warst du?«, fahre ich ihn an. »Luke ist verletzt! Wir haben dich gebraucht.«

Emotionslos dreht er sich um. »Folge mir.«

Ich balle die Hände zu Fäusten, beiße die Zähne zusammen, schweige aber und stapfe hinter ihm her. Er führt mich aus dem Krankenhaus heraus, nach draußen an die frische Luft. Energie flimmert um uns herum und ich weiß, dass er einen Verschleierungszauber über uns gelegt hat.

»Warum bist du nicht da gewesen?«, frage ich ihn erneut und betone jedes Wort. Rhadriel bleibt stehen, schiebt die Hände in die

Hosentaschen und blickt zum Himmel. Ich bleibe neben ihm stehen und hasse ihn für diese Ruhe, die er ausstrahlt.

»Du hast mich gefragt, was meine Aufgabe im Himmel ist. Ich habe dir noch keine Antwort gegeben.«

Mit einem Mal sind meine Nerven zum Zerreißen gespannt. »Und?«, hake ich nach, als er schweigt.

»Die Dämonenbekämpfung auf der Erde. Erinnerst du dich jetzt, Jayden Erikson?«

Mein Herz pocht dumpf, als er meinen alten Namen ausspricht.

Jayden … Jayden …

Es ist die gleiche Stimme, die mich damals aus dem Tod geholt hat, noch bevor meine Seele dem Totenreich übergeben wurde. Sie hat mir wieder Leben in meinen toten Körper gehaucht, hat mir Stärke verliehen, mich zum Jäger gemacht.

Tief durchatmend schließe ich die Augen und dränge die Erinnerungen zurück, die sich in meinem Geist einnisten wollen.

»Du erwählst Engelsjäger«, stelle ich fest. Der plötzliche schale Geschmack in meinem Mund dreht mir den Magen um.

»Eine der wichtigsten Aufgaben im Himmel.«

»Deshalb nimmst du es dir raus, andere Engel auszulöschen?«, würge ich hervor.

»Ja.«

»Ich verstehe das Ganze nicht. Wenn du die Kontrolle über die Jäger hast und nicht willst, dass ich sterbe, warum waren dann trotzdem Exekutoren unterwegs, die mich auslöschen wollten?«

Rhaderiel blickt immer noch zum Himmel, aber nun verändert sich sein Gesichtsausdruck. Er wirkt melancholisch. »Weil ich das nicht allein zu entscheiden hatte. Ein Punkt, in dem ich gar nicht mitbestimmen durfte, war das Schicksal des Totenreiches.«

Langsam verstehe ich, was er mir sagen will. »Du möchtest, dass ich es aufhalte. Obwohl es nicht in deinen Aufgabenbereich fällt.«

»Wir alle wurden mit einem freien Willen geschaffen. Auch wir Engel.« Er atmet tief durch und dreht sich zu mir um. »Dein Tod ist nicht, was ich will.«

»Dann bring mich ins Totenreich«, flüstere ich.

»Das hat seinen Preis.«

Ich stocke, schlucke, schüttle den Kopf und sehe ihn fest an. »Was möchtest du?«

»Du musstest dich selbstständig dafür entscheiden, ein Engelsjäger zu werden. Nun entscheide dich dafür, dein Mal abzunehmen und zum Menschen zu werden.«

Aus Reflex lege ich die flache Hand auf mein Tattoo, das sie mir damals verpasst haben. Ich habe mir nie Gedanken darüber gemacht, was nach alldem passiert, ob ich weiterhin für die Engel Aufträge ausführen muss oder letztendlich doch sterbe. Wie auch, wenn uns nicht einmal klar war, ob wir Lajks Plan verhindern können? Aber niemals hätte ich gedacht, dass sie mir mein Mal nehmen können.

»Erlaube mir, dich wieder zu einem Menschen zu machen und ich bringe dich nach unten ins Totenreich«, konkretisiert Rhaderiel seine Forderung und dreht sich vollständig zu mir um.

»Wieso? Ich kann danach immer noch hilfreich für dich sein.«

Er lächelt traurig. »Genau so, wie du nur ein Soldat warst, genau so bin ich einer. Ich muss meine Entscheidungen und Taten irgendwie rechtfertigen. Meine Aufgabe ist es, Jäger zu erwählen und sie zu führen. Vielleicht erschien mir dir dein Mal zu nehmen wichtiger, als dich aufzuhalten.«

Langsam begreife ich.

»Werde ich sterben, sobald das Tattoo verschwunden ist?«

»Ja. Ob heute, morgen oder in fünfzig Jahren, liegt aber in deinen Händen.«

Zweifelnd sehe ich ihn an. Wäge ab. Bleibt mir überhaupt eine Wahl?

Ich denke an Kat, an das, was sie gerade durchmachen muss. Ob Alistair sie foltert? Wenn ich das Totenreich rette, kann ich auch sie retten. Aber schaffe ich es überhaupt, ohne meine Fähigkeiten?

Kat hat es auch geschafft, flüstert mir eine kleine Stimme zu. Ja, es gab oft Momente, in denen sie nur ein Mensch war, ohne Dämonenblut, und trotzdem gekämpft hat. Bis zuletzt.

Kämpfst du auch gerade, Kat? Bist du stark genug, auch das zu überstehen?

Ich bin mir sicher, dass sie das ist. Aber die Frage bleibt … bin auch ich stark genug, es als Mensch zu schaffen?

»Tu es«, fälle ich meinen Entschluss. »Ich möchte nicht länger ein Jäger sein, wenn du mich im Gegenzug ins Totenreich bringst.«

KAPITEL 39

Kat

Nick und Troy erweisen sich als treue, fähige Reisebegleiter. Sie knacken mir einen Porsche und ich steige auf der Fahrerseite ein. Bedächtig fahre ich mit den Fingern über die Innenausstattung, die Ledersitze und das Lenkrad.

»Beeilen wir uns lieber«, schlägt Troy vor, vielleicht ist es auch Nick, ich kann sie nicht auseinanderhalten. Es ist ohnehin nicht wichtig, als ich aufs Gas drücke und wir davonbrausen. Wir fahren von einem Dorf ins nächste, passieren Landstraßen und hügelige Feldwege, bis ich Lajk ganz in der Nähe spüre. Ich lasse den Porsche einfach am Straßenrand stehen und stapfe weiter. Draußen herrscht tiefschwarze Nacht, aber dank meiner verbesserten Sinne brauche ich kein Licht.

Wir kommen in eine winzige Stadt, deren Ende ich von hier aus schon sehen kann. Häuser reihen sich dicht aneinander, verdorrte Vorgärten säumen meinen Weg. Eine einzige Straßenlaterne funktioniert, aber ihr Licht summt schon flackernd.

Hier wimmelt es nur so vor Dämonen. Zwei pirschen sich von den Seiten heran, aber mit einem Handwink meinerseits fallen die beiden Menschenkörper um, der schwarze Rauch verpufft. Auch den nächsten ergeht es nicht besser, auch wenn ich merke, dass meine Kräfte langsam schwinden. Lajk pausenlos im Blickfeld zu haben, ist anstrengender, als ich gedacht hätte.

Wir laufen zwischen flachen, leeren Häusern entlang. Alles in diesem 50-Seelen-Kaff scheint ausgestorben, als wären die Leute einfach geflüchtet. Ich hoffe, sie haben es getan, denn wenn Lajk in ihrem Dorf ist, bedeutet das nichts Gutes.

Zwei junge Frauen kommen auf uns zugestürmt und ich lasse sie gewähren. Der einen stoße ich das Dämonenmesser mitten ins

Herz, die andere lasse ich durch einen der Zwillinge erledigen. Es sind schwache Dämonen, kaum mit genug Kampfeswillen ausgestattet, um mir zu trotzen. Erschreckend, wie wenig Menschenleben mich kümmern, wenn ich zugedröhnt bin.

Suchend lasse ich den Blick schweifen und bemerke die vielen anderen Dämonen, die sich im Schatten der Häuser und hinter Bäumen versteckt halten. Sie greifen nicht an, sie beobachten uns. Lajk ist in dem Haus direkt vor uns, nur noch weniger als zweihundert Meter.

Abrupt bleibe ich stehen. »Das ist zu einfach.«

»Eine Falle?«, fragt mein Begleiter alarmiert.

Ich schürze nachdenklich die Lippen. »Vermutlich.«

Dämonenblut ist besser als jeder Rausch, denn mit meiner Menschlichkeit schwindet meine Angst, die Sorge, sogar das Gefühl von Verwundbarkeit.

»Gib mir von deinem Blut zu trinken«, sage ich zu niemand Bestimmtem, aber einer der Zwillinge tritt sofort heran und schneidet sich in den Unterarm. Ich beuge mich vor, streiche die Haare zurück und lege meine Lippen an seine kühle Haut. Ich trinke, bis mein Magen zu platzen droht. Erst dann lasse ich von ihm ab und wische mir mit dem Handrücken über den Mund. »Bleibt hier, gebt mir Rückendeckung. Ich gehe allein rein.«

Keiner von beiden protestiert, sie folgen meiner Anweisung. Ich trete einen Schritt vor, halte dann aber inne und drehe mich noch einmal zu den beiden um. »Könnt ihr mir einen Gefallen tun?« Ich warte nicht auf ihre Antwort, sondern rede weiter: »Findet Hunter, nachdem das vorbei ist. Tötet ihn nicht. Sagt ihm nur von mir: Danke, für alles.«

Denn ich habe nicht vor, dort wieder lebend rauszukommen. Aber ich habe sehr wohl vor, Lajk mit in den Tod zu reißen.

Ich renne los, schnurstracks auf das Haus zu, in dem ich ihn vermute. Die Dämonen stürmen sofort auf mich zu, um mich aufzuhalten, aber mit meiner neuen Kraft baue ich einen Panzer aus Luft um mich herum und lasse sie abprallen. Troy und Nick kümmern sich um den Rest.

Wenige Meter vor dem Haus beginnt eine Dämonenfalle und sobald ich diese erreicht habe, lasse ich den Panzer fallen und die Schultern kreisen.

Ungehindert kann ich in das Haus hineintreten. Der Geruch von Blut kommt mir entgegen und ich ziehe sicherheitshalber mein Dämonenmesser. Langsam, bedächtig spähe ich in eine verwaiste Küche, dann in ein Wohnzimmer und ein verlassenes Schlafzimmer. In dem Ehebett liegen zwei menschliche Leichen, die ich einfach ignoriere. Nachdem hier unten niemand ist, traue ich mich nach oben. Die Stufen knarzen bei jedem Schritt, den ich mache, aber es kümmert mich nicht. Lajk muss mich schon längst gerochen haben, er weiß, dass ich hier bin.

Doch am Treppenende halte ich inne. Ein leises Wimmern kommt mir entgegen, Stöhnen, Schluchzen. Eilig folge ich dem Geräusch und komme an ein leeres, rechteckiges Zimmer.

Nein, es ist nicht ganz leer, denn an seinem Ende liegt, festgekettet und sich in ihrem eigenen Blut windend, Larissa. Die Himmelsbotin reißt den Kopf hoch, als sie mich erblickt, und wimmert erneut. Ich lasse das Messer sinken, halte ihn aber weiterhin fest umklammert. »Geht es dir gut?«, frage ich kühl. Sie schüttelt den Kopf. »Komm bloß nicht näher.«

»Wenn du auch gegen Lajk kämpfst, werde ich deine Fesseln lösen.«

Sie stößt ein irres, trockenes Lachen aus. »Es ist zu spät. Keiner von uns kann mehr kämpfen.«

»Was redest du da?«

»Soll ich die Damen aufklären?«

Erschrocken zucke ich zusammen und weiche automatisch zurück, tiefer in den Raum hinein. Lajk und Ruel stehen vor mir, direkt im Türrahmen. Lajk grinst mich breit an und mein Innerstes droht zu explodieren. Aber ich behalte meine kühle Miene und hebe das Messer.

»Dich habe ich gesucht.« Kurz huscht mein Blick zu Ruel, dem ich ebenso den Tod wünsche, aber gerade ist Lajk mein Hauptziel.

»Und ich habe dich erwartet. Natürlich schickt Alistair dich, seinen letzten Trumpf im Arsenal.«

Noch während er redet, hole ich blitzschnell aus und schleudere ihm das Dämonenmesser entgegen. Er müsste ihn direkt in die Brust treffen und selbst wenn er zurückweicht, eine tödliche Wunde zufügen.

Aber das Messer saust durch die Luft, prallt kurz vor Lajk an einer unsichtbaren Barriere ab und fällt zu Boden. Fassungslos sehe ich von Lajk zu meiner Waffe. Der Mistkerl lacht erneut auf.

»Herrlich, mit dir ist es aber auch immer so lustig, Kätzchen.«

Ich presche los, greife nach meinem Messer und will auf ihn zurennen, aber ich pralle gegen die Barriere. Mein Schädel schwirrt durch den harten Aufprall und ich taumle benommen zurück. Schnell sehe ich zu Larissa, die mich mit zittrigen Gliedern traurig mustert.

»Es ist ein Gefängnis, geschmiedet durch mein eigenes Blut«, erklärt Lajk selbstgefällig und jetzt fällt auch mir die dünne Blutlinie auf, die den ganzen Raum umschließt.

»Das kann nicht sein.«

»Es hat schon einen Vorteil, ein uraltes Wesen an seiner Seite zu haben«, spottet Lajk und klopft Ruel auf die Schulter. »Er kennt so einige Tricks.«

Ich bündle all meine Macht und schleudere sie der Barriere entgegen. Sie erzittert unter meinem Angriff und Hoffnung blitzt in mir auf. Lajk kann durch seine Macht Dämonenfallen durchbrechen, da müsste es mir doch möglich sein, diese zu überwinden. Wieder und wieder kämpfe ich dagegen an, Ruel weicht sogar etwas zurück. Aber schon nach wenigen Minuten kann ich mich kaum mehr auf den Beinen halten. Schweiß rinnt mir den Rücken hinab und ich atme schwer.

»Fertig?«, fragt Lajk mit hochgezogener Augenbraue. »Du bist stark, aber nicht so stark.«

»Töte mich einfach«, knurre ich ihm entgegen. Wird Alistair mich auch dieses Mal retten und zu sich holen?

»Oh, das werde ich. Ich werde dich nicht nur töten, ich werde dich *opfern.*«

Was zur Hölle redet er da? Lajk scheint meine Verwirrung zu bemerken und ganz scharf darauf zu sein, es mir zu erklären. »Larissa ist als Himmelsbotin das erste Opfer, um die Tore zum Totenreich zu öffnen. Du als Seelenlose bist das zweite.«

Ich kratze das letzte Stückchen Kraft zusammen, doch konzentriere mich dieses Mal auf die Fensterscheibe. Aber sie bekommt noch nicht einmal einen Riss, stattdessen falle ich auf die Knie und muss mich mit den Händen vom Boden abstützen.

»Was ist das dritte?«, frage ich wimmernd.

»Das dritte was?«, hakt Lajk nach. Langsam hebe ich den Kopf wieder und richte mich mühselig auf.

»Das dritte Opfer. Es sind immer drei, habe ich recht?«

Ich hoffe inständig, er sagt jetzt nicht ein Engelsjäger und holt Hunter hierher. Wenigstens er soll weiterleben, er soll weiterkämpfen. Ich wollte ihm so sehr helfen, indem ich Lajk töte. Ich wollte ihnen allen helfen, auch wenn das bedeutet hätte, dass ich selbst sterben muss. Aber jetzt habe ich versagt.

»Oh, stimmt.« Lajk macht ein nachdenkliches Gesicht. Plötzlich versetzt er Ruel einen Stoß in den Raum hinein. Dieser ist so überrascht, dass er beinahe stolpert.

»Was soll das?«, faucht er und ich weiß genau, dass er nun auch hier eingesperrt ist.

Ruel wird blass, als er bemerkt, was hier gespielt wird. Er wurde verraten. Einem sehr fiesen Teil in mir verschafft es pure Genugtuung, während ein anderer Mitleid mit ihm empfindet.

»Das dritte Opfer ist ein unsterbliches Wesen. Wie es aussieht, ist die Party damit komplett.«

Plötzlich gerät meine Welt ins Wanken.

KAPITEL 40

HUNTER

Dieses Mal lande ich im Totenreich direkt im Wald, rapple mich sofort wieder auf und renne los.

Die Stelle, an der mein Tattoo einst war, brennt immer noch, aber ich erlaube dem Schmerz nicht, mich zu lähmen.

Ich lasse mich nicht aufhalten, mache keine Pausen und trödle nicht, aber dennoch komme ich nicht halb so schnell voran, wie ich es gerne hätte. Die Steppe vor mir raubt mir immer mehr die Kraft, aber ich behalte dennoch das Tempo bei. Wieder werde ich von den Höllenhunden gejagt, aber nun, wo ich weiß, wo die Dämonenfalle anfängt, kann ich ihnen geschickt entkommen. Obwohl ich die komplette Strecke im Schnelldurchlauf passiere, kommt es mir vor, als bräuchte ich eine Ewigkeit. Und langsam geht mir die Puste aus.

Schließlich stehe ich vor dem imposanten Schloss, nur noch der Fluss mit Dämonenblut liegt vor mir. Als Mensch kann ich ihn nicht durchqueren, denn ich sterbe, wenn ich einen Schluck davon trinke. Atemlos bleibe ich stehen und so langsam wird mir bewusst, was es tatsächlich bedeutet, nur ein schwacher Mensch zu sein. Glücklicherweise erwartet Mary mich schon und baut mir mithilfe von Magie eine Brücke, die ich überqueren kann.

»Du hast es geschafft«, haucht sie. Wortlos drücke ich ihr den Sack in die Hand. Sofort beginnen die Steine in allen möglichen Farben zu leuchten, genauso wie Marys Augen. Einen Moment lang stehe ich nur da und bewundere, wie das Schloss sich durch die Magie regeneriert.

»Du musst etwas als Gegenleistung für mich tun«, beeile ich mich zu sagen. »Gib Kat ihre Seele zurück und bring sie in Sicherheit.«

Marys Gesicht verdunkelt sich augenblicklich und die Steine hören auf zu glühen. »Komm mit, ich muss dir etwas zeigen.«

Damit dreht sie sich um und mir bleibt nichts anderes übrig, als ihr zu folgen. Das ganze Innere ist kaum mehr wiederzuerkennen, aber mir bleibt keine Zeit, alles zu erforschen, denn die Hexe schreitet geradewegs hindurch in einen kleinen Garten. Dort führt sie mich zu einem sehr alten, mit Moos bewachsenen Brunnen und bedeutet mir, hineinzusehen.

Die Luft hier draußen ist schwül und künstlich, als würde sie nicht wirklich zur Welt gehören, sondern zu einem anderen Ort, den ich nicht kenne. Kleine, undefinierbare Wesen fliegen wild umher. Doch als ich in den Brunnen sehe, sind sie alle vergessen. Ich sehe Kat, die deutlich geschwächt oder gar verletzt ist. Gemeinsam mit Larissa und Ruel steht sie in einem Raum, Lajk direkt vor ihnen. Er sagt etwas, das ich allerdings nicht verstehen kann.

»Lajk hat die drei Opfer versammelt: eine Himmelsbotin, ein Unsterblicher und eine Seelenlose.«

Entgeistert starre ich sie an und dann sofort zurück in den Brunnen zu Kat, aber das Bild verzerrt sich. »Du hast gesagt, wir müssen uns um Lajk keine Sorgen machen!«, fahre ich sie schroffer als gewollt an. Aber die Angst um Kat schnürt mir die Luft ab.

»Und ich habe gesagt, ihr solltet zusammenbleiben. Dann wäre das alles nicht passiert.«

Meine Welt gerät ins Wanken. »Kat«, hauche ich verzweifelt. »Heißt das etwa, Lajk ist gerade dabei, die Tore zu öffnen?«

»Ja, er kann es schaffen. Er hat die drei in eine Art Gefängnis eingesperrt, aus dem sie nicht entkommen können, selbst Alistair kann Kat nicht rausholen. Du musst das verhindern, indem du Lajk ein Opfer wegnimmst.«

»Ich soll einen von ihnen töten?«, frage ich. Mary hebt beschwichtigend die Hand.

»Nein. Du sollst Kat ihre Seele zurückgeben, dann fehlt Lajk eine Seelenlose und sein Plan zerbricht.«

Meine Augen werden groß. »Ich habe gehofft, du kannst ihr ihre Seele zurückgeben.« Das ist doch einer der so wichtigen Gründe, weshalb ich all das auf mich genommen habe.

»Das kann ich nicht, solange sie nicht bei mir ist. Alistair ist der Einzige, der dir jetzt noch helfen kann. Du musst ihn überzeugen.«

Wie soll ich einen Dämon überzeugen, der mich vor Kurzem noch tot sehen wollte? Verzweiflung frisst sich in mein Innerstes, aber dann blicke ich zurück in das nun trübe Wasser, in dem ich eben noch Kats Gesicht gesehen habe.

»Wenn es nicht klappt, biete ihm einen Deal an. Ich bin bereit, ihn eine einzige Nacht jeden Monat frei zu lassen.«

»Er wird die Welt ins Chaos stürzen.«

»Nur eine Nacht, jeden Monat«, widerspricht die Hexe. »Lajk wird die Welt eher ins Chaos stürzen, wenn er mich erst einmal an sich gebunden hat.«

Die Zeit wird immer knapper und deshalb nicke ich nur, ohne mich auf weitere Diskussionen einzulassen. »Okay. Kannst du mich in die Hölle bringen?«

»Ja. Danach werde ich das Portal schließen. Das ist das letzte Mal, dass wir uns sehen, Hunter.« An ihrem Mundwinkel zupft ein Lächeln, das ich aber nicht erwidern kann, zu groß ist die Anspannung.

Mary hebt wortlos eine Hand und ich werde zurückgeschleudert. Bunte Lichter umfangen, umtosen mich, bis ich hart aufkomme. Ich bin zurück in der alten Fleischerei, im Kühlraum. Hinter mir zieht sich der Riss zusammen, immer weiter, bis er endgültig verschwindet.

Eilig rapple ich mich auf und renne los, in den Hauptraum, wo ein leerer Tisch mit Folterinstrumenten steht. »Alistair!«, rufe ich laut. »Hey, komm schon! Ich brauche dich.«

Schwer atmend bleibe ich stehen und drehe mich um meine eigene Achse.

»Alist…« Er ist da, bevor ich seinen Namen erneut rufen kann. In seinem roten Blick lodert die Wut, als er mich erblickt. Er ballt die Hände zu Fäusten.

»Nenn mir einen Grund, dich nicht sofort umzulegen.«

»Lajk ist kurz davor, die Tore zum Totenreich zu öffnen. Kat als Seelenlose ist ein Bestandteil davon. Sie dient, neben Larissa und dem Walker, als Opfer«, rattere ich es herunter, ohne ihn aus dem Blick zu lassen. Ein Muskel in seiner Wange zuckt.

»Du lügst doch.«

»Ach ja? Wo ist Kat dann? Kannst du sie noch sehen?«

Schweigen. Vermutlich hat Lajk in dem Haus auch eine Dämonenabwehr eingerichtet, damit Alistair Kat nicht mehr sehen oder sie herausholen kann. Denn das hätte er schon längst getan, wenn er die Möglichkeit hätte. »Sie wird in einem Gefängnis von Lajk festgehalten, genauso wie die anderen beiden. Sie kann nicht raus, sie kann sich nicht mehr wehren. Es ist vorbei für dich, wenn du nichts tust.«

Er antwortet mir immer noch nicht, sieht mich nur mit mordlüsternem Blick an. Ich atme tief durch und habe das Gefühl, pures Feuer einzuatmen, so sehr brennt meine Lunge. »Gib Kat ihre Seele zurück und durchkreuze Lajks Pläne. Das ist das Einzige, was du tun kannst.«

Doch Alistair schüttelt den Kopf. Er hebt einen Arm, die Handfläche deutet in meine Richtung. Ich spüre schon den ersten Vorstoß seines Angriffs. Er wird mir nicht zuhören, nicht auf dieser Basis.

»Das Portal zum Totenreich ist geschlossen«, beeile ich mich zu sagen, ehe er loslegt. »Aber Mary hinterlässt dir ein kleines Geschenk, wenn du mir in dieser Sache hilfst.«

Er lässt die Hand zwar nicht sinken, neigt aber den Kopf etwas. Er hört mir zu.

»Eine Nacht, jeden Monat, bist du frei und darfst zurück auf die Erde, wenn du Kat ihre Seele jetzt sofort zurückgibst.«

»Du bluffst doch!«, fährt er mich an.

Ich zucke nur mit den Schultern. »Nein, tue ich nicht. Du kannst es gerne drauf anlegen. Aber wie wird es dir gefallen, wenn Lajk, dieser naive, selbstgefällige Dämon, plötzlich die Macht über dich hat, Cornell?«

Er zuckt bei der Erwähnung seines richtigen Namens zusammen und verengt die Augen. Sekundenlang ist es still zwischen uns, dann lässt er die Hand langsam sinken. Alistair greift nach seinem Hals und löst eine Lederkette davon. An ihrem Ende baumelt eine Ampulle, in der eine silbrig leuchtende Flüssigkeit schwappt. Wie gebannt starre ich darauf, schaffe es kaum, meinen Blick abzuwenden. Er hat sie die ganze Zeit bei sich getragen, über seinem Herzen.

»Ich bringe dich hoch zu Kat, aber den Rest musst du erledigen. Sie muss es nur berühren, dann gehört ihre Seele wieder ihr. Verliere sie bloß nicht.«

Alistair hält mir die Kette entgegen und ich setze mich in Bewegung. Als ich die Ampulle mit den Fingern umschließe, schießt ein warmes Gefühl in meinen Bauch. Der Dämon zögert einen Moment länger, dann lässt er Kats Seele endgültig frei, legt mir eine Hand an die Stirn.

»Ich bringe dich zu ihrem letzten Standort, an dem ich sie noch orten konnte. Versau es nicht, Engelsjäger.« Meine Welt vergeht in Nebel und Schwärze.

Ich zwinge die Benommenheit mit aller Kraft von mir, mein Magen rebelliert, aber auch das kämpfe ich zurück.

»Wie es aussieht, ist die Party damit komplett.«

Ich tauche zwei Meter hinter Lajk auf und kann an ihm vorbei in den Raum schauen. Es ist so, wie ich es in Marys Brunnen gesehen habe: Kat, Larissa, Ruel, alle eingesperrt.

Lajk fährt im selben Moment zu mir herum, als ich aushole und werfe.

»Fang!«, rufe ich Kat zu und werde eine Sekunde später von einer Machtwelle getroffen, die mich zu Boden wirft.

»Hunter«, höre ich Kat entsetzt ausrufen.

»Deine Seele!«, keuche ich atemlos, aber es ist nicht mehr nötig. Ich werde von einem grellen weißen Licht geblendet, als ihre Seele sich wieder mit dem Körper vereinigt.

Kat stöhnt schmerzerfüllt, Lajk fährt herum und ist für einen Moment regungslos, als könnte er nicht begreifen, was gerade vor sich geht.

Ein triumphales Gefühl macht sich in mir breit, aber dann fängt sich Lajk wieder und dreht sich zu mir um. Ruckartig werde ich auf die Füße gezogen, dann schleudert er mich mit voller Wucht in das Gefängnis hinein. Ich fliege krachend gegen die nächste Wand, dicht neben dem Fenster, und rutsche an dieser hinab zu Boden.

Automatisch fällt mein Blick auf Kat, die voll bei Bewusstsein scheint. Ihre Augen blitzen mich an, denn sie spürt genau, was gerade passiert ist. Sie hat ihre Seele zurück. Larissa am anderen Ende des Raumes springt auf und feuert ihrerseits einen Energieschuss auf Lajk ab. Alles erleuchtet für einen Moment in gleißend hellem Licht.

Kat robbt im Schutz des Lichtgeschosses weiter vor und ich bemerke, dass sie auf ein Dämonenmesser zusteuert, der wenige Meter von ihr entfernt liegt. Mir wird klar, was sie vorhat: Wesen aus Hölle oder Himmel können dieses Gefängnis nicht verlassen. Aber Kat ist nur noch ein Mensch. Genauso wie ich.

Eilig springe ich auf, konzentriere mich auf das Fenster neben mir und dresche darauf ein. Ich habe keine Chance, es zu durchbrechen, aber so lenke ich zumindest Lajks Aufmerksamkeit auf mich und nicht auf Kat. Sie hat das Messer fast erreicht.

Aus dem Augenwinkel erkenne ich, dass auch Ruel Kat bemerkt hat und ich ziehe scharf die Luft ein. Ruel verengt die Augen. Er wird doch nicht …

Der ganze Raum erzittert, als Ruel seine Macht einsetzt. »Ihr habt keine Chance!«, brüllt Lajk uns entgegen. Seine Augen pulsieren vor Wut. »Ich werde jeden von euch in Stücke reißen! Ich werde …«

Kat springt auf, macht einen großen Schritt aus dem Raum hinaus und stößt Lajk das Dämonenmesser mit Wucht entgegen.

Doch er weicht gerade noch rechtzeitig einen Schritt zurück, packt ihr Handgelenk und zieht sie mit sich aus dem Raum hinaus. Sie faucht, tritt um sich, aber er hält sie mit eisernem Griff gefangen.

»Das wirst du mir büßen!«

Mich hält nichts mehr. Ich sprinte los, durch den Raum hindurch, direkt auf Lajk zu. Ein siegessicheres Grinsen erscheint auf seinen Zügen, doch ich trete problemlos aus dem Raum hinaus und stürze auf ihn zu.

Zu dritt landen wir auf dem Boden, Kat zwischen uns. Ich verpasse dem Dämon einen Kinnhaken und er lässt Kat reflexartig los, als er eine Energiewelle in meine Richtung donnert. Ich fliege zurück und lande so heftig auf dem Rücken, dass mir kurzzeitig die Luft wegbleibt.

Kat hingegen nutzt die neue Bewegungsfreiheit, holt aus und sticht ihm das Dämonenmesser in die Brust.

Einen Moment lang ist alles still. Ich richte mich wieder auf, ignoriere den Schmerz und starre auf das Bild, das sich mir bietet. Kat, die auf Lajk sitzt, das Messer in seiner Brust. Seine Augen sind schockiert aufgerissen, leblos. Langsam dringt schwarzer Rauch aus ihm heraus und das reißt Kat endgültig aus ihrer Starre.

Eilig entfernt sie sich von ihm, stolpert zurück und beobachtet ebenso gebannt wie ich, wie der Körper langsam zerfällt und zu Staub wird.

Ich drehe den Kopf nach hinten und merke, wie sich der Bann über dem Raum, in dem Ruel und Larissa nach wie vor gefangen sind, langsam löst.

Er war mit Lajks Blut besiegelt und nun, wo er tot ist, löst sich das Gefängnis.

Ruel sieht mir fest in die Augen und ich verenge meine leicht. Er öffnet den Mund, will etwas sagen, doch dann entscheidet er sich anders und ist im nächsten Moment verschwunden. Die Luft flirrt leicht an der Stelle, an der er eben noch stand.

Es ist mir egal, ich wollte ihm ohnehin nicht nachjagen. Ich will nur Kat in die Arme schließen.

Sie scheint den gleichen Gedanken zu haben, denn in dem Moment fährt sie zur mir herum, überwindet den letzten Abstand und presst sich an mich.

Ich seufze vor Erleichterung, schlinge die Arme fest um sie und drücke sie noch dichter an mich. Gott, wie habe ich sie vermisst. Als wir uns voneinander lösen, kann ich sehen, dass sie weint.

»Alles gut«, hauche ich und wische ihr die Nässe von den Wangen.

»Wie hast du mich gefunden?«, fragt sie atemlos. »Wie hast du Lajks Gefängnis durchbrechen können?«

»Später«, sage ich nur und löse mich dann doch von ihr, um zu Larissa zu blicken.

»Bist du schlimm verletzt?«, will ich von ihr wissen.

»Es geht schon, ich heile.« Nickend laufe ich auf sie zu und hieve sie dann auf meine Arme, um sie nach draußen zu tragen. Dankbar sieht Larissa mich an und ich lächle zurück.

»Mit etwas Glück steht mein Porsche hier noch rum«, meint Kat. Sie hat recht, wir können problemlos in den Sportwagen steigen und während Kat fährt, erzähle ich den Mädchen von den Ereignissen der letzten Stunden und sie wiederum bringen mich auf den neuesten Stand. An der nächsten Bar hält Kat an und ich gehe hinein, um nach einem Telefon zu fragen. Dann rufe ich im Krankenhaus in Chicago an und lasse mich mit Blake verbinden.

»Ich habe es geschafft. Und Larissa ist bei mir. Sie ist verletzt, aber es wird schon wieder.«

»Genauso wie bei Luke«, informiert mich Blake und ich schließe die Augen, weil ich nicht fassen kann, dass er das wirklich gesagt hat. Die Erleichterung in mir ist kaum mehr in Worte zu fassen.

»Die OP ist gut verlaufen, er erholt sich.«

»Danke«, murmle ich, weniger zu Blake, sondern einfach nur in die Welt hinaus. Luke geht es besser und ich habe Kat wieder.

Ich verabschiede mich noch von Blake und gehe dann zurück zum Porsche. Kat beugt sich herüber und schmiegt sich in meine Arme. Dankbar drücke ich sie fest an meine Brust, drücke meine Lippen auf ihren Haaransatz und atme ihren Duft ein.

»Was nun?«, fragt sie leise.

»Wir nehmen den nächsten Flug nach Chicago«, murmle ich. »Dort treffen wir unsere Freunde.«

Auch Larissa auf der Rückbank seufzt erleichtert auf.

Wir haben es geschafft. Lajk ist tot und das Totenreich wieder in Sicherheit. Es ist nicht alles perfekt, aber was ist schon Perfektion?

Gerade hier, mit Kat in meinen Armen und mit dem Gedanken, Luke bald wiederzusehen, fühlt es sich perfekt für mich an.

EPILOG

Kat

Hast du deine Waffen nachgeladen?«

Hunter schiebt sich die Sonnenbrille ins Haar und mustert mich mit zusammengekniffenen Augen. Ich deute auf die Waffe, die hinten in meiner Hose steckt und nun von meiner Jacke, die ich mir um die Hüften gebunden habe, verdeckt wird. »Was denkst du?«

Ein umwerfendes Grinsen erhellt seine Züge, dann beugt er sich vor und drückt mir einen Kuss auf die Lippen.

»Dann los, gehen wir.«

Er öffnet mir die Tür zum Mercedes und ich grinse über diese Geste. Das tue ich in letzter Zeit verdammt häufig: lachen.

Hunter blitzt mich spielerisch an, ehe er die Tür hinter mir wieder zuschlägt und zur Fahrerseite huscht. Seine Sonnenbrille rutscht dabei wieder auf seine Nase und die Klimaanlage erwacht gleichzeitig mit dem Motor zum Leben. Endlich, ich habe das Gefühl, zu zerfließen.

Seit Lajks Ableben sind schon einige Monate ins Land gegangen und seitdem ist Hunter kaum von meiner Seite gewichen. Er ist kein Engelsjäger mehr, aber das hält ihn nicht von der Dämonenjagd ab. Die Engel sind nicht glücklich darüber und Hunter hält sich sicherheitshalber unter ihrem Radar. Bisher sind wir noch keinem begegnet. Sorge zieht in meinem Bauch, wenn ich daran denke, was passiert, wenn sie ihn in die Finger bekommen.

Aber seine Züge sind vollkommen entspannt, sodass auch ich das Gefühl wieder zurückdränge und versuche, mich auf die positiven Dinge zu konzentrieren. Heute gehen wir gemeinsam auf die Jagd. Ein Tippgeber von früher hat meinem Freund verraten, dass es in Florida ein mehr oder weniger kleines Dämonenproblem gibt, das wir lösen wollen. Immerhin ist das Hunters alte Heimat, auch wenn ich der Hitze hier nicht viel abgewinnen kann.

Seufzend lehne ich mich in den Sitz zurück und lasse den Blick über die vielbefahrenen Straßen vor uns gleiten. Noch nie habe ich mich so gut gefühlt. So leicht, so glücklich … verliebt.

Als hätte Hunter meine Gedanken gelesen, tastet er nach meiner Hand und drückt sie fest.

»Hast du Angst wegen nächster Woche?«, fragt er mich leise und ich beiße mir auf die Lippe.

Nächste Woche ist die Nacht von Alistairs erstem … Freigang. Ich weiß nicht, ob er uns suchen und töten wird oder aber einen anderen bösen Plan ausheckt. Egal, was es ist, wir werden es überstehen.

»Nein«, antworte ich, drücke seine Finger aber etwas fester. Hunter sieht zu mir und schenkt mir ein warmes Lächeln, das mir direkt in den Bauch schießt. Dann wendet er sich wieder nach vorne.

Einige Straßen weiter hält er schließlich an und wir gabeln unsere Jagdgefährten auf. Luke rutscht mit Blake im Schlepptau in den Wagen hinein.

»Mann!«, sagt er gut gelaunt. »Endlich wieder eine gute alte Jagd. Wie ich das vermisst habe!«

Ich muss schmunzeln und sehe die beiden über die Schulter hinweg an. Sie sehen gut aus, frisch und motiviert. Genau so, wie ich mich fühle.

»Dann los«, schlage ich vor. »Zeigen wir's diesen Dämonen.«

Wie erwartet, war es nur ein kurzes Vergnügen mit unseren Freunden aus der Hölle. Blake erwies sich als äußerst effektiv bei der Dämonenjagd und auch wenn Hunter es niemals zugeben würde, so habe ich doch den bewundernden Blick bemerkt.

Für mich beginnt der eigentliche Kampf aber einige Tage später, denn ich habe meinen Vater nach Florida eingeladen und er hat seinen Besuch für heute angekündigt. Unruhig tigere ich in dem Loft hin und her. Hier haben Hunter und Luke früher zu zweit gewohnt, nun aber sind auch Blake und ich dazugezogen. Es ist platzmäßig ziemlich eng, besonders da es nur ein Badezimmer gibt. Eigentlich müsste man doch meinen, bei drei Männern wäre ich diejenige, die am längsten im Bad braucht. Aber Luke blockiert es morgens mindestens eine Stunde lang, während mir dann hektische zehn Minuten zwischen Blake und Hunter bleiben. Unwillkürlich muss ich lächeln. Sie sind mir alle so sehr ans Herz gewachsen.

»Kannst du mal aufhören, wie ein Vogel herumzuflattern?«, ruft Hunter mir vom Wohnzimmer aus zu. Er hat sich auf die Couch gefläzt und zappt durch die Kanäle. Luke und Blake haben sich verzogen, wofür ich ihnen wirklich dankbar bin.

»Kannst du mal aufhören, mir dumme Ratschläge zu …« Weiter komme ich nicht, denn es klingelt. Aufgeregt hüpfe ich auf und sprinte dann zum Summer, um meinem Dad die Tür zu öffnen.

Mit klopfendem Herzen warte ich an der Tür. Ich erkenne ihn kaum wieder. Dad ist alt geworden, was sicher mit dem Tod von Mom zusammenhängt. Wortlos sieht er mir in die Augen und in meinem Hals bildet sich ein fieser Kloß.

»Ha-hallo«, stottere ich und presse sogleich die Lippen zusammen. Wie kann ich keine Angst haben, in ein Haus voller Dämonen zu spazieren, und dann durchdrehen, wenn ich meinem Vater gegenüberstehe?

»Kat«, haucht er und weiß augenscheinlich auch nicht, wie er nun reagieren soll.

Sofort besinne ich mich und trete einen Schritt zurück. »Komm doch rein, bitte. Möchtest du was trinken?«

Er räuspert sich, tritt ein und sieht sich um, ohne auf meine Frage einzugehen. Glücklicherweise kommt Hunter aus dem Wohnzimmer zu uns und übernimmt für mich. Er stellt sich überschwänglich vor und führt Dad dann durch das Loft. Er plappert einfach fröhlich drauflos und ich bin ihm dankbar dafür, dass er mir diesen Small Talk abnimmt.

Ich husche solange in die Küche und hole ihm was zu trinken. Gut zehn Minuten später sitzen wir zu dritt im Wohnzimmer, im Hintergrund läuft Sport und ich sehe, wie Hunter sehnsuchtsvoll zum Fernseher schielt.

Ich atme tief durch und reiße mich zusammen. »Es tut mir leid wegen Mom«, spreche ich es schließlich aus und hebe diesen Besuch damit auf ein ganz anderes Level. Dad zuckt sichtbar zusammen, schluckt hart und als er mich ansieht, schimmern Tränen in seinen Augen.

»Ich habe versucht, es dir zu sagen, aber du warst nicht erreichbar.«

»Ja, ich war … auf einer … ich meine, ich war beschäftigt.« Kurz schließe ich die Augen, um mich zu sammeln, höre, wie Hunter aufsteht und zu mir herüberkommt. Er setzt sich auf die Lehne meines Sessels und drückt die Lippen auf meinen Haaransatz. Seine Nähe gibt mir Kraft, wieder die Augen zu öffnen, und meinen Vater anzusehen.

»Sie hatte es nicht verdient, so zu sterben. Ich weiß, dass du sie geliebt hast. Sie war alles für dich.«

Schon komisch, wie makaber das Leben manchmal ist. Dad hat alles getan, um seine große Liebe zu retten. Er hat sogar seine eigene Tochter verkauft, und letztendlich hat der Tod sie ihm doch entrissen, durch einen simplen Autounfall.

»Wenigstens hatte ich noch einige wundervolle Jahre mit ihr«, erwidert mein Vater mit einem traurigen Lächeln. Hunter neben mir versteift sich, denn immerhin habe ich den Preis für Moms zweite Chance gezahlt. Aber ich hege keinen Groll mehr gegen Dad, schon lange nicht mehr.

»Erzähl mir von ihr«, bitte ich ihn lediglich. Ich kenne meine Mutter kaum, aber ich glaube, sie war ein guter Mensch. Leider habe ich keine Chance mehr, ihr nahe zu sein, aber ich will ihr wenigstens ihren letzten Wunsch erfüllen: auf Dad achtgeben.

Am Abend verabschiedet mein Vater sich wieder. Er übernachtet hier in einem Hotel in der Nähe und wird schon morgen wieder abreisen. Die Arbeit ruft, wie er sagt.

Seufzend schließe ich die Tür und lehne mich gegen den Rahmen. Hunter tritt hinter mich und haucht mir einen Kuss auf die Stelle hinter dem Ohr.

»Ich kann ihn nicht leiden«, brummt er.

»Er ist mein Dad«, erwidere ich, schmiege mich in seine Umarmung, seine festen Muskeln.

»Er hat deine Seele verkauft. Nicht für deine Mom, nur für sich selbst. Weil er nicht allein sein wollte.«

Ich antworte nicht darauf, denke aber über seine Worte nach. Im Endeffekt ist es für mich gut ausgegangen.

Anstatt weiter traurig oder wütend zu sein, bin ich einfach nur glücklich. Langsam drehe ich mich zu Hunter um und sehe in seine stahlblauen Augen.

»Gehen wir ins Bett«, schlage ich vor. »Bevor die Jungs zurückkommen und Luke uns zu einem Jurassic-Park-Marathon zwingt. Schon wieder.«

Hunter schmunzelt kurz, legt die Hände unter meinen Po und hievt mich hoch. Nun bin ich über ihm und blicke auf ihn hinab. Die Art, wie er mich ansieht, lässt alles in mir brennen. Von diesem einen Moment werde ich nie genug bekommen.

Ohne noch etwas zu sagen, trägt er mich ins Schlafzimmer und legt mich auf dem Bett ab. Er lässt seine Lippen über mein Gesicht wandern, über meinen Körper. Meine Lider gehen flatternd zu und ich bin dankbar, so dankbar, dass sich letztendlich für mich – für uns – alles zum Guten gewendet hat.

Hier, im Bett, mit Hunter und dem leichten Gefühl in meiner Brust fühlt sich mein Leben mit einem Schlag … *perfekt* an.

Ende

DANKSAGUNG

Jedes Mal am Ende eines Buches stehe ich da und weiß gar nicht, wie ich all die Menschen unterbringen soll, denen ich danken will. Ich versuche, mich kurz zu fassen, versprochen!

Ein Riesendank geht an …

… meine Familie. Für eure Unterstützung und euer Verständnis. Ich liebe euch!

… Astrid und den Drachenmond Verlag. Danke, dass du Kat ein so tolles Zuhause gegeben hast! Du weißt gar nicht, wie viel mir das bedeutet.

… meinen Lektor Stephan, für deine hilfreichen Kommentare und dafür, dass du mir geholfen hast, das Buch besser zu machen.

… alle Blogger. Danke, dass ihr Mühe, Liebe und eure Freizeit dafür einsetzt, um uns Autoren zu unterstützen. Ich schätze euch sehr!

… an alle Leser, die Kat auf ihrem Weg begleitet haben. Mich würde wahnsinnig interessieren, wie euch die Geschichte gefallen hat. Schreibt mir gerne über Facebook, Instagram oder direkt an nalalayoc@web.de.

Alles Liebe
Nala Layoc

Drachenmond Verlag